Für Ginger Hellmann,
die kam, um zu graben.

Ich danke Tod Booth, Theaterleiter des Castro Filmtheaters, der mich in die Geheimnisse des Kinos einweihte. Freundliche Verkaufsstandmenschen haben ihre übersinnlichen Erfahrungen großzügig mit mir geteilt und *Sie kam allein* dadurch einige unerwartete Wendungen gegeben.
Noch mehr danke ich Betsy Callaway für die juristischen Details. Molly Martin, städtische Elektrizitätsinspektorin, und Sergeant Marlene Ottone vom San Francisco Police Department lieferten mir allerlei Hintergrundinfo aus dem öffentlichen Dienst.
Jeff Freiert und Linda Allan bewiesen am Manuskript Geduld und Scharfblick. Agnes Bousquet hat mich mit der idealen Nahrung eingedeckt, während ich den letzten Entwurf bearbeitete: Käse aus ihrer *Fromagerie*. John und Georgia Geller haben mich mit geistiger Gesundheit versorgt.
Und schließlich möchte ich Jeffrey Sunshine danken: für seinen Sonnenschein, immer wenn der Nebel am dicksten ist.

Die Personen

Die Kandidaten für die Bürgermeisterwahl in San Francisco

Antonio Shay	amtierender Bürgermeister, Republikanische Partei
Margo Villanueva	Stadträtin, Witwe von Joseph Villanueva, Bürgermeisterkandidatin
Calvin Smith	Abgeordneter der Demokratischen Partei, Bürgermeisterkandidat
Dee Dee Hammermann	Margo Villanuevas Sekretärin

Die San Franciscoer Lesbisch-Schwulen Filmfestspiele

Jason Jeeters Jones	Regisseur von *Pale Refugee*
Martel	Star aus *Pale Refugee*
Kimilar Jones	Schwester von Jason Jeeters, Ziegenfarmerin, liefert Wolle an Ina Ho für *Vogelfrei*
Carla Ribera	Standfotografin für *Vogelfrei*

Emma Victor	Honorarkraft für Willie Rossini
Willie Rossini	Strafverteidigerin
Sergeant Laura Deleuse	Emmas Nachbarin
Mona Marie Lee	Elektrizitätsinspektorin
Rose Baynetta	Firmenchefin von Baynetta Sicherheitsdienste
Blake Fortier	Hacker und Angestellter bei Baynetta Sicherheitsdienste

Natürlich gibt es in jeder Heimstatt mit Hypothek eine Goldmine oder einen vergrabenen Schatz. Egal ob die Farmerin je danach gräbt oder nicht, er ist da und verfolgt sie in ihren Tagträumen, wenn die Last der Schulden am unerträglichsten ist.

Fawn M. Brodie (1915-1981), US-Biographin,
Niemand kennt meine Geschichte (1945)

Komitee für Denkmalschutz
Abschlussbericht
20. Oktober 1976

DAS CASTRO FILMTHEATER

Standort

Das Castro Filmtheater liegt dreißig Meter südlich der siebzehnten Straße und nimmt dreißig Meter Straßenfront auf der Castro ein. Es ist das einhundertste historische Denkmal der Stadt San Francisco.

Angaben zur Bedeutung

Das Castro, ein besonders schönes Exemplar des Theaterbaus der zwanziger Jahre, ist eine bedeutende Arbeit eines der besten Architekten von San Francisco, Timothy L. Pflueger (1894-1946). Es ist das erste und imposanteste Großkino, gebaut von San Franciscos ältesten Kinobetreibern, der Nasser-Familie. Obwohl nie das größte Kino, war das Castro ohne Frage das imposanteste und faszinierendste aller Programmkinos, ein Status, den es nie eingebüßt hat ...

Architektur

Die Entwicklung des Kinobaus in den zwanziger Jahren steht für das ausgeprägte Bemühen, das Fantasiereich der Leinwand architektonisch zu reflektieren. Zu diesem Zweck bedienten sich auf Kinos spezialisierte Architekten bei jeder erdenklichen Stilepoche, natürlich jeweils angepasst an den Maßstab, der im Theaterbau notwendig war. Im Osten waren die Paläste der Alten Welt gern verwendete Vorbilder, in Kalifornien erfreute sich der Spanische Kolonialstil größter Beliebtheit. So auch beim Castro ...

Das Hauptelement der Fassade ist ein großes Sprossenfenster, fast so hoch wie das Gebäude selbst. Im Zwischengeschoss ist das Fenster funktional, darüber blind, aber durch verborgene Installationen kann es über die ganze Höhe beleuchtet werden. Dieses große Fenster wird von zwei schmaleren Fenstern im Zwischengeschoss flankiert. Beide sind funktional und lassen sich auf das Dach der Markise öffnen. Nach einem Feuer in den dreißiger Jahren nahm Pflueger einige kleinere Änderungen vor, namentlich an der Innendekoration, und modernisierte das senkrechte Schild. Die Bereiche um die Fenster sind in Flachrelief gearbeitet und erinnern stark an Kathedralen in Mexiko. Die Fassade ist in einem hellen Beige gestrichen, abgesehen von den zwei Paneelverzierungen, die blassrosa sind. Das ist die Originalskala, aber das Kino wurde immer in ähnlichen Farben gehalten.

Im Erdgeschoss steht eine Ticketschalter-Insel (freistehend). Glasierte und matte Kacheln zieren den Übergang zum Foyer, einem schlichten, mit Balken durchbrochenen Raum, wo der Verkaufsstand untergebracht ist. Der Zuschauerraum mit 1450 Sitzen hat einen Hauptsaal und einen einfachen Balkon. Die Bühnenöffnung wird eingerahmt von einem Säulenpaar und einer reich verzierten Oberschwelle, an der der Vorhang befestigt ist. Die kleine, fast quadratische, üppig dekorierte Originalbühne und die Stummfilmleinwand sind, unsichtbar für das Publikum, erhalten geblieben. Das Anbringen der großen Leinwand in den Fünfzigern geschah mit minimalem Schaden für die Originalleinwand und ihre Vorderbühne, die dahinter verblieben sind.

Große Wandmalereien mit Brunnen, Blumen und Alleen in stark vergrößerter Perspektive dekorieren beide Seitenwände. Die Wände sind in Silikatmalerei gearbeitet, ein Verfahren auf feuchtem Kalk ähnlich der Freskenmalerei, und die Farben sind sehr gut erhalten. Die Wandmalereien werden durch Scheinwerfer auf dem Balkongeländer Tag und Nacht beleuchtet.

Die Decke im Castro ist eine spektakuläre Angelegenheit, in Stuckarbeit wie ein Zelt modelliert. Die Girlanden, Stränge, Quasten etc., die in einem Stoffbaldachin vorhanden wären, sind aus Gips nachgebildet, der Effekt ist sehr überzeugend. Die gesamte Fläche des Baldachins ist in blassen Pastelltönen gehalten, vor allem Grün,

Orange und Kupfer. Vom Dach des Baldachins hängt ein großer Leuchter, ursprünglich mit Pergament-Lichtschirmen ausgestattet, heute mit Feinblechreflektoren besetzt, die den Effekt in keiner Weise mindern.

Geschichte

1907 bauten die Gebrüder Nasser ihre Bonbonfabrik Achtzehnte Ecke Collingwood Street zu einem winzigen Kino um, dem Liberty. 1910 wurde das Liberty ersetzt durch ein 600- Sitzplätze-Kino in der Castro Street 485. Dies wurde 1922 abgelöst durch das 1875-Sitzplätze-Monument in der Castro Street 429. Die Nassers betrieben das Castro durchgehend von seiner Eröffnung am 22. Juni 1922 bis zum 4. August 1976, danach wurde es an Mel Kovikoffs Kinogesellschaft verpachtet. Momentan wird das Kino von den Blumenfelds betrieben, einer weiteren alteingesessenen San Franciscoer Kinobetreiber-Familie.

Abgesehen von einer Veränderung der Leinwandposition, um das Breitwandformat unterzubringen, ist das Castro drinnen wie draußen weitgehend unverändert geblieben, ein seltenes Phänomen im Filmgeschäft, das sein Geld gern augenfällig anlegt. Alle Arbeiten sind mit viel Liebe ausgeführt worden, und das Castro stellt das schönste erhaltene Exemplar eines Programmkinos aus den Zwanzigern in ganz San Francisco dar.

Recherchiert und verfasst von Stephen Levine

Prolog

Das mit der Waffe tut mir Leid, Ma.

Aber alles andere hat sich ganz gut entwickelt. Manches hat sich einfach ergeben, manches hab ich losgetreten, ohne dass ich darauf gefasst war. Ein paar Trennungen, die ganz große Liebe ist vor rund einem Jahr auf und davon. Es hat alle überrascht, sogar sie selbst, ich kann also nicht sagen, dass ich besonders blind war. Ein Trauerspiel, viel falsches Spiel, mir wurde schon übel mitgespielt, aber da sind keine Rachegelüste.

Angesichts meiner Hypothek würden dir die Haare zu Berge stehen. Auch ohne die fusselige Dauerwelle, für die du gespart hast, nachdem die Schulbücher gekauft waren. Du hast mir beigebracht, mit leeren Händen zu leben, sie zu füllen. Zwischen den Zeilen zu lesen.

Und Ma, diese weiblichen Talente, von denen du meintest, ich könnte mich immer auf sie verlassen: Ich schaffe 165 Anschläge pro Minute, aber meine Finger sind mit anderen Dingen beschäftigt – sie machen sich behutsam an Sicherheitsschlössern zu schaffen und pflanzen im Nebel Tomaten an. Wen hast du zitiert, als du sagtest: »*Jene, die aufhört ihre Hände zu gebrauchen, spürt den Hauch des Todes*«?

Du wirst es nie erfahren: Ich bin Privatdetektivin geworden, auf den Spuren der Gewalt, die du verabscheutest. Liebenswürdigkeit und Geduld waren dein Vermächtnis, altmodische Eigenschaften, aber ein Vermächtnis, das ich gebrauchen kann. Ein Erbe, das ich noch nicht wirklich angetreten habe.

Das mit der Waffe tut mir wirklich Leid. Ich hoffe, ich werde sie nie gebrauchen, den Abzug nur auf dem Schießstand bedienen, wo alle Ziele Leiber aus Papier sind. Kugeln richten Entsetzliches im menschlichen Körper an, in der Seele einer Stadt.

Also Ma, das mit der Waffe tut mir Leid. Aber das ist das Einzige, was mir wirklich Leid tut.

Kapitel 1

Es werde Licht I

»Was sind Sie? Ein Tier?«, hatte der Mann mich angefaucht. Vor dem monotonen Dröhnen des Pendlerflugs bekamen seine Worte einen unauslöschlichen Klang. Wie die Endlosschleife eines Films wiederholte sich die Bewegung von Dr. Harlan Knapps Mund in meinem Gehirn, während die Stewardessen durch die Gänge streiften. Ich spielte mit einem Papierdeckchen auf meinem Plastiktablett, aber was ich sah, waren die kleinen Reihen weißer Zähne, die unter den hochgezogenen Lippen hervorschimmerten. Er hatte einen Morgenrock aus Kord getragen, mit fettigem Schnurbesatz aus Satin. Ärger strömte in schäumenden Wellen von ihm aus, ein Meer aus defensiver Feindseligkeit und nervösem Schweiß. Dr. Harlan Knapp war Zahnarzt, daran gewöhnt, andere Leute ins Schwitzen zu bringen. »Was sind Sie, ein Tier?«, hatte er gesagt.

»Die können im Dunkeln besser sehen. Dr. Harlan Knapp, hiermit stelle ich Ihnen einen gerichtliche Vorladung zu«, hatte ich gesagt. Seine Hände packten die Aufforderung, vor Gericht zu erscheinen. Er kniff die Augen zusammen, las. Der Text wurde zu einem Zähnefletschen in seinem Gesicht.

»Sie können dieser Scheißschlampe sagen, sie ist verdammt unverschämt.«

»Das können Sie dem Staatsanwalt erzählen, Sir. Oder wir einigen uns außergerichtlich. Meine Name ist Emma Victor, und ich arbeite für Wilhelmina Rossini.« Ich gab ihm die Karte. *Wilhelmina Rossini, Rechtsanwältin.* »Miss Rossini vertritt Ihre geschiedene Frau.«

»Anwälte! Tiere!« Er spuckte durch zusammengebissene Zähne. Der schimmernde Klecks landete auf dem Blatt eines Weihnachtssterns und nahm die Stiefelform Italiens an.

»Sir, ich mag Tiere. Also, wir würden gern mit Ihnen reden, Ihnen die Möglichkeit geben –« Vier Paneele aus massiver Eiche schlugen mir vor der Nase zu. Ich stand Auge in Auge mit meinem Spiegelbild im Messingtürklopfer und lauschte den Geräuschen drinnen. Hinter der Tür ein spitzes Jaulen wie von einem getretenen Hund oder Baby. »Verfluchte, verdammte Tiere!« Aus dem hinteren Bereich des Hauses die Stimme seiner zweiten Frau, besänftigend, ängstlich. »Was ist denn los, Schatz?«

Die Stewardess kam und nahm mein Tablett. Ich drückte den Knopf am Sitz und schloss meine Augen. Ich wollte keinen Kaffee. Ich wollte kein warmes heißes Tuch, das nach Chemikalien roch. Und nein, ich war kein Tier. Aber ich war eine Jägerin. Eine Menschenjägerin, die nur versuchte, ihre Hypothek abzuzahlen. Eines Tages würde ich die ganz große Kohle machen. Dann könnte ich mich nach Baja absetzen und meine Zehen im Sand ausstrecken. Ich würde mir ein paar Monate frei nehmen und die Bude in Schuss bringen, die Zäune reparieren, die Zwiebeln für das nächste Frühjahr einsetzen und die Ritzen zwischen den Fliesen an der Badewanne abdichten.

In der Zwischenzeit pirschte ich weiter durch Computerdateien, stöberte Telefonnummern auf, entlohnte Handlanger mit großen Augen und Ohren und manchmal noch größerem Groll. Ich hüpfte in und aus Pendlermaschinen, die gerne mal abstürzen, wenn ihre Tragflächen einfrieren. Bisher war die ganz große Kohle mir entwischt. Immerhin gabe es die San Francisoer Lesbisch-Schwulen Filmfestspiele, auf die ich mich freuen konnte. Ich hatte meinen Terminkalender umgestellt, um Platz zu schaffen für eine Runde Filme und Feiern im Castro Filmtheater. Meine Eintrittskarten waren schon bestellt.

»Kann ich Ihnen etwas bringen?« Die Stewardess holte mich zurück in die polierte Welt der Geschäftsmenschheit GmbH.

»Nein. Nein, vielen Dank.«

Was sind Sie, ein Tier?

Die Worte in meinem Gehirn ließen sich nicht wegspülen, sie ritten auf der schlechten Luft, angesäuert durch eine Selbstgerechtigkeit, die ich nie verstehen würde. *Was sind Sie, ein Tier?* Die Formel verschmolz mit dem Zischen der Druckluft, dem *Bing* des Sicherheitsgurtsignals und dem scheppernden Ausfahren der Räder.

Tiere lassen nicht ihre fünf Kinder sitzen, während sie zwei Staaten weiter eine zweite Ehe und eine Zahnarztpraxis haben. Die Staatsanwaltschaft verfolgte solche Fälle jetzt mit mehr Nachdruck, aber manchmal nahm sich die geschädigte Partei vorher einen eigenen Anwalt. Soweit es mich betraf, konnte der Staatsanwalt diesen Kerl haben, mit Vergnügen. Die Räder rutschten, als sie auf dem Rollfeld landeten, die unvorhersehbaren Hindernisse dieser Welt. Meine Reisetasche war leicht, als ich durch die Korridore wanderte, raus zum Kurzzeitparkplatz. Der Asphalt dehnte sich scheinbar endlos vor mir, bis ich meinen persönlichen fahrbaren Untersatz fand, ein kleines gelbes, leicht verbeultes Alfa Romeo Kabriolett.

Das fünfundzwanzig Jahre alte Kabrio war etwas Neues für mich. Sportwagen neigen dazu, im Rückspiegel eines Vierzigtonner-Sattelzugs unsichtbar zu sein, aber ein Gefallen für eine Freundin hatte mir Romeo, oder Romea, als Bezahlung eingebracht. Ein Sitz hatte noch die original schwarze Lederpolsterung, schimmernd bis auf eine durchgescheuerte Stelle, wo die Füllung aus Rosshaar durchkam. Davon abgesehen war alles tipptopp erhalten. Der Beifahrersitz war ein Imitat aus Kunststoff, aber das Armaturenbrett bestand aus spiegelblankem Walnussholz, die Maserung breitete sich wie ein großer Rohrschach-Test über verschieden runde Anzeiger und technische Spielereien aus. Für einen Sportwagen hatte sie eine ganz annehmbare Rückbank.

Romea wurde spielend mit Hügeln und Kurven fertig, und sie schmiegte sich an die neblige Küstenstrasse wie an eine lang vermisste Freundin. In letzter Zeit fuhr ich sie manchmal raus nach Ocean Beach und ließ einfach meinen Fuß das Gaspedal bis zur Matte durchtreten. Fast wie fliegen, und keine, mit der ich die Luft teilen musste.

Die Straße war überfüllt, und Romea war nichts als ein gelber Klumpen in den verstopften Arterien des Freeways. Endlich kam die Ausfahrt Army Street. Ich bog vom Autobahnkreuz zwei Mal rechts ab und gondelte die Straße hoch, die heute Cesar Chavez oder Chavez' Army heißt.

Poster grinsten und strahlten von allen Laternenpfählen. Die seriösen Gesichter von Stadträten und ihre Versprechen bildeten eine eigene Geschichte beim Durchfahren des Mission-Bezirks. *Margo Villanueva zur Bürgermeisterin! Villanueva für eine neue Stadt!* Sie war der frische Windstoß an einem heißen, schwülen Tag.

Ich trieb vorbei an den Sanierungsprojekten, den Gangs, den aufgedonnerten dünnen Mädchen und den Fruchtständen mit ihren schaukelnden *Pinatas.*

»*Vertrauen! Integrität! Erfahrung!*«, lächelten die Politiker in die Anonymität des Verkehrs. Politik war in Wirklichkeit das Showbusiness für Unschöne.

San Franciscoer Lesbisch-Schwule Filmfestspiele, von einer Bushaltestelle leuchteten die blauen Wolken des Festspielposters. *Es werde Licht.* Eintrittskarten ab sofort erhältlich. *Villanueva, die EINZIGE Wahl*, verkündete der Demokratische Verein Alice B. Toklas.

Villanueva war die einzige gewählte Beamtin – die einzige heterosexuelle gewählte Beamtin –, die offiziell für lesbische und schwule Ehen eintrat. Wer hätte gedacht, dass Verpflichtungszeremonien der Prüfstein würden, der die Szene vereinte? Und jetzt war die gefürchtete Eheverfügung, die die Ehe als Gemeinschaft aus einer Frau und einem Mann definierte, vor dem Kongress. Selbst wenn der Präsident nicht unterschrieb, die Verteidigung-der-Ehe-Verfügung würde mit Sicherheit durchkommen.

Antonio Shay, Ihr Bürgermeister! Ihre Zukunft!

Schade nur, dass unter dem amtierenden Antonio Shay schon die Vergangenheit so schlecht gewesen war. Niemand glaubte wirklich, dass Shay wieder gewählt werden würde. Selbst die Wähler westlich von Twin Peaks wollten ihn nicht mehr im Amt haben.

Calvin Smith! Erfahrung wird San Francisco neues Leben bringen! Das Ende der Amtszeit war offensichtlich der Grund, warum Calvin Smith, auch »Der Kaiser«, daran interessiert war, Bürgermeister von San Francisco zu werden. *Sein* neues Leben als Bürgermeister würde bedeuten, dass er Vollzeit arbeiten und seine lukrative Anwaltspraxis aufgeben müsste.

Schließlich Villanueva, die Unbekannte in der Gleichung, die gegen die Demokratische Partei gemeutert hatte und als Unabhängige für das Bürgermeisteramt kandidierte. Sie wurde auch »Die Madonna der Gemeinden« genannt, ihr größter Erfolg war Bridgeways, ein vorbildliches Drogenrehabilitationszentrum. Die First Lady kam zur Eröffnung, und Villanuevas Sohn wurde an ein Bundesgericht berufen. Politik ist immer Kommunalpolitik.

Ich hielt vor dem viktorianischen Doppelhaus, das mir und Police Officer Laura Deleuse gehörte, und zerrte all die Werbe-Papierschlaufen von der Klinke am Tor. *Calvin Smith. Erfahrung bringt Ergebnisse.*

Ich stieg aus und entschärfte die Alarmanlage mit dem kleinen runden Schlüssel. Ich hatte inzwischen eine Million Schlüssel. Und Dietriche. Meinen Autoschlüssel trug ich an einem abnehmbaren Ring, um das Zündschloss nicht mit all den Schlüsseln und der Ausrüstung zu ruinieren, die ich dieser Tage mit mir rumtrug. Ich hatte noch den Romea-Originalschlüssel, ein blau und rot emailliertes R auf einem Schild. Jeden einzelnen Tag fühlte ich mich damit wie eine verdammte Aristokratin.

Die roten Lichter blinkten an und aus, hießen mich willkommen in einem Heim, das gesichert war gegen alle, die eine Alarmanlage nicht ausschalten konnten. Das teure System war die Idee meiner Nachbarin.

Bullen. Immer besorgt um ihre Waffen. Laura wusste nichts von meinen.

Mit der Fernbedienung öffnete ich die Garage und lenkte Romea auf ihren gemütlichen Stellplatz. Meine Augen überflogen die Gartenausrüstung, zum Winter weggepackt und geölt. Eine schmale Holztür führte zu einem Wurzelkeller, wo Tulpenzwiebeln und Dahlienknollen ihren Winterschlaf begannen. Zwiebeln. Sie existierten komplett in Miniaturform, verkrochen sich mit ihrem eigenen Nahrungsvorrat. Alle warteten auf den Frühling. Alle warteten auf irgendwas. Ich wartete darauf, dass das Telefon klingelte.

Das Telefon klingelte inzwischen zu allen möglichen Tageszeiten. In intimen Momenten, in Augenblicken, da es galt, dem schleppenden Verkehr die Stirn zu bieten oder nicht hinzusehen, wenn Betrunkene auf die Straße kotzten. Es kam vor, dass ich zwischen zwei Vorladungen einen friedlichen Moment im Park genoss, und das Telefon klingelte. Ein Handy und eine Hypothek hielten mein Leben im Würgegriff. Aber heute Abend war ich mit Mona für die Spätvorstellung verabredet, bei den Filmfestspielen.

Mona Lee war Elektrizitätsinspektorin bei der Stadt, eine der ersten, Wegbahnerin für Frauen mit Schutzhelmen, die in kleine, winzige Räume krabbelten. Mona war sehr dünn. Ich war frisch geschieden und verlor Gewicht.

Wir hatten uns in die gleichen Kreise hinein- und wieder heraustreiben lassen. Mona wusste genug über dic Verkabelung in San Francisco, um mich über Alarmsysteme auf dem neuesten Stand zu halten. Gesprächsthemen waren nicht schwer zu finden bei den gelegentlichen Grillfesten, Volleyballspielen oder Filmfestspieleröffnungen. Ein bisschen Sekt, und Mona Marie Lee sprudelte förmlich, sie trug am liebsten Cremetöne mit Schwarz.

»Emma, ich möchte dir jemanden vorstellen –«, würde Frances mich von Mona Maries vorgeblichem Bizeps wegziehen und meine Finger in die Richtung einer speckigen Geldkuh dirigieren. Mir sind so viele Menschen aus Frances' Leben vorgestellt worden. Und ich war immer die schweigende Freundin. Die große Ruhige in der Ecke, die versuchte, sich einzufügen, unauffällig zu sein.

Ich hatte Feuer gefangen wegen ihres Engagements, aber die Realität der Arbeit schien weit entfernt vom Ursprung. Erst klebte sie am Reagenzglas fest, dann takelte Frances sich auf für zahllose Wohltätigkeitsveranstaltungen, ein Haufen schöner Schein und viele Wochenenden unterwegs. Frances und ich waren mit vierzig andere Menschen als noch mit zweiunddreißig. »Ich kann den Gedanken nicht ertragen, Emma, dass du dein Leben riskierst. Du scheinst das Chaos anzuziehen«, hatte Frances gesagt. Der Lesbische Tod im Bett verfolgte uns, Schnitter Tod auf seidenen Laken.

Nichts hatte funktioniert. Nicht die Paartherapie, nicht die Notizen am Kühlschrank oder die essbare Unterwäsche.

»Ich kann dich nicht lieben, ohne zu reden«, sagte Frances immer. Und ich konnte nur reden, wenn wir uns liebten. Und so schmolz die Unterwäsche zu einem großen Zuckerklumpen aus Lebensmittelfarbe, während Frances davonstürmte, um mit einer zusammen zu sein, die die Arbeit für Regierungsaufträge so gut kannte wie ich die Arbeit mit Zylinderschlössern.

Frances hatte gut gewählt, dachte ich. Leider ließ sie mich mit einem Loch im Herzen und einer riesigen Hypothek in San Francisco zurück.

Eines Tages, vielleicht bald, würde ich einen größeren Auftrag ergattern, etwas, wo es um einen Gauner höheren Kalibers ging, etwas, wo ich, wenn ich immer zwei Schritte weiter war, mit mehr rauskommen würde als einem Stundenhonorar und einem Schulterklopfen. Die große Kohle. Ich bückte mich und hob die Post auf.

Lesbisch-Schwule Filmfestspiele – der cremefarbene Umschlag barg eine Einladung zum Eröffnungsempfang heute Abend. Ich fragte mich, wer mir den Gefallen tat. Wahrscheinlich Carla Ribera, die Modefotografin, die mir einen Gefallen schuldete oder auch zwanzig.

Zwei Rechnungen, die Benachrichtigung über die Fälligkeit meiner Hypothekenzahlung, eine Postkarte für Frances, die ich nachschicken müsste, wenn ich nicht immer wieder ihre aktuelle Adresse verlieren würde, zwei Zeitungen und der Rundbrief der ALLS, der Antidiskriminierungs-Liga der Lesben und Schwulen. Ich überflog die ersten Absätze. Die Konservativen – die Ultra-Konservativen – gewannen an Boden. Die Republikaner im Kongress triumphierten in Vorfreude: Die Eheverfügung *würde* durchkommen. Faschismus war tatsächlich die Zukunft, die sich weigerte, geboren zu werden. Ein Summen vom Hüftgürtel, und das Handy war am Ohr. »Emma Victor«, sagte ich.

»Mein Büro, fünf Uhr«, grüßte mich das vertraute Knurren.

Fünf Uhr. »Was gibt's?«

Willie hörte das Widerstreben in meiner Stimme. »Ich brauche dich.«

»Arbeitszeit und Überstundentarif, Willie.«

»Ich schätze es, dass ich auf dich zählen kann.«

»In den letzten neun Monaten habe ich bei jeder Vorladung, die du zugestellt hast, den Laufburschen gemacht. Ich muss auf *dich* zählen können, Willie. Ich muss weiterkommen.«

»Das hier ist was«, eine Pause in der Stimme der Arbeitgeberin, die nie Pausen machte, »was Besonderes.« Willie klang traurig und wütend zugleich.

Ich wusste es doch. Sägeblätter, Stemmeisen und Aluminiumplatten schimmerten an der Wand.

Die große Kohle.

»Du kannst auf mich zählen«, sagte ich.

»Den hier willst du, Emma. Diesen Fall willst du so sehr wie ich. Und es ist Geld drin«, seufzte sie.

»Okay. Fünf Uhr.« Ich drückte das Telefon aus und ging die Vordertreppe hoch. Das war schon besser. Willie Rossini nahm ausreichend Pro-Bono-Fälle an, um ein ruhiges Gewissen zu haben, aber ihre berechneten Stunden waren teuer. Sie bezahlte mich gut, und ich durfte mich über das Büro krankenversichern.

Keine Anwältin war immun gegen einen schmutzigen Deal, Anwälte leben von Deals. Ich fand für Willie nur die Wahrheit heraus, sie hatte schon oft unwillkommene Ergebnisse bekommen. Und Willie tat damit, was sie für richtig hielt, ich wusste meist nicht, was das war oder wozu meine Untersuchungen führten. Das war es, was ich mochte, und ich mochte Willie. Sie kannte meine Grenzen. Sie zahlte meinen Tagessatz und etwas mehr als den üblichen Betrag für die Zustellung von Vorladungen. Vielleicht war das hier eine Familienangelegenheit, ging über Geld hinaus. Willie hatte für mich gebürgt, als ich mich beim Sheriff des Verwaltungsbezirks San Francisco um einen Waffenschein bewarb. Er war mir vor einem Monat bewilligt worden.

Oben an der Treppe entschärfte ich die Alarmanlage für den ersten Stock, öffnete die Tür und spürte etwas Weiches um die Waden. Mink rieb sich heftig an meinen Beinen und quengelte, ich hätte leicht über sie fallen können. Ich fütterte sie und prüfte mein Gesicht im Spiegel auf Schäden. Mit etwas kaltem Wasser sah ich lebendiger aus. Ich warf mich aufs Sofa und lag einen Moment lang da. Triebwerke, die noch in meinen Ohren brummten. Füße, die noch immer versuchten, auf der Erde zu landen. *Was sind Sie, ein Tier?*

Der Trost eines Heims ist wichtig für Menschenjägerinnen. Meine Höhle war mit einem wertvollen roten Teppich ausgelegt und mit Büchern angefüllt. Es war noch tröstlicher, jetzt wo Frances mit ihrem Hightech-Geschmack weg war. Ich ergriff den Katalog der Lesbisch-Schwulen Filmfestspiele. Der blauweiße Einband zeigte eine Glühbirne, die das Licht zu einem Regenbogen im Himmel über San Francisco brach, und verkündete das diesjährige Thema. *Es werde Licht.*

Ich war schon lange Mitglied des Festival-Fördervereins, hatte meine Wahl gemacht und meine Eintrittskarten bestellt. Wer würde dieses Jahr Starregisseur sein? Welcher Film war die Unbekannte in der Gleichung? Ich blätterte in den Seiten. Sechsunddreißig Spiel- und vierzehn Kurzfilme aus aller Welt, die viele bisher unbekannte Welten zeigten. Einmal im Jahr öffnete sich ein Fenster zur restlichen lesbischen und schwulen Welt, und das homosexuelle San Francisco quetschte sich ins Castro, um nichts zu verpassen.

Vogelfrei, ein leichtes Western-Musical, war der Favorit der Kritikerinnen. Es zeigte den Kette rauchenden, Latex tragenden lesbischen Rockstar Stilletta und einen Chor aus Tausenden von ultrakerligen Ballerinas in Kostümen von Ina Cho.

Peinliche Patzer, der erste lesbische Zeichentrickfilm, gesponsert von der lesbischen Arbeitsgemeinschaft Outhouse, war schon ausverkauft. *Pale Refugee* war kaum die Unbekannte in der Gleichung, sein Regisseur, ein früherer Gefängnisinsasse, hatte es auf die Titelseiten von *Vanity Fair* und *Interview* geschafft. *Lilien im Tale*, eine lesbische Romanze aus Serbien, gedreht vor einem Hintergrund aus wilden Blumen und wahrscheinlich mit vaselineverschmierter Linse. Mink schlich sich auf meine Brust und begann zu schnurren. Meine Lider waren schwer, ich ließ mich dahintreiben beim bebenden, sanften Geräusch aus Minks Kehle und mit dem Gedanken an all die Filme, die mich erwarteten.

»Das Bündnis für Familienwerte tagt heute abend in der Stadt, am Vorabend der Eröffnung der Lesbisch-Schwulen Filmfestspiele«, kreischte der Fernseher. Mink war weg. Sie war auf die Fernbedienung gesprungen und hatte den Fernseher angemacht. Ich stand auf und machte ihn wieder aus, reckte und streckte mich, atmete gut zwanzig Mal tief durch und kriegte meinen Kopf klar. Das Telefon klingelte.

»Emma, wen wählst du Dienstag?«, kam die nüchterne Stimme meiner Nachbarin über mir durch den Apparat.

»Das weiß ich noch nicht«, sagte ich, um eine Diskussion zu vermeiden.

»Ich hoffe, du wählst Calvin Smith, Emma.«

»Wie gesagt, ich weiß noch nicht. Ich hab seine Rede auf der Embarcadero gesehen. Es wird erzählt, der Nebel war so dick, dass man seine Versprechungen sehen konnte.«

»Calvin Smith kann vieles durchsetzen.«

»Darum wird er auch der Ayatollah von Sacramento genannt.«

»Ich glaube, eigentlich hat er selbst sich so genannt. Hör mal, Emma, die Stadt wird sechshundert Millionen an Bundesgeldern für die Krankenfürsorge verlieren, wenn Calvin nicht gewählt wird.«

»Ohne Zweifel hat Shay in der Gemeindepolitik nur gepfuscht.«

»Ich sage dir, Emma, du musst Smith wählen.«

»Ich *muss* niemanden wählen, Laura. Schließlich hat sich Smith nur aufstellen lassen, weil seine Amtszeit endet. Beim Rechtsverdrehen in Sacramento kam er noch besser weg als hier in der Politik um Straßenbeleuchtung und Hundekacke.«

»Das FBI hat ihn überprüft. Er war absolut sauber. Die Untersuchungen haben zu nichts geführt.«

»Er ist ein Retorten-Politiker, Laura.«

»Na und? Unser Kumpel Shay hat 'nen echten Schulhoftyrannen zum Polizeipräsidenten ernannt und jeden einzelnen Lieutenant direkt von der St. Mary Highschool rekrutiert. Emma, mein Leben ist armselig!«

»Du brichst mir das Herz.«

»Ich weiß, dass du Shay nicht als Bürgermeister willst. Also wähl einfach Smith, okay?«

»Was ist mit Villanueva? Sie ist die einzige straighte Politikerin, die sich gegen die Eheverfügung ausgesprochen hat.«

»*Vergiss* es!« Die Zigarette ging hörbar zum Mund und wieder weg, und Lauras Worte ritten auf einem langen, rauchigen und geringschätzigen Seufzer. »Sie hat keine *Chance*.«

»*Intergrität? Vertrauen?*«

»Schlagwörter einer Wahlkampagne, Emma. Sie ist ein Störenfried.«

»Wir haben einfach nicht die gleiche Meinung, Laura.«

»Und wir denken beide, dass wir Recht haben, Emma. Wenn Shay gewinnt, weil Villanueva die Wähler spaltet, weiß ich nicht, was ich machen soll. Smith *muss* gewinnen. Hör mal, sowohl die Gewerkschaften als auch der Polizeiverband stehen hinter ihm!«

»Das ist mein Mann.«

»Tu einfach das Richtige, okay?«

»Was immer Sie sagen, Officer.« Wir legten auf. Ich starrte raus über die Dächer von Mission. Ich hätte mir Laura Deleuse nicht ums Verrecken als Hausmitbesitzerin ausgesucht. Sie war eine Freundin von Frances gewesen. Aber Laura war auf ihre Art in Ordnung. Sie war ehrlich und intelligent. Außerdem war sie fast immer unterwegs. Ihre Auffassung von Privatsphäre machte die Trennung unserer Wohnungen vollkommen. Wir hörten die Schritte der anderen und berieten gelegentlich über ein politisches, gartenbauliches oder strukturelles Problem. Wir unterhielten uns nicht über die Filmfestspiele oder irgendwas ansatzweise Persönliches, bemerkte ich. Und mir war es ganz recht, wenn das so blieb.

Ich überprüfte mein Arbeitszimmer, es war immer noch verschlossen, die Alarmsysteme scharf. Ich stellte den Fernseher auf Lokalnachrichten. Er posaunte den neuesten Mord in die Welt und die neueste politische Effekthascherei.

Die First Lady war in der Stadt gewesen, um Drogen zu bekämpfen. Das war nichts Neues. Die First Lady in der Stadt, um Drogen zu *nehmen*, das wäre was Neues. Ich schlug den *Chronicle* auf und sah dieselben Geschichten mit ein paar mehr Absätzen Text. Einige Kuriositäten, ein Baby-Nilpferd im Zoo und ein europäisches Konsortium, das die Weinberge von Napa Valley, einige Stunden nördlich, aufkaufte. Phyllis Schlafly verkündete die spontane Gründung einer politischen Partei von Müttern gegen die Abtreibung. Damen gegen Frauen.

Aber Margo Villanueva hatte einen ihrer politischen Berater für die Ehezeremonie »zum Altar geführt«. Nachdem sie ihre Verbindung mit einem Kuss besiegelt hatten, stand Margo Villanueva glücklich strahlend hinter den zwei Männern und sprach sich gegen die Eheverfügung aus. Ich griff nach einem elfenbeinfarbenen Pergamentumschlag. Er enthielt eine Einladung zu einer Fünfhundert-Dollar-Benefizveranstaltung »Villanueva zur Bürgermeisterin«. Diverse Hollywood-Stars würden erscheinen. Vielleicht sogar (eher nicht) die First Lady. Aber ihr Name stand auf der Liste des Unterstützungskomitees. Greif schon mal nach der Brieftasche!

Ein Sonderbericht um zehn: Spanische und chinesische Amerikaner in Richmond forderten Anbaumöglichkeiten, um die Großfamilie zusammenzuhalten. Villanueva musste natürlich dabei sein und ihnen aufmerksam zuhören. Später pries sie ein riesiger Chor geheilter Drogensüchtiger.

Die Villanueva-Einladung landete in der Mülltonne. Eine Notiz vom Tierarzt ermahnte mich, dass die Kätzchen ihre Spritzen brauchten. Ich packte sie auf meinen Schreibtisch und warf den Rest in den Müll. Ich sah auf meine Armbanduhr. Ich würde zu Willie fahren. Und ich würde ein paar Mäuse extra rausholen. Und ich würde meine Verabredung mit Mona haben, neben ihr auf einem roten

Plüschsitz im Castro sitzen. Würden meine Finger auf ihrer Handfläche einen Tango tanzen? Würden wir über Politik, Alarmanlagen, Herzklopfen reden? Würde sie sich winden, wenn die Zelluloidwelt an uns vorbeirollte, würde ihre Hand sich krümmen und schwitzen? Finger würden stupsen, sich verschränken, und wir würden glücklich nach Hause wirbeln, glücklich für immer und ewig, ein paar Wochen lang. Ich war auf den falschen Filmfestspielen, entschied ich. Wie langweilig die Wirklichkeit sein kann.

»*Wir wissen, dass Sie Ihrem Zahnarzt aus dem Weg gehen!*« Ein finsteres Gesicht aus der Kathodenstrahlröhre warnte mich. »*Wählen Sie einfach 0130-Dentist und wir werden Sie sofort mit einem Zahnarzt verbinden!*« Ich machte die Kiste aus, stand auf und blickte hinaus auf den Nebel, er strömte in die Innenstadt, dorthin, wo man in San Francisco Geld machte.

Es war Viertel vor fünf, als ich Romea in die Tiefgarage Sutter Street lenkte und Punkt fünf, als Willies Empfangsdame mich durchwinkte. Vollgestopft mit einem Dickicht aus Bücherregalen und Walnussholz-Tischen weckte Willies Kanzlei in mir immer eine Assoziation von Neunzehntes-Jahrhundert-Juristerei mit gestärkten Manschetten und Federkielen, lange bevor Anwälte Notarztwagen nachjagten und Werbespots im Fernsehen hatten. Die Sekretärin summte mich in Willies Büro.

Ich betrat den dämmerigen Raum, und es dauerte einen Moment, bis ich meine Arbeitgeberin fand. Sie hatte ihre Schreibtischlampe ausgemacht, nur das Licht von draußen erhellte das Büro. Große, massiv eichene Möbelstücke bildeten einen dunklen Wald. Nur das Ölporträt an der Wand war angestrahlt, ein frühes impressionistisches Selbstporträt von Gwen John. Hände auf den Hüften, hochgeknöpfte Bluse, starrte sie die Betrachterin eindringlich an, forderte sie heraus, näher zu kommen.

Willie selbst kauerte im Fenster, den Rücken zu mir, Coit Tower und Bay Bridge im Hintergrund. Die Silhouette der Anwältin wirkte merkwürdig geschrumpft, besiegt. Die winzigen Lichter des auf italienisches Dorf getrimmten Drogenrehabilitationszentrums Bridgeways säumten die Küste. Von Zeit zu Zeit stieg eine Rauchwolke über Willies dunklem Umriss auf, ein Zeichen, das ich nicht deuten konnte.

Große polierte Klötze aus schwarzem Obsidian umschlossen die zwei Papiersäulen auf ihrem Tisch. Hinter ihr auf der ledernen Schreibauflage thronten einige Familienfotos. Ein verblichenes Foto ihres Ex-Mannes stand im Schatten einer der Papiersäulen, so wie er im Schatten ihrer Karriere gestanden hatte. Kleine Messingrahmen präsentierten einen Haufen Nichten und Neffen, römische Profile, über Generationen bewahrt.

Leute in Schwierigkeiten waren Willies Geschäft, und normalerweise unterband sie Gefühlsausbrüche und Moralisieren. Alles war nur Arbeit, die gemacht werden musste. Aber dieses Mal war etwas anders, alle körperlichen Zeichen deuteten auf eine neue Seite meiner Arbeitgeberin.

»Setz dich, setz dich«, bellte sie plötzlich. Sie wirbelte den Stuhl rum, um mich anzusehen, richtete sich auf und rückte ihre Dreistärkenbrille zurecht. Ihr Gesicht war faltig, ausgeschmückt mit Fleisch, eine angenehme Aprikose mit wilden, unbändigen Augenbrauen, die vor einer Jury so ziemlich alles tun konnten, was sie wollte. Ihre Hände waren eine Straßenkarte von großen Fällen und zu hohem Blutdruck.

Eine doppelreihige schwarze Perlenkette fiel über den weißen Strickpullover. Das heutige Geschäftskostüm war anthrazit. Sie reichte mir ein Blatt Papier und beobachtete mein Gesicht, als ich meine Konzentration dem ganz gewöhnlichen Blatt Büropapier im Standardformat zuwandte, auf das eine Collage aus Zeitungsüberschriften geklebt war.

Das Papier kam näher, es fühlte sich kühl an. Säuberlich in die Mitte geklebt blinzelte mir briefmarkengroß ein schwarzweißes Quadrat zu. Jemand hatte die untere rechte Ecke abgeschnitten, bevor es mit Tesastreifen angebracht worden war. Es war streifig, wie ein Fernsehbild, wie ein Videostandbild.

Um die Aufnahme verstreut waren Überschriften aus Boulevardblättern. Viele, viele Überschriften, nebeneinander und sorgsam überlappend. »TANJAS HEIMLICHE AFFÄRE« und »NICOLES LESBENHÖLLE«. Die Überschriften sollten natürlich andeuten, dass das Foto veröffentlicht werden könnte. Ah, dies dreckige Metier. Und in zerknitterten, ausgeschnittenen Zeitungsbuchstaben, am unteren Rand entlang aufgeklebt, versprach die

Collage einen Anruf um fünf Uhr dreißig. Es war zwanzig nach fünf.

Ich sah mir das Quadrat aus schimmerndem Fotopapier genauer an. Die fehlende Ecke unten rechts war sauber abgeschnitten, die Kante ließ auf eine gerade Schneide schließen, eine Rasierklinge. Ich betrachtete das Bildmotiv. Oben links blähte sich eine Gardine und enthüllte einen Teilblick auf Twin Peaks. Und das Licht enthüllte noch mehr. Die Blässe eines Schenkels hing leuchtend von einer überfüllten Anrichte herab, ein langes, schimmerndes Dreieck, ein Körper, der sich in einem Bett zerwühlter Laken zurücklehnte. Und ein winziges Gesicht, das mir entgegensprang und und in meinem Gehirn explodierte. Himmel.

Ich sank in meinen Stuhl zurück. Unter dem Bild standen getippte Instruktionen: *Die erste Rate für das Video ...*

»Sie haben das hier auf *Video?*«, fragte ich.

»Offenbar sind die Tage der Fotografie gezählt.«

Die erste Rate für das Video beträgt 35.000 Dollar. Die Höhe der zweiten Rate wird noch bekannt gegeben, las ich.

»Ich will ihn kriegen, Emma.«

»Ja?« Ich hielt den Atem an. Das Gesicht auf dem Foto glomm vom Leben in Ruhm und Popularität. Ein Gesicht aus einem Dutzend Reden, ein Name mit Tradition in der Politik, ein Kopf, der jetzt auf einem nackten Körper saß. Politikerinnen sollten keine Körper haben. Vor allem nicht Margo Villanueva, die Außenseiterin bei der Kandidatur fürs Bürgermeisteramt von San Francisco.

»Das schaffen wir nie, die Sache zurechtzuspinnen«, seufzte Willie.

Kapitel 2

Wahrheitsfindung

Spinnen ist das Weben einer Hülle, die eine Wahrheit verdeckt, ein schimmernder Schleier, den sich Öffentlichkeit und Presse genau angucken können, ohne die Wahrheit dahinter auch nur zu ahnen.

»Was hält Villanueva davon, einfach alles zu gestehen? Wir könnten zur Presse gehen. Hat sie einen guten professionellen Schönredner?«

»Wir haben es flüchtig erörtert. So spät im Spiel bräuchten wir viel zu viel Wahrheitsfindung.« Willie schüttelte den Kopf. »Wenige Tage vor der Wahl Feuer mit Feuer bekämpfen?« Willie blätterte durch ihr geistiges Adressenverzeichnis von Schönrednern. »Das schafft keiner. Auf alle Fälle nicht die Pressesekretärin, die Margo jetzt hat – wie heißt sie noch, Dierdre, Debby, ach ja, *Dee Dee*. Die Niedlichkeit einer Frau sollte ein gewisses Höchstmaß nicht überschreiten. Blaues Blut aus Bethesda. Ich krieg nicht mal einen Termin oder auch nur einen Rückruf von Margo. Sie bewacht sie wie ein Schießhund. Aber offensichtlich *hat* sie einiges an Kleingeld reingebracht«, murmelte Willie, sie entschied sich. »Nein, Emma. Wir dürfen diese Sache nicht rauslassen, wir müssen ihr Spiel spielen, für eine Weile.«

»Wo ist das aufgenommen?«

»Ich weiß es nicht.«

»In einem Hotel?«

»Ja, glaube ich wenigstens.«

»Du weißt es nicht?«

»Margo ist mit dem Wahlkampf beschäftigt. Es war schwer, an sie ranzukommen. Sie ist heute Morgen damit vorbeigekommen. Wir hatten nicht viel Zeit zum Reden. Ihre Pressesekretärin hat im Auto gewartet. Niemand, niemand außer dir und mir und Margo weiß davon, Emma.«

»Ist es wirklich so eine große Sache?« Margo Villanueva, Witwe von Joseph Villanueva mit rund hunderttausend Enkelkindern, wirkte nicht sonderlich moralisch anfechtbar. Und wir waren in San Francisco!

»Das ist nicht deine Entscheidung«, sagte Willie.

Ich faltete die Erpressernachricht in der Mitte, versteckte den Körper, den ekstatischen Ausdruck, gönnte Margo ein bisschen verspätete Privatsphäre. Das Telefon klingelte, und Willie deutete auf einen zweiten Apparat auf ihrem Tisch. Wir nahmen beide gleichzeitig ab und hörten ein heiseres Knurren, das unangenehme Atmen, an das ich mich in nächster Zeit gewöhnen würde.

»*Zehn-Uhr. Ich-sag-Ihnen-wo. Kommen-Sie-allein-oder-es-gibt-kein-Video. Bringen-Sie-Geld, gebrauchte-Hunderter, nicht-gekennzeichnet-und-keine-Dummheiten, sonst-sind-Sie-aus-dem-Geschäft, und-die-Presse-kriegt-den-Schund.*«

Willies Augen flackerten mich durch die Dreistärkengläser an. Ihre Stimme bemühte sich um Beherrschung, als sie dem Plan zustimmte. »Okay«, sagte sie. »Wie –«

»*Ich-ruf-an.*«

Willie sagte eine Telefonnummer auf, *meine* Telefonnummer. Ich hoffte nur, dass der Anruf nicht während des Eröffnungsfilms der Filmfestspiele kommen würde. Willie legte vorsichtig den Hörer auf. »Klingt nach einer harten Sache, Emma«, sagte sie.

»Entspann dich«, sagte ich. »Ich hab mein ganzes Leben lang Geld zum Fenster rausgeworfen. Aber dieses Mal habe ich eine Waffe.«

»Okay, Emma.« Willies Lippen zuckten, winzige Linien an den Mundwinkeln schienen sich zu vertiefen. »Hier ist der Plan. Die erste Geldübergabe machst du wie gewünscht. Beim zweiten Mal wirst du mich über Zeit und Ort des Treffens informieren. Du hast Verstärkung bei der zweiten Übergabe. Es wird alles ausgearbeitet sein.« Sie reichte mir das Erpresserschreiben und zündete sich eine weitere Zigarette an.

»Lass mich raten, die zweite Zahlung erfolgt in Zeitungspapier.«

»Was immer den Beutel füllt, Emma.« Willie zuckte die Schultern. »Ich glaube, sie rechnen für die zweite Rate mit der großen Kohle.«

»Tatsache? Was ist mit Verstärkung?«

»Es wird jemand da sein, um ihn wegzuschaffen.«

»Was ist das für eine Verstärkung?«

»Das ist heikel.«

»Du willst mir nicht erzählen, wer meine Verstärkung ist?«

»Na ja –«

»Soll heißen, du willst nicht, dass Antonio Shays Polizeitruppe Villanuevas Erpresser schnappt?«

»So in der Art.«

»Nach dem Motto, der ›Wählt-Antonio-Shay‹-Amateurvideoclub könnte dahinter stecken?«

»Es gibt viele Möglichkeiten in dieser Sache. Momentan will ich es einfach nur hinter mich bringen.« Willie sah mich flüchtig an. Sie war jetzt bereit, mir auch heiklere Fälle zu übertragen. Und ich wusste, zu Willie kamen Klienten mit allen möglichen üblen Geheimnissen und dunklen Stellen oder dunklen Gestalten in ihrer Vergangenheit. Es gab problematische Botengänge und Leute mit Waffen. Und viel mehr Geld. Sie seufzte. »Ein Risiko, Emma. Willst du den Job oder nicht?«

Ich ließ es still werden und blickte lange in die Schattenwelt, die ich betreten sollte. Galaxien entfernt von schmierigen Scheidungsfällen. Ein Schritt in eine Welt voller Parasiten, die sich von Figuren des öffentlichen Lebens nährten, kurzlebige Sporengewächse, rattenartige Wesen, die darauf hinlebten, im rücksichtslosen Kugelhagel zu sterben.

Wollte ich den Schritt in diese Welt tun? Wollte das irgendwer?

Nein.

Im Kopf überschlug ich Gewinnbeteiligungen und Risikofaktoren. Ich wollte das Geld. Ein paar Riesen und eine Gewinnbeteiligung. Ich war gut in Form, hatte nichts vor außer den Filmfestspielen, mein Kopf war frei. Ich entschied mich. Ich würde eine Waffe tragen und versuchen, das Geld wiederzukriegen.

Und ich würde versuchen, nicht eine von denen zu werden.

»Klar, Willie. Ich mach's.«

»Gut. Mach die erste Übergabe. Wenn du kannst, besorg mir seinen Namen. Versuch ihn zu identifizieren, sammle Hinweise. Lass mich wissen, wann du ihn das zweite Mal triffst.«

»Was ist mit der Verstärkung? Wie soll ich dich kontakten?«

»Ich fliege auf eine Konferenz zur Rechtsreform nach New Orleans, Emma. Ich reise heute Abend ab, wahrscheinlich lange bevor er sich meldet. Hinterlass eine Nachricht bei meinem Auftragsdienst, wenn die zweite Übergabe vereinbart ist. Sag, dass du eine Blumenlieferung machen wirst. Mache genaue Angaben zum Ort. Die Verhaftung findet bei der zweiten Übergabe statt. Sorg dafür, dass du ihn sicher identifizieren kannst. Ich melde mich bei dir.«

»Das Honorar ...«

»Was denkst du, Emma?«

»Fünftausend, zweieinhalb für jeden Ausflug.«

»Zweieinhalb? Du forderst eine fette Gehaltserhöhung.«

Der Coit Tower fesselte Willies Aufmerksamkeit ganz. Sie starrte ihn an, als ob er auf der Silhouette von San Francisco etwas tun könnte, was er noch nie getan hatte. Ihre Zigarette brannte weiter im Aschenbecher, und blaue Rauchfahnen schwebten zwischen den schweren Eichenmöbeln. Ich sagte nichts. Ich würde mich von Willies Marlboros nicht zermürben lassen. »Wie wär's, wenn du mir erzählst, wie du auf diese Summe kommst«, sagte sie.

»Es wird nicht einfach, ihn zu finden, wenn er clever ist, werde ich sein Gesicht nicht sehen. Ich muss mir Hintergrundinfo besorgen, pirschen, jagen, wenn nicht sogar einbrechen, um herauszufinden, wer der Typ ist und um deine Klientin in Sicherheit zu bringen. Es könnte gefährlich werden. Wir haben hier jemanden mit 'nem ausgetüftelten Plan. Wahrscheinlich ist er bewaffnet. Keiner kennt ihn, also hat er nicht viel zu verlieren, wenn ihm jemand in die Quere kommt.«

Die Anwältin sah mich jetzt anders an, ihre Finger spielten mit den Perlen, Fingerspitzen berührten die knittrige Haut am Hals. »Ich verstehe.« Willie atmete kurz durch, die Perlen hoben und senkten sich, ihre Hand schlug auf den Tisch.

»Okay.«

»Und ich will ein Drittel von allem, was ich von den fünfunddreißig Riesen wiederbeschaffe.«

»*Was?*«

»Ich werde versuchen, das Geld deiner Klientin zurückzuholen.«

»Ach was!« Lippen verzogen sich zu einem schmalen kleinen Grinsen, direkt unter ihrer Nase.

»Gib mir einen Anreiz, das Geld zurückzukriegen, Willie. Ich bin sicher, deine Klientin wüsste es zu schätzen. Zwei Drittel von fünfunddreißig Riesen sind viel besser als nichts. Und ich werde hinter dem Geld her sein, Willie. Das weißt du.«

»Okay, okay, okay.« Willies knorrige Finger drückten ihre Zigarette aus, ich war fertig mit meiner Ansprache. »Vielleicht kann ich dir Folgeaufträge verschaffen, wenn du das hier hinkriegst«, sagte sie leise. Ich merkte, dass ich dabei war, tiefer in die Anwaltskanzlei von Willie Rossini einzudringen. Eine Konferenz zur Rechtsreform, Willie würde die ganze Zeit weg sein und alles mir überlassen. Ein Drittel von fünfunddreißig Riesen waren elf Große und ein paar Zerquetschte, genug, um die Hypothekenforderungen ein Jahr lang in Schach zu halten. Ein Strand in Mexiko breitete sich vor mir aus, weißer Sand, heiße Sonne und eine Guadalupe mit Rosen auf ihrem Umhang.

»Das behalte ich.« Ich faltete das Erpresserschreiben, vergewisserte mich, dass ich den Kontaktabzug drinnen nicht verknitterte. Ich packte es in die Brusttasche meines Hemds. Willie zuckte zusammen, als sie das gefährliche Bild verschwinden sah. »Keine Sorge. Ich werd vorsichtig sein. Denk dran, ich hab einen Safe zu Hause. Und jetzt die fünfunddreißigtausend und zweieinhalb für die erste Übergabe. Übrigens, ich brauche einen Riesen extra, für Spesen.«

»Emma –«

»Hör mal, unser Mann hat eine Menge Kleingeld hingeblättert, um das Foto zu besorgen. Ich muss mithalten können.«

»Einen *Riesen*?«

»Lass uns nicht am falschen Ende sparen, Willie. Was glaubst du, wie die Summe für die zweite Übergabe aussehen wird? Die müssen ihre Ausgaben reinholen.«

Willie ging rüber zum Porträt von Gwen John, ihre Augen auf gleicher Höhe mit dem festen Knoten der duftigen Schleife der Künstlerin, direkt unter dem eigensinnigen Kinn. Willie ließ ihre Finger hinter den Rahmen gleiten und drückte einen Knopf. Das Gemälde und die kleine Messinglampe, die es beleuchtete, schwangen in den Raum und enthüllten einen Safe. Willie stand vor dem Schloss, den Kopf in den Nacken gelegt, ihre Augen passten sich an den untersten Teil der Dreistärkengläser an. Ich konnte die Bewegung der Stahlriegel hören, als sie am Rad drehte. Ihre Hand tauchte in das dunkle Loch, und sie schloß dic Tür des Safes, verdrehte die Kombination und gab Gwen John ihren rechtmäßigen Platz an der Wand zurück. Die Künstlerin stand hinter Willie, Unnachgiebigkeit in impressionistischen Zügen, und schien mich zu ermahnen, die Scheine auch ja gut einzusetzen. Willie nahm einen Haufen schmutziger Noten ab, sortierte und zählte.

»Vierzigtausend?«, sagte sie fragend.

»Nicht markiert?«

»Genau.« Sie zählte das Geld auf den Tisch. »Viertausend, viertausendfünfhundert, fünftausend –« Von Zeit zu Zeit sah sie mich an, um sicherzugehen, dass ich aufpasste, die grünen Dollarscheine spiegelten sich in ihrer Brille.

»Hier sind viertausend für Spesen.« Willies Augen waren wässrig und müde. Zum ersten Mal sah ich Willie an und dachte tatsächlich das Wort *ältlich*. Ich wischte das Wort aus meinem Kopf, als ich Willies Zorn hörte. »Wir müssen diesen Bastard erwischen, Emma. Margo Villanueva ist – sie ist eine Freundin ...«

»Ich weiß, Willie.«

»Viele Politiker sind Idioten, Emma, aber Margo lebt für das Gemeinwohl, für die Menschen in San Francisco. Wir brauchen sie. Sie ist der eigentliche Punkt. Und sie hat ihre ganze politische Karriere noch vor sich. Auf keinen Fall darf irgendein Wichser ihr Leben ruinieren, alles, wofür sie gearbeitet hat.« Eine große blaue Vene erschien über einer ihrer Augenbrauen. »Ich weiß, dass du jetzt bewaffnet bist, Emma, und ich weiß, dass du eine wirklich gute Schützin geworden bist. Aber sei vorsichtig. Ich mache mir mehr Sorgen um dich als um das Geld.«

Das war nett, aber es bezahlte nicht meine Hypothek.

Kapitel 3

Glühwurm

Erpressung ist eine Form von Wucher, es ist illegal. Prominente gewöhnen sich daran, allerlei Briefe zu bekommen, die ihre Karrieren gefährden. Oder die sie splitternackt auf einem Bett zeigen, sollten sie sich auf ehebrecherische Gymnastik einlassen. Politiker sind immer gleichzeitig mit dem Richtigen und dem Falschen zugange.

Das Beste ist, die Briefe einfach zu ignorieren oder herauszufinden, wer sie geschickt hat. Wenn du einen Erpresser fütterst, wird er nur hungriger. Er wird das, was ihn ernährt, nicht aufgeben. Warum sollte er auch? Es gibt immer Kopien. Unser Mann hatte von einer Videokassette eine Aufnahme extrahiert, das zeugte von einem gewissen technischen Sachverstand. Ein Leichtes, weitere Abzüge zu machen. Wenn man eine Zahlung macht, dann nur in der Hoffnung, den Erpresser zu kriegen. Das Videoband zu kriegen wäre auch nicht schlecht.

Mink wartete an der Tür, verlangte Aufmerksamkeit. Ich füllte ihren Wassernapf auf und streichelte sie. Jeder Katze ihre persönlichen Lustpunkte. Von anderen hätte ich mir eine flinke Kralle eingefangen.

Ich rief nach Friend, der zweiten Katze, die draußen lebte. Friends Futternapf war leer. Ich füllte ihn und stellte ihn zurück auf die Veranda, die auf den Garten hinausging. Tomaten, deren große Köpfe schuldbewusst herunterhingen, härteten sich am Stamm gegen die Witterung ab. Verschlungene Gestalten im Nebel. Dahlien, in diesem Sommer so groß wie flache Teller, krochen zurück in ihre Knollen knapp unter der Erde.

Ich schloss die Hintertür ab und ging in mein Arbeitszimmer, ich ließ Mink mit rein, ein besonderer Bonus. Das Zimmer war früher Frances' Büro gewesen. Ich hatte es komplett renoviert, der Raum enthielt jetzt Ausstattung für jede Anforderung meiner derzeitigen Ermittlungsarbeit. Es gab auch Dinge, die noch nicht zur Verwendung gekommen waren.

In den Betonboden war ein Safe eingelassen. Darüber Gitter vor dem Fenster aus Glasbausteinen. Die große Werkbank mit einem schweren Schraubstock an der Seite. Rechts davon ein Steckbrett mit einem kabellosen Bohrschrauber, einer Säge und einem Sortiment Werkzeug. Fünfundzwanzig Gläser für Babynahrung, mit dem Deckel an ein Brett geschraubt, boten eine klare Sicht auf Schlitzschrauben, Kreuzschrauben und Stiften, geeignet für alle möglichen Materialien, Holz, Beton und Metall. Links von der Werkbank hatte ich Übungsschlösser angebracht. Sicherheitsschlösser, Einsteckschlösser, Buntbartschlösser und verschiedene Vorhängeschlösser, der Lehrplan eines Kurses, der von einer als Penny Panzerknacker bekannten Rentnerin unterrichtet wurde. Sie hielt diesen besonderen Abendschulkurs im Zimmer ihres Hotels in Tenderloin. Sie war geduldig, aber anspruchsvoll, und die Kursgebühren wurden immer pünktlich bezahlt.

Der Raum war nicht nur gut beleuchtet, er war auch sehr gut belüftet. Ein Ventilator mit drei Geschwindigkeitsstufen war ins Fenster eingelassen. Die Blätter liefen so leise um ihr Kugellager, dass selbst Police Officer Deleuse sie nicht einmal bemerkte, wenn sie eine ihrer Hin- und Herwälznächte hatte.

Einbauschränke beherbergten eine bescheidene Fotoausrüstung. Vergrößerungsgerät, Schüsseln und Chemikalien, Beleuchtung für die Dunkelkammerarbeiten. Die heißesten Fotos, die ich bisher gemacht hatte, waren Kätzchenaufnahmen im Garten, und die einzigen Schlösser, die ich je geknackt hatte, gehörten zu Autos von Freundinnen, die ihre Schlüssel hatten stecken lassen.

Ein kleiner Brennofen, damit das Ganze aussah wie eine Hobbyecke, und ein tragbarer Schneidbrenner. Ein großes Sortiment Glasschneider, Stemmeisen, Stichsägen, Dietriche und ähnliche Gerätschaften waren in einem Büroschrank weggeschlossen. In der hintersten Ecke stand ein Computer mit Modem, abseits von allem, was warm oder giftig war.

Ich schloss ein Aufnahmegerät an das schnurlose Telefon an, um den Zehn-Uhr-Anruf aufzunehmen. Ich nahm das Glas mit phosphoreszierendem Pulver vom Regal und stellte es auf die Werkbank. Das Pulver, speziell geeignet zur Aufklärung von Diebstählen, gab es im Spezialversand für Sicherheitsbedarf – und im Zauberladen um die Ecke. Unter Schwarzlicht brachte es alles zum Glühen wie der Mond in sternklaren Nächten.

Ich setzte die Katze vor die Arbeitszimmertür. Sinnlos, nachts ein Glühkätzchen zu haben. Ich hatte in letzter Zeit Einschlafprobleme, und das dürfte in absehbarer Zeit kaum besser werden. Was hatte Willie gesagt, wann sie von der Konferenz zurück sein würde? Hatte sie es mir gesagt?

Mit weißen Baumwollhandschuhen zog ich die wiederverschließbare Tüte mit dem lavendelfarbenen Pulver aus dem Glas. Ich hielt den Atem an, das Zeug war gesundheitsschädlich, erreichte jede Falte und jede Spalte in Haut und Kleidung.

Man konnte es nicht abwaschen, wegfegen oder absaugen, die leuchtende Spur verlor sich erst nach ein oder zwei Wochen. Bis dahin entwickelte das Pulver wie ein merkwürdiges homöopathisches Mittelchen ein Eigenleben und legte sich auf den Erpresser und alle seine Komplizen wie ein großes Schild mit der Aufschrift ›Schuldig‹. Hänsel und Gretel hatten es nie so gut.

Es war sieben Uhr, als ich die Geldstapel herausholte und meine Finger über die leichten Erhabenheiten der Banknoten-Oberflächen gleiten ließ. Da es täglich leichter wurde, Noten zu fälschen, enthielt die schwarze Tinte jetzt Eisenoxid für die bundesstaatlichen Scanner. Seit 1879 wurde das Papier von Crane and Company ausschließlich für die Bundesregierung der Vereinigten Staaten hergestellt; jedes andere Papier machte Blüten sofort als solche erkennbar, selbst mit einem guten Drucker. Alle Scheine hatten die roten und blauen Fasern, die in das Baumwoll-Leinen-Papier eingebettet wurden; das bedeutete, es hatten sich keine Fälschungen eingeschlichen. Ich nahm einen feinen Zobelpinsel und bestäubte die Mitte jeder Hundertdollarnote mit einer unsichtbaren Spur des phosphoreszierenden Pulvers, wobei ich versuchte, das Zeug auf Benjamin Franklins Gesicht in der Mitte jedes Scheins zu begrenzen. Ich habe Benjamin Franklin immer gemocht. Als ihm seine Brille runterfiel, hatte er die Zweistärkenbrille entdeckt und bewiesen, dass es manchmal die Tolpatschigkeit ist, die erfinderisch macht. Mit seinem lavendelgepuderten Gesicht sah er aus wie einer der bezopften Darsteller des japanischen Kabuki-Theaters. Für dreihundertfünfzig Franklins brauchte ich eine gute halbe Stunde.

Ich stapelte die Scheine zu drei gleich großen Haufen und spannte Gummibänder um jeden Packen. Ich legte das Geld in zwei große verschließbare Plastikbeutel. Ich machte das Licht aus und richtete eine kleine Stabtaschenlampe auf die Werkbank.

Das Glas mit dem phosphoreszierendem Pulver leuchtete auf wie eine Lampe. Die Plastikbeutel mit den fest aneinander gepressten Geldscheinen leuchteten nicht. Ich hatte es geschafft, das Leuchtpulver war auf Franklins Gesicht in der Mitte der Scheine beschränkt. Es war kein Schimmer zu sehen. Nicht mal an den Kanten. Noch nicht. Ich packte das Geld mit dem Erpresserbrief wieder in den Safe und gab dem Zahlenrad einen ordentlichen Schwung. Acht Uhr.

Ich verschloss die Arbeitszimmertür und ging duschen und Haare waschen. Gepudert, geölt, geföhnt, weich wie ein Baby, aber immer noch relativ nackt, schlüpfte ich in meine seidenen Boxershorts, ein gebügeltes weißes Hemd und eine schwarze Jeans, weich und eingetragen. Ich zog die profillosen weißen Tennisschuhe und meinen grünen Ledermantel an. Der Mantel war für mich maßgefertigt von einem pseudo-europäischen Designer aus North Beach. Er war dreiviertellang, glatt und dunkel wie ein Blatt, und der breitschultrige Schnitt ließ alle möglichen Gegenstände und mein Pistolenhalfter verschwinden. Die zwei Geldpakete würde ich in den beiden großen Taschen im Goretex-Futter unterbringen. Von weitem würde mich höchstens eine Spur roten Lippenstifts sichtbar machen. Meine körperliche Verfassung war so gut wie selten. Meinen Freundinnen war ein Gewichtsverlust aufgefallen. Bei einer Scheidung kann man vieles verlieren; mit kreischenden Nerven und brechendem Herzen hatte ich trainiert und kam wieder auf hundertsechzig Sit-ups. Ich konnte drei Mal um den Bernal Hill laufen und war nicht einmal außer Atem. Meine Füße trugen mich weg von der Liebe, weg von Frances. Und wenn das nicht half, gab es den Schießstand.

Ich öffnete den Safe und sah die fünfschüssige Smith and Wesson 38er Special, das handgearbeitete Schulterhalfter und die Munition. Ich griff nach der Waffe. Sie lag in meiner Hand, passiv; ungeladen war sie ein nutzloses Stück Metall, ein Hammer.

Den Holzgriff hatte ich durch einen Pachmeyer Gummigriff ersetzt, dessen Fingermulden mit meiner Hand perfekt übereinstimmten. Sie erhöhten meine Treffsicherheit um weitere zehn Prozent. Ich legte den Revolver hin. So sehr ich die Waffe hasste und respektierte, so sehr liebte ich das Schulterhalfter.

Die breiten Lederriemen wurden schnell geschmeidig, glichen sich auch jetzt meinen Schultern, meiner Haltung, meiner Bewegung an. Das Halfter war fast ein Teil von mir. Ich streifte das Leder über die Arme und spürte die leere Tasche des Halfters unter meiner Achselhöhle. Sie hatte einen Schnappverschluss, und ich konnte die Waffe in weniger als drei Sekunden ziehen. Ich zog ein Paar Speed Strips heraus, extra angefertigte Schnellladevorrichtungen, sowie ein Paar Handschellen und packte alles in die dafür vorgesehene Tasche an meinem rechten Arm. Die Handschellen dienten als Gegengewicht für den Revolver, aber im Zweifelsfall eigneten sie sich auch, um Kriminelle unschädlich zu machen. Das Glück sollte ich mal haben.

Ich nahm fünf der sonderbaren Hohlspitzgeschosse aus einer kleinen blauen Schachtel.

Hohlspitzgeschosse sind merkwürdig aussehende Dinger, kaum jemand würde sie überhaupt für Munition halten. Kleine konkav geformte Geschosse mit eingedrückten Spitzen, die von oben aussahen wie winzige Suppenteller, erinnerten sie mehr an die kleinen Bleigewichte, mit denen man Vorhänge und Tischtücher beschwert. Da sie nicht spitz waren, konnten sie Wände nicht durchdringen und wurden auch nicht zu Querschlägern, die Unbeteiligte trafen. Das war meine zweitgrößte Sorge, wenn ich die Waffe trug. Meine größte war, sie überhaupt benutzen zu müssen. Ich schob die Hohlspitzgeschosse in die Kammern. Eins. Zwei. Drei. Vier. Fünf kleine Patronen. Ich hoffte, ich würde sie wiedersehen, wenn die Nacht vorbei war.

Erpresser sind leichte Beute, redete ich mir ein. Normalerweise sind sie faule Schmarotzer. Ernähren sich vom Bodensatz. Nicht gefährlich. Ein Mantra für das Laden meiner Waffe: Ich bin gut in Form, und Erpresser sind Feiglinge, und ein Drittel dieser fünfunddreißig Riesen wird mir gehören.

Genau, Emma. Und du lebst glücklich bis an dein Ende, und eine dritte Partei wird dieses Land von den fanatischen Konservativen erlösen. Und du bist kein Tier. Ich setzte mich an die Werkbank, trainierte das Ziehen, zielte zur Übung auf die winzigen Staubkörnchen, die in der Luft schwebten. Halb zehn. Ich griff nach dem Telefon und rief Rose Baynetta an, meine Freundin, die eine Agentur für Sicherheitsdienste hatte. Rose hatte sich von einer Schmalspurschnüfflerin zur Geschäftsfrau hochgearbeitet. Wir waren zur gleichen Zeit im Schleich- und Lauschgeschäft aufgestiegen; unterwegs lernten wir und halfen uns gegenseitig aus. Allerdings hatte Rose sich etabliert, in einem Büro mit Angestellten und Lohnlisten, Management und Geschäftsessen. Ich arbeitete immer noch im Hintergrund, eine ungebundene Herumtreiberin ohne Klienten, die ich beeindrucken musste. Rose hatte viel Arbeit, noch mehr Sorgen und nie Urlaub, ein Leben, das zu ihr passte.

Ein großer Teils unseres Wissens und unserer Ausrüstung stammte von Roses Vater, Fred Baynetta. Während Rose Know-How über Hochfrequenz-Alarm-Systeme und viele Ratschläge sammelte, verschaffte ihr alter Herr mir Beziehungen, die Gold wert waren. Penny Panzerknacker stand als Beraterin auf Freds Lohnliste. Ich hatte mein Werkzeug selbst hergestellt, eine doppelt gekröpfte, feine Zange, mit der ich die Federspannungen im Schließzylinder bewegen konnte; es gab kein Zylinderschloß, das ich damit nicht aufbekam. Penny war eine strenge Prüferin, sie war nur wenig beeindruckt, als ich ein Sicherheitsschloß in weniger als sieben Sekunden knackte.

»*Die Baynetta Sicherheitsagentur ist geöffnet von neun bis achtzehn Uhr.*«

Ich wartete, bis die Nachricht zu Ende war. »Rose, bist du da? Hier ist Emma, nimm bitte ab –«

»Ja?« eine Silbe, die Stimme verschlafen.

»Was würdest du davon halten, ein Profil von Villanuevas Organisation zu erstellen?«

»Emma! Was ist los?«

»Ich brauche einige grundlegende Informationen.«

»Klar. An wen schicke ich die Rechnung?«

»An mich.«

»Okay. Alles für die gute Sache. Villanueva muss gewinnen. Bei der Eheverfügung sind wir von jedem Demokraten im Land verkauft worden. Villanueva ist die einzige Kandidatin, die nicht klein beigibt.«

»Sie kandidiert für das *Bürgermeisteramt*, Rose, sie will nicht Präsidentin werden.«

»Ja. Und wenn sie nicht Bürgermeisterin wird, kannst du dich vom Homodorado San Francisco verabschieden.«

»Meine Stimme hat sie. Melde dich, wenn du die Info hast.«

»Over and out, Boss.«

Das Telefon klingelte.

»Emma, hier ist Carla Ribera.« Die dunkle Stimme der Modefotografin erhob sich über die Geräuschkulisse einer Steh-herum-und-schrei-dich-heiser-Cocktailparty. »Wo bleibst du? Ich dachte, wir würden uns hier sehen!«

»Habe ich dir die Einladung zum Film Festival zu verdanken?«

»Ja, ich habe die Standaufnahmen für *Vogelfrei* gemacht, wusstest du das nicht?«

»Doch, ich habe die Fotos im Verzeichnis gesehen. Sehr dramatisch. Geradezu aufrüttelnd. Herzlichen Glückwunsch.«

»Ich finde sie auch ziemlich gut. Kommst du nicht zum Empfang?«

»Tut mir Leid, aber ich bin gerade erst aus dem Flugzeug gestiegen. Es war hektisch in letzter Zeit.«

»Du hast doch deine Eintrittskarten für *Vogelfrei*, oder? Allein die Kostüme werden Jean Paul Gaultier vernichten. Wie lange haben wir auf jemanden gewartet, der seine frauenhassende Marke aus der Branche wirft. Ina – Ina Cho hat es *geschafft*, Emma. Ihre Mörderische Lesben-Terroristinnen-Kollektion wird die Mode ein für alle Mal revolutionieren.« Ich konnte Carlas Ohrringe, im Museum gekaufte Reproduktionen präkolumbianischer Schmuckstücke, gegen den Hörer klappern hören – eine Amazone, die einen Stepptanz aufführte. »Nächstes Frühjahr in Paris werden wir sie fertigmachen –«

»Ich werde die Satellitenübertragung nicht verpassen.«

»Hör mal, Emma, bei mir ist diese wirklich tolle junge Frau, und ich hatte gehofft, es wäre dir recht, sie kennen zu lernen. Sie könnte deine Hilfe wirklich gebrauchen.«

»Jetzt kommt der Gefallen«, seufzte ich und rückte die Muschel von meinem Mund weg. Carla war nicht wirklich bösartig, aber manchmal schien sie das zu vergessen. Der letzte Fall, mit dem ich mich rumgeschlagen hatte, hatte Carla in einer Nebenrolle gezeigt, ein Fall, der mich wegen Beihilfe zum Mord fast ins Gefängnis gebracht hätte. »Ich bin momentan beschäftigt.«

»Ich glaube, das hier ist eine gute Sache.«

»Gute Sachen bringen kein Geld ein. Carla, bist du in einem Festnetz?«

»Emma! *Compadre!*« Ein leises Lachen. »Dir gelingt es immer wieder, mich zu unterschätzen! Natürlich bin ich in einem Festnetz! Ausserdem gibt es auf dem Festival keine Mobil- oder Funktelefone, noch nicht.« Carlas Stimme verschwand für einen Moment. Im Hintergrund vernahm ich das Knallen von Korken, Beifall und nah an der Muschel süßen Schampus.

»Carla?« Ich konnte hören, wie sie am Glas nippte.

»Emma, *amiga,* du schaffst es, dass schwierige Dinge«, eine Pause, »einfach erscheinen.«

»Das Gleiche hat der Detective von der Mordkommission gesagt, als ich mit einem deiner Freunde aneinander geraten bin.«

»Emma, Emma«, schnurrte Carla. »Soweit ich weiß, hast du deinen Kopf durchgesetzt.«

»Das fand der Inspektor auch. Aber er fand nicht, dass das zu meinem guten Ruf beigetragen hat. Ich glaube, die Anklage lautete auf Anstiftung, Beihilfe und Komplizenschaft, so was in der Art. Ihm hat es nicht behagt, dass ich als freie Frau davonspaziere. Er wollte mich einsperren und den Schlüssel wegwerfen. Ich muss mich zurückhalten, Carla. Ich kann keinen Ärger mit dem Gesetz gebrauchen.«

»Und genau deshalb, *amiga,* tue ich dir diesmal einen Gefallen und schustere dir einen sehr einfachen, kleinen Job zu, der dir eine sagenhafte Prämie einbringen könnte. Und, du wirst es nicht glauben, sie ist eine richtige *Farmerin*!«

»Oh-oh, ich rieche den Braten.«

»Eine Frau der Scholle, Emma. Im Ernst, Emma. Weißt du, wie groß die Produktion von Naturerzeugnissen ist? Also, Kim produziert Naturfasern. Aber nicht irgendwelche Kunstseidengemische oder Hanf.«

»Lass mich raten.«

»Ich spreche von natürlich hergestelltem *Kaschmir* ...«

Kaschmir. Das Gefühl einer alten Strickjacke kam zu mir zurück. Ich erinnerte mich an die Strickjacke, die meine Mutter morgens getragen hatte. Ein altes, mottenzerfressenes Ding, Überbleibsel eines

Twinsets, ein Stück Luxus aus ihrem vergangenen Leben. »Okay, okay. Erzähl mir mehr.«

»Noch was, Emma«, flüsterte Carla. »Sie ist wirklich schön, auf eine irgendwie rauhe Art. Ich weiß genau, dass ihr zwei ein Hit sein werdet, ihr werdet euch prächtig verstehen!« Carla gab den Hörer an meine neue beste Freundin weiter.

»Spreche ich mit Ähmma Victor?« Der schleppende Singsang am anderen Ende dehnte sich bis in den tiefsten Süden. »Ich weiß das wirklich zu schätzen.«

»Warten Sie mit der Dankbarkeit. Ich weiß nicht, was Sie wollen, und ich weiß nicht, ob ich Ihnen helfen kann.«

»Ich muss hier lediglich ein gewisses Indievie-duh-uhm finden.« Eine gewisse Südstaaten-Formalität hatte sich in ihrer Ausdrucksweise bewahrt.

»Es ist eine große Stadt. Wie heißen Sie?«

»Kimilar Jones.«

»Hören Sie, Kimilar, ich bin ziemlich ausgebucht. Wenn es also was Dringendes ist –«

»Oh!« Pause. Geräusche der Cocktailparty, knallende Korken, Geräusche von Carla, ihr Lachen, schwach, schwächer.

»Sind Sie noch dran?«

»Ja.« Panik schwang in ihrer Stimme mit. »Tut mir Leid; ich bin zufällig und nuah für ein paar Tage in der Stadt. Das Filmfestival hat meine Reisekosten übernommen. Es ist schweah für mich, von der Farm wegzukommen; ich weiß nicht, wann ich wiederkommen kann. Ich muss meinen Ex finden. Er steckt irgendwo in Saan Fraanciscooh.« Das Gedehne wurde schlimmer, als ihre Stimme einen höheren Ton anschlug. »Ich dähnke, eigentlich geht es nuah drum rauszufinden, wo er ist. Ich habe die Nummah eines Postfachs. Die Briefe sind auch abgeholt worden.«

»Und warum reagiert er nicht?«, fragte ich, obwohl ich die Antwort kannte. Noch ein schmieriger Scheidungsfall.

»Ich erkläahre Ihnen alles, wenn wir uns treffen. Bitte. Ich werde Sie bestimmt nicht lange aufhalten.«

»Wann?«

»Heute Abend.«

»Heute Abend? Ausgeschlossen –«

»Es dauert nuah eine Minute. Ich habe einen Leihwagen. Was machen Sie im Moment? Bitte, lassen Sie mich kurz vorbeikommen. Es bedeutet mir alles – alles, wofür ich je gearbeitet habe.«

Das reichte. Ich konnte es nicht ertragen, zuzusehen, wie eine gute Frau etwas verlor, für das sie gearbeitet hatte. Jedenfalls nicht, wenn sie sich ihre Hände mit ehrlichem Dreck schmutzig machte. Ich konnte sie zwischen dem Laden meiner Waffe und dem Anruf des Erpressers einschieben. Seit Frances mich verlassen hatte, war niemand über meine Schwelle getreten. Tag und Nacht war ich unterwegs und stellte Vorladungen zu, um meine Hypothek zu bezahlen; ich kam nach Hause zurück und schleppte mich in einen tiefen und hoffentlich ungestörten Schlaf. Und jetzt, wie das Leben so spielt, hatte ich schon wieder einen schmierigen Scheidungsfall mitten in meinem Wohnzimmer; ich konnte das Déjà-vu am ganzen Körper spüren. »Eigentlich«, sagte ich, »wär's mir lieber, Sie im Café Flor zu treffen. Vom Castro ist das nur ein Stück die Straße runter.«

»Café Flor?«

»Sechzehnte Straße Ecke Market.«

»Dieses kleine Lokal, wo man draußen sitzt, mit der Verandah?«

Wir verabredeten uns. Ich legte den Hörer auf, die Alarmanlage eines Autos fing an, die Straße entlangzujaulen. Ich ging zurück in mein Arbeitszimmer. Die fünfunddreißigtausend Dollar passten genau in die riesigen Innentaschen meines Mantels. Das Handy hing sicher an meiner Gürtelschnalle. Unter den Armen schaffte der pseudo-europäische Schnitt meines Mantels großzügig Raum, das kaschierte unansehnliche Ausbeulungen, dachte ich, als ich mein Aussehen im Flurspiegel überprüfte. Ich schmierte mir mit einem fleischfarbenen Lippenstift sehr sorgsam quer über den Mund. Fix und fertig, um mit vierzig Riesen plus Kleingeld im Castro herumzustreunen – wegen eines Falls, den ich nicht wollte.

Kapitel 4

Kreuz und quer im Castro

Das Castro ist mehr ein ideeller als ein geographischer Ort. Beim Näherkommen werden sie sichtbar: Paare, die sich im Nebel aneinanderklammern, Frauen in Lederjacken, ihre Küsse in der Öffentlichkeit nicht mehr zögerlich.

Die Anfahrt über den steilen Hügel der Vierundzwanzigsten Straße gewährte den besten Blick auf die sechs Blocks, die das Herz des Castro bilden. Ein Blumenhändler warb mit auf dem Gehweg ausgestellten Regenbogensträußen für den großen Coming-out-Tag.

Schon von der Spitze des Hügels konnte ich die Gruppe von Stretch-Limousinen und Stadtbussen sehen, den verstopften Bürgersteig vor dem architektonischen Sahnetörtchen, das in Rosa und Blau erstrahlte. Das Castro Filmtheater war das heiß geliebte Herzstück des Viertels. Eröffnungsnacht bei den Filmfestspielen, ich konnte schon die Meute jubeln hören, die Filmemacher und Schauspieler triumphieren sehen, die besorgten Politiker ahnen, wie sich auf die Bühne manövrierten. Tausendvierhundertfünfzig Stimmen würden da sitzen und auf den Beginn des Films warten.

Das zehn Meter hohe vertikale Schild hatte sechs riesige Buchstaben, die mit rosa und blauem Licht pulsierten. C-A-S-T-R-O, C-A-S-T-R-O, C-A-S-T-R-O zwinkerte es jedem zu, der vorbeiging, und eine Markise aus Zickzacklinien in Neonpink und Neonblau hielt den kondensierten Nebel von der Menge ab.

Am Bushäuschen vorbei zog es die Leute die Market Street runter. Was wäre das Motto der Straße? Es gab schon einen Tower Records-Laden. Ein Stück den Hügel runter würde es einen Warner Brothers-Laden geben und ein Hard Rock Café mit einem Pottery Barn dicht auf den Fersen.

Ich bog in die zweistöckige Garage neben dem Café Flor. Die hallende Treppe führte zu Tower Records, wo ein lächelnder Sicherheitsbeamter eine Kundin anbaggerte. Ich öffnete die Glastür und trat ins gewächshausähnliche Café Flor. Pflanzen drängten sich in den hohen Fenstern. Männer hatten sich an Tischen aufgereiht, schrieben in Notizbücher und redeten miteinander, es war warm von Kaffee, Dampf und Gelächter.

Und vom Lächeln der Kimilar Jones. Einsfünfundsechzig groß und so fünfundfünfzig Kilo schwer, winkte mir die Frau, die Kimilar Jones sein musste, zu und ihre großen Zähne strahlten mich mit einem Pferdegrinsen an. Das wettergegerbte, sonnverbrannte Gesicht kontrastierte mit ihren langen hellblonden Haaren. Die braune Wildlederjacke, abgelegt von Davy Crockett, war vom Wetter fast so mitgenommen wie ihr Gesicht. Alles war so authentisch, es hätte mich nicht gewundert, wenn sie ein Lasso dabeigehabt hätte.

Sie stand auf und legte eine schmale, sehnige Hand auf den kleinen Marmortisch, um sich auf ihren winzigen Absätzen halten zu können. Kimilar Jones trug die geschmacklosesten weißen Lackleder-Westernboots, die es je gab, und ich lächelte beim Anblick der weißen Fransen, die aus der Medaillon-Verzierung hervorwucherten und um ihre grazilen Fesseln flatterten. Als ich mich dem Tisch näherte, sah ich eine riesige Handtasche an ihrer Seite, größer als ein Brotkasten und kleiner als ein Sarg.

»Hallo, ich bin Emma Victor«, sagte ich und streckte eine Hand aus. Ich hielt Abstand, wie ich es bei kleinen Leuten immer machte, damit sie nicht zu mir hoch- und ich nicht zu ihr runtergucken musste.

»Jones«, sagte sie, ihr Mund lächelte, große, weiße Zähne in der Mitte des Gesichts. Sie streckte eine Hand aus und schüttelte meine in einem überraschend kräftigen Griff. »Ich hab nicht geahnt, dass Sie so groß sind«, sagte sie.

»Das hat niemand geahnt.« Ich bedeutete ihr, sich zu setzen. Ihre Augen waren hell, hellblau, hatten etwas Unschuldiges im Gegensatz zu ihrem verwitterten Gesicht. Eine lange, dünne Nase, die einmal gebrochen sein mochte. Die Hände waren Arbeitshände, Narben auf den Knöcheln, die Nägel trotz einer kürzlichen Maniküre eingerissen. Die kleinen Stiefel bildeten unter dem Tisch einen rechten Winkel, als sie sich setzte. Ein großer Mund mit einem schiefen Lächeln, sie hielt die Lippen geschlossen, verbarg den beträchtlichen Überbiss.

»Danke, dass Sie sich so kurzfristig mit mir treffen«, Kimilar zerrte ihre große Tasche auf den Marmortisch, schlug die Beine übereinander, die silberbeschlagenen Boots blitzten auf. Das hochwertige Leder auf ihrem Schoß glänzte wie ein Spiegel, die echt silberne Schnalle war als Knoten geformt. »Ich fange am besten ganz von vorn an.«

»O nein, nicht ganz von vorn«, murmelte ich.

»Haben Sie's so eilig? Kommen Sie, Sie sind Privatdetektivin, ich muss Ihnen meine Geschichte erzählen, odah?« Kimilar nahm mich in ihren hellen Blick, und das war kein so schlechter Platz. Ihr leichter Körperbau war irreführend, ich konnte Kimilars Geschichte in der Stärke ihrer Arme sehen, den Waden, den Narben auf ihren Händen. Sie zerrte die Koffer-Handtasche auf ihren Schoß, riss den silbernen Druckknopf auf und nahm eine große Präsentationsmappe raus.

Ein Hochglanzfoto von einer Ziege, zwanzig mal fünfundzwanzig Zentimeter, steckte sorgfältig unter der Plastikschutzhülle. Aber es war nicht irgendeine Ziege. Es war der Inbegriff einer Ziege, das Zicklein unserer Fantasie, etwas, das Walt Disney zu einer Zeichnung machen und mit Doris Days Stimme versehen würde, abgesehen davon, dass sie schwarz war. Kimilars Hände öffneten die Mappe, und ich sah, was die Kimilar-Verbindung zu Carla war.

Eine Gruppe Obdachlose, so fröhlich wie Sargträger, gekleidet in schwarze Ledertutus mit Strickoberteilen. Hinter ihnen strahlende Fotos vom Wilden Westen, wie Set-Designer Slavid Prockney sie schießen würde. »Na ja, mein Stil isses ja nich' grade«, räumte Kimilar ein. »Ich dachte, es geht darum, Leute *warm* zu halten, aber wie auch immer. – Hier.« Kimilar griff in den Koffer. Ich erwartete den üblichen Papierkram, stattdessen hielt ich plötzlich ein Stück Wollgewebe in der Hand, eine Wolke, dichter als Samt. »Das ist das gekämmte Produkt. Mein Pulli ist eine gewebte Probe.« Kimilar bot mir freundlich die Schulter ihres Pullis, ich streckte die Hand aus, nicht um eine Person, sondern um ein Material zu berühren, ein Stück Magie. Schwerelos, so weich, dass es kaum existierte, so tief und dick, dass es Wärme verströmte, umgab es meine Hand wie eine glückliche schwarze Wolke. Ich legte den flaumigen Ball aufs Marmor, er verschwand blitzschnell wieder in Kimilars Tasche.

»Also, Sie sind eine Pelzproduzentin und haben ein Problem –«

»Das ist kein Pelz. Die Kleidung, die Sie hier sehen, ist aus Kaschmir, von Ziegen wie der auf dem Deckblatt. Es ist Wollgewebe, kein Pelz. Die Wolle wird gewebt, nich' vertrickt. Eins der Merkmale unseres Profils sind die Farben, besonders das Schwarz hier, wir nennen's lebenslanges Schwarz. Es ist ein natürliches Material, nicht gefärbt. Der Prozess ist umweltfreundlich, und das Schwarz hat eine unendliche Farbqualität.«

Unendlich. Das Wort kam ihr leicht von den Lippen. Ich sah in Kimilars Augen, und ich hatte das Gefühl, ich sah ein Stück der großen amerikanischen landwirtschaftlichen Diaspora. Vom Allegheny-Gebirge zum Laufsteg in Paris.

»Wolle«, sagte Kimilar. »Man kann sie ewig tragen. Natürlich ist der größte Spaß das Scheren der Schafe. Heute zu arbeitsintensiv, aber am Anfang, na ja, du greifst dir einfach eins der Viecher, hältst es ordentlich fest, nimmst die Schermaschine und guckst zu, wie die Säcke sich füllen. Sechs Dollar pro Ziege, fünfzehn Ziegen pro Stunde. So bin ich dazu gekommen.« Ihr Akzent verringerte sich proportional zum Abspiel ihrer Werbeplatte, nicht ungewöhnlich für Südstaatlerinnen. Vorsichtig nahm ich ihr die Mappe aus der Hand und blätterte durch die Entwürfe, von Farm zu Mode. Der Gewinn- und Verlustbericht sah noch nicht so gut aus, die Startkosten waren beträchtlich. Die Aussichten, wenn man ihnen glaubte, waren großartig. Ich legte die Mappe auf den Kaffeetisch vor ihr.

»Sehr interessant. Sieht nach 'nem ziemlichen Geschäft aus, aber ich hab selbst eins. Es ist spät, Miss Jones. Ich hab einen vollen Terminkalender.«

Kimilar zog ihre Jacke aus, und ich hörte auf, an die sieben Minuten zu denken, die ich ihr eingeräumt hatte. Ein dicker Pelz, zu einem kurzärmligen Pullover verarbeitet, so weich und dunkel, dass er fast das Aussehen der Trägerin in den Schatten stellte. Fast, aber nicht ganz.

»Hier kommt das Problem. Ein Problem mit einer schnellen und einfachen Lösung, hoffe ich. Sehen Sie, Emma, ich habe nicht den einwandfreien Rechtstitel auf die gottverdammte Farm. Sie ist nicht allein auf meinen Namen eingetragen.«

Kimilars Akzent gewann an Einfluss, und ich fühlte mich deprimiert. Scheidungsarbeit. »Ich muss den einwandfrei'n Rechtstitel haben, bevoah ich das Geschäft weiter ausbaue, bevoah ich Kredite aufnehmen und Verträge mit den Abnehmern der Wolle abschließen kann.« Sie presste ihre Hände zusammen. »Mein scheißverdammter Ex ist nicht gern lang an einem Ort. Er is'n Streunah, das ist mal sicher. Er ist nicht der Typ, Land zu bearbeiten, aber mich wird er verdammt noch mal auch nicht bearbeiten. Die Farm gehört miah.«

Ich sah zurück zur Mappe. Ziegenherden thronten unbekümmert auf ihren paarzehigen Hufen. Die steilen, felsigen Hänge lagen wahrscheinlich in New Mexico, so wie die Mappe es angab.

»Es ist wundahschön da draußen, im Winter.« Kimilars tiefe Stimme war samtig, weit weg. »Ich hab mir 'n großen Steinkamin gebaut, in einem Raum ganz aus behauenen Holzbalken. Groß genug, um sich nicht eingezwängt zu fühlen, klein genug, um mollig warm zu werden. Dezember, März. Zeit, sich zu entspannen, lange Spaziergänge mit den Hunden zu machen. Selber Kerzen drehen, eine gute Pfeife rauchen und jeden Abend ein gutes Buch. Freunde kommen und besuchen mich. Manchmal geh ich mit Blue in die Berge. Es gibt da 'ne süße kleine Hütte. Das Land Gottes, das ist es.«

»Aber im Moment ist das Land im gemeinsamen Besitz.«

»Kein Scheiß.« Die Spitzen ihrer Boots bewegten sich in einem aufgebrachten Rhythmus auf und ab, die blauen Augen wurden kalt.

»Wann haben Sie Ihren – Freund – zuletzt gesehen?«

»Ich hab den Idioten zuletzt gesehen –« Kimilar verschränkte die Arme vor dem flauschigen Pulli, als wollte sie ihre Wut zurückhalten. »Vor fünfzehn Jahren haben wir zusammen das Land gekauft, eins der schönsten Stücke Bergwüste in New Mexico. Es gibt Farben da, die ha'm Sie noch nie gesehen.«

»Wie haben Sie ihn kennen gelernt?«

»Das Arschloch war tatsächlich auf dem College, können Sie sich das vorstellen? Sagte, er würde Landwirtschaft studieren. Meiner Meinung nach hat er studiert, wie man andere aussaugt, Mensch. Er war schön, mit dunkelbraunen Augen. Konnt' einer Klapperschlange ihre Klapper abschwatzen. Aber als er von mir gekriegt hatte, was er wollte, und beschloss, dass er kein Farmer sein wollte, war er, weiß nicht, Geschichte, Mensch. Ich hab ihn nie wieder gesehen.«

»Irgendwelche Hobbys oder Interessen?«

»Neben Gaunereien und Blutsaugen? Rennen. Er mag Rennen.«

»Pferde?«

»Nee. Autos. Der Mann hatte kein Gefühl für Tiere. Mocht' sie nich' mal sehen, die Kleinen beim Rennen und Spielen beobachten. Fasste sie nie an, Angst vor Tieren, unfassbar. Konnt' nich' zwischen Schafen und Ziegen unterscheiden. Aber ich, und ich dachte, er würd zur Ruhe kommen. Ich dachte, ich wäre verliebt, verliebt in einen Farmer. Stellte sich raus, dass ich in die Farm verliebt war.« Sie lachte. »Bescheuert, was? Wie wir glauben, wir könnten Menschen ändern? Unterschrieb die Besitzurkunde und verließ mich. Stellte sich raus, dass ich die Farmerin war. Jetzt muss ich das Stück Scheiße aufspüren, um mein Geschäft ins Rollen zu bringen.«

»Was haben Sie auf dem Land verändert?«

»Ich hab sofort Installationen angebracht, Wasser, Elektrizität. Alles von mir ganz allein gemacht. Jemand hat 'n paar Ziegen rüberwachsen lassen. An Molkerei war ich nicht interessiert, aber das waren pelztragende Ziegen. Haben Sie mal 'n kleines Kaschmir-Zicklein gesehen? Ich hab mich sofort irgendwie in die kleinen Tierchen verliebt. Wird verdammt einsam da draußen, aber ich hab mir Hilfskräfte geholt und angefangen, die Ziegen selbst zu züchten und zu verkaufen. Fing an zu reisen und hab 'n Haufen Wissen übers Ziegengeschäft gesammelt. Als ich erst mal Mitarbeiter hatte, war es irgendwie das Normale, die Herde zu vergrößern und die Tiere auch zu verkaufen. In der Zwischenzeit hatte sich 'ne Menge Wolle angesammelt. Also hab ich fünfzig Materialproben machen lassen. Dann bin ich los zur größten Modenschau, die ich ihn New York finden konnte. Als ich Ina da gesehen hab, wusste ich gleich, dass wir gut auskommen würden. Auf die Klamotten steh ich nicht, aber Ina ist klasse, und sie ist im Moment ganz groß.«

»Hört sich an, als würde es gut laufen.«

»Fast. Fast. Es gibt 'ne große Nachfrage nach einheimischem Kaschmir. Ich kann es wachsen lassen, verkaufen und das Leben führen, das ich will. Ich habe Banken an der Hand, die in mich investieren wollen, und Spinnereien, die die Erzeugnisse wollen.«

»Zurück zu diesem Expartner.«

»Okay, 'tschuldigung, ich will dich nich' so lang aufhalten. Ich hab gehört, dass er in Frisco ist und plant, sich Ende des Monats nach Südamerika abzusetzen. Das ist das erste Mal in fünf Jahren, dass ich von ihm gehört hab, meine einzige Chance, jetzt wo ich weiß, wo er steckt, jedenfalls für ein paar Wochen. Er hat gesagt, er geht ins Ausland. Jedenfalls hab ich das gehört. Pass auf, die Farm ist ihm so scheißegal.« Ihre Hand tauchte ab in ihre Tasche, die Finger durchsuchten die Ecken des Seidenfutters. »Der wird keine Scherereien machen. Das kann ich mit Sicherheit sagen. Und ich kann es echt nich' gebrauchen, dass er versucht, sich in ein arbeitsintensives Unternehmen reinzuhängen!«

»Was genau soll ich also tun?« Ich sah auf meine Uhr. Erpresserzeit. Beruhigend legte ich meine Hand auf das Handy an meinem Gürtel. Es war bereit, die Lampe blinkte.

»Ihn finden, ihn finden, Emma. Er ist hier in San Francisco. Ich kann's nich', ich kenn die Stadt nich', und ich werd nur 'n paar Tage hier sein. Ich muss zurück auf die Farm. Carla sagt, Emma findet eine Nadel im Heuhaufen. Finde ihn und krieg seine Unterschrift auf das richtige Stück Papier und so, dass es legal ist –«

Das Telefon klingelte.

»Entschuldige mal eben«, sagte ich und rutschte hinter dem Tisch hervor, Kimilars Koffer von einer Handtasche zu meinen Füßen versperrte mir den Weg.

»Oh, Entschuldigung!«

Das Telefon klingelte, hartnäckig, die große Nummer, die große Nummer.

»So! Oh, verdammt, sie hängt fest! Nein. Warte, jetzt!« Kimilar kämpfte mit ihrer Tasche, der Verschluss hatte sich in der Verstrebung des Stuhls verhakt. Ich sprang geradezu über den Tisch, als es wieder klingelte, wollte seine mechanische Stimme nicht vor dem Hintergrund von Stimmgewirr hören.

Noch ein Klingeln. Noch eins. Ich hieb auf den Knopf. »Hallo? Warten Sie einen Moment.«

»*Sie-bringen-das-Geld-*« Die unangenehme Stimme sickerte ins Café Flor.

»Warten Sie! –« Eine höllische Störung rauschte durch die Muschel. Ich schlängelte mich zwischen Tischen durch, vorbei an der Reihe mit Cappuccino und auf das Holzdeck, durch die Eingangstür auf den Bürgersteig. Schließlich trat ich ins Kalte hinaus, samtige Dunkelheit, in der ich mich konzentrieren konnte. Die Stimme gehörte einer anderen Sorte Geschäftsmann, ein Parasit mit einer defekten Tonkulisse. Hyperventilation ließ seinen Atem stocken. Er war nervös. Oder asthmatisch. Auf der anderen Straßenseite traf eine laute Gruppe Abendesser beim Café Med ein, kamen nicht rein, ein Maître d' tauchte auf, sie mussten draußen warten. Ich drehte mich um, ein Zaun.

Versuchte seine Stimme einzuordnen, Hintergrundgeräusch aus einem Fernseher, Rauschen eines Mobil- oder Funktelefons, ich packte den Apparat fester. Das war die Stimme. Das war der Mann, den ich wollte. Telefon ans Ohr geklebt, nichts würde zwischen uns kommen, mein Erpresser und ich. Nichts außer seinen sorgfältigen Plänen und wahrscheinlich einer Menge Erfahrung aus seiner Angstfabrik.

»*Sie-haben-das-Geld?*« Der rauhe Ton des späten mittleren Alters, der typisch amerikanische Akzent von Irgendwo über irgendeine Art von Stimmverzerrer. Die irreführend verstellte Stimme einer Frau? Halt die Stimme in der Leitung.

»Ja. Genau wie Sie es wollten.«

»*Nicht-markierte*«, Pause, »*Scheine.*«

»Ja. Hunderter, das ist was Sie wollten, oder?«

»*Fahrn-Sie-raus-zum-Cliff-House. Seien-Sie-in-einer-halben-Stunde-da. Parken-Sie-auf-einem-der-Plätze-am-Highway. Gehen-Sie-den-Hügel-rauf-zum-Besucherzentrum.*« Pause, eine Hand über der Sprechmuschel. »*Gehen-Sie-die-Treppe-runter-und-dann-nach-links. Gehen-Sie-fünfzehn-Meter. Vor-einem-kleinen-Gebäude-steht-eine-Telefonzelle. Warten-Sie-da-auf-weitere-Instruktionen.*«

Klick.

Ich drehte mich wieder zur Straße. Die kleine Gruppe wurde jetzt ins Restaurant geführt. Ich duckte mich wieder in den Eingang und an den Jungs vorbei zu einer blassen, grimmigen Kimilar. Sie starrte um sich, erschrak, als ich ankam.

»Ach, hallo! Was war das denn?«

»Geschäfte«, sagte ich. »So, Lady, wenn du mir den Namen deines Exfreunds gibst und mir sagst, wieso du so sicher bist, dass er in San Francisco ist, dann mache ich mich dran. Und es wäre wirklich nützlich, wenn du ein Foto hättest.«

»Hab eins mit, extra für dich. John C. Osbourne.« Kimilar fasste in ihre Tasche und holte einen alten, farbigen Schnappschuss raus. »Hier. Foto von ihm.« Ein glänzendes, farbiges Rechteck kam auf mich zu.

Ein Weißer, nicht in Topform, aber auch nicht in der schlechtesten, ein Mann Mitte Dreißig, schloss die Heckplane eines Jeep Grand Cherokee mit rotweißen Nummernschildern und einem weißen Stern genau darüber. Der Wagen war mit einer Campingausrüstung beladen. Der Mann kämpfte mit der Hecktür, seine Hand wie an den Schlüssel geklebt, ein überraschter Blick, als das Bild aufgenommen wurde. Er sah nicht wütend aus. Er mochte sogar gelacht haben, eng beieinander liegende Augen, die ins Blitzlicht blinzeln. Froh, Ferien zu haben, die Bodenhaftung zu testen. John C. Osbourne versuchte einen Spitzbart zu kultivieren, und das rotblonde Haar auf seinem Kopf, oder was davon übrig war, sah sehr weich aus.

»Woher weißt du, dass er in San Francisco ist?«

»Ich hab die Nummer eines Postfachs.«

Sie öffnete die Tasche und holte eine Kopie raus. Auf der Vorderseite zwei Empfangsbelege von Einschreiben, Papierfetzen, grau verfärbt, wo die Originale sich gegen die Glasscheibe des Fotokopierers gerollt hatten. Ich nahm ihr die Kopie aus der Hand und sah mir die Adresse an. Es war die Sorte Postleitzahl, die einen üblen Morgen bedeutete. Briefkasten-Blues.

»Du denkst, er hat diese Briefe erhalten«, murmelte ich, starrte auf die Kopie, auf die sorgfältige und verkrampfte Handschrift von Kimilar Jones.

»Das sagen zumindest die Empfangsbestätigungen. Aber ich hab nie 'ne Antwort gekriegt.« Energisch verschloss sie ihre Tasche. »Ich hab ihm einen Brief über die Farm geschickt und 'ne Kopie der Besitzurkunde. Hab ich nichmal zurückgekriegt. Wer weiß, warum er nich' antwortet? Wahrscheinlich hat er einfach anderes im Sinn. Wir haben uns auch nich' im Guten getrennt.«

»Hast du seine Sozialversicherungsnummer?«

»Jaa, hab ich.« Sie biss sich auf die Lippen. »Glaub ich.« Ihre Hände verschwanden tief in ihrer Tasche.

»Was sind seine Gewohnheiten? Was könnte er hier in der Gegend wollen?«

»Wenn er arbeitet, dann in einer Werkstatt. Er kennt sich ganz gut mit ausländischen Wagen aus. Spezialabteilungen. Seine Sozialversicherungsnummer –« Sie las von einem Papier noch in ihrer Tasche ab, unsichtbar für mich. »Sieben, dreißig, vierundvierzig, achtundfünfzig, achtundzwanzig.«

Ich schrieb die Nummer in ein kleines Notizbuch. »Gut. Kimilar, ich sage dir, was ich für dich machen kann. Du brauchst eine Abtretungsurkunde.« Die blauen Augen sahen mich scharf an. Konnte ich ihr die Farm beschaffen? War das die Frage, die sie stellten, oder war da noch was anderes?

»Was ist 'ne Abtretungsurkunde, Emma?«

»Ein Dokument, mit dem der Besitzer oder in diesem Fall Mitbesitzer auf alle Rechte am Besitz verzichtet. Wenn es keine Probleme oder andere Forderungen bezüglich des Lands gibt, Steuern oder ähnliches, sollte das Ganze juristisch kein Problem sein. Ihn finden und dazu bringen, dass er unterschreibt, ist was anderes. Du scheinst sicher zu sein, dass er am Besitz nicht mehr interessiert ist. Er könnte Interesse entwickeln, wenn er wüsste, dass es an der Schwelle zu einem erfolgreichen Unternehmen steht.«

»Verdammt, seine Unternehmen sind viel größer.« Kimilar schien sich selbst nicht weniger zu beruhigen als mich.

»Woher weißt du das?«

»Der blöde Scheißkerl hat immer irgendwas am Laufen. Harte Arbeit war noch nie sein Ding. Kann dir sagen, die Farm ist immer noch höllische Arbeit. Ich glaub wirklich, dass es ihm egal ist.«

»Ich werde sehen, was ich tun kann. Sagen wir, ich finde ihn und kriege seine Unterschrift, was bietest du mir?«

Hierauf war Kimilar vorbereitet. Sie zerrte die große Tasche auf ihren Schoß und hielt mit ernstem Gesicht den Silberverschluss fest. »Emma, ich bin bereit, dich mit fünf Prozent am Profit der nächsten fünf Jahre zu beteiligen, wenn du ihn findest und machst, dass er unterschreibt, was immer er unterschreiben muss, damit meine Farm endlich mir gehört und ich das verdammte Geschäft vorantreiben kann.«

Ich dachte darüber nach. Ich dachte an Kimilars Gewinn- und Verlustbericht, das Stück schwerelose Weichheit in meiner Hand und an das tief samtige Dunkel von Kimilars Pulli. Zehn Tage. »Ich habe ein Programm mit einer Abtretungsurkunde auf meinem Computer.

Aber ich will keine fünf Prozent der nächsten fünf Jahre. Ich will *ein* Prozent der nächsten *fünfzehn* Jahre.«

»So, so, so.« Kimilar kaute einen Moment auf ihrer Lippe, dann ein Lächeln. Die blauen Augen strahlten, Kimilar handelte gern.

»Du hast vor, lange Zeit im Geschäft zu sein. Ich auch«, sagte ich.

»Abgemacht.« Sie hielt ihre Tasche fest, als könnte sie aufstehen und ihr weglaufen.

»Und ich brauche zweihundertfünfzig Dollar Vorschuss«, sagte ich ihr. »Hast du eine Kopie der Besitzurkunde?«

»Sicher. Ich kann Blue danach fragen, sie ist unten auf der Farm.« Fingerspitzen fuhren über ihr Gesicht.

»Gibt es irgendwelche besonderen Dokumente? Aufteilung der Steuerzahlung? Wäre gut, wenn ich die alte Kaufurkunde hätte.«

Kimilar nickte. »Die Steuer wird voll bezahlt. Ich frag Blue nach der Kaufurkunde«, sagte sie und zählte zweihundertfünfzig Dollar in Fünfzigern auf den Tisch. Ich sah das Geld dort liegen, hart verdientes Geld, ich wollte es noch nicht anfassen.

»Übrigens, wo hast du die Postfachnummer her«, fragte ich.

»Wo ich sie her hab?«

»Ja.«

»Warum willst du das wissen?«

»Falls er nicht da ist, kann ich die Quelle bearbeiten.«

»Keine Ahnung.« Finger fuhren durch hellblondes Haar.

»Kimilar«, sagte ich, »binde mir nicht eine Hand auf dem Rücken fest. Klienten, die ihre Informanten nicht preisgeben, machen es zwanzigmal so schwer, einer Spur zu folgen. Außerdem, Zeit ist Geld. Dein Geld.«

»Ich – ich kann nicht. Weil ...« Kimilars Kinn mochte gezittert haben, oder es war eine Täuschung des Lichts. »Die Person, die mir die Nummer vom Postfach gegeben hat, ist tot. Leidah. Also, Emma, ich hab dir alle Informationen gegeben, die ich hab.« Ihre Lippen schlossen sich so endgültig wie der Silberknoten an ihrer Handtasche. Wir starrten beide das Geld auf dem Tisch an. Hart arbeitende Hände und ein gutes Geschäft auf dem Weg, nur aufgehalten von einem Wichser, der nie in die Hypothek einzahlte. »Ich bin in 'nem Hotel mit meinem Bruder, Jason Jeeters. Hier, das Clinton Arms.« Ihre Finger fanden eine Karte in der Tasche ihrer Wildlederjacke, zusammengefaltet und zerknittert. »Die Filmfestspiele ha'm uns untergebracht, mein' Bruder und mich. Die sind so nett.« Sie zog die Wildlederjacke um sich und schauderte. Mit einem kurzen Ruck zog sie den Reißverschluss hoch, der schwarze, weiche Pulli verschwand. »Und Jason hat so hart gearbeitet, das is' seine große Chahnxe.« Einen nach dem anderen nahm Kimilar die Scheine und hielt sie mir entgegen. »Die Farm bedeutet mir alles, Emma.«

Ich zählte und faltete die Noten und steckte sie tief in meine Tasche. Mein Mantel war nur wenig schwerer, gefüttert mit etwas mehr des speziellen Baumwoll-Leinen-Papiers von Crane und Crane. »Gefallen dir die Filmfestspiele?« Zeit für einen kleinen Plausch, während ich die Quittung ausstellte. Ich blätterte zum Ende meines Notizbuch und fing an, das Datum und die Summe des Vorschusses aufzuschreiben.

»Na ja, es gibt 'ne Menge schräger Vögel, ich mein die Filme – ehrlich. Zum Teil erzählen sie gar keine Geschichte! Nicht wie Jason Jeeters. Das hier ist seine große Stunde, und ich will nich' eine Sekunde davon verpassen.« Sie stand auf, grabschte noch mal in ihre Tasche, brachte zwei Eintrittskarten für das Castro zum Vorschein. »›*Pale Refugee*‹, das ist Jasons Film. Verpass ihn bloß nich'. Ist der Abschlussfilm dieses Jahr.« Sie gab mir die Einladung. »Jason spielt klasse Gitarre, und die Ziegen sind echt niedlich.«

PALE REFUGEE
Ein Film von Jason Jeeters Jones
in der Hauptrolle: Martel
Castro Filmtheater
Sonntag, 5. November 1995
Empfang ab 20 h
Vorstellung ab 21 h
Catering von Bridgeways

Ich blinzelte auf das kursiv Gedruckte, während ich die Quittung vervollständigte, meine Hand unterschrieb ganz automatisch.

»Hier ist die Nummer vom Hotel. Die lassen mich dann am Pool ausrufen. Jason Jeeters hat gesagt, da gibt's Hollywood-Agenten auf der Suche nach Talenten! Ich kann dir sagen, es macht mir nichts aus, mich mit 'nem Haufen Kerle rumzutreiben, die mir keinen zweiten Blick gönnen.« Ihre Hand griff nervös zur Hüfte. »Aber all diese schwulen Mädels – ich hatte ja keine Ahnung! Ich meine, es gibt so'ne und solche, was?«

»Ja. Es gibt ganz verschiedene.«

»Dir kann ich's ja sagen, mein Ding ist das nich', aber da alle es versuchen, kann ich ja auch mal. Aber sowie ich die Abtretungsurkunde hab, mach ich mich auf in die Berge, wo ich hingehöre.« Sie grinste, und all diese großen Zähne sahen aus wie Grabsteine auf einem Friedhof.

Ich riss die Quittung aus dem Stenoblock und steckte sie in die Brusttasche ihrer Jacke. »Ich melde mich bei dir«, sagte ich. »Wenn ich was über den Verbleib deines Prinzen erfahre.«

Kimilar trippelte fröhlich davon, die kleinen Silberschellen an ihren Boots klimperten und die Lederfransen federten im Wind. Eine Geschäftsfrau. Kimilar hatte eine tolle Zeit, aber das war kein Grund, die Farm abzugeben.

Kapitel 5

Camera Obscura

Die Camera Obscura ist eine große Kamera, ein Vergnügen aus einem früheren Jahrhundert, als optische Täuschungen noch einen Eintrittspreis wert waren. Als ich die Point Lobos Avenue erreichte, kurbelte ich das Fenster runter. Ein plötzlicher Windstoß schlug mir ins Gesicht, Fruchtknoten von Eukalyptusbäumen rasselten zu Boden, ihre scharfkantigen Blätter klebten an der Windschutzscheibe. Die spröden Bäume waren nicht heimisch in Kalifornien. Die langen Äste, die sich über mir wölbten, brachen leicht ab in den scharfen Winden vom Ozean her. Ich ließ das Fenster auf, der kalte Wind würde mich hellwach halten. Ich glaubte das Meer zu hören, das Brüllen eines Monsters in der Ferne.

Ich erblickte die Golden Gate Bridge, die Straße kurvte nach unten, ins Dunkle. Ich schaltete runter, es war Salz im Nebel, das Tosen des Meers wurde lauter. Die Point Lobos Avenue brachte mich direkt ans Ende der Welt. Eine speckige Kaschemme namens Louie's beherrschte die Szene zusammen mit den Betonruinen der alten Sutro-Badeanstalt. Normalerweise waren hier Horden von hungrigen Touristen und Schlangen von Reisebussen. Heute Nacht war der Ort ein Friedhof.

Ich bog links ab, wie befohlen, und begutachtete das Angebot von dreißig oder vierzig leeren Stellplätzen im Neunzig-Grad-Winkel zum Meer. Ich parkte genau in der Mitte, machte den Motor aus und sah mich um. Hinter mir war ein dunkler Hügel, abgestützt mit Erosionskontroll-Beton, der so geformt war, dass er wie ein Felsen aussah. Rechts lockte das Cliff House, die Fenster verdunkelt.

Ich konnte niemanden entdecken, als ich aus Romeas kleinem Fenster sah. Kein anderes Auto war in Sichtweite geparkt, nichts regte sich außer dem Meer, das gleich hinter der Mauer in rasendem Rhythmus toste und brauste. Genau unter dem Cliff House war eine Promenade, wo das knapp zwei mal zwei Meter große Bauwerk, die Camera Obscura, zu sehen war. Ich konnte gerade die große Blockschrift sehen: BEGEHBARE KAMERA.

Rechts schimmerten die weißen Stahlbetonfelsen der alten Badeanstalt, Bewehrungsstäbe krochen zu beiden Seiten raus. Sechs riesige Becken, zwölf Hektar öffentliche Vergnügungsfläche, jetzt nur mehr ein gefährlicher Betonsarkophag, in dem kaltes Salzwasser kochte. Jedes Jahr wurde ein Tourist dem Pazifik geopfert, eine plötzliche Welle, die sie forttrug, ohne eine Spur zu hinterlassen, wenn sie arglos auf der Umzäunung promenierten. Nicht, dass ich nicht auch einige Male in den alten Bädern herumgeschlichen wäre, ein Ebbe-Spaziergang.

Hinter mir und links gab es Kräne und eine Hügellandschaft aus Bauarbeiten, Rohrleitungen von dreieinhalb Meter Durchmesser und anderes. Die Überbleibsel des Vergnügungsparks waren noch im Abriss. Das Kuriositätenkabinett und die Verkaufsbuden wichen einer Reihe Eigentumswohnungen mit Blick aufs Meer, alberne moderne, pseudoviktorianische Dinger, die die Küste entlang gebaut wurden, auf dem Friedhof des Vergnügungsparks. Alles weg.

Hinter den Eigentumswohnungen endete die Straßenbeleuchtung, und der schwarze Streifen, der der Golden Gate Park sein musste, war eine dunkle Leere. Am Ende, direkt an der Küste, sah ich die Silhouette zweier Windmühlen vor dem Himmel, eine davon ihrer Flügel beraubt. Sie waren ein Geschenk gewesen, für San Francisco von einer langen Abfolge holländischer Königinnen.

Ich zog meine leichten Lederhandschuhe an. Dünn, eine zweite Haut, sie würden meine Hände warm und beweglich halten. Ich hatte mit ihnen auf dem Schießstand geübt, und neben anderen Vorteilen gaben sie mir Zuversicht. Ich zog sie fest über meine Hände, als ich aus dem Auto stieg.

Ich spielte auf Zeit und für ein unsichtbares Publikum, ging rüber zur Mauer an der Kante des Abhangs und blickte über die beeindruckende Grenze, das Ende eines Kontinents und der Anfang des mächtigsten Ozeans der Welt. Ich öffnete meinen Mantel und atmete tief durch, versuchte schnell die Möglichkeiten abzuschätzen, die sich mir, und dem Erpresser, boten.

Die Wolken brachen auf, die graue Decke aus Nebel bekam Löcher. Der halbe Mond machte alles deutlich sichtbar. Seal Rock, ein dreißig Meter hoher Felsvorsprung, ragte aus dem Meer wie ein schwarzer Zahn. Wellen warfen sich gegen den Stein, attackierten ihn, wie sie es seit vielen tausend Jahren taten, zerfraßen ihn langsam, gaben nie auf, hungriger weißer Schaum, der im Mondlicht schimmerte wie Fangzähne. Es war Zeit.

Der Wind peitschte meinen Mantel, das Leder flatterte wie Fledermausflügel, als ich mich den Hügel hochkämpfte. Mein Körper, in einem unmöglichen fünfundvierzig-Grad-Winkel gebeugt, bewegte sich gleichmäßig. Dunst in meinen Augen. Das Cliff House mit den verdunkelten Fenstern seiner Geschenkboutique. Golden Gate Bridge-Aschenbecher, Geschirrtücher mit den weitgehend ausgestorbenen Robben und Schnapsgläser mit Cable Cars, die auf die Sterne zu kletterten.

Das Gelände war gut ausgewählt. Der Parkplatz und die Camera Obscura waren beides Orte, die sich leicht aus der Ferne beobachten ließen. Viele Büsche und versteckte Wege wanden sich um den Hügel, schufen perfekte Verstecke und Fluchtwege. Das Tosen des Ozeans würde alles überdecken, einen Hilfeschrei, einen Schuss, das Brechen eines Herzens.

Ich ging wie angewiesen die Treppe runter, der ständige Lärm gab mir das Gefühl, furchtbar verwundbar zu sein. Jeder hätte mich überfallen können. Ich erreichte das Ende der Treppe. Der Wind hämmerte auf mich ein, versuchte mich anzuheben, mich auf dem Tümpel des dunstgeschmierten Betons ins Rutschen zu bringen, beleidigt, dass ich mich so nah heranwagte. Das Metall des Geländers war von der See und dem Salz und dem Wind angefressen. Warum mussten Menschen der Schönheit der Natur diese unnötigen Schnörkel zufügen? Welch seltsamer Hochmut bewirkte das? Was machte Erpressung zu einer erstrebenswerten Beschäftigung?

Auf der langen Promenade heulte der Wind, und ich musste das rostige Geländer packen, um überhaupt voranzukommen. Ich kam um die Kurve am Ende der Stufen, vorbei am Mechanik-Museum. Nur vierzehn Meter zu dem kleinen blaugelben Gebäude.

BEGEHBARE KAMERA.

Ich sah die großen Buchstaben auf dem Dach, die Kuppel, die die Doppellinse barg. Verzweifelt flatterte eine gestreifte Flagge, zerrupft von Wind und See. Eine kleine Lampe schien über der mit EINGANG beschrifteten Tür und schuf einen Kreis aus Licht. Anderthalb Meter davor die Telefonzelle. Daneben ein Holzständer mit einem Kasten drauf. CAMERA OBSCURA *Informationsbroschüre, 25 Cents.*

Der Beton lag vor mir, ein ungeschützter Laufsteg. Von Zeit zu Zeit warf sich das Meer übers Geländer, lachte auf, bereit, nichts ahnende Naturliebhaber in den Ozean zu reißen, wo sie gnadenlos herumgeschleudert würden, bis sie ertranken. Ich fragte mich, wer mich beobachtete und von wo, als ich ins Licht trat.

Es war so weit. Nervöser, saurer Schweiß rann mir zur Taille und sammelte sich da zu einem beißenden Flüsschen. Mein Rücken war ungeschützt dem Meer zugewandt und jedem Monster, das ihm entsteigen mochte. Ich ging auf angespannten, sprungbereiten Beinen. Ich erreichte die Telefonzelle. Das Licht war durchgebrannt, oder jemand hatte es kaputt gemacht. Ich sah den Hörer an. Die Telefonnummer war vom Apparat gerissen worden.

Ich nahm ab. Ein Freizeichen. Es ging. Ich legte den Hörer wieder auf und sah eine Weile die Zelle an, als ob ich etwas mit ihr anstellen sollte.

Der Mond war heller, der Wind schneidender. Ich sah mich um, die Camera Obscura hätte mich vor dem Wind schützen können, aber ich musste hier stehen wie ein Idiot, im kalten Mondlicht, mit fünfunddreißig Riesen in der Tasche und einer Pistole, die sich wie ein nutzloser Metallklumpen anfühlte. Ich malte mir aus, sie zu ziehen, ging in Gedanken die Bewegungen durch, während ich auf das Klingeln des Telefons wartete. Was würde Frances die Ärztin sagen, wenn sie wüsste, dass ich Stahl trug? Aber eigentlich sprachen wir nicht oft miteinander.

Ich nahm einen Vierteldollar aus der Tasche, warf ihn in den kleinen Holzkasten und zog ein Flugblatt raus. Frances und ich hatten die begehbare Kamera besichtigt, als wir nach San Francisco zogen. Es war unser Einjähriges, und wir gaben unseren Dollar einem betrunkenen Kartenabreißer, der uns überschwenglich winkend einließ. Wir gingen rein, die einzigen im Zentrum des verdunkelten Raums, zwei Quadratmeter. Wir starrten auf die schimmernde Parabolscheibe in der Mitte des Raums.

»›Camera Obscura‹ bedeutet auf lateinisch dunkle Kammer«, erklärte die Broschüre. *»Der grundlegende Mechanismus der Fotografie, die Projektion eines äußeren Bildes auf eine undurchlässige Ober-*

fläche, wird erreicht durch Licht, das durch eine oder mehrere Linsen gefiltert wird.«

Ich erinnerte mich, wie ich über die leuchtende Scheibe meine Liebe, Frances, angesehen hatte. Die Frau, die mit dem Blick durchs Mikroskop ihr Geld verdiente, hatte die zwei Dollar für unseren Eintritt geblecht. Die anderthalb Meter weite gebogene Höhlung zeigte uns den Ozean vor der Tür. Wir schienen dort zu verschmelzen, zusammen im Angesicht der mächtigen See, die unter unseren Fingern auf einer Zauberplatte gefangen war. Frances hatte mir von gebrochenen Lichtstrahlen erzählt. Wenn ich neben ihr stand, brauchte ich keine Erklärung für Wunder.

Ich sah auf meine Uhr und verfolgte einige einsame Scheinwerferpaare, die den Berg hochkletterten und in den Eukalyptuswäldchen verschwanden. Zeit, gemessen in krachenden Wellen, dem tiefen, heiseren Geräusch eines Nebelhorns und der Erinnerung an einen Kuss. Ich faltete die Broschüre und steckte sie in die Tasche.

Die Nebelhörner waren auch Illusion. Die Boote benutzten jetzt Radar. Romantische San Franciscoer hatten darauf bestanden, dass sie nicht aufhörten, und so tuteten sie weiter, reine Show. Tatsächlich stand ich am Ende der Welt, hörte mir einen Soundeffekt an und wartete darauf, dass ein Telefon klingelte.

Ich dachte daran, wie nett es wäre, eine Zigarette anzuzünden. Daran, welche Sorte Mensch sich sein Geld mit einer versteckten Kamera verdiente, Spanner mit großen Plänen, Drecksäcke, die es anders nicht schafften. Die Zeit kroch voran, hinterließ eine schattige Wacht, der lange Arm der See holte aus und schüttelte mich.

Das Telefon klingelte. Meine Hand flog durch den Wind und riss am Hörer.

»*Gehen-Sie-den Hügel-wieder-hoch. Über-den-Highway. Gehen-Sie-über-den-Parkplatz-und-vorbei-am-Waldrundgang-Schild.*«

Ich kannte den Ort. Der Hügelgarten war als Bereich mit Meerblick geschaffen worden, ein weiteres Projekt Adolph Sutros, exzentrischer Millionär des neunzehnten Jahrhunderts.

»*Oben-auf-dem-Hügel-sehen-Sie-Treppen. Bleiben-Sie-da-in-der-Mitte-der-großen-freien-Fläche-stehen. Sie-sehen-ein-Licht-dreimal-aufleuchten. Wenn-Sie-das-Licht-nicht-sehen, kommen-Sie-morgen-wieder. Wenn-Sie-es-sehen, werfen-Sie-das-Geld-in-Richtung-Licht.*

Bleiben-Sie-zehn-Minuten-stehen. Wenn-Sie-die-Anweisungen-befolgen, finden-Sie-die-Videokassette-in-der-Telefonzelle. Kommen-Sie-morgen-Nacht-zur-Telefonzelle-da-gibts-weitere-Instruktionen. Wenn-wir-zufrieden-sind, werden-wir-weiter-verhandeln. Den-besten-Teil-des-Produkts-bieten-wir-noch-an. Gleicher-Preis, Bargeld, gleiche-Telefonzelle-am-Cliff-House. Aber bessere Action. Kommen-Sie-allein, sonst-fahren-Sie-und-die-Hotelzimmer-Politikerinnen-Karriere-zur-Hölle.«

Wir. Zwei Orte. Die Telefonzelle, der Fußmarsch über den Highway. Diesen Plan hatten sich zwei Leute ausgedacht. Das waren gute Neuigkeiten. Zwei Täter verdoppelten meine Chance, einen von ihnen zu finden. Ich machte mich auf zur neuesten Schatzsuche, bei der ich fünfunddreißigtausend Dollar in die Büsche schmeißen sollte.

Ich kannte die Ruinen des ursprünglich symmetrisch angelegten Gartens, das Pinienwäldchen, die ansteigenden Terassen, die die Stimme am Telefon beschrieben hatte.

Ich ging an Louie's vorbei und überquerte den Highway. Kein Verkehr. Der Nebelvorhang war weggezogen worden. Ich konnte die Buchstaben auf dem braunen Nationalparkschild sehen, hinter dem der Weg begann. Zwei Steinlöwen lungerten am Eingang herum, ihr Ausdruck irgendwo zwischen Gähnen und Brüllen, ihre Mähnen zur Dauerwelle gemeißelt, ihre Schwänze um nutzlose Steinhoden gelegt. Ich ging an ihnen vorbei auf den überwachsenen Pfad.

Lange, grüne Arme von Montereyfichten erschwerten mein Vorankommen, schnellten hinter mir zurück, fegten mir ihre großen nassen Besenzweige über die Wangen. Wasser lief zwischen die Sohlen und die Lederseiten meiner Schuhe, und sie glucksten, als ich den Hügel raufstieg. Die Waldlichtung begrüßte mich, ein eleganter grauer Wald aus Montereyfichten. Achtzehn bis zwanzig Meter hoch bildeten sie ein gewölbtes Dach über einer Matschfläche, die einmal ein riesiger Blumenteppich gewesen war. Hunderte von Statuen, Figuren aus der Mythologie und der viktorianischen Populärkultur, hatten dieses Gelände bewohnt, jedes Jahr mit einem frischen Mantel weißer Farbe. Nur wenige waren übriggeblieben.

Auf einer Anhöhe, dem Kutschenwendeplatz zugewandt, stand eine Statue von Diana, der Jägerin. Als Symbol der Chancengleichheit auf dem Olymp war Diana, Herrin über alle Jäger, ein Affront für alle Männer. In einer modernen Geste hob sie den Arm und ließ jeden im Park wissen, wer das Sagen hatte. Ihr Pferdeschwanz hielt das Haar aus dem Gesicht, dessen Nordseite schimmelig grün war. Ihr Ausdruck war ganz Sachlichkeit, eine Dreckspur aus ihren Mundwinkeln ließ sie sogar grimmig erscheinen. Gangs hatten ihre Kriegsnamen in Sprühfarbe auf ihrem Sockel hinterlassen, jemand hatte die Vorderbeine ihres Hirsches abgebrochen.

Es wird gesagt, wenn eine Frau einen kurzen, schmerzlosen Tod stirbt, ist sie von Dianas Silberpfeilen getroffen worden. Und in ihren Betonsandalen konnte sie einen schnellen Abgang machen. Ihre Steinaugen schienen mir direkt in die Seele zu blicken, als ich an ihr vorbeikam. Ich ging den Weg weiter hoch, zu einem kleinen Metallkäfig-Pavillon, den eine geschichtsliebende Hand mit weißer Ölfarbe gepflegt hatte. Jemand namens »*Schizo*« hatte auch dort eine Markierung aus Sprühfarbe hinterlassen.

Ich sah die erste Terasse der ansteigenden Aussichtsplattform. Sie hing über dem Meer wie eine Möwe. Sechs Meter über das Gelände ansteigend hatte Sutro aus Schutt eine Erhöhung aufschütten lassen. Der nördliche Teil der Treppen war mit Pinselstrichen überdeckt. Schattenflecke huschten über den Boden, wo die großen Fichten sich im Wind beugten. Ich eilte den Weg runter, den linken Arm eng an der Seite, damit die Waffe nicht hüpfte. Ich durchsuchte die niedrigen schwarzen Schatten nach Bewegungen. Zisch, zisch, zisch, das Meer kam näher.

Eine Lücke im Gebüsch zeigte die Treppen. *Dong!*, mein Schritt hallte auf einem Schachtdeckel, ein dumpfes, metallisches Geräusch, das ein Abflusssystem vermuten ließ. In einem heftigen Windstoß öffntete sich die Decke aus Bäumen einen Moment lang, und ich sah die Lücke im Gebüsch und die Treppe, die mich nach oben bringen würde, deutlicher.

Etwas atemlos, Zehen taub, ungeduldig, das Geschäft zu beenden. Ich kämpfte mich durch den Nebel und fand die verwitterten Stufen. Oben angekommen gaben die Lichter der Stadt einen schwachen Schein, der das Sehen erleichterte. Meine Augen suchten das große, flache Gelände ab, ich sah nur Dickblattgewächse und Unkraut aus Spalten kriechen. Verdrehte Zypressen, von stürmischer Witterung umtost, wanden sich am Rand des Hügels. Vielleicht war das in der Mitte eine kaputte Sonnenuhr oder das Überbleibsel eines Springbrunnens. Nichts und niemand regte sich, ich ging in die Mitte und stand neben undefinierbarem Schutt, eine große, beleuchtete Zielscheibe, die Anweisungen ausführte. Ich fragte mich, von wo das Licht kommen würde.

Bereit fürs Geschäft, kommt schon, Jungs, kommt schon. Lasst es blinken, verdammt noch mal.

Mein grüner Mantel glomm im Mondschein. Die weiße Strähne in meinem Haar ein Ausrufezeichen, das über meinem weißlichen Wintergesicht saß. Mein linker Fuß fing an zu zucken. Ich hielt ihn ruhig. Ich schaute zurück auf die Seite der Terasse, die über das Wäldchen und die Wiese blickte. Die Hinterwand bestand aus drei gewinkelten Zaunabschnitten, jede davon mit Aussparungen und gestützt von dekorativen, diagonalen Streben.

Blink, blink, blink. Das Licht kam von Osten. Das Meer hinter mir grollte, eine Welle brach sich.

Es war so weit. Der Erpresser lauerte unter der Betonmauer in Richtung Wiese, ich musste an ihm vorbeigegangen sein, als ich den Weg hochgekommen war.

Wirf das Geld.

Wirf.

Das Geld.

Ich nahm das Paket aus der Tasche und sah wieder dahin, wo das Licht aufgeblitzt war. Mittlerer Abschnitt, vierte Diagonale. Ich blinzelte.

Blink, blink, blink.

Fast lächelte ich. Nervös, was? Drei riesige Schritte vorwärts und ich schleuderte das in Plastik eingewickelte Bündel Geld über die Mauer, es musste im Gebüsch darunter landen. Vielleicht hörte ich es in den Büschen rascheln. Vielleicht war es nur das Platzen von Millionen Bläschen auf dem Rand einer Welle. Was immer es war, ich durfte meinem Willen nicht folgen. Ich durfte nicht jagen. Ich durfte es nicht zurückholen. Ich ging zurück zur Mitte des Platzes und stand ganz still und sichtbar da, sah auf die Uhr.

Zwischen dem Brechen der Wellen glaubte ich ein Klicken zu hören, der Rhythmus wechselte von Zeit zu Zeit. Ein Zehngang-Rad, das seinen Weg unterhalb der Terasse und hinter meinem Rücken nahm. Zuversichtliches Treten der Pedale, glücklich über das Eingeheimste. Hoffte ich. Danach war da nur das anhaltende Brechen der Wellen.

Es schien, dass ich Stunden nachgrübelte über merkwürdige, wechselnde Anblicke und Geräusche, Murmeln des Windes, Flackern des Mondlichts, das eine Taschenlampe sein könnte, den Ruf einer Taube oder eines Erpressers, der entdeckt, dass die Scheine markiert sind.

Ich sah durch die Aussparungen der Mauer in das tiefe Gebüsch und den mondbeschienenen Rasen dahinter, stellte mir viktorianische Damen vor, schwarze und graue Kleider, die über das Konfetti des Blumenteppichs gezogen wurden, Stiefmütterchen, präzise gepflanzt. Verdammt. Du kriegst besser deine Nerven in den Griff oder du wirst nicht lange im Geschäft sein, im Geschäft der großen Nummern. Ich war mit dem Pulver so vorsichtig gewesen, dachte ich. Das winzige bisschen Staub war kaum zu sehen, die Scheine waren so voll von allen möglichen zufälligen Kugelschreiberspuren und Fingerabdrücken, dass ich sicher war, sie würden das Pulver nicht bemerken.

Ich wollte den Handel nicht platzen lassen. Ich wollte das Video kriegen. Das war meine Aufgabe. Das war das wichtigste, abgesehen vom Erwischen der Gauner. Nicht das Geld. Du hast es einmal zu viel drauf ankommen lassen, Emma. Du hättest die Scheine nicht markieren sollen. Ich sah auf die Uhr. Zwei Minuten.

Eine Reihe von Brechern schlug an die Küste, wahrscheinlich hämmerten sie unten auf die Ruine der Sutro-Badeanstalt ein, gefolgt von etwas Neuem. Der Schrei einer Todesfee ritt auf dem Wind. Ich sah auf meine Uhr. Elf Minuten waren vergangen. Ich begann meinen Rückweg den Hügel runter.

Ich hätte mich um das Pulver nicht zu sorgen brauchen. Oder um die Warnung der rollenden Zunge einer Welle. Ich näherte mich der Telefonzelle an der begehbaren Kamera, und da, in der Meeresbrise flatternd, war ein Umschlag. Ich suchte nach der klobigen, rechteckigen Form eines Videos. Aber nein. Der Umschlag war viel zu leicht, der Wind spielte damit.

Quälgeister. Ich öffnete den Umschlag. Es lag ein Negativ drin. Das Standbild, das vom Video gemacht worden war, das Bild aus dem Hotelzimmer, auf einen Erpresserbrief kopiert. Die untere rechte Ecke war abgeschnitten, genau wie beim Kontaktabzug. »*Die Action kommt noch, bei der zweiten Übergabe.*«

Ich nahm das Negativ bei den Kanten und hielt es ins Licht der Camera Obscura. Ja. Willies Politikerin, ausgebreitet auf einem Bett, ihre weißen Beine schwarz, ihre schwarzen Haare weiß wie eine Seemöwe. Sie hatten mir nicht das Video gegeben, aber ich hatte Kontakt aufgenommen, und sie waren zufrieden mit dem Geld. Meine unsichtbare Beute hatte fünfunddreißig Riesen in gebrauchten Hundertern. Ich hatte fünf Beweisstücke, und die Scheine waren als unmarkiert durchgegangen. Die Bühne war bereitet für den großen Auftritt. So weit, so gut. Aber der schlimmste Fehler ist, Feinde zu unterschätzen.

Mit einer raschen Handbewegung nahm ich mein Feuerzeug raus. Ich machte unter dem Stück Film Feuer und hoffte, dass meine Geschäftspartner mein Lächeln nicht sehen konnten, von wo immer sie mich beobachteten.

Natürlich verbrannte ich nicht den frisch erworbenen Artikel. Nein, *dieses* Negativ war wieder in seinem Umschlag und sicher in der Brusttasche meines Mantels verstaut.

Ich verbrannte ein anderes Negativ, aufgenommen im letzten Sommer. Zwei Frauen lachten und drückten einander, während ein Selbstauslöser sie einfing, als sie sich in einem Zelt unter riesigen Redwoodbäumen küssten. Ich hatte das Negativ mitgebracht, als dramatische Geste für ein unsichtbares Publikum.

Als der Kunststoff in den Flammen schmolz, wurde das Negativbild der zwei Frauen verbrannt, ihre Köpfe wurden kleine Punkte am Ende langer Formen, die in einem giftigen Rauchwölkchen verpufften. Zeit, ins Kino zu gehen.

Kapitel 6

Spätvorstellung

Das Castro Filmtheater, schwulesbischer Tempel des schwulesbischen Viertels im schwulesbischen Mekka dieser Welt, war bis zum Rand gefüllt mit Festspielpublikum. Ich war noch nie mit einer Pistole im Kino gewesen. Die verborgene Waffe war ein tödliches Geheimnis, versteckt vor allen anderen. Mona war weg, Popcorn holen, und ich hatte dieses ego-aufblasende, serotonin-erhöhende Hoch, das man kriegt, wenn man gerade fünfunddreißig Riesen über eine Mauer geworfen und den ersten Punkt im großen Spiel gemacht hat. Es war die Art chemisches Gebräu, das zu Fehlern verleitete. Mona Marie hatte ein Funkeln im Auge, das alles Mögliche versprechen könnte. Irgendwie war ich ans Steuer geraten ohne zu wissen, wohin es ging. Ich atmete tief durch und sah mich um.

Sündenbabel Hollywood, Kitschkloster, wie immer es genannt wurde, das Castro war mit zwölf Meter hohen Gemälden imitierter Gärten ausstaffiert. Die riesige Wurlitzerorgel pulsierte, aus der Versenkung auferstanden, so wie sie es an allen sieben Tagen der Woche tat, dreihundertfünfundsechzig Tage pro Jahr, in allen Jahren, an die wir uns erinnern konnten. Beide Seiten der Bühne waren verziert mit Kameen von Gibson Girls, sie lächelten vage in blassen Ölfarben und hatten Blumen im aufgetürmten Haar.

Das Ganze war ein großes Karussell von Effekten, bis die Lichter ausgingen und der Film anfing. Das Castro hatte eine neue Tonanlage, aber als ich auf dem klumpigen Kissen herumrutschte, konnte ich merken, dass die Sitze original waren.

Das Haus war ausverkauft. Vierzehnhundertfünfzig Leute liefen durch die Gänge, suchten Freundinnen, fanden Sitzplätze. Ich öffnete das Programmheft und fand den Index der Regisseure und ihrer Arbeiten. *Jason Jeeters Jones, Pale Refugee, Seite 48.*

PALE REFUGEE

Wir freuen uns, Ihnen eine Tagebuch-Dokumentation des Nachwuchsregisseurs Jason Jeeters Jones präsentieren zu können. Aufgewachsen in den Ozarkbergen von Arkansas, zog er mit seiner Familie durch die Einkaufszentren der Vorstädte, bis er in den Armen von Martel landete. Die harte Geschichte seines Lebens, Prostitution, Drogenabhängigkeit, Gefängnis und die Rückkehr zu seinen ländlichen Wurzeln, eine Reise, die Sie niemals vergessen werden. Stadtbevölkerung und Ziellose, von der Diner-Bedienung Shauna Delight bis zu Farmern aus der Nachbarschaft, deren Sexualpraktiken nicht eben prosaisch sind. *Pale Refugee* ist die Dokumentation einer Farmergemeinde und einer unwiderstehlichen Beziehung. *Vanity Fair*-Kritikerin A. Sapphire Poore begeistert: »Eine unwiderstehliche Geschichte aus dem vergessenen Reich Amerikas. Vom Scheißkerl zum Schafhirten. Diese Survival-Saga eines Wohnwagenpack-Jungen, der sich nicht unterkriegen läßt, ist ein amerikanisches Drama des zwanzigsten Jahrhunderts mit Jason Jeeters Jones als schwuler Paul Bunyan und Martel als sein entzückender Gefährte.«

Ich blickte auf das Bild, das wohl Jason Jeeters zeigte. Er war ein riesiger Mann, ein großer weißer Mann, der Nase und Kiefer größtenteils intakt durchs Staatsgefängnis gebracht hatte. Er beugte sich über eine E-Gitarre, als hätte er heftige Bauchkrämpfe. Seine aufgeblasenen Bizepse dehnten die Rippen seiner T-Shirt-Ärmel. Er war lange genug aus dem Knast, um lange Haare zu haben, sie hingen in verhedderten, ungekämmten Massen bis zu seinen Schultern. Zwei Ziegen, definitiv besser gepflegt, blickten durch eine Spalte zwischen Jason Jeeters gewaltigen Oberschenkeln zur Kamera. Ihre runden Augen, so dicht beeinander, dass sie fast schielten, hatten die merkwüdigen Ziegenpupillen, eine in der Mitte gespaltene Iris. Ein paar kleine schwarze Ponyfransen waren zwischen ihren weißen Hängeohren durchgekämmt worden. Jemand hatte ihnen Bergkristall-Halsbänder umgelegt. Kimilar Jones war im Hintergrund zu sehen, sie posierte auf einer Trittleiter, drapierte sich und ihre Wollkreation über Aluminiumsprossen. Man konnte ihre großen Zähne aus sechs Meter Entfernung blitzen sehen. Wirklich übel, diese Scheidungsfälle.

Ich stand auf, um zwei Leute durchzulassen. Ich überflog die Menge, aber Kimilar und ihren Bruder sah ich nirgends. Ich wartete auf Mona, sah nach oben zur großen zeltartigen Decke. Der zweistöckige, geriefte Kronleuchter sah aus wie eine Handgranate. Ich fragte mich, wer die ganzen Glühbirnen reindrehte.

»Da sind alle möglichen Bekannten in der Popcorn-Schlange, einschließlich der Hälfte von Margos Wahlkämpfern.« Monas Stimme war wie Butter, weich, voll, ihre Handgelenke vogelknochig dünn. Ihr dunkler, gestufter Pony streifte den Rahmen ihrer roten Brille. Ein kleines goldenes Kreuz federte zwischen den zierlichen Schlüsselbeinen. Anmutig ließ sie sich im Sessel neben mir nieder. »Wir haben hart um die Wahlbeteiligung in Richmond gekämpft. Wir müssen letzte Woche an die fünfzigtausend Wahlplaketten für Villanueva gemacht haben. Bürgermeisterin Villanueva, Bürgermeisterin der Wohnviertel.«

»Schade um die Market Street. Lauter Konzessionen aus Los Angeles.«

»Politik, Emma. Das war der Preis. Warte, bis die Spielplätze in Ordnung gebracht werden.«

»Sie meutert gegen die alten Demokraten.«

»Zu sagen, wir sollten das Zweiparteiensystem behalten, bloß weil es funktioniert, ist, als würde man sagen, die Fahrt der *Titanic* war ein Erfolg, weil ein paar Leute in Rettungsbooten überlebt haben.«

»Ohne Zweifel zitierst du Tante Rose.«

»Tante Rose, die Eugene McCarthy zitiert. Denk dran, ich bin an ihrem Küchentisch groß geworden. Ich kenne alle Regeln in der Politik.«

»Zum Beispiel?«

»Regel Nummer eins, schreib nichts auf.«

»Hätte ‘ne Menge Politiker retten können. Und weiter?«

»Nimm dir Zeit, den Leuten zu schmeicheln.« Das kleine Kreuz glitzerte auf ihrer Kehle. »Ich hab gesehen, wie Tante Rose Leute aufgeblasen hat, die wussten nicht, wie ihnen geschah. ›Schmeichelei ist die einfachste der politischen Künste‹, hat sie uns immer erzählt. Ich erinnere mich an Nachmittage, an denen ich nach der Schule mit meinen Schwestern, Cousinen und George, Roses Baby, um den Küchentisch gesessen habe. Ich kann immer noch die blassrosa Chrysanthemen auf der limonengrünen Plastikdecke sehen. Und die Plastik-Reislöffel, die kleinen Porzellanstützen. Tee und Kekse.

Tante Rose hat unsere Hausaufgaben nachgeguckt, abgewaschen, die Radionachrichten gehört und fünf Zeitungen in drei Sprachen gelesen. ›Sei immer die erste, die gute Nachrichten hat‹, hat sie gesagt, das Telefon abgenommen und irgendwen auf den neuesten Stand gebracht. Beim Abwasch hat sie schamlos Gefallen eingetrieben. Natürlich hab ich damals nicht gewusst, um was es geht. Aber Roses Engagement hat mein Interesse für die Regierung geweckt, meinen Glauben an das Wahlsystem in der Politik.«

»Du wirst es weit bringen, Mona«, sagte ich in die ruhigen, dunklen Augen hinter der rot gerahmten Brille.

»Nur dass ich Elektrizitätsinspektorin bin und keine Politikerin.« Mona hatte sich in ihrem Sitz umgedreht und sprach extra ernst. »Nicht dass ich nicht schamlos Gefallen eintreibe. Aber es gibt Leute, die etwas bewirken können. Wir müssen an die Demokratie glauben.«

»Das ist ein nettes Gefühl, aber selbst wenn Neuwahlen anstehen, schustert sich das Politikervolk gegenseitig die Positionen zu. Ohne anstehende Neuwahlen ist es noch schlimmer. Zur Zeit gibt es nicht die geringste Chance, dass eine echte Staatsdienerin es schaffen kann, nicht ohne die Millionen, die es braucht, um eine Kampagne aufzuziehen. Also woher nimmt Villanueva die?«

Monas Augen flatterten, glitten unter diese Lider und zurück. »Wir tun, was wir können.« Ich sah runter auf ihre Finger, zarte, tanzende Fingerspitzen spielten mit dem Katalog der Filmfestspiele. »Hey, weißt du, wie viele Glühbirnen in der großen Ananas da sind? Das Castro war früher in meinem Bezirk.« Mit ihrer freien Hand zeigte sie auf den Kronleuchter, er sah aus wie ein riesiger, silberner Kreisel, der über der Menge schwebte. »Hundertdreißig Glühbirnen. Mein Chef hat mich jeden Kontakt durchprüfen lassen, seit das Alhambra abgebrannt ist. Viele dieser alten Paläste haben eine Verkabelung, die die letzten sechzig Jahre lang in erster Linie Mäusefutter war.«

»Und in was für einem Zustand ist das Castro?«

»Ist nicht lang her, dass ich das Gebäude zuletzt inspiziert habe.«

Mona ordnete ihren Blazer hinter sich, irgendein weiches Material streifte meine Schulter, im Umdrehen warf sie sich ein Popcorn in den Mund und kaute reizvoll. »Es wird erzählt, dass die Gibson

Girls dafür sorgen, dass alle Birnen lange nach ihrem Verfallsdatum weiterbrennen. Und wenn das Licht langsam ausgeht, wenn du genau hinsiehst, drehen sie einander die Augen zu.«

»Na, das will ich sehen.«

»Die Popcorn-Leute erzählen 'ne Menge Sachen, aber die bittere Wahrheit ist, dass es sie ein verdammtes Vermögen gekostet hat, die Verkabelung auf den vorschriftsmäßigen Stand zu bringen.«

Ein krachender G-Dur-Akkord dröhnte durchs Theater, die riesige Wurlitzer schwang sich eine Oktave nach oben, der Rücken des Organisten geriet in Wallung, seine Füße und Hände bedienten die Pedalen und Ventile. Monas Hand glitt wieder in meine, leicht wie eine feine Flachzange. Wie ein kleiner Vogel kam ihre Hand in meiner zur Ruhe.

»Ich hab viele Stunden hier gemacht, ihnen 'ne Menge Extrazeit verschafft. Der Ort ist 'ne riesige Antiquität. Ich bin froh, dass jetzt alles nach Vorschrift ist. Ich glaub, auf dem Balkon wurde noch was für einen Verlängerungsanschluss der Beleuchtung verändert. Das Castro ist als Stummfilmkino gebaut worden, und die Originalleinwand und die alte Bühne sind noch da. Abgesehen von dem, was die Sitze deinem Hintern antun, ist es so sicher wie die Multiplex-Kinos auf der Geary. Aber da haben sie keine Geister.«

»Geister?«

»Der Theaterleiter redet gern. Vielleicht hat er mir 'n Floh ins Ohr gesetzt. Vielleicht hab ich Sachen gesehen, die ich nicht gesehen hab. Ich hatte lange gearbeitet, und das Licht kann ziemlich dramatisch sein, besonders, wenn du allein bist. Ich hab Sachen gesehen, gehört, Sachen, die nicht wirklich mit Elektrizität zu erklären sind.«

»Zum Beispiel?«

»Erinnerst du dich an Mel Novikoff? Du weißt schon, der Typ, der das Castro zum Programmkino gemacht hat, hat es vor den Multiplexunternehmen gerettet.«

»Ja.«

»Als er starb, wird erzählt, sind alle Türen und Fenster oben im Zwischengeschoss aufgeflogen. Die Sicherungen draußen am Schild sind durchgebrannt, und die Buchstaben waren fünf Minuten lang aus. Die Konzessionsinhaber haben Schritte auf der Treppe gehört, Schritte ohne Füße.«

»Das Castro hat eine Seele.«

»Und verlorene Seelen. Laut den Popcorn-Leuten ist das Castro geradezu ein Spukschloss. Mal sehen, da ist ‘ne blau gekleidete Frau, und ein Kind, das immer auf dem gleichen Platz im Balkon sitzt. Andererseits, diese langen, schmalen Fenster im Zwischengeschoss lassen jedes Geräusch rein, das von Twin Peaks abprallt. Geräusche kommen ins Theater, scheinbar aus dem Nichts. Ich hab genug Zeit hier drin verbracht, um das zu wissen. Du musst mal hinter die Leinwand gehen. Da ist noch ‘ne zweite – und eine richtige goldene Vorderbühne. Ein Kastell, einen halben Meter tief. Da hinten kannst du Presslufthämmer und Autounfälle hören. Die gesamte Gegend scheint durch die Bretter dieser alten Hütte zu hallen. Der Aufschlag des Nebels, wenn er von Twin Peaks kommt, reicht aus, um die bleigefassten Glasscheiben zu erschüttern. Hört sich an wie ein Xylophon. Gespenstisch, aber nicht unerklärlich.« Mona Maries Hände landeten wieder in ihrem Schoß, zufrieden gefaltet.

»Glaubst du nicht an Geister, Mona?«

»Ich glaube an menschliche Fantasie. Und an Elektrizität. Sie haben lange geglaubt, das wäre auch Zauberei. Bis Ben Franklin seinen Drachen steigen ließ.«

»Ben Franklin«, murmelte ich und dachte an die vielen Male, die ich die Wangen des Erfinders gesehen und extra weiß gepudert hatte. »Also hast du nie irgendwas Unerklärliches gesehen? Alles Volt und Watt und Umgebungsgeräusche?«

»Klar, ich hab was gesehen. Aber sehen ist nicht glauben.«

»Du bist so vernünftig. Was hast du gesehen, Mona?«

»Das war nichts, wirklich.«

»Mona, komm schon.«

»Warum?«

»Weil ich verdammt neugierig bin, Mona.«

»Okay, okay. Ich erzähl’s dir.« Mona sah an die Decke. Ich bewunderte die Linie ihres Kinns, das glatte Glänzen ihres schwarzen Haars, die Art, wie sie nach dem Moment suchen musste, der ihre Welt ins Wanken gebracht hatte. »Es ist was, worüber ich nie richtig nachdenken mochte. Aber halt den Mund, okay? Ich will nicht, dass es Gerüchte übers Castro gibt. Feuergefahr ist in Kinos eine echte Bedrohung, aber eine Menschenmenge in Panik kann zu Toten führen ...«

»Ja, ja, ja. Was hast du gesehen, Mona?«

»Die Standleute haben mich aufgezogen mit dieser angeblich echt spukigen Feuergeschichte. Geistererscheinungen, ha, ha, ha.«

»Und du hast was gesehen.«

»Ich hab nichts gesehen, Emma. Alles nur Schall, kein Rauch.«

»Was ist passiert?«

»Okay, okay. Ich hab vergessen, dass du für 'ne Anwältin arbeitest. Das eine Mal, da hab ich mein Werkzeug hinterm Vorhang vergessen. Das war vor ungefähr einem Jahr, letzten Dezember. Du weißt doch, wenn du in 'ne Matinee gehst, und dann, wenn du wieder rauskommst, ist es dunkel, als ob du einen ganzen Tag verloren hättest oder so? Nach dem Erdbeben haben sie umgebaut, und das Kino war ein paar Wochen geschlossen, also haben sie die Gelegenheit genutzt und die elektrischen Leitungen auf den neuesten Stand gebracht. Sie waren in Eile, um es bis Weihnachten zu schaffen. Die Bauarbeiten waren beendet, die Decke neu gemalt, das Ganze war schön wie ein Palast, wie ein Geschenk. Alle waren ziemlich früh nach Hause gegangen, Feiertage und so. Mein letzter Arbeitstag, das Castro war fertig für die Wiedereröffnung. Ich erinnere mich, wie ich rauskam. Die Markise sah ganz strahlend weiß aus, sie brachten gerade die großen Kunststoffbuchstaben an. Am nächsten Tag sollte *Die Frauen* laufen. Die Läden hatten Rosalind Russell-Schuhe in Größe sechsundvierzig im Angebot, extra für den Abend, ja. Weihnachten im Castro. Ich musste noch meinen Weihnachtskram zusammensuchen, und in der Eile hab ich mein Werkzeug vergessen. Wer weiß, vielleicht wollte ich nicht weg aus dem Castro. Mein neuer Bezirk würde Pacific Heights sein. Keine Ahnung, wie viele Feinschmeckerküchen mit indirekter Beleuchtung und Inseln mit Haushaltsgeräten ich noch ertragen kann.«

»Und dein letzter Abend im Castro?«

»Okay, also, ich hatte mein Werkzeug vergessen und musste wieder rein. Todd, der Theaterleiter, hatte die Schlüssel, er ließ mich gerade raus, als es mir einfiel. Gut, er öffnete die Tür, aber er wollte nicht mit mir reingehen. Er drehte einfach den Schlüssel und sagte ›Bitte sehr.‹ Also, normalerweise war der Typ überall dabei, er war der Theaterleiter, ja? Aber er wollte auf keinen Fall rein. Ich dachte, vielleicht nimmt der Typ mich auf 'n Arm, ja? Ich nannte ihn Feigling, aber er sagte, ich solle besser morgen wiederkommen. Auf einmal war es nicht mehr lustig. Aber, verdammt, ich brauchte mein Werkzeug, und ich bin nicht abergläubisch. Ich dachte, vielleicht macht Todd einen Witz. Also ging ich alleine rein.« Sie holte tief Luft. »Keine Türen, die aufflogen. Keine Schritte. Ich machte die Tür zum Theater auf, guckte irgendwie schnell nach links und nach rechts, ja? Der Kronleuchter schimmerte in dieser dunkelroten Kirschfarbe, so wie jetzt. Da waren keine blau gekleideten Damen oder lachenden Kinder. Ich lachte fast, als ich über all die Reihen von Sitzen zur Bühne schaute, wo meine Werkzeugkiste stand.« Einen Sekundenbruchteil lang biss sie sich auf die Lippen. »Dann sah ich es.« Sie kniff die Augen zusammen und sah wieder zur Bühne. »Und Mann, ich sah es echt. So wie sie es mir erzählt hatten. Der brennende Sitz.« Mit einer Papierserviette rieb sie sich die Seite ihres Munds, heftig.

»Der brennende Sitz?«

»Jaa.« Das leichte Lachen stockte eine Sekunde, ihr Mundwinkel war leuchtend rot, wo sie ihren Lippenstift mit der Serviette verschmiert hatte. »Jau! Genau vor dem Orchestergraben. Dritte Reihe, mittlerer Block, so wie sie gesagt hatten.« Sie zuckte die Schultern, mit einem wisperndem Geräusch strich die Bluse über ihre Haut. »Flammen. Einer der verdammten Stühle brannte.«

»Flammen?«

»Jaa, du weißt schon, diese gelben Zungen, die viel Hitze erzeugen und die in zehn Sekunden einen Zuschauerraum rösten oder eine Panik verursachen können. Flammen, die einfach aus einem der roten Samtsitze des Castros hervorschossen.«

»Was hast du gemacht?«

»Schätzchen, ich bin Elektrizitätsinspektorin. Es gab nur eins, was ich tun konnte. Inspizieren. Ich bin den Gang runter, um zu sehen, was das war.«

»Und?«

»Kein Rauch. Keine Flammen. Als ich näher kam, sah ich gar nichts. Kein Feuer. Kein Rauch, keine Hitze, keine Funken. Mittelblock, dritte Reihe, mittlerer Sitz war einfach nur Samt und quietschende Federn.«

»Was hast du gemacht?«

»Ich konnte ja wohl kaum eine Beschwerde einreichen, oder?«

»Hast du dein Werkzeug geholt?«

»Nein, Emma, hab ich nicht. Ich ging wieder raus und sagte Todd, ich hätte meine Meinung geändert. Ich kam am nächsten Tag wieder, saß mitten in einer Horde falscher Rosalind Russells und holte mein Werkzeug bei Todd im Büro ab.«

»San Francisco, open your golden gates
San Francisco, I'm coming home ...«

Der Palast bebte, bis die letzten Töne gesungen waren. Der große Handgranaten-Kronleuchter wurde dunkler, die Augen der Gibson Girls schienen sich von beiden Seiten der Bühne einander zuzuwenden, und die Erinnerung an Monas Begegnung mit dem Übernatürlichen verblasste vor der Magie der Großbildleinwand.

Kapitel 7

Unter der Markise

»*Klasse Streifen.*«

»*Totaler Abklatsch.*«

Mona und ich gingen über den gemusterten Teppich raus in die Lobby, Kritiken prasselten zu Boden wie alte Groschen.

»*Gute Besetzung, abgesehen von der Cousine.*«

Draußen schlug uns Wind und Dunst ins Gesicht, die Markise strahlte wie ein Vollmond, und tausend Gesichter bildeten eine Schlange für die Nachtvorstellung. Vierzehnhundertfünfzig Leute raus, vierzehnhundertfünfzig Leute rein.

Eine kleine Gruppe versammelte sich um einen blonden Dinosaurier von Mann. Als er sich umsah, blitzten Lichter auf. Das musste Jason Jeeters Jones sein, der Filmemacher.

Er war noch größer als auf dem Foto, trug alte Blue Jeans und ein kariertes Hemd, die Ärmel abgerissen und ausgefranst. In Dreierreihen scharten sich Männer um ihn und starrten auf seine überentwickelten Arme. Der animalische Look kam gut an im Castro.

Ich konnte die Stacheldraht- und Rosentätowierung auf seinem Arm erkennen. Ein kleines Sternbild aus Pickeln stand auf seinem Hals. Vielleicht nahm Jason Steroide, um diesen hypermuskulösen Körper zu erlangen. Ich konnte seinen Körper riechen, als wir zur Tür rausgingen. Mona und ich gingen direkt hinter ihm. Jason schwafelte. Ich ging näher ran, um zuzuhören.

»Macht's dir was aus, hier einen Moment rumzuhängen?«, fragte ich Mona. »Ich brauche ein bisschen berufsmäßige Lauscherei.«

»Überhaupt nicht«, antwortete sie, und ich zog ihre Hand durch die Menge, die unter den hellen Lichtern der Markise schmorte. A. Sapphire Poore raste durch die Menge, eine Fotografin hinter ihr. Sofort kamen zwei Journalisten dazu, Presseausweise um den Hals gehängt, und eine Beleuchterin mit einem tragbaren Scheinwerfer. Kameras fingen an zu surren und zu klicken, während Sapphire ihre Fragen stellte.

»*Gefallen Ihnen die Filmfestspiele, Mr. Jones?*«

Jason strahlte. »Jeder Besucher in San Francisco muss sich fühln, wie wenn er in'n Himmel gekomm' is'. Aber ich hätt' nie gedacht, dass es so sein würde, so sein könnte. Das Castro Filmtheater is'n Palast, und mein Film wird da drin gezeigt. Das Castro-Viertel is' wie nach Hause komm'. Da merkst du irgendwie, dass du nie 'n Zuhause hattest.«

»*Wie hat Ihnen der Film heute Abend gefallen, Mr. Jeeters?*«

»Die ham das Knastfilm genannt.« Der große Mann lachte spöttisch. »Aber da hat was gefehlt. Ich hab das Gefühl, wer immer den Film gemacht hat, musste nie auch nur in der Schule nachsitzen, wenn Sie verstehn, was ich mein. Wisst ihr, du musst da gewesen sein. Du musst sieben Jahre auf 'n Drahtzaun mit Stacheldrahtrollen starren und von neun Wachtürmen beobachtet wer'n. Nichts gegen den andern Typ oder so. Ich mein, die technische Leistung war echt gut, und da war 'ne Menge guter Info. Ich hoffe, ich hoffe wirklich, dass *Pale Refugee* rüberbringt, wie das Knastleben wirklich is'.«

»*Sie sind für ihre Kameraführung gelobt worden, besonders die Landschaftsaufnahmen in Pale Refugee –*«

»Du musst wissen, wie's is', eingesperrt zu sein, um das Freisein richtig genieß'n zu könn'n, Mädel. 's gibt nix Besseres als den Anblick von 'm offenen Feld.« Jeeters' Bass war voll und hatte einen sichtbaren Effekt auf die neugierig um ihn Versammelten. »Nix Besseres.«

Ein hinreißender junger Mann war an Jasons Seite getreten. Er war so grazil, wie Jason robust war. Er trug Bermudashorts und ein gemustertes Baumwollhemd, ein puppenhafter Engel in der Tracht einer Studentenverbindung. Das musste Martel sein.

»Hey, Herzchen, wie isses?« Martel sah Jason liebevoll an.

»Wir gehn gleich. Ich werd nur noch'n paar Fragen beantworten«, versicherte Jason ihm. »Alle mal herhörn, das is' Martel, der Star des Films«, verkündete er.

»Co-Star, Liebling.«

»Nich laut der Presseerklärung, Engelfüßchen.« Jason strahlte ihn an.

»*Mr. Jeeters, stimmt es, dass Sie im Gefängnis Mitglied einer Gang gewesen –*«, platzte eine Zeitungsreporterin raus.

Plötzlich änderte sich alles. Jasons Kinn wurde zementhart, sein Mund schmaler. Als er seinen großen, gewölbten Brustkasten mit Luft füllte, hielt ihn Martel am Arm fest und sah dabei so mächtig aus wie ein Floh.

»Ihr müsst das im richtigen Kontext sehn, Mann«, sagte Jason nach einer Pause. »Das is' nich' *eure Welt*. Ich kann euch sagen, da drin gibt's Typen, na ja, der Knast is' nich' so viel anders als wo sie aufgewachsen sind. Die Lebenslänglichen, die sind für immer drin. Denen is' egal, was abgeht, kapiert? Ihr kennt solche Leute nich', in euerm Leben mit Häuschen und immer 'nem Dach überm Kopf. Seht euch um hier vorm Castro. Gibt viele, die auf der Straße schlafen, und jedes Jahr werdens mehr. Guckt meinen Film an. Da seht ihr, wie ich im Knast überlebt hab. Gibt mehr von uns in Staatsgefängnissen als Leute auf euern Colleges. Jaa, ich war Mitglied in 'ner Gang. Und das is' alles, was ich darüber sage.«

»Kann ich ein Autogramm von Ihnen haben?« Stift und Papier streckten sich in Jasons Weg.

»Mach dir nichts draus. Jason Jeeters regt sich immer über seine Gangvergangenheit auf«, vertraute Martel flüsternd der Journalistin an. »Weißt du, im Knast haben sie ihn Eskimo-Nigger genannt.«

»Äh – was genau bedeutet das?«, fragte sie.

Martel schnaubte nur und verdrehte die Augen. »Wir wollten, dass das der Titel ist, aber der Verleiher meinte: ›*Eskimo-Nigger? Nein, nein, nein!*‹« Martel lachte und drehte sich wieder zu Jason um. »So Schätzchen, bring mich bitte nach Hause. Ich bin müde. Wo sind die Mädels?« Beide sahen sich in der Menge um.

Und dann sah ich sie. Kimilar Jones stand im Schatten eines großen Eisenholzbaums. Sie war nicht allein. Ich konnte ihre weißen Boots sehen. Sie stand auf Zehenspitzen, und eine größere Frau drückte sie an sich, küsste sie. Dann beugte die Frau im Overall Kimilar nach hinten, ihr Mund presste härter und härter gegen Kimilars. Overall gab Kimilar einen so tiefen Zungenkuss, dass sogar *mir* die Luft wegblieb.

»Ist sie das?« Sapphire zog an Jasons Hemd und deutete auf das Paar im Schatten.

»Jap! Das issie! Das is' meine Schwester«, bestätigte er und beobachtete den heißen Kuss. »Knöpf sie dir vor, kleine Schwester!«

»Das habe ich mir *gedacht*!« Sapphire schnippte mit den Fingern, ihre Kamerafrau zielte auf die Büsche und blitzte. Der Kuss brach ab. Kimilars Gesicht leuchtete in der Dunkelheit wie ein Hirsch im Scheinwerferlicht. Ihre blauen Augen blitzten aquamarin, hell strahlend von der neu gefundenen Frauensache. Ihr Mund war rot und geschwollen vom Küssen. Overall zog lachend mit einer Hand den Schirm ihrer Mütze über die Augen und verbarg ihr Gesicht. Zusammen traten sie aus dem Schatten.

»Und, Miss Jones«, Sapphires Stimme nahm wieder den Interviewton an. Das weiße Licht prallte unvermittelt auf Kimilars Gesicht, schwemmte die rauhen Züge weg. Sie errötete, als Sapphire ihr das Mikrofon an die großen Zähne hielt. Sie sah aus, als würde sie gern reinbeißen. »Ihre Farm ist also der Schauplatz des Films, und Sie spielen ebenfalls mit.«

»Eigentlich drück ich mich nur im Hintergrund rum.«

»Wie hat Ihnen der heutige Film gefallen?«, fragte Sapphire weiter.

»Tja, mal sehn. Ich glaub, ich hab das Ende nich' so richtig begriffen«, sagte Kimilar.

»Lauter bitte!« Sapphire drängte das Mikro näher ran.

»Kimilar lebt auf 'ner Farm, das is'n Kreislauf, sie hat keine Ahnung von Erzählungen«, erklärte der Regisseur.

»Ich weiß, wie *dein* Abend endet, wenn du dich nich' mehr um Martel kümmerst«, warnte Kimilar ihren Bruder leise. »Können wir jetz' gehn?«

»Und wie gefällt Ihnen San Francisco und das Castro, Miss Jones?« Sapphires Mikrofon schob sich wieder in Kimilars Gesicht. Kimilar drehte sich um und zuckte mit den Schultern in Richtung Overall. »Was soll ich schon sagen?«, fragte sie. Overall trat von hinten an sie heran. Langsam, systematisch tauchten ihre Lippen in den braunen Wildlederkragen der Jacke und wanderten ihren Hals runter. Wir alle sahen zu, wie Kimilar sich wand, ihr Mund klappte eine Minute lang auf. Das Mikrofon wartete, die Menge beobachtete sie.

»Okay, Schwester, ich hab 'n Statement für dich.« Kimilar schlug sich aufs Knie, als das Mikrofon zurückkam. »Hier siehste eine, die zu lange 'ne lesbische Jungfrau gewes'n is'!«

Die Menge jubelte. Daraufhin kippte Overall Kimilar hintenüber, und ihre Lippen trafen sich wieder.

»Okay, okay. Lasst uns gehn, Mädels.« Jason hielt Martels Hand. »Hey, Leute, wir müssen los«, winkte Jason der Menge zu. »Ciao, Leute.«

»Tscha-hau«, pflichtete Martel ihm bei und sammelte einen Kuss von Sapphire Poore ein, als er ging.

Ich beobachtete den seltsamen Stolz von Martel, Jason, Kimilar und Overall, während sie sich neu gruppierten und in den Nebel verschwanden, der am Ende der Markise herabhing. Ich musste mich beherrschen, um der Vorstellung nicht zu applaudieren, als sie abzogen. A. Sapphire Poore kritzelte wild in ein Notizbuch, ihre Fotografin packte ihre Ausrüstung zusammen.

Ein Geräusch an meiner Schulter zog mich woandershin.

»Das war schön, Emma.«

Da stand Mona, einen etwas verwunderten Ausdruck auf ihrem Gesicht. Ihr Mund näherte sich meinem. So wie der öffentliche Kuss von Kimilar und Overall dramatisch gewesen war, so war Monas Kuss zurückhaltend. Ich fühlte ihren Pony, der mein Kinn streifte, und ich fühlte eine feuchte Berührung von Lippen. »*Dich* sehe ich später«, versprach sie, und dann ging auch sie weg.

Die Menge reihte sich auf für die Nachtvorstellung. Ich blickte in die Ferne. Mona war nicht mehr als ein dünner Schatten, der die Market Street runterging. Wirklich, Mona, dachte ich, ich habe nicht mal gesehen, wie du dir die Lippen geleckt hast.

Auf der anderen Seite der Grenze zu Twin Peaks, gefangen zwischen dem Schein zweier Straßenlaternen, drängte sich ein kleiner zusammengewürfelter Haufen Leute, im Dunkel tauschten sie Dinge aus. Ein großer Körper war leicht als Jason Jeeters Jones zu erkennen. Die Gruppe war beschäftigt. Kleine Dinge, mit denen sie sehr vorsichtig waren, wertvolle Dinge in Zellophanumschlägen wurden hin- und hergereicht.

Zeit, den Bruder auf die Farm zurückzubringen, Kimilar. Ich sah mich um nach den weichen hellblonden Haaren, den weißen Boots, Overalls schlaksiger Figur, aber die beiden Frauen waren nicht zu sehen. Die Menge drängte sich hinter mir, eine lange Limousine hielt vor dem Kino, und die Straße pulsierte in blauem und weißem Neonlicht.

Alles in allem ein äußerst erfolgreicher Abend. Fünfunddreißig

Riesen wurden von glücklichen Erpressern gezählt, und ich hatte einen netten Geheimvorrat an Beweismitteln. Jason Jeeters nahm Drogen, und vielleicht war das Kimilar gewesen, die da in die Limousine stieg. Die zwei Gibson Girls schienen einander *wirklich* anzublikken, wenn die Lichter verblassten, und niemand hatte den Klumpen unter meinem Arm bemerkt. Monas Lippen waren entspannt gewesen, sie hatten nichts gefordert, waren einfach da gewesen, mit nur der Spur eines Versprechens.

So weit, so gut.

Alle, wirklich alle, waren zufrieden.

Kapitel 8

Amateurfotos

Ich machte die Alarmanlage aus und steckte den Fuß in die Tür, ich kannte Minks Vorliebe zu entwischen. Der Schalter an der Haustür war verkabelt, so dass in allen Zimmern Licht anging, wenn ich ihn drückte. Nie mehr in ein dunkles Haus zurückkehren. Bevor ich ins Bett ging, machte ich die Alarmanlage wieder an. Lasst tausend Kraftwerke laufen, ich bin heute Nacht zu Hause.

Ich versuchte, Minks Würde mit proteinangereichertem Trockenfutter zu besänftigen. Mit der Nase schubste sie ein paar Körner vom Teller und fraß sie vom Boden. Friend war noch draußen. Ich rief sie, vergeblich. Irgendein klammes Dach war ohne Zweifel gemütlicher. Ich machte mir ein Avocado-Sandwich und ging in mein Arbeitszimmer. Ich war gespannt darauf, das Beweismaterial zu untersuchen, zwei Umschläge, ein Kontaktabzug, ein Erpresserbrief, und das Hauptstück, das Negativ selbst.

Ich räumte die Werkbank frei und deckte sie mit weißem Papier ab. Ein neues Paar Baumwollhandschuhe, eng sitzend. Ich machte die helle Arbeitslampe und das Vergrößerungsglas an, die Sorte, die moderne Damen benutzen, um ihre Stickereien oder Bomben anzufertigen. Das kleine Radio war eingestellt auf KQED.

»*In Villanuevas Hochburg, vor allem den Bezirken Noe Valley, Haight, Castro und Upper Market, hat Clavin Smith nie weniger als vierundzwanzig Prozent gekriegt. In den gleichen Wahlbezirken hat Shay nie mehr als einundzwanzig Prozent gemacht und ist sogar schon auf fünf Prozent gesunken.*

Treblain Steward, Anwohner im Bezirk Castro, sagte: »Die Frage, die sich Befürworter Villanuevas stellen, lautet: ›Sollte ich Villanueva oder Calvin Smith wählen?‹ Nicht: ›Sollte ich Shay oder Smith wählen?‹«

Darlene Fell, Direktionsmitglied derStiftung für die Menschenrechtskampagne, eine landesweite schwulesbische politische Lobby, sagte: »Die Leute suchen noch nach einem Anhaltspunkt, dass Villanueva gewinnen kann. Sie fragen sich: ›Wer wäre der beste Bürgermeister für San Francisco?‹ Und die Antwort, die immer von den lesbischen, schwulen, latino und anderen Bezirksvereinigungen kommt, ist, Villanueva kann es schaffen und Leute zusammenbringen. Die schwule und lesbische Bevölkerung San Franciscos macht fünfzehn bis zwanzig Prozent der Wählerschaft aus, eine Gruppe, die sich am Wahltag zeigen wird.«

Ich zog eine kleine Schublade mit Fingerabdruckpulver raus, Drachenstaub, ein 50-Gramm-Gläschen. Dies hatte ich in Chinatown gekauft. Das feine rote Pulver wurde aus dem getrockneten Mark des Echten Drachenbaums gemahlen. Es war billiger als der Toner für Fotokopierer, den ich früher benutzt hatte, und es zerstörte beim Entsorgen nicht für einige tausend Jahre die Natur.

Ich liebe Fingerabdrücke. Als Kind habe ich meine Finger mit Kleber bestrichen. Ich erinnerte mich noch, wie ich die feine, getrocknete Schicht von meinen Fingerspitzen abzog und die exakte Kopie dieses verschlungenen Musters ansah, das nur mir gehörte. Ich wusste schon damals, dass Fingerabdrücke die ultimative Identifikation waren, in Gerichtsverhandlungen schlugen sie immer noch jede DNA.

Unter der Lampe prüfte ich Umschläge, Kontaktabzug und Erpresserbrief auf sichtbare Fingerabdrücke oder charakteristische Markierungen. Die Umschläge hatten Standardbrief-Größe. Originalzustand, nicht gefaltet. Ein blaues Zufallsmuster drinnen machte sie durchscheinend. Diese Sorte Umschläge gab es in Tausenden von Papierläden und Diskountmärkten in ganz Kalifornien.

Sie waren sauber, und es gab keine interessanten Markierungen. Hätte ich ein DNA-Labor, könnte ich vielleicht seine Spucke analysieren. Der einzige Weg, Fingerabdrücke auf Papier sichtbar zu machen, ist, sie auszuräuchern, eine zeitraubende Angelegenheit, die ich hinter mich bringen wollte, bevor ich mich an das interessantere Negativ machte.

Ich holte zwei Tuben Superkleber und eine alte Metallkeksdose mit einem fest schließenden Deckel raus. Ich drückte den Inhalt der Tuben auf ein Stück Aluminiumfolie. Entgegen der Anweisung des Herstellers steckte ich den Sekundenkleber zusammen mit den Beweisen in die luftdichte Keksdose. Umschläge, Erpresserbrief mit der Collage aus Überschriften, alles würde mit den Ausdünstungen des Superklebers geräuchert werden. Wenn ich Glück hatte, würden die Fingerabdrücke in etwa zwölf Stunden als weiße Ablagerung auf dem Papier zu sehen sein. Ich drückte den Deckel fest drauf und versiegelte die Kanten mit schwarzem Isolierband. Superkleber kann viel, einschließlich tödliche Kopschmerzen verursachen. Ich stellte den Entlüfter an und untersuchte Beweisstück A, die Hauptattraktion.

Das Negativ war meine größte Hoffnung auf einen Abdruck. Die harte, glänzende Emulsionsoberfläche war das Äußerste an Empfindlichkeit und Glas am ähnlichsten. Wenn ich vom Negativ einen Abdruck bekam, konnte ich es mir sparen, zwölf Stunden auf die Entwicklung latenter Abdrücke zu warten. Wenn der Typ bereits eine Akte hatte, konnte ich ihn über meine eigenen Quellen finden. Ich leuchtete mit der Lampe aus verschiedenen Winkeln auf die Oberfläche. Nichts zu sehen. Ich holte den Drachenstaub raus.

Ich plusterte die Borsten des feinen Zobelpinsels auf, drehte ihn zwischen meinen Handflächen und tunkte die Spitze ins Pulver. Das Negativ lag auf der Arbeitsplatte, ein unvollständiges Quadrat, seine Ecke in einer geraden Linie abgeschnitten, vielleicht mit einem Teppichmesser.

Sanfter als Frances' leichteste Berührung strichen die Borsten über das Negativ, ließen ihre Spur von Pulver zurück. Bingo. Da oben, in der rechten Ecke, ein Daumenabdruck. Zum Kern hin hatte er zwei lange und eine kurze Kammlinie. Im Zentrum liefen die Linien zu einem charakteristischen konzentrischem Kreis zusammen. Eine Spirale. Meine Jagdbeute war eine Spirale. Ungefähr fünfunddreißig Prozent aller Fingerabdrücke sind Spiralen. Das beschränkte die Möglichkeiten auf rund zwanzig Millionen US-BürgerInnen.

Ich schob das Pulver weiter, folgte dem Abdruckverlauf. Ich fegte etwas Pulver weg und legte ein Stück Tesa über das Muster. Der Teilabdruck löste sich sauber von der Oberfläche, und ich drückte ihn auf eine Karteikarte. Da. Ich blickte auf die Fährte meines Wilds. Ein Fingerabdruck, geschrieben mit dem Schweiß eines Kameramanns ohne Gewissen. Ich hatte minutenlang den Atem angehalten. Da war er.

Wenn es keine Akte gibt, ist es sehr schwer, jemanden zu finden, der keine sichtbare Verbindung zum Opfer hat. Serienmörder, Auftragskiller, erst muss der Typ gefunden sein, dann kommt, was immer an Beweismaterial da ist, zum Einsatz. Natürlich waren alle Beweismittel, die ich hatte, durch mein Hobbyecken-Herumgepfusche unzulässig geworden, aber darum scherte ich mich nicht. Das Leuchtpulver würde ihn festnageln, wenn ich ihn bloß finden konnte. Der einzige Wert, den das Negativ hatte, war historischer Natur, es würde zeigen, wo er gewesen war, und wer ihn da reingelassen hatte.

Ich sah das Teilnegativ durchs Vergrößerungsglas an und las seinen Inhalt rückwärts. Ich versuchte, nicht das Opfer zu betrachten, eine wirkliche Frau, mit wogenden Hüften und zügellosen Brüsten, eine Frau ohne Seidenschal, der den Ausschnitt verbarg, während sie im Salon Klartext redete. Ich wollte sie so nicht sehen, das Wichtigste an dieser Frau in diesem Moment *war* ihre Nacktheit.

Es war Zeit, aus dem Negativ ein Positiv zu machen. Ein Positiv, das ich in meiner Brieftasche tragen konnte, ein völlig harmloser Abzug.

Ich säuberte eine Glasplatte, bis ihre Oberfläche quietschte, und schob das Negativ der Hotelzimmerszene darunter. Ich drehte die Klemmschrauben fester und stellte die Linse der Kamera ein, sah zu, wie die Szene deutlicher wurde. Ich fokussierte das Negativ, übertrug es sauber auf die Entwicklerschale des Vergrößerungsgeräts. Das Hotelzimmer wurde lesbar wie eine Straßenkarte. Die Details waren verblüffend. Ich konnte die Wahlplakate in den Fenstern der Häuser auf dem Hügel lesen. Ich konnte die Kerbe in der Fensterbank sehen, die Rosenblätter, mit denen die in nebliger Brise wehenden Gardinen bedruckt waren. Das gewölbte Rückgrat eines Wasserspeiers war mit einem Winkeleisen an einer Zierterasse vor dem Fenster befestigt.

Eine Anrichte, die kein Drehbuch hätte besser arrangieren können. Eine offene Handtasche auf der Anrichte und eine Zeitung, die ein Datum hergeben könnte. Die dinosaurierförmigen Höcker einiger Hügel lauerten am Horizont von San Francisco. Ein Meter des Twin Peaks-Towers war gerade zu sehen, das plazierte das Zimmer nördlich oder östlich vom Tower. Die Aussicht war fast so gut wie ein Stadtplan.

Die untere Kante des Fensters zeigte den gebogenen Giebel eines

Sandsteindachs, irgendwie bekannt. Ein Radiowecker, um zu sehen, wie spät es war, und die Ecke eines Lakens mit einem schwarzen Klecks, so groß wie eine Spinne. Alles außer dem Körper des Mannes, der sie dazu brachte, sich ekstatisch auf gemieteten Laken zu winden.

Ich machte die rote Sicherheitslampe an und holte ein Stück Fotopapier raus. Ich stellte das Vergrößerungsgerät ein, belichtete das Bild. Als das Licht durch das Negativ strömte, fuhren meine Hände schnell durch die Luft, über den Körper der Frau im Hotelzimmer. Ich löschte ihr Bild aus, erschaffte die Hotelzimmerszene neu, ohne ihre Aufsehen erregende Hauptdarstellerin.

Wer hatte die Nebenrolle?

Während der Abzug trocknete, säuberte ich die Werkbank und legte das Original in den Safe. Ich rief Rose an und hinterließ eine Nachricht. »Ich komme am Vormittag vorbei und hole die Info ab.« In Wirklichkeit war der Vormittag schon da. Als ich den Abzug aus dem Trockner nahm, wurde ich von einem Gähnen überwältigt, das meinen Kopf in zwei Teile zu reißen drohte. Meine Augen blickten verschwommen, voller Schlaf. Meine Hände zitterten, aber das war egal. Ich würde mein Hotelzimmer kriegen. Ich würde meinen Mann finden. Alles, was ich brauchte, war ein Vergrößerungsglas.

Ich ging an dem vertrocknenden Avocado-Sandwich vorbei, der Abzug warm in meinen Händen. Ich wanderte aus dem Arbeitszimmer, ermahnte mich, die Tür zu verschließen. Ich fand mich im Schlafzimmer wieder. Der Raum drehte sich leicht, als ich mich auf die alte Tagesdecke legte. Kleine Muster aus Schürzen drehten sich vor meinen Augen. Ich hustete und nahm die Lupe, starrte einen der Abzüge an. Wow. Der kleine Käfer auf dem Laken war genau, was ich gehofft hatte. Zwei Initialen. MH. Mark Hopkins. Bingo.

Mit sackenden Lidern sah ich, dass es halb sechs war. Sonnenaufgang in einer Stunde. Ich zog den Deckel von der Superkleberdose. Erpresserbrief und Umschlag schienen unberührt von Dämpfen. Ich machte den Deckel wieder zu, nachdem ich ein paar Wattebälle in Ätznatron getränkt hatte. Das würde es schneller machen und die Giftigkeit erhöhen. Ich würde drauf aufpassen müssen.

Außerdem würde ich Willies Spesengeld für die Zimmermädchen brauchen.

Ich würde ihm ein bisschen auf die Pelle rücken, und ich würde den Bau meines Jagdwilds finden. Ich machte die Augen zu und sah die weiße Lobby des Mark Hopkins. Ich würde mittags hinfahren, wenn Zimmerwechsel war, wenn die Zimmer sauber gemacht wurden.

Ich döste weg, nur für einen Moment, zog automatisch Omas Hochzeitsringquilt über meinen langen, müden Körper. So ein langer Tag, vom Pendelflug zum schwulesbischen Kino, von Bargeld zum Kuss. Ich pennte ein, nur einen Moment lang.

Der Quilt schien ins Bild zu springen, Hochzeitsringe drehten sich, Räder aus uralten Schürzen und abgelegten Morgenröcken wirbelten herum, das Kaleidoskop öffnete sich, und ich sah sie. Die Politikerin hatte Sex auf dem Quilt meiner Großmutter. Sie trug die Schürze meiner Oma, und sie liebte mich. Sie war dabei, mir ein wichtiges Geheimnis zu erzählen. Ein Staatsgeheimnis. Sie war dabei, mich auf das Territorium zwischen ihren Schenkeln einzuladen. Aber sie sprach nicht Englisch, als sie das Telefon benutzte. Was wollte sie mit dem Telefon? Ich wachte auf und griff nach dem richtigen Hörer, hartes Plastik in meiner Hand, ich blinzelte ins harte Licht des Tages.

»Stirb, du Dreckstück«, knurrte es durch die Verbindung, das Geräusch, tief und animalisch, fand mein Ohr mit bitterem Vergnügen und drang in meinen Kopf. Der zahlungsunwillige Zahnarzt hatte mich gefunden.

Ich legte den Hörer auf und sah auf den Plastikapparat, ein modernes Design, das Frances fürs Schlafzimmer ausgesucht hatte. Der Zahnarzt musste ziemlich clever sein, um meine Nummer zu kriegen. Musste Beziehungen haben, die ihn über die üblichen Dreckwühler hinausbrachte.

Ich war nicht eingetragen, hatte schon seit Jahren eine Geheimnummer. Der saure Geruch von Schweiß, Filmentwickler und Drachenstaub stieg auf, als ich Omas Quilt zurückwarf. Ich würde meine Telefonnummer ändern müssen. *Was sind Sie? Ein Tier?*

Ein Wind aus dem Tal warf der Stadt einen dieser heißen San Franciscoer Herbsttage zu. Der Abzug war vom Bett geweht. Hatte ich das Fenster aufgemacht? Ich stand auf, hielt meinen Kopf fest, das rasiermesserscharfe Sonnenlicht von San Francisco stach in meinen Sehnerv.

Die Arbeitszimmertür war offen. Ich schloss sie ab, schubste den Riegel energisch an seinen Platz. Ich konnte den hungrigen Entlüfter hören, der immer noch die Gase aufsaugte. Ich hatte nichts gerochen. Das Avocado-Sandwich war ein Relikt. Auf der anderen Seite der Haustür wartete die Samstagszeitung, ein schmales Ding.

Die Überschriften waren jedoch riesig. Die Verteidigung-der-Ehe-Verfügung war mit einer riesigen Mehrheit durch den Senat gegangen. Vierundachzig Mitglieder hatten dafür gestimmt. Unter den vierzehn, die dagegen gestimmt hatten, waren Kaliforniens Demokratische Senatorinnen Dianne Feinstein und Barbara Boxer. Und jetzt würde die Verteidigung-der-Ehe-Verfügung ins Weiße Haus gehen.

Eine Studiovergrößerung zeigte eine süße Gruppe in einem Kabrio. Calvin Smith hatte einen neuen Porsche bei einem ansässigen Händler in Bayview Hunter's Point gekauft. Nach der Kirche bescherte er einigen christlichen Damen der Gegend die Fahrt ihres Lebens. Lachen und Hände, die Schleier und Federn festhielten, während sie in Calvin Smiths Kabrio wie Mädchen kicherten. Auf der Rückseite erwähnte ein Kästchen, dass in Holland eine Synagoge niedergebrannt worden war. In *Holland.*

Ich nahm meine Zahnbürste mit in die Dusche und begann das Reinigungsritual, von Kopf bis Fuß, ich wusch mein Haar dreimal und ließ die Spülung drin, während ich meine Knie, Fußgelenke und Zehenzwischenräume schrubbte. Als ich fertig war, holte ich tief Luft, griff nach dem Heißwasserhahn und drehte ihn aus. In einem plötzlichen frostigen Überfall umhüllte mich ein Gewand aus Eis, das meine Lungen freiblies und mich für den nächsten langen, harten Tag ausreichend weckte.

Kapitel 9

Gedämpftes Staubsaugerjaulen

Das Avocado-Sandwich landete im Müll, grüner Schleim auf Kaffeesatz. Mit einer Hand machte ich eine Tasse Kaffee, mit der anderen blätterte ich durch die Zeitung. Es stand schlecht an der internationalen Front. In Ex-Ostdeutschland waren Skinheads im Aufwind. Das japanische Unterhaus hatte strikte Sicherheitsmaßnahmen verabschiedet, die die Pressefreiheit einschränkten. Und daheim fing der Wahlkampf an, schmutzig zu werden. Antonio Shay zog das Andenken des früheren Mitglieds des Staatlichen Rechnungshofs Joseph Villanueva durch den Dreck.

Calvin Smith wählte den sicheren Weg, er gelobte, den Polizeichef und Roberta Stanko, leitende Direktorin der problemgeplagten Baubehörde, rauszuschmeißen. Allerdings verlor er an Wohlwollen, als er Reverend Gene Bumpkin einlud, zu ihm auf die Bühne zu kommen. Shay hatte Bumpkin von der Menschenrechtskommission gefeuert, nachdem der Priester öffentlich geäußert hatte, dass Homosexuelle „widernatürlich" seien und zu Tode gesteinigt werden sollten.

Villanueva hatte Verpflichtungen gegenüber Hollywood-Freunden. Unter den Unternehmen, die bereit waren, einen Krieg gegen die Heimatlosen auf der Market Street zu führen, waren ein Planet Hollywood, eine Blues Brothers Bar, Madame Tussauds Wachsfigurenkabinett und der Music World-Videoladen, sie standen mit dem Besen parat, um Pappbehausungen wegzufegen und Touristengeld einzusammeln.

Ich blätterte weiter. Die Zahl der Frauen in den Todestrakten der Vereinigten Staaten hatte die Zweihundert überschritten. Bridgeways hatte einen Designerpreis bekommen. Bridgeways, das Pilotmodell eines Hochleistungs-Drogenrehabilitationszentrum an der Bucht, sah aus wie ein italienisches Dorf. Es war einer von Villanuevas größten Erfolgen und wurde als Musterprogramm gefeiert, zahllose Berichte hatten Bridgeways – und Villanueva – nationale Bekanntheit eingebracht. Es wurde ein landesweites, sogar ein bundesweites Modell diskutiert. Eine flockig frisierte First Lady, frühere College-Zimmernachbarin von Villanueva, erschien zur Einweihung. Mit Hairforce One flogen sie und fünfzig Koffer nach San Francisco und ließen die Klatschreporter und die Schmeißfliegen wochenlang aufegeregt summen.

Clean fürs Leben nannte man es, während die zu Resozialisierenden sich vom Weihnachtsbaumverkauf zum Küchendienst im Bridgeways-Restaurant hochdienten. Gefangene Wähler? Seite zwei erwähnte, dass das Mittagessen in der Schule gestrichen würde, obwohl Präsident Collin sein Veto versprochen hatte. Sollen sie doch Kuchen essen. In Bridgeways taten sie das wahrscheinlich, selbst wenn es nur die Reste von Besuchern waren.

Die städtische Astrologin Joan Green prophezeite einen klaren Sieg für Smith. »Die Stadt wird ein Aushängeschild für die restliche Nation, viele unterschiedlich Gruppen kommen zusammen und schaffen eine neue soziale Ordnung. Calvin Smiths Sterne zeigten einen starken Pluto mit einem positiven Aszendenten, die Garantie für dynamische Führungsqualitäten. Genau wie Karl der Große!« Wen würde sie wählen? Oh, das würde sie nicht verraten. Aber sie zwinkerte in die Kamera.

Karl der Große gegen die Madonna der Gemeinden! Ich warf die Zeitung weg, trank meinen Kaffee aus, spülte den Becher aus, griff nach den Schlüsseln, einem großen Regenmantel und dem vergrößerten Abzug und machte mich auf den Weg. Der Wettermensch hatte Recht gehabt.

Ein Sommermoment im November, die dunkle, neblige Nacht lag Monate hinter mir. Eine Rasenecke zeigte einen überraschenden Ausbruch von Farben. Vier Kaktusdahlien, leuchtende Windrädchen in meinem Garten, hatten es geschafft, sich in der warmen Luft zu öffnen. Ich schnitt sie mit meiner Schere an den Wurzeln ab. Es war Viertel vor zwölf, als ich Romea rückwärts aus der Garage fuhr.

Ich war weit, weit hinter meinem Zeitplan zurück. Das war der Grund, weshalb ich fast vergaß, Willies Auftragsdienst wegen meiner Verstärkung anzurufen. Ganz wie abgesprochen gab ich der gelangweilten, abwesenden, männlichen Stimme am Telefon die Nachricht.

Und ich fügte eine Spezialmitteilung für Willie hinzu, die frühere

Mrs. Harlan Knapp zu warnen. Parasiten-Papa wird zum Jäger, zur lebenden Tretmine, die durchaus hochgehen könnte.

Das Mark Hopkins-Hotel liegt auf dem Gipfel des Nob Hill. Ein rosagrüner Palast, erbaut mit Goldrausch-Geld, bei einem Erdbeben eingestürzt, wieder aufgebaut und vor kurzem von der Intercontinentalkette aufgekauft. Das alte Gebäude sah freundlicher aus als seine dunkelmarmornen Geschwister an den anderen drei Straßenecken.

Die Einrichtung war tropischer Kolonialstil, genauso die Mitarbeiterauswahl. Sah nach einer Menge ZentralamerikanerInnen aus, die mit zu Boden gerichtetem Blick unter den gebogenen Wedeln von Topfpalmen hin- und herhuschten und Getränke brachten. Sie nahmen keine Bestellungen entgegen. Sie stellten nur die Getränke hin, und es war völlig egal, ob sie Englisch konnten. Die weißen Uniformen und halben Verneigungen passten wirklich gut zu den Rattanmöbeln, den Sockeltischen und den Wänden aus nachgemachtem Gitterwerk. Genau wie zu Hause auf der Bananenfarm, fast wollte ich hinlangen und eine Mücke totklatschen.

Mittag. Das Hin und Her des Zimmerwechsels und nicht ein Hotelschnüffler in Sicht. Wo anfangen? Wo war das Foto wohl aufgenommen worden? Irgendeine Suite. Protzige Hotels haben manchmal einen zweiten Fahrstuhl, einen speziellen Diplomatenservice. Bestimmt war irgendwo ein Hotelschnüffler. Ich sah mich um, fand aber niemanden, der ins Bild passte.

Ich dachte wieder an das Foto und ging vorbei an eifrig umherschwirrenden Pagen mit glänzenden Messingkarren, bepackt mit Koffern und Kleidern auf Bügeln. An der Rezeption waren Leute damit beschäftigt, ihre Rechnungen zu zahlen, Brieftaschen zu öffnen, kreischende Nadeldrucker stießen Rechnungen aus. Schlüssel wurden von schwarzgrau gekleideten japanischen Männern über den Tresen gereicht, Einkaufstüten von Saks Fifth Avenue und Gumps waren mit Auf-letzten-Drücker-Mitbringseln gefüllt. Das Lärmen von Touristen aus dem Mittelwesten in einheitlichen roten Nylonjacken lenkte sie ab.

Ich nahm eine Broschüre und überprüfte die verschiedenen Möglichkeiten an Suiten.

Die Hochzeitssuite, die Penthousesuite, die Whirlpoolsuite im fünfzehnten Stock und die Juniorensuite. Die Juniorensuite war in der unteren Preisklasse, keine großen Fenster und Wasserspeier wie auf dem Foto. Ich öffnete die Broschüre und sah mir die Bilder der Zimmer an. Der schwarze Marmornachttisch war Standard in allen Zimmern. War das ein Hausschnüffler, der da um die Ecke eines Rikscha-Blumenkarrens starrte?

Ich drückte mich näher an den Fahrstuhl und warf einen diskreten Blick auf meine Schwarzweißvergrößerung. Da, genau über dem Streifen Holz. Marmor an der Wand. Die Whirlpoolsuite. Fünfzehnter Stock.

Der Fahrstuhl öffnete sich. Ich trat durch die Flut von Pelz, Chanel und Armani in eine dunkle Mahagonikiste. Ich drückte auf vierzehn. Fünfzehn gab es nicht.

Die Türen öffneten sich im vierzehnten Stock. Schilder teilten mir mit, dass die Zimmer 1501 und 1502 links und rechts am Ende zweier Treppenaufgänge lagen. Der Flur des vierzehnten Stocks war leer, aber drei Türen standen offen. Ich hörte lebhaftes spanisches Geplapper aus den Zimmern. Ich dachte an den Blick auf Twin Peaks und prüfte meine Position an jedem Fenster auf den Fluren, stellte mir vor, welcher Raum den Blick haben würde, den ich suchte. Ich ging nach rechts. Norden. Ich hetzte den Flur lang und fand die Treppe zur ersten Whirlpoolsuite im fünfzehnten Stock.

Die Lage innerhalb des Hotels machte sie ideal für Diplomaten, Politiker oder leitende Angestellte auf exponierten Posten. Die kleine Wendeltreppe war leicht zu sichern, das Kommen und Gehen gut zu überwachen. Die angeheuerten Gorillas konnten in einem kleinen Alkoven im Flur herumstehen, zwischen Mingvasen mit Orchideen.

Ich hörte hinter mir eine Tür schlagen und eine schärfere Stimme Befehle bellen. Ich rannte die Treppen rauf. Linien, kaum sichtbar abgesehen von einem kleinen Griff, ließen in der rechten Wand eine Tür ahnen. Vor mir war die Tür zur Suite, massive Walnuss, eingelegt mit Ebenholzstreifen. Sie war offen. Ich trat in die Whirlpoolsuite.

Ich hätte in das Erpresserfoto treten können, allerdings war das hier in Farbe. Die gesteppte Tagesdecke mit Blättern war silbergrau. Der Teppich ein helles Grün. Die Gardinen hatten winzige Blumen, und der Blick war der nördliche Blick auf Twin Peaks. Vor dem Fenster sah ich den Rücken des Wasserspeiers. Ein schweres Winkeleisen hielt ihn auf dem Betonbalkon fest. Die Bolzen waren so groß wie meine Faust.

Rechts vom Bett konnte ich in einen Marmorraum blicken. Ich drehte mich wieder zum Bett. Das war das Bett. Das war genau der Blickwinkel. Ich holte das Foto wieder raus. Ich sah mir die Hügel draußen genau an, die Winkel der Gebäude. Ich konnte eben das gebogene Sandsteindach des Pacific Clubs erkennen, das das über das Fensterbrett hinausragte. Ein Club, ein privater Club, der keine Frauen zuließ. Oh ja, dies war der Ort. Hier hatte der Moment stattgefunden, der all das Geld wert war – und die Linse, dachte ich und drehte mich um, die Linse würde genau hinter mir postiert sein.

Die Wand zeigte ein Bild zweier Jahrhundertwende-Schönheiten, die gemeinsam ein römisches Bad genossen. Und direkt unter dem Rahmen, aus einer Entfernung von zwei Metern oder mehr kaum zu erkennen, eine leichte Abweichung in der Oberflächenstruktur der Wand. Sah aus, als wäre da ein Loch in der Wand gewesen.

»Was machen hier?« Eine kleine, braune Frau starrte mich empört an, ohne Angst. Starke Arme hielten einen großen Stahlkarren mit sauberen, gefalteten Handtüchern und einer Fülle an Shampoos und Körperlotionsproben. Sie hatte einen Schnurrbart, trug eine blütenweiße Nylonuniform und weiße, ausgetretene Pantoffeln. Sie schnaubte mich an, die Muskeln ihrer Arme spannten sich am Karren. »Sie Gast hier? Verschwinden jetzt, Sie!« Ihr Gesicht plusterte sich auf, wurde rot. »Ich rufen Sicherheit!«

»Warten Sie, ich will keinen Ärger!«

»Ich rufen Sicherheit! Ich rufen«, sagte sie, aber ihre Stimme war ein wenig sanfter. Langsam griff ich zur Brieftasche.

»Ich wollte mir nur mal die Whirlpoolsuite angucken, das ist alles.«

»Ich nichts wissen.« Vom Sicherheitsdienst sprach sie nicht mehr.

»Ich will nur ein paar Informationen über jemanden, der sich vielleicht für diesen Raum interessiert hat.«

»Ich nicht kennen Gäste, Lady. Ich nur Zimmer sauber.«

»Wie lange arbeiten Sie schon hier?«

»Zwei Jahre.« Sie zwinkerte mit den Augen, als sie auf meine Brieftasche blickte. Sie hätte sich die Lippen lecken können, und es hätte mich nicht überrascht.

Ich hielt ihr ein Bild von Ben Franklin vors Gesicht, netter, freundlicher Ben.

Sie griff nach dem Hunderter, aber ich hielt ihn knapp außer Reichweite ihrer Finger. Ihre kleinen schwarzen Augen wurden hart, der Schimmer eines Gedanken dahinter. Was sie sagen würde, was sie sagen könnte. Ich hatte genau die Richtige. Ich hatte meine Verbindung.

»Whirlpoolsuite hier sehr beliebt«, begann sie. Der Wasserspeier, der vorm Fenster saß, rümpfte über den Autoabgasen die Nase. »Mögen die weißen Fliesen. Die Gäste.«

»Ich bin nicht hier, um über Fliesen zu reden.«

»Was wollen wissen, Lady?« Sie stopfte ihre Hände in die Taschen.

»Ich habe gehört, dass jemand besonderes Interesse an der Whirlpoolsuite gehabt hat. Vier, fünf, vielleicht auch erst zwei Wochen her. Er wollte hier rein. Sich hier aufhalten. Jemand muss ihn reingelassen haben. Ich weiß, dass er wegen genau diesem Raum gekommen ist.« Ben Franklin verneigte sich unvermittelt, ihre Finger in den Taschen zuckten geradezu.

»Kann sein, kann sein nicht. Kann schlimm Ärger kriegen.« Sie rümpfte die Nase und legte ihre Hände wieder auf den Karren. »Hundert Dollar nix lohnen, Lady.«

»Wie wär's mit dreihundert?«

Finger entspannten sich, Augen glitten über die glitzernden Perlen von Shampooflaschen auf dem Karren. Der kleine Mund bewegte sich seitwärts und kam wieder zurück.

»Fünfhundert.« Zwei schwarze Rosinenaugen sahen mich zum ersten Mal direkt an.

»Ich will das Zimmer nicht mieten, ich will nur ein paar Informationen.« Ich drehte mich um und ging zur Tür. Auf halbem Weg hielt sie mich auf.

»Sie nix sagen?«

»Nein, ich erzähle niemandem davon. Wegen mir werden Sie Ihren Job nicht verlieren.«

»Sie niemand sagen. Schwören.«

»Jaa.«

»Geben Sie.« Sie streckte die Hand aus, ihr Kinn verhärtete sich unter schmalen Lippen, und ihre kleinen schwarzen Augen sahen ängstlich aus.

»War, äh, im Juli, glaube.« Ihre Finger zuckten.

»Sie wurden von einem Mann angesprochen, der sich nur mal umsehen wollte.«

»Jaa, wollen gucken, so'n Kerl, ich weiß nich'.«

»Ich will eine Beschreibung, okay? Aber kein Bockmist.«

»Kleiner Kerl«, sagte sie. »Weiß Haut, so schwitzig, krank, so. Er nicht gut Luft kriegen. Er mir keinen Namen gegeben. Er wollen alles sehen. Er wollen allein sein in Zimmer. Er stark. Starker Mann. Ich weiß nicht, was er machen. Ich komm rein. Alles okay. Er nix Böses getan. Ich nix sehen Problem, also er wiederkommen, ich lasse wieder rein. Er okay, ja? Viele Leute hier haben Geld, machen Sachen. Ich weiß nicht. Ich verstehen nix, Lady. Ich machen nur meine Arbeit.«

»Erzählen Sie mir mehr über sein Aussehen. Groß, klein? So? So?« Ich hielt meine Hand hin.

»So.« Sie zuckte die Achseln. Sie hielt abgearbeitete Hände hoch, das ängstliche Glitzern war noch in ihren Augen. »Ich Ihnen sagen. Er kleiner Typ, vielleicht einssechzig. Er vielleicht bis Ihre Schulter, Lady. Er tragen Jacke, hellbraun, Hosen, schwarz, glaube. Oh ja, starke Arme. Groß. Große Arme. Geht wie ein Gorilla, ja? Affen-Arme. Mächtig. Er hat nicht Haare oben. Er irgendwie kahl. Oh ja, hat großen Verband an Kinn, ja, wie geschnitten bei rasieren.«

Der Verband war ein alter Maskierungstrick, ein Detail, das blitzartig verändert werden konnte. Bisher hatte ich nicht mehr als einen kahlen, weißen, einssechzig großen Mann.

Der Lärm im Treppenhaus nahm zu.

»Hatte er eine hohe Stirn, eine tiefe Stirn, einen Tick?«

»Ich weiß nix, Lady. Er kauen an Zahnstocher. Jaa, war nicht wie normaler Gast in Mark Hopkins.«

»Sie sagten, er kam wieder.«

»Kam wieder?«

»Jaa, Sie sagten, Sie hätten ihn noch mal reingelassen.«

Ihre Lippen klappten fest zu, und ihr Kinn versuchte verzweifelt, sich in ihrem Hals zu verkriechen.

»Hören Sie, ich will nicht, dass Sie Ihren Job verlieren. Aber Sie müssen alles erzählen, was ist passiert?«

»Jaa, ein Mal. Ich ihn wieder reinlassen. Das alles. Ich muss gehen, Lady. Sie mich lassen saubermachen.« Sie drehte sich um.

»Noch mal hundert Dollar, wenn Sie mich in die Kammer oben neben der Treppe lassen.«

»Die – die Wäschekammer?« Die zusammengekniffenen Augen öffneten sich leicht. Sie hatte Angst. Noch ein Treffer. Ich hielt ihr den Hunderter hin.

»Warum nicht«, fragte ich. »Ihn haben Sie da auch reingelassen, oder?«

Keine Antwort.

»Sie wussten, dass er ein ganzes Wochenende hier verbracht hat, oder ...?«

»Hören Sie, Lady. Ich weiß nich', wer Sie sind. Ich weiß nich', wer er sein. Ich lassen ein Mann in ein Zimmer. Ich lassen Sie in ein Zimmer. Jetzt Sie verschwinden aus Hotel, sonst.«

Zwei Bens, und sie hielt inne. »Zehn Minuten«, sagte sie. »Ich weiß nich', warum alles wollen in diese Kammer!« Sie schüttelte den Kopf und schlurfte die Wendeltreppe runter. Aber sie wusste es. Sie wusste von dem Hochsicherheitswochenende. Und sie war die Einzige, die das Gesicht meines Erpressers identifizieren konnte. Ein kleiner, mächtiger Typ, wie Napoleon.

Ich glaubte das Drehen von Schlosszylindern zu hören, das Klicken eines Schnappschlosses. Am Ende eines Flurs bellte eine Stimme Anordnungen, wohl für ein paar andere Zimmermädchen. Am Fuß der Treppe quietschende Räder eines Karrens, am Ende des Flurs das Öffnen und Schließen des Servicelifts. Das erdrückende Gequengel eines Staubsaugers, ein Jaulen, das zehn Minuten anhalten und jeden Lärm überdecken würde.

Ich ging zu der schmalen Tür der Wäschekammer, sie hatte sie für mich angelehnt gelassen. Drinnen säumten weiße und rosa Handtücher die Regale des Wäscheschranks. Ein Handwagen mit einem Sack für Schmutzwäsche nahm den größten Raum in der Kammer ein und verdeckte eine Wand. Ich zog ihn zur Seite und untersuchte die Rigipswand. Vier winzige Schlitze waren in die Gipsplatten gekerbt, zeigten eine Öffnung, groß genug, dass eine kleine Person durchkriechen konnte. Ein Eingang, der sorgsam und fast unsichtbar aus der Wand geschnitten worden war.

Ich steckte mein Taschenmesser in den Schlitz und zog. Ein dünnes Quadrat Rigips kippte mir entgegen. Mein Mann war ein recht ordentlicher kleiner Handwerker gewesen. Das Wartungspersonal des Mark Hopkins würde die Tür nicht entdecken. Und in der Rückseite der Tür ein winziges Loch, wo er eine Schraube reingesteckt haben mochte oder irgendwas anderes, um sie hinter sich zu schließen. Da war es, das dunkle Loch, der Bau meines Fotografen. Ich beugte mich runter und kroch auf allen Vieren rein. Das Staubsaugerjaulen war hier gedämpft. Ich stand auf und tastete über mir. Eine Ventilatorwelle machte ein dumpfes Geräusch. Geduckt ließ ich meine Taschenlampe durch den Raum blitzen. Ich sah, dass das Mark Hopkins überhaupt nicht lotrecht stand. Die Wandpfosten hatten keinen bündigen Abschluss, alles sah schief aus. Kabel wanderten von Pfosten zu Pfosten, ich konnte leicht stolpern oder mich erdrosseln.

Der schmale Korridor setzte sich vielleicht dreieinhalb Meter ins Dunkle fort, schätzte ich. Verzinkte Rohre knickten am Ende der Strecke in die Dunkelheit ab. Das mussten die Whirlpoolleitungen sein. Ich beugte mich wieder runter, steckte die Spitze des Korkenziehers an meinem Messer in die Rigipstür. Ich zog sie zu, als wäre ich das Tier, das sich hier verkrochen hatte. Sofort wurde die Luft stickig und feucht. Dunkle Wände kamen auf mich zu. Ich stand auf, gab Acht, dass ich nicht an die Ventilatorwelle über mir stieß. Ich beruhigte mein Herz und untersuchte die Wand nach einem winzigen Lichtstrahl. Finger strichen über die Oberfläche, ich fand die kleine Erhebung aus Abdichtungsmaterial. Als ich daran herumpulte, löste ich einen Splitter, und ein Lichtstrahl fiel in das Loch. Ich beugte mich runter, hielt mein Rückgrat an der Wand, stellte mir vor, eine Mini-Videokamera in der Hand zu haben. Ich selbst wurde zum Schnüfflergerät, das ranzoomte, blinzelte, die Szene auf dem silbernen Bett scharf stellte. Selbst der Schenkel mit den winzigen Cellulite-Fältchen würde durch die Linse sichtbar sein. Und der unsichtbare Partner, der am Fuß des Bettes gekniet haben mochte.

Wenn die VIP vip genug war, gab es zuvor einen Sicherheitscheck, eine Suche nach Wanzen. Mr. Kahlkopf musste seine Schwitzkiste bezogen und das Loch gebohrt haben, während der Gast nicht im Zimmer war. Ich zückte ein Taschentuch und wischte meine Stirn. Kleine Sterne tanzten vor meinen Augen. Sie rieten mir zu atmen, wo keine Luft war.

Stattdessen machte ich die Taschenlampe wieder an. Ich versuchte mich zu entspannen, meine Atmung zu verlangsamen, und untersuchte die Spalten am unteren Ende der Pfosten. Ich versuchte, nicht daran zu denken, wie es war, sich in diese Schwitzkiste zu sperren, um ein Mösenfoto zu kriegen. Ich suchte mit der Lampe. Mr. Kahlkopf, was für eine Sorte Tier bist du? Ich hielt die Lampe näher an ein Loch, das in den Pfosten gebohrt war, um die elektrischen Kabel zu befestigen, die zu einem Wandleuchter auf der anderen Seite führten. Ein Splitter am Rand des Lochs, ein Holzspan, der zu hell war. Das war kein Splitter. Das war ein Zahnstocher. Sein Zahnstocher.

Die engen Wände schienen näher zu rücken, ich konnte seinen Geruch wahrnehmen. Ich konnte in dem stinkenden kleinen Sarg, in dem er ein Wochenende gelebt hatte, seinen Atem fühlen. Mir drehte sich der Magen um, und der Staubsauger verstummte. Ich hob den Zahnstocher mit einem Taschentuch auf, faltete es und steckte es in meine Tasche, ging wieder auf alle Viere und kroch rückwärts aus dem Loch. Als ich das Loch verließ, mit den Schultern zuletzt, warf ich einen letzten Blick auf den stecknadelgroßen Lichtschacht. Ich fragte mich, ob jemand das Loch auf der anderen Seite der Wand bemerken würde. Der nächste Sicherheitscheck für einen VIP. Und sie würden sich fragen, genau wie ich, wer dieses Zimmer in der fraglichen Nacht gebucht hatte. Aber das, dachte ich und wischte die Ansammlung Fusseln und Sägemehl von meiner schwarzen Jeans, würde nicht so schwer herauszufinden sein.

Ich packte das kleine Rigipsquadrat wieder hin und machte es fast so unsichtbar, wie ich es vorgefunden hatte. Ich schob den Wäschewagen davor, machte das Licht aus und schloss die Tür zur Wäschekammer. Sie verriegelte automatisch. Geräuschlos bewegte ich mich die Treppe runter. Niemand in der vierzehnten Etage. Ich nahm den Weg durchs Treppenhaus, das lange Betontreppenhaus voller Luft und Licht. Ich stürmte runter, schnappte nach Luft, mit flatternden Lederschwingen fiel ich durch Raum und Zeit, weit weg von dem dunklen und hässlichen Loch.

Kapitel 10

Reise Ins Nichts

Ich wollte schon immer Paris sehen. Frances und ich hatten oft Ferienpläne geschmiedet, aber ich hatte nie verstanden, dass Ferien für Ärzte ein Hirngespinst bleiben. Die Pläne waren die Wirklichkeit. Alles, was Frances brauchte, war über Urlaub zu reden. Und jetzt war sie weg. Verdammte Scheidungsarbeit, wenn ich sie nicht auf die eine Art machte, dann auf eine andere.

Ich ging über den Union Square, importierte Schuhe leuchteten wie Diamanten im Fenster. Lederhandschuhe, die aussahen wie für Mörder gemacht. Gleich um die Ecke, drei Blöcke westlich war Globus Reisen, der Hausnummer nach keine gute Adressse mehr. Ich ging am Fenster von Paradies Reisen vorbei und sah Poster von weit entfernten Orten. Die Dritte Welt zum Sonderpreis. Wellen, die die Zehen kitzeln, Margaritas, die den Rachen kühlen, ein schönes Bild, wenn man nicht weiß, dass das Pazifische Riff mit Zyanid verseucht ist.

Die Damen hinter dem Tresen, eifrige Merkure, treiben sie mit Kabelsträngen und gebleichten Lächeln voran. Und so werden die Massen in alle Welt geliefert, aus ihren voll gestopften Kisten an die See. Sollte der Ausverkauf der Kultur, die sie besuchen, ihnen keine Verdauungsprobleme bereiten, dann tut es das Essen.

Globus Reisen war nicht da, um die von der Arbeit erschöpften mit glänzenden Reisepaketen zu versorgen. Die Bürgersteige waren fleckig von geschwärztem Kaugummi und Kotze. Nur einige Block von Macys entfernt sah ich das große Plastikschild, selbst gebastelte Plastikbuchstaben in ein Gitter gesteckt. Globus Reisen, deren *s* aus der Spur rutschte. Es sah aus wie eine einfache Fahrt in die Hölle, dic Nachbarschaft sah genauso aus.

Die Fenster waren mit Schildern gepflastert. FOTOKOPIEN FÜNF CENT und Billigflüge von Fluggesellschaften, deren Name man nie wieder hören wollte. Wenn man ihnen glaubte, konnte man mit einem Groschen um die ganze Welt fliegen. Ein Groschen reichte für die Miete von Globus Reisen.

Teilnahmslos rührte ein Ventilator die Luft, während ein gehetzter Angstellter von einem Tintenfisch aus Telefonkabeln gequält wurde. Klingeln schrillten und es klang, als würde er gleichzeitig spanisch, portuguisisch und englisch sprechen. Mitte Vierzig, verschwitzt unter seinem weißen Nylonhemd, Stähnen schwarzer Haare, die wie fettige Bänder über seiner Platte lagen. Er hatte ein Schildkrötengesicht, eine spitze Nase krümmte sich über einem V-förmigen Mund, unwillig gaben die winzigen, korallenroten Lippen Informationen preis.

Seine Augen, eingebettet in speckige Falten und so tief wie Einkaufstüten, sahen mich nicht an, obwohl ich wusste, dass er mich bemerkt hatte. Eine Sitzecke mit zwei Klappstühlen und einem Standaschenbecher dazwischen, der sich ungefähr im gleichen Winkel wie der schiefe Turm von Pisa neigte. Eine große angekaute Kippe lag in der schmalen Mulde. Klick. Der Mann hinter dem Schreibtisch legte einen der Hörer auf und wischte sich die Stirn. Immer noch hob er seine Augen nicht über den Schalter.

Es gab keine Reisebroschüren, keine glänzenden Strände mit weißen Frauen in roten Bikinis auf schwarzem Sand, nichts von der gewöhnlichen Arsch-und-Titten-Show. Es gab nur eine Menge Flugblätter mit einem schlecht kopierten Cartoon-Flugzeug, das oben drüber flog. Auf einigen war das Flugzeug verzerrt, nach mehreren Generationen nichts weiter als scheußliches Grinsen, das das Cockpit verdeckte. Klick, und ein Maschinengewehrhagel aus etwas, das nach Portugiesisch klang. Ich setzte mich, sah rechts von meinem linken Fuß die Stelle, wo das Linoleum den Betonfußboden nicht ganz verdeckte. Klick. Schlurfen. Grunzen.

In dem Laden wollte ich wirklich verreisen, aber er versorgte mich nicht mit einem Ziel.

Zwei Teenager, groß und klein, kamen rein und sahen sich um, ausgebeulte Hosen, Baseballmützen und ein Rechteck aus weißem Papier in der Hand. Schaltermanns Augen flackerten kurz über den Tresen, als sie die Anweisungen auf dem Kopierer lasen. Sie hoben den Deckel und legten das Papierrechteck auf die Glasscheibe.

»Nicht den Deckel zuknallen!«, schrie Schaltermann sie an, ohne seine Flut auf Spanisch nennenswert zu unterbrechen.

Die Jungs machten ein bisschen unbemerkte Beinarbeit, und ihre Münder wurden schmal, als einer sehr, sehr langsam den Deckel schloss. Der Kleinere warf den Fünfer rein, und wir alle beobachteten das grüne Licht, das hin- und herwanderte und die Kopie machte. Als sie fertig war, nahm der Größere Kopie und Original heraus. Seine vorstehenden Augen prüften die Kopie auf Fehler, seine Hand lag auf dem noch geöffneten Deckel des Kopierers.

»Knall nicht mit dem gottverdammten Deckel«, schrie Schaltermann.

Der Kieferknochen des Größeren arbeitete jetzt, seine lange, feste Hand schwebte auf dem Deckel. Seine Augen auf Schaltermann geheftet, schmiss er den Deckel mit einem unwiderruflichen Krachen runter. Der beige Plastikdeckel splitterte an einer Seite, und er lächelte.

»Zum Teufel, mach, dass du rauskommst«, brüllte Schaltermann, kletterte von seinem Stuhl, kurze Beine brachten ihn schwerfällig vor den Tresen. Jugendlicher Beinarbeit hatte er nichts entgegenzusetzen, in Sekunden waren sie längst weg.

»Guck, was sie gemacht haben! Guck, was sie gemacht haben«, sagte er zu niemand im besonderen, er raste zum Kopierer, nach draußen. Was draußen war, brachte ihn noch schneller wieder rein. »Gottverdammte Wichser«, sagte er, und seine Finger fanden, was von seinen Haaren übrig war. Er kehrte hinter den Schalter zurück, setzte sich und sah mich an. »Was wollen Sie?«

»Eine Reise nach Hawaii.«

»Wir machen keine Reisen. Wir verkaufen bloß überschüssige Sitze in Flugzeugen. Wenn Sie 'ne Pauschalreise wollen, geh'n Sie die Straße runter zu Paradies Reisen, Union Square, Lady.«

»Wie wär's mit Informationen?« Ich lächelte und hielt eine Hundertdollarnote hoch. Der Mann blickte auf den Schein. Er sah Ben Franklins Gesicht an, als wäre der Gründervater ein alter Gauner, der noch nie irgendwem irgendwas genützt hatte. Er grabschte, und ich zog meine Hand weg.

»Sagen Sie mir, wer das Postfach Nummer vier-siebenundfünfzig hat.«

»Sie sind kein Bulle.« Er musterte mich und fand die Idee unglaubwürdig. »Oder?«

»Bitte.« Ich reichte Ben Franklin rüber. Der Schein verschwand in einer Schublade.

»Okay, okay, Sie kriegen den Namen.« Seine Augen verengten sich. Ich hatte es gewusst. Flugtickets, Postfächer und alles andere waren zu verkaufen. »George C. Welter.« Der Mann öffnete ein Buch. »Woll'n Sie wissen, wann er's angemietet hat?«, fragte er kooperativ.

»Ja, das würde ich gern wissen.«

Seine Arm bog sich mir entgegen, Handfläche ausgestreckt, Finger in Richtung seiner Brust gekrümmt, Esperanto für »Gib«. Ich holte einen Zwanziger raus und beobachtete, wie er in seiner Hosentasche verschwand.

»Er hat sein Fach vor vier Wochen gemietet und es gestern geschlossen. Er kam regelmäßig einmal die Woche. Aber er verlässt die Stadt.« Er grinste, er hätte eine Miss-Amerika-Wahl gewinnen können. Das Telefon klingelte, und er nahm ab. Er sprach eine Mischung aus spanisch und englisch, schaffte es, mich zu ignorieren, als hätte ich das Geheimnis der Unsichtbarkeit entdeckt. »*Lo siento, lo siento*«, und er legte auf. Das Lächeln war wieder da.

»Haben Sie eine Nachsendeadresse?«

»Lady –« Der Mann lehnte sich so weit vor, dass ich die restlichen Strähnen auf seinem Kopf zählen konnte. »Wie ich *gesagt* hab, er geht ins Ausland.« Er lehnte sich zurück und lächelte, verschränkte seine Hände hinter dem Kopf und brachte die Saugkraft von Nylon zur Geltung. Sie war nicht existent. Schweiß sammelte sich über seinem Gürtel. Er grinste schmierig.

»Wie viel?«

»Zweifuffzig.«

Zweihundertfünfzig. »Ist nicht drin.« Ich drehte mich um und ging. Das war Kimilars gesamter Vorschuss, und ich wollte nicht alles an einem Ort ausgeben.

»Zwei«, hörte ich hinter mir.

»Einsfuffzig«, versuchte er es noch einmal.

»Okay. Einsfünfzig. Und jetzt erzählen Sie mir von George Welters Reiseplänen. Ich will eine Kopie des Tickets«, sagte ich und hielt Ben fest.

»Sie haben das Ticket Montag vor zwei Wochen verkauft«, sagte ich, nachdem er mir die Kopie und ich ihm das Geld gegeben hatte.

»Jaa, hab ich.«

»Der Name hier ist George Welter.«

Varis International stand oben drauf. Ich sah mir die Beschränkungen genau an. Globus Reisen. Ich schielte auf die Kopie, auf die eingeprägten Codes und Daten, die in roter Kohleschrift auf das Original gedruckt waren. »Das hier sind Tickets, die den ganzen November über gültig sind«, sagte ich.

»Jaa, ich weiß.«

»Warum würde er einen Decknamen benutzen?«

»Das fragen Sie mich?«

»Der Mann, der das Ticket gekauft hat, erinnern Sie sich, wie er aussah? Langes Haar, rotblond? Eng stehende Augen?« Ich holte Ben wieder raus.

»Offenes Ticket nach Rio. Jaa, jaa, ich erinner mich an 'n Kerl, der so'n Ticket gekauft hat. Genau. Bei Varis hatten wir einige überschüssige Sitze extra, wegen der Unruhen in Rio und dieser Entführung am Strand. Jaa. Ich hab 'nem Typ das verkauft. Er weiß nich', wann er fahr'n will, ich hab mich extra bemüht, 'n offenes Ticket für ihn zu besorgen. Ist aber nur bis Ende November gültig.«

»Und wie läuft das mit der Reservierung?«

»Na ja, er kann einfach irgendwann am Flughafen auftauchen, mit Wartezeit. Es gibt drei Flüge pro Woche. Montag, Mittwoch und Sonntag. Flug geht abends um acht los. Kommt um neun an. Bringt 'n extra Tag am Strand.«

»Können Sie den Mann beschreiben?«

»Tja, lassen Sie mich überlegen.« Er beäugte den Schein. Ich legte ihn zwischen uns auf den Schalter. »Ungefähr einszweiundachzig, hundertzwanzig Kilo, 'n breiter Typ. Braunes Haar, lange Koteletten, großes, eckiges Kinn, eine Nase, die 'n paar Millionen Mal gebrochen wurde. Sagen Sie ihm nicht, dass ich Sie auf seine Spur gebracht hab, okay?«

Ich ließ meine Hand auf dem Schein und holte das Bild von Kimilars Exfreund hinter dem Jeep Grand Cherokee heraus. Es war unmöglich zu sagen, wie groß er war, aber der Jeep war eine Art Maßstab. Ich würde ihm nicht in einer dunklen Gasse begegnen wollen, trotzdem sah er für alle Welt aus wie ein Kerl, der es einfach genoss zu campen.

»Das isser nich.« Der Schein rutschte unter meinem Handballen hervor. »Ich sag's Ihnen.«

»Das ist nicht der Mann?«, fragte ich.

»Taub oder was? Der Kerl war's nich'. Der hatte dunklere Haare. Sein Gesicht war ganz anders. Dieser Typ hat ein fettes Gesicht. Seine Nase sieht aus wie von 'm Baby. Alles in einem Stück, ja. Der Kerl, der das Ticket gekauft hat, hatte 'n langes schmales Gesicht und 'ne Nase, die aussieht wie wenn Joe Lewis persönlich sie sich vorgenommen hätte. Glauben Sie mir, dieser Typ war's nich'.«

»Ich glaube Ihnen«, sagte ich und glaubte ihm. »Hat er Ihnen irgendwas an Nachsendeadresse gegeben?«

»Nein. Das Ticket is' so gut wie Bargeld.«

»Wie hat er bezahlt?«

»Bar.«

Hinter ihm klingelte das Telefon, und er nahm ab. Ich langte über den Schalter und drückte den Knopf, unterbrach die Verbindung. »Er hat ein offenes Ticket mit Bargeld bezahlt. Kam Ihnen das nicht ein bisschen komisch vor?«

»Lady.« Er schlug meine Hand mit wohldosierter Kraft weg und nahm einen Hörer ab. »*Sie* kommen mir komisch vor. Und jetzt verzieh'n Sie sich, ja?«

Ich ging raus, überlegte, was und was nicht für Kimilar getan werden konnte. Und was es sie kosten würde, herauszufinden, warum jemand sich für ihren Exfreund ausgab, ein Mann mit einer Nase, die Joe Lewis sich vorgenommen hatte.

Jetzt wollte ich wirklich nach Paris.

Kapitel 11

Touristenattraktion

Ich hatte gerade genug Zeit, in Richtung Meer zu fahren, bevor ich mein Geldpaket basteln musste. Ich fuhr die Küste entlang und dachte über ihre Zukunft nach.

Sollte Antonio Shay Bürgermeister bleiben, würde hier das Mission Bay-Projekt protzen, oder, wenn Calvin Smith gewählt wurde, ein neues Baseballstadion, umgeben von kilometerweiten Betonparkplätzen, statt Villanuevas von Warner Brothers durchrenovierter Market Street. Villanuevas Gesicht leuchtete von Telefonmasten, als ich an Bridgeways vorbeifuhr. Die Institution sah wirklich aus wie ein italienisches Dorf aus vergangenen Tagen. Willkommenskränze hingen immer noch am Tor, zu Ehren des Besuchs der First Lady. In den ersten und zweiten Etagen Reihen dunkel verglaster Fenster, gesäumt mit auf alt gemachten Fensterläden, die den genesenden Abhängigen einen passablen Ausblick erlaubten. Blumenkästen mit weißen Geranien und dem Logo der Einrichtung hingen unter den Fenstern aufgereiht.

Vorbei an Pier 39 und dem lärmenden Touristengeschäft, die Clement Street hoch bis zum Presidio, war ich froh, unter den gewölbten Eukalyptusbäumen zu sein, die in der warmen Luft dufteten. Point Lobos Avenue brachte mich zum Cliff House.

Busladungen erschöpfter Touristen krochen aus Doppeldeckern, Fotoapparate und Strickjacken baumelten um hängende Schultern. Hinter dem Cliff House Restaurant schrien Möwen und stürzten sich ins Meer. Drei Touristenbusse kamen heran und parkten furzend ein, scheuchten Krähen auseinander, die den Rinnstein durchstreiften. Videokameras und Wickeltaschen. Eichhörnchen hüpften davon, eine Herde älterer Männer und Frauen in knallroten Nylonjacken mit dem Schriftzug »Roto-Kill« auf dem Rücken. Das war das Mark Hopkins-Häuflein, die Touristengruppe, die ich im Hotel gesehen hatte. Jetzt drängten sie sich im klammen Nebel aneinander.

Ich stieg in einen langen, weiten Regenmantel, zog einen geblümten Seidenschal über den Kopf, knotete ihn im Nacken und ließ die Enden unter dem Kragen meinen Rücken runterhängen. Eine große, dunkle Brille machte meine Züge fast unkenntlich. Ich zog mir das Band einer billigen Kodak-Sofortbildkamera über den Kopf und ließ mich an der Menge vorbei treiben. Die Betonstufen sahen genauso schäbig aus wie am Abend vorher, aber der Parkservice war geöffnet und das Mechanik-Museum kurbelte eine Leierkastenmelodie raus, verlieh der Szene falsche Fröhlichkeit. Ich wartete, bis der Platz voller Touristen war, bevor ich zur Telefonzelle ging und tat, als würde ich telefonieren.

Ich drehte mich um, gab vor, in die Muschel zu sprechen. Der Erpresser hätte ohne Zweifel von fast überall entlang der Küste verfolgen können, wie ich von der Zelle den Hügel raufging. Die Baustelle war abgesperrt. Der Sutro-Garten war weiter rauf, hinter einer Baumgruppe. Aber von den begrünten Hängen oder den Eigentumswohnungen, die auf dem alten Vergnügungspark gebaut wurden, war das Telefon vor der Camera Obscura gut zu sehen.

Die Telefonzelle selbst war zugänglich über die Betontreppe oder einen Asphaltweg, der zu einem historischen Hinweisschild und einem zweiten Parkplatz führte. Ich legte den Hörer auf und ging rüber zu einem der Teleskope. Ich steckte einen Vierteldollar in den Schlitz, legte mein Auge auf den Messingring und sah Dunkelheit, bis das Ticken begann. Ich richtete das Fernrohr auf die See. Hinter mir hörte ich die Stimme eines Parkführers. »Die Zahl der Seehunde nahm stark ab, weil Jäger ihre Barthaare als Pfeifenreiniger und ihre Genitalien als Aphrodisiaka vermarkteten.«

Ich schwang das Fernrohr über die Fläche der Klippen, dahin, wo die prominenten Schoßtierchen San Franciscos ein Sonnenbad nahmen. Ihre Haut glänzte wie Gummi, sie suhlten sich, drehten sich in der Sonne und brüllten. Ich ließ die Linse über ihre Körper streifen. Am Rand des schäumenden Ozeans umklammerte ein schwarzglitschiger Surfer ein Brett und paddelte zum Horizont. Die Gewässer vor San Francisco waren viel zu kalt und trügerisch, um irgendwen außer den zähesten Surfern zu verlocken. Die meisten bevorzugten Mexiko, Hawaii oder wenigstens Südkalifornien. Diesen Teil des Pazifiks zu reiten war bestenfalls tückisch. Ich beobachtete ihn, wie er weiter und weiter rauspaddelte, erstickte eine mitempfundene Unruhe. Die Welt war voll von Tollkühnen, die hundertstöckige, senkrechte Gebäude hochkletterten, an Gummibändern von Brücken sprangen, in Heißluftballons umhertrieben und das Ganze Spaß nannten. Der Surfer war umgedreht, zielte mit seinem Brett auf die Küste.

Als die Roto-Kill-Touristen näherkamen, schwang ich das Fernglas herum und lugte zwischen roten Nylonjacken hoch nach Sutro Heights. Ich las die braunen Infoschilder, weiße Buchstaben im Fokus, die bekannt gaben, wann der Park öffnete und schloss. Weiter rechts drehten sich die Flügel einer der großen, alten Holzwindmühlen zum Brummen des Verkehrs auf dem Küstenhighway. Ich blinzelte in die Baumkronen und entlang der Reihen um Reihen von blinden Wohnungsfenstern. An einer Seite wurden noch Eigentumswohnungen gebaut, und ich konnte ein großes, grinsendes Clowngesicht ausmachen, umgekippt auf der Seite liegend, ein früherer Kartenschalter. Ich spähte mit dem Glas weiter hoch, über die Baustelle, und fand einen Baumstumpf auf einer Felsspitze und einen gebogenen Schnabel. Ein Wanderfalke? Ein Flügelgeflatter, und ich versuchte das Fernglas auf seinem Podest weiter zu drehen, bis zum Anschlag. Touristen sahen sich normalerweise nicht um.

Aber ich. Ich schubste durch die Menge, fand meine Schritte wieder, die Treppe hoch. Alle anderen gingen runter. Ich stemmte mich gegen den Strom von Leuten, an den Cable Car-Geschirrtüchern und den Golden Gate-Aschenbechern vorbei, rüber zum Highway. Ich überquerte ihn bei Louie's und fand den Parkplatz und den Weg, der hoch in die Sutro-Gärten führte.

Der Mondlichtspaziergang von letzter Nacht war heute ein überfüllter Stadtpark. Neben einer Fünfergruppe auf Mountainbikes, die von zwei Joggern, einer mit einer Schubkarre, abgelöst wurden, marschierte ich den Asphalt hoch zu dem Zypressenwäldchen. Das Gras trocknete, auf den Bänken mit Sonne saßen Leute, auf den Bänken ohne Sonne saßen Tauben.

Ich stieg die gleichen Stufen wie letzte Nacht hoch, erreichte das Ende und ging zur Aussichtsplattform. Jetzt im Tageslicht irrten hier harmlose Touristengruppen umher und sahen sich neugierig um, fragten sich, was es zu sehen gab.

»Sutro hat diesen Balkon ›*Dolce Far Niente*‹ oder ›Süßes Nichts‹ genannt«, sagte einer der Parkführer. Süßes Nichts kam hin. Ich blickte auf das Geländer. Ich blickte auf die Stelle, an der das Licht geleuchtet hatte, mittlerer Abschnitt, vierte Diagonale. Ich blinzelte. Ich sprintete. Ich sprang über die Steinmauer, nur wenige Köpfe drehten sich, und erreichte die Stelle, an die ich am Abend vorher die fünfunddreißig Riesen geschmissen hatte. Sie waren weg. *Niente.*

»Elf Gärtner und Tausende Dollars wurden benötigt, um den achtzig Quadratkilometer großen Park zu pflegen und zu hegen, aber Sutros Verrücktheit ging noch weiter.«

Meine auch. Auf allen Vieren kroch ich durch Sutros gärtnerische Goldgrube, aber ich fand nur Spuren von Touristen unter der Mauer. Kaugummipapier, Plastiktüten mit Erdnüssen, Coladosen und ein Kondom. Weiter weg verdünnte sich der Müll. Ein Teppich aus Eukalyptusfruchtknoten lag hart unter meinen Händen und Füßen, meine Handflächen zeigten die Abdrücke dorniger Sterne. Ich hielt den Blick auf den Geldlandeplatz gerichtet und zog mich zu einem Baumstamm zurück. Dicke grüne Krüppelkiefern, ein undurchdringliches Gestrüpp, waren drumherum gewachsen. Ich hatte das Geld rechts vom Baumstumpf hingeworfen. Vorsichtig schob ich mich über den Boden zur anderen Seite. Da, ein kleiner Haufen Kippen unter einer Decke aus Tannennadeln. Ich lächelte und hob eine mit dem Taschenmesser auf.

Benson and Hedges, bis zum Filter runtergeraucht und so hart ausgedrückt, dass die Stummel fast zerbrochen waren. Fünf kleine Kippen, zur V-Form gedrückt. Ich hatte nichts glimmen sehen. Er wird gewusst haben, wann er sie ausmachen musste. Funktelefon und keine Fußabdrücke auf dem Teppich aus Nadeln und Fruchtknoten, den Mr. Sutro gesät hatte. Benson and Hedges. Die oralen Jungs. Zahnstocher und Zigaretten zum Warten. Kameras als Augen und anonyme Briefe als Zungen.

Der Nebel kam näher, ich wischte mein feuchtes Gesicht mit dem Ärmel ab und machte meinen Mantel fester zu. Als ich den Park verließ, legte ich die Kaktusdahlien zu Dianas Füßen ab. Ich war einen Schritt weiter.

Kapitel 12

Die große Kohle

Das Arbeitszimmer stank wie eine Nagellackfabrik kurz vor der Explosion. Ich öffnete das Fenster im Wohnzimmer. Im Arbeitszimmer stellte ich den Entlüfter auf höchste Stufe, bevor ich die versiegelte Dose öffnete. Die Papiere lagen drin, leicht durchscheinend. Ja. Da war was. Fingerabdrücke auf Papier. Weiße Wirbel auf Weiß, wie Schneeflocken, keine zwei genau gleich. Vorsichtig blies ich drüber. Perfekte kleine Kopien, die Geschichte vom Halten des Papiers. Vorsichtig, wieder und wieder. Patsch, patsch, patsch. Bingo! Ich konnte es nicht erwarten, Rose anzurufen. Ich machte das Licht aus und schaltete das Rotlicht ein.

Ich schob einen Abdruck unter den Aufbau der Stativkamera und machte ein Foto des weißer als weißen Daumenabdrucks. Während der Film entwickelte, fütterte ich die Katzen, drinnen und draußen. Ich rief bei Varis an und fand heraus, dass George C. Welters Ticket bisher nicht benutzt worden war. Ich machte mir Abendbrot, Tortillas, Käse und Salat, direkt vom Kühlschrank in den Ofen. Der Fernseher lieferte ›Kunst der Bewegung‹, fast beruhigend ohne Ton. Ich aß die Käsetortilla und nahm das Telefon, um Rose anzurufen.

»Baynetta Sicherheitsdienste«, summte eine professionelle Stimme. Rose hatte jetzt eine Sekretärin, ich vergaß immer wieder, wie erwachsen wir alle waren.

»Hier ist Emma, ich möchte Rose sprechen.«

Ich wartete auf die Verbindung. Roses Stimme kam nach einem Weilchen durch die Leitung. »Entschuldige, Emma, ich musste ein paar Bittsteller loswerden.«

»Sehr gediegen, Rose.«

»Ich hab 'ne ganze Mappe mit Zeitungsausschnitten über Villanueva. Füllt einige Telefonbücher, und jemand musste dableiben und den Laserdrucker füttern.«

»Du hast den Laden gewollt, hör auf zu jammern.«

»Ich jammer nicht.«

»Ich hab noch einen Auftrag, und einen Gefallen.«

»Fang mit dem Auftrag an. Ich schätze, das ist der Teil, der Geld bringt.«

»Ich brauche jemanden, der Montag, vielleicht bis Ende des Monats, das internationale Terminal am Flughafen überwacht.«

»Lange Zeit.« Rose prüfte ihren Kalender. »Teuer.«

Ich gab ihr die Details des offenen Tickets, die Flugsteige, die Varis benutzte. »Die Rechnung wird schon bezahlt«, sagte ich.

»O Gott, es geht mal wieder um eine von Carlas widerlichen Freundinnen, oder?«

Ich sagte nichts. Rose merkte es immer, wenn ein Fall mit Carla zu tun hatte. Carla war Roses Ex. Carla war die Ex von vielen Leuten, aber vor allem war sie Roses Ex.

»Na ja, geh dieses eine Mal nicht mit ihr ins Bett, Emma. Macht nur deine Hornhaut dicker.«

»Spar dir die Predigt und schick einfach jemanden raus zum Flughafen, ja? Jetzt kommt der Gefallen. Wie wär's, wenn du meine Verstärkung bist, heute abend so gegen zehn, halb elf?«

»Ein bisschen Schnüffelei würde mir gut tun.« Ich konnte sie lächeln hören. Rose, von der Hüfte abwärts gelähmt und an den Rollstuhl gefesselt, hatte einen Jeep mit Vierradantrieb, der sie an Orte brachte, die die meisten nicht erreichen konnten. »Wo genau steigt die Sache?«

»Gegenüber vom Cliff House. Sutro Heights, auf oder direkt unter der Terasse, die sie Süßes Nichts nennen.«

»Was gibt's?«

»Eine Erpressung. Ein Zwei-Frauen-Job. Ich hab Falschgeld, das sie nicht glücklich machen wird. Ich kriege Verstärkung, aber vielleicht möchte ein bisschen Verstärkung für die Verstärkung.«

»Vorsichtig, Freundin. Hört sich brenzlig an.«

»Ärger zahlt sich aus.«

»Okay, wir können in einer der irischen Bars was trinken gehen, wenn alles geklappt hat.« Rose versprach, auf dem Parkplatz zu warten, in einem alten, verbeulten Hippie-Bus mit einer Menge Perlstickerei in der Windschutzscheibe. Die obdachloser-Hippie-der-im-Park-campiert-Nummer klappte immer gut. Roses süßes New Age-Geplapper war völlig unverständlich, und sie konnte all die unsinnigen Reime aus *Alice im Wunderland* runterbeten. Nach der dritten Runde *Jabberwocky* gingen die Bullen auf Distanz, hielten es meist für das Beste, die Irre für die Nacht in Ruhe zu lassen und nicht einzulochen.

»Jetzt kommt der große Gefallen. Ich hab ein paar Fingerabdrücke«, sagte ich. »Sollten die Typen aus irgendeinem Grund nicht auftauchen, dachte ich, wir könnten ihnen so auf die Spur kommen.«

»Fingerabdrücke, Emma, da bittest du um was.«

»Ich sagte ja, dass es ein Gefallen ist.«

»Also weißt du, dass Blake wieder da ist?«, fragte Rose.

»Ja.« Ich wusste, dass Roses Wunderkind wieder draußen war. »Kürzlich entlassen, ich hab's in der Zeitung gelesen.«

»Okay, dann weißt du, um was du bittest. Er ist auf Bewährung raus, Emma.«

»Ich hoffe, dass alles nach Plan läuft. Ich wollte nur wissen, ob es vielleicht eine Möglichkeit gibt.«

»Baynetta Sicherheitsdienste, das Land der vielen Möglichkeiten. Wir reden später drüber. Ich seh dich auf dem Parkplatz, Freundin.« Rose legte auf.

Der Film war entwickelt, ich schaltete das Rotlicht ein und machte eine fünfundzwanzig Zentimeter-Vergrößerung von jedem Daumenabdruck meines Erpressers. Und als mir die Muster seiner Hautleisten vertrauter waren, schien es ein und derselbe Daumen zu sein, der rechte.

Ich trocknete die Abzüge mit dem Fön und hörte Radio. Politiker enthüllten eine Menge schmutziger Geheimnisse übereinander, niemand konnte sich dieser Tage erinnern, wann die Busse rechtzeitig gekommen waren. BART, der Nahverkehr im Großraum der Bucht, würde keine Flughafenstrecke einrichten. Villanueva sprach sich für bundesweite Ausweise aus. Sie ging zur Beerdigung eines Bandenmitglieds, zu einer schwulen Hochzeit, einer Bar-Mizwa und mit Ausschussmitgliedern der Französisch-Amerikanischen Schule zu einer japanischen Teezeremonie.

Ich legte ein Blatt Pauspapier über jeden der Abdrücke und zeichnete das Muster der Daumenabdrücke in Schwarz nach. Dann machte ich davon wieder Fotos und reduzierte sie auf normale Größe. Nette Abzüge, komplette, kleine Lebensgeschichten. Die

Lebenslinie ist gerade etwas kürzer geworden, dachte ich, gekreuzt vom Kittchen, in das er geschickt werden würde.

Dann bastelte ich 35 000 Dollar aus Dokumentpapier. Jedes Blatt von dem dicken Papier würde mir drei Blätter Papier der Stärke einer Dollarnote einbringen. Eine ganze Packung Papier brachte mir drei Fünfhunderterstapel, die in etwa das Gewicht und die Größe von Bargeld hatten.

Ich war fertig, das Zeug passte genau in die zweigeteilte Reisetasche, ein billiges, einfaches Ding, das Frances auf Reisen mitgenommen hatte. Es würde mich freuen, es auf seine letzte Reise über ein Geländer zu werfen. Ich bemerkte ein leises, rhythmisches Geräusch. Mink schlug auf einen Hunderter ein, das zusammengeknüllte Stück Papier von der exakten Größe einer Hundertdollarnote jagte kreuz und quer über den Boden. Mink, eifersüchtig wie alle Katzen, nahm sich alles vor, was mich länger als wenige Minuten von ihr ablenkte. In ihren Expertenklauen entwickelte die gefälschte Note ein Eigenleben, die Krallen jetzt tief ins Papier gebohrt.

Ich holte die Waffe aus dem Safe, überprüfte Kammern und Sicherung und packte sie in mein Schulterhalfter. Die Ledergriffe der Reisetasche lagen in meiner Handfläche wie ein bekannter Händedruck. Mink sah mich kurz an, dann widmete sie sich wieder dem Falschgeld.

Ich entschied, es als gutes Omen zu werten. Der Geist der Katze würde bei mir sein, wenn ich die Tasche mit der gefälschten Währung heute Nacht zu den Sutro-Gärten bringen würde. Mink hatte den Schein in die Küche geschleudert, Eishockey oder einfach eine große Jägerin. Ich fragte mich, wie es sein würde, wenn meine Geschäftspartner die Tasche öffneten und Dokumentenpapier statt Geld fanden. Aber Willie hatte vorgesorgt, erinnerte ich mich. Mink hatte die Reißzähne gefletscht, und jetzt lag der weiche Papierball leblos auf dem Boden, zerfetzt.

Kapitel 13

Um die Ecke

Um halb elf war ich an der Küste. Ich parkte am Highway, gegenüber vom Sutro Heights-Parkplatz. Ich ging runter zur Telefonzelle und kriegte den Anruf. Ich lief den Weg wieder hoch und überquerte den Highway, genau wie letzte Nacht. Ich ging an Romea vorbei, gelb, die Farbe der Vorsicht. Mir gefiel der Gedanke, dass Rose unten auf dem Parkplatz wartete.

Kriminelle. Ich wusste, was passierte, wenn Leute mit der Ware nicht rüberkamen. Willies Klientin würde in einer Zeitschrift an der Supermarktkasse auftauchen. Ich konnte mit einem Kopfschuss enden, gegen einen Baum gelehnt, ein dickes Bündel Spielgeld in meinen Hals gestopft. Also weswegen sollte ich mich aufregen? Mein Herz hämmerte. Vertärkung, Willie, du hast es versprochen.

Ich ging über den Parkplatz und dachte an die Augen in der Dunkelheit, die ich nicht sehen konnte, die Augen, die mich beobachteten. Waschbären, Ratten und ein Rudel Wölfe. Ein einzelner unsichtbarer Kerl und ein Überfallkommando. Einige nette Jungs aus der Schnüffelabteilung würden mich in Sicherheit bringen, nachdem ich eine Menge Dokumentenpapier an ein paar Erpresser übergeben hatte. Aber falls ich sterbe, bevor ich aufwache, bete ich, dass der Gerichtsmediziner keine blöden Witze über meine Leiche macht. Als würde der Gerichtsmediziner je Gebete erhören.

Kein Geräusch, als ich über den Parkplatz ging. Die Papierhaufen in meiner Manteltasche waren schwer, fast so schwer wie der Klumpen in meinem Magen. Ich fühlte mich plötzlich sehr einsam. Und das wollte ich jetzt wirklich nicht sein.

Ich blieb am Weganfang stehen. Aus irgendeinem Grund dachte ich an Kimilar, sah sie auf der Farm Futtersäcke schleppen und Heuballen in den Stall hieven. Sie schor Ziegen und igelte sich für den Winter ein, rauchte eine Pfeife und nahm sich ein gutes Buch vor. Aus irgendeinem Grund, der meine Füße durch den Dreck weiterbewegte, den Asphalt hinauf. Klamme Zweige zerrten an meinem

Mantel. Das Wäldchen war leer, dunstig ragte es mir entgegen. Ich bog rechts ab und ging langsam zur Terasse.

Ich stand wieder in der Mitte. Eine von Sutros abgenutzten Statuen. Mit nichts als einem Bündel weißem Papier und einer Pistole. Zielübung für jeden, der einen Groll hatte oder einfach unterwegs war, um sich auszutoben. Ich musste aus dem Mondlicht raus. Ich musste aus dem Park raus. Ich musste das Video kriegen. Kommt schon, Jungs, lasst eure Lampen blinken. Lasst mich das Bündel werfen, und die Bullen können anrücken. Lasst die scheißverdammte Lampe blinken. Oder habt ihr das Leuchtpulver auf Bennys Gesicht entdeckt?

Kommt schon, Jungs, ihr habt euch einen Stern gewünscht. Ich mache meinen Wurf. Tragt Mondstrahlen im Glas nach Hause. Kommt schon, blinkt, verdammt. Nur ein kleiner Knopf, ein Blinkknopf an der Seite einer Aluminiumtaschenlampe. Nur ein kleines Zucken des Fingers. Drei Mal, nicht vergessen.

Scheiße. Nur Dunkelheit. Die Steinwände schienen näher zu kommen. Das Wäldchen dahinter schien endlos. Bäume nahmen verbogene Formen an, Hände in den Hüften. Eine schlaflose Seemöwe schrie und gluckste. Eine besonders große Welle schlug unten an der Klippe auf die Küste. Irgendwo auf der anderen Seite der Welt waren diese Wellen warm, und Leute ritten mit Polyesterbrettern auf ihnen, eine spezielle Pauschalreise, die du nie machen wirst. Ich guckte auf die Uhr.

Nichts. Kein Handel. Kein Geschäft. Tut uns Leid, Lady, wir haben heute keine Bananen, kein Video, keine Exekutionen. Wie haben die Bullen gesehen. Wir haben das fluoreszierende Pulver gefunden. *Dolce Niente,* und nach zwanzig Minuten schliefen meine Füße ein, und ich zitterte in der Kälte und der Gewissheit des Versagens. Ich hatte einen Wirbel-Fingerabdruck, aber ich hatte fünfunddreißig Riesen verloren. Die Sache war vorbei.

Ich machte mich auf den Weg zum Parkplatz, wo meine Verstärkung sich von mir verabschieden würde. Oder was immer Verstärkung machte, wenn sie nichts verstärkt hatte. Das Papier war ein klammer Brocken an meiner Seite. Blink, blink, blink. Was? Kleine Lichter tanzten vor meinen Augen, das Ergebnis von zu langem und zu angestrengtem ins Dunkel Starren und die Luft Anhalten.

Ich hatte Halluzinationen. Ich würde gehen. Fünfundzwanzig Minuten. Dreißig. Kein Licht. Vorbei, Emma. Gib's auf. Du hast es vermasselt. Und trotzdem zog es mich zum Terassengeländer.

Ich starrte wieder auf die Stelle, wo letzte Nacht die Lampe geblinkt hatte. Mittlerer Abschnitt, vierte Diagonale. Der Baumstamm mit dem Gebüschrock. Wo jemand gewartet hatte. Jemand, der an Zigaretten zog und sie dann ausstach, die brennenden Kippen in den Boden rammte, die Benson and Hedges Filter in der Mitte zerbrach.

Ich starrte in den Schatten des Baums. Eine erhabene Dame, Unterröcke aus Gebüsch, Äste als Arme, die die feinen Röcke anheben – um was zu zeigen? Die fünfunddreißig Riesen? Etwas, das Smoky den Bären wütend machen würde? Sieh's ein, Emma, du hast es verpatzt. Aber da war ein Fleckchen pechschwarzes Dunkel, ein Loch, eine Grube zwischen den leicht silbrigen Blätterkanten.

Ich sprang über die Mauer und ging in die Hocke. Ich hielt die Luft an, hinter mir tobte das Meer, die Flut kam, und es war fast möglich, lautlos durchs Gebüsch zu rascheln. Ich spürte den Garten um mich, war da ein Sturmkommando, bereit zum Vorrücken? Ich hielt mich dicht am Boden, der Kopf niedriger als die Schultern, ich bekam einen furchtbaren Krampf, aber ich wollte nicht runter auf alle Viere, zu schwierig, sich von da zu verteidigen.

Ich fand, was anscheinend der Baum war, an den ich letzte Nacht das Geld geworfen hatte. Seine verkrümmte Gestalt ein Fragezeichen. Ich tastete über den Boden. Etwas Scharfes – nein, Heißes, vor Schreck sprang ich zurück. Eine Zigarettenkippe. Völlig zerquetscht, beim Ausdrücken in zwei Hälften verknickt. Ich zog meine Hand an mich und starrte durch die Büsche, meine Augen gewöhnten sich an das Dunkel. Da. Am Rand einer Schattenpfütze auf dem Rasen. Das kleine Wäldchen ein verdunkelter Vorhang, und ein länglicher Klumpen auf dem Boden. Ich wollte das offene Feld nicht überqueren, aber ich tat es trotzdem. Und das war mehr als ein Klumpen. Es war eine Coladose, an der eine Hand hing. Eine Hand, die nicht loslassen würde. Eine Hand, an der ein Körper hing, der auf dem Bauch unter den Montereyfichten lag.

Ein grauenhafter Gestank stieg vom Boden auf, warm, stickig, dampfend erfüllte er meine Nase, instinktiv wich ich zurück, dann legte ich den Schal über die Nase und schob mich vor.

Mr. Coca Colas Hand war warm und schlaff. Er hatte keinen Puls. Jemand hatte sorgfältig seinen Mantel durchsucht, die Taschen nach außen gekehrt, und jemand hatte sein Hemd bis zur Taille aufgeknöpft. Und dann aufgehört.

Ich berührte den Boden, um sicherzugehen, dass er noch da war, hielt die Luft an und horchte, wie ich noch nie gehorcht hatte. Horchte nach einem Mörder, der noch in der Nähe sein konnte, direkt hinter dem Baumstamm, hinten bei den Büschen unter der Mauer. Mr. Coca Cola war frisch, warm. Jemand konnte warten und beobachten. Ich hörte nichts, ließ die Augen über die Leiche vor mir wandern.

Keine Zeichen eines Kampfes. Keine zerbrochenen Zweige. Wieder lauschte ich in die Nacht und schickte ein stilles Gebet zu der entfernten Statue auf der anderen Seite des Parks. Wer hatte ihn getötet? Ein Suchender, der seine Suche an der Taille beendet hatte? Diana, Jägerin, hilf mir. Ich stellte meine Taschenlampe auf kleinstes Licht. Irgendwie half die Sicht, den Gestank zu ertragen, Mr. Coca Colas Schließmuskeln hatten sich entspannt, und der Inhalt von Blase und Darm war unter dem Maßanzug verloren gegangen. Nichts unterhalb der Taille.

Die Hand, die die Coladose festhielt, war blass, Fäden dunkler Haare auf den Knöcheln. Die Haut auf dem Handrücken war schlaff, gedehnt, von Venen gezeichnet. Ein protziger Siegelring an einem dünnen Finger, ein großer Diamant mit zwei länglichen, schräg geschliffenen Diamanten auf jeder Seite und einer Initiale, die ich nicht erkennen konnte. Die Manschetten des Hemds waren sauber, gestärkt. Sah aus, als hätte er sich für den Abend fein gemacht. Entschuldigen Sie, Ma'am, habe ich das Vergnügen dieser Erpressung mit Ihnen?

Ich blickte über die Länge des grauen Flannellarms zu einem Schopf vollen schwarzen Haars, das nicht zu dem faltigen, alternden Aussehen seiner Hände passte.

Ich konnte keine Austrittswunde erkennen, aber unter seiner Brust breitete sich langsam eine Blutlache aus. Ein Geräusch. Ein Rascheln im Gebüsch. Ich machte die Lampe aus, die Gestalt einer Katze raste über den matschigen Boden des Wäldchens und verschwand im Nebel.

Zeit, meinen Geschäftspartner kennen zu lernen. Ich griff in das Haar auf seinem Kopf und zog. Ich hatte es in der Hand. Ein Toupee, das seinen kahl werdenden Kopf entblößte und einige Haare, die sich darauf abmühten, geplättet vom Toupee. Es gab keinen anderen Weg. Ich nahm Coca Colas Kragen in die behandschuhte Hand, zerrte seinen Oberkörper hoch und leuchtete ihm mit der Taschenlampe direkt ins Gesicht. Ein Weißer, ungefähr fünfundvierzig, vielleicht fünfzig, ein grässliches Grinsen über den Mund gespannt. Was hatte er im Moment der Exekution erwartet? Sicher nicht diese Pointe. Er musste mit dem Gesicht voran in den Matsch gefallen sein, gefällt wie ein Redwoodbaum. Ich schätzte ihn auf einszweiundachzig und zweiundsiebzig Kilo, in ziemlich guter Form.

Das war nicht der Mann, der in die Hotelwand gekrochen war. Dieser Kerl war groß. Ich sah mir seine Finger an. Raucher. Seine Augen, die weiten Pupillen des Todes, die nicht auf die Taschenlampe reagierten. In seinem Gehirn waren Venen geplatzt und hatten die unbeweglichen Grenzen seines Schädels mit Blut gefüllt, das Gehirn komprimiert, die Pupillen hervortreten lassen. Eine lange, schmale Nase zeigte auf zwei großzügige, breite Lippen, die sich zu einem Permanentgrinsen versteiften. Er hatte sich kürzlich rasiert, und der süße Geruch seines Aftershaves vermischte sich mit den Produkten seiner Eingeweide und meinem Schweiß, der anfing, aus meiner Lederjacke zu entweichen. Der größte Teil von Coca Colas Kiefer unter den Lippen fehlte. Verdammt, trieb sich jemand mit einer Schrotflinte in Sutro Heights herum?

Ich zog noch einmal, zerrte Coca Colas Kopf höher und fand, was ich erwartet hatte. Da, ein klaffendes Loch, eine sternförmige Wunde, gezackt, fast fünf Zentimeter im Durchmesser, Ruß um das Loch, und eine lange Blutspur lief ihm den Hals runter.

Das Loch selbst war klein. Eine kleinkalibrige 22er hätte ausgereicht. Die Kugel ist zu klein, um eine Austrittswunde zu verursachen, weil sie zu wenig Geschwindigkeit hat, um den Schädelknochen zu durchschlagen. Sie springt einfach im Schädel hin und her, verursacht Blutungen und den sofortigen Tod. Blut tropfte von der Halswunde auf meinen Handrücken. Warme Pünktchen, von denen sich mir der Magen umdrehte, und kein Negativ. *Wump!* Ich ließ den Kopf in den Matsch zurückfallen, wischte meine Hand an den Blättern ab.

Ich zog an seinen Schultern, drehte ihn in seinem Nest aus Zweigen um und tat, wofür ich bezahlt wurde. Ich öffnete das schmale Revers seiner zweireihigen Jacke und schob meine Hand an der Innenseite seines Jacketts entlang, die zweite Person, die heute Nacht in dieses Territorium vordrang. Nichts. Keine Brieftasche. Keine Autoschlüssel. Keine Waffe. *Dolce Niente.*

Ich zog einen der Handschuhe aus und ließ meine nackten Finger über die Innenseite seines Mantels tasten. Eine steife Brise kam auf und schaffte Geruchsentlastung. Entlang der Saumkante, wo Futter auf Wolle traf, wo Sachen versteckt werden konnten. Verdammt, verdammt. Kein Negativ. Kein Geld. Ich fühlte über die Rückseite seiner Hose, über die Taschen. Keine Geldhaufen, keine Bündel Bares. Nur der letzte Stuhlgang von Mr. Coca Cola. Der große Auftrag war ekelhaft.

Bevor ich mich verabschiedete, nahm ich eine seiner Pranken hoch. Ich zog die schlaffen Finger durch sein Blut. Dann griff ich mir den Daumen und drückte ihn ein paar mal fest auf eine Karteikarte. Mit einem dumpfen Geräusch schlug die Hand auf den Boden, ein paar ziemlich gute Abdrücke. Ich wartete nur eine Sekunde, bis sie im Mondlicht getrocknet waren, faltete das Papier und steckte es in die Tasche.

Ich holte das Schwarzlicht raus, das Spuren von Glühpulver sichtbar machen würde. Ich machte es an. Die grauenhafte Szene glühte in kaltem, grünen Licht, ein Nacht-der-lebenden-Toten-Bild ohne Spezialeffekte. Mr. Coca Cola strahlte wie eine Reklametafel, und er war echt.

Glühpulver auf seinem Anzug, auf seinen lächelnden Lippen, auf dem Gras, sogar auf dem Baumstamm, auf den jemand irgendwann seine Hand gelegt haben musste. Ich öffnete die Anzugjacke. In der Innentasche wimmelte es von Glühwürmchen, chemisches Pulver, kein Bares. Ich setzte ihm das Toupee auf und dreht ihn wieder in seine ursprüngliche Lage. Ich ging über das Gras weg, verabschiedete mich von den Sohlen seiner Schuhe. Und kam ganz schnell wieder zurück. Eine war ganz leicht schief, verdreht.

Es waren alte, aber gut geputzte Schuhe. Altmodisch, dicke Absätze, mehrlagig in Leder und Holz. Nur ein kleines Stück Gummi unten. Ein Stück, das abgepult worden war.

Eine Markierung auf dem Leder, vielleicht eine Messerklinge, die durch die Schuhcreme gedrückt wurde. Jemand hatte den Absatz des Schuhs aufgestemmt. Ich konnte einen kleinen Hohlraum im Absatz sehen. Gut zwei Zentimeter tief, konnte der sieben mal sieben Zentimeter große Hohlraum leicht ein Miniaturvideoband fassen. Aber das Geheimfach war leer. Ich steckte meine Finger rein, um sicher zu gehen. Alles weg.

Swisch! Die Umrisse der Bäume im Wäldchen verschmolzen. Ich duckte mich näher an den Baum. Die Füße von Mr. Coca Cola lagen angewinkelt auf dem Boden, Resultat meines zu schnellen Umdrehens. Niemand fiel so hin.

Langsam bewegte sich ein Schatten über den Rasen, ein tief geducktes Ding, ein Arm in seiner Jacke. Breite Schultern, O-beinig, im Krebsgang von Baum zu Baum.

Eine Gestalt, die stehen blieb, als eine Wolke sich vom Mond wegschob und Mr. Coca Cola auf dem Bauch enthüllte. Ich zog meine Waffe und wartete. Nichts.

Ich zog mich hinter einen anderen Baum zurück. Wer immer es war, er wollte in eine günstigere Position, weg von der Quelle seines Interesses. Der Leiche. Als Wind aufkam, nutzte ich die Geräuschdeckung und kroch zurück zur Mauer, hinter die Büsche, von wo ich einen guten Blick auf die Leiche und das Grasfeld hatte, und wo ich sicher war, es sei denn, jemand wäre auf der Mauer direkt hinter mir.

Ich guckte auf die Uhr. Ich saß eine halbe Stunde da. Ich saß da, bis mein Hintern einschlief. Ich saß da, bis ich sicher war, dass wer immer oder was immer ich auf dem Rasen gesehen hatte, nicht in der Nähe war. Bei jedem Windstoß kroch ich weiter an der Mauer entlang, ich sah niemanden zur Leiche gehen. Die Gestalt musste nichts damit zu tun haben. Direkt hinter der Statue von Diana gab es Häuser. Es war nicht unmöglich, dass jemand durch den Park ging. Dass jemand die Leiche gesehen hatte und einfach weggegangen war. Mal wieder ein Drogenhändler.

Ich versuchte, meinen Zuversichtspegel niedrig zu halten, ich wollte keine Fehler machen, wenn ich mich auf den Weg zum Parkplatz machte, um in Romea zu steigen und abzuhauen. Vielleicht war irgendwo in der Welt ein Video in Umlauf. Ein gemeines Video, das vielleicht irgendwann auf dem Bildschirm landen würde. Meinem

Erpresser waren fünfunddreißig Riesen abgenommen worden, nachdem er fachmännisch exekutiert worden war. Fünfunddreißig, und es gab keinen Grund für ihn, sie herumzutragen. Es sei denn natürlich, er hatte vor, mit der Ware zu verschwinden, seine Partner aufs Kreuz zu legen. Das war nicht meine Sorte Umgang, und es war nicht mehr meine Sorte Job.

Ein leiser Knall explodierte in die Nacht, und ich fühlte etwas an meiner Wange vorbeischwirren. Ein dumpfer Aufschlag im Boden hinter mir brachte mein Adrenalin zum Pumpen. Ich wollte nur weg vom Schützen, von der Flugbahn der Kugeln. Wie ein Tier wich ich zurück, hielt Abstand von großen, offenen Flächen, umging die Kanten, bis ich einen Zickzackweg fand, der mich zum Parkplatz und zu Romea in ihrer dunklen Ecke bringen würde. Ein Klicketiklick, und mein Herz stand still. Er hatte ein Fahrrad. Neben mir eine steile Klippe. Er hatte Motivation im Wert von fünfunddreißigtausend Dollar, ein Rad und fast fünfzig Kilo mehr Muskelmasse als ich.

Ich konnte das Wechseln der Gangschaltung am Rand des Parkplatzes hören, da, wo Willies gesammelte Verstärkung auf mich warten sollte. Ich bewegte mich leise, geduckt, der Weg war Schmutz und Geröll. Das Klicketiklick stoppte, ein schwerer Fuß schob sich durchs Geröll, nur das Geräusch der Wellen war zu hören.

Warten, die Ghandi-Methode, eine Katze miaute. Die Bäume neben mir schlummerten, ihre pechschwarzen, tief hängenden Zweige ein guter Schutz, ab vom Weg. Ich wartete, bis das Krachen der Wellen anschwoll, und fing an zu klettern. Ich wollte den Feind sehen.

Dann sah ich ihn. Klein, einssiebenundfünfzig, einssechzig, gebaut wie ein kleiner Schuppen. Blonder Bürstenschnitt und schwarzes Sweatshirt. Er ging in langsamen, engen Kreisen, ein Tier im Käfig, aber es waren keine Gitter zu sehen. Der O-beinige Gang, der ultrabepackte Körper brachte die Glocken in meinem Kopf zum Schrillen. Schäumende Sportler. Steroide und das begleitende psychologische Profil. Wie nannten sie es in den Fitnessstudios im Castro? Steroid-Raserei. Muskelmann mit ein paar üblen Nebenwirkungen. Er sah sich um, verwirrt vom Krachen der Wellen. Er stieg aufs Rad und gondelte zum Ende des Parkplatzes. Sein Fuß schleifte durch den Kies, als er anhielt und bei meinem Auto stand. Roses Bus war deutlich sichtbar. Er sah ihn einen Moment an, ging rüber zu Romea und legte gleichgültig seine Hand auf die Haube. Er war so ein leichtes Ziel. Komm schon, Emma. Du oder er. Irgendwann musst du mal ein bisschen kaltblütig werden. Ich nahm meine Waffe raus. Ziele immer, um zu töten, Mädchen. Ich nahm ihn ins Visier. Und schoss.

Als Antwort zerriss ein Kugelhagel die Nachtluft, Patronen zischten um mich rum. Er war sofort zu Boden gegangen, und er hatte mehr Feuerkraft als ich mir hätte vorstellen können. Ich begann ihn von hinten zu umkreisen. Der Revolver lag warm und schwer in meiner Hand.

Ich hatte zwei Vorteile. Ich sah ihn, er mich nicht. Aber er hatte mehr Chancen in seiner Waffe als ich. Ausdauer und Köpfchen würden entscheiden.

Ich überlegte, wie schnell das Fahrrad war und wie schnell ich die Straße überqueren konnte, wie weit ich die Straße runtergehen musste, bevor ich meinen Ausbruch machen und sicher rüberkommen konnte. Es gab eine Menge geheimer Plätze in der Sutro Badeanstalt, wo ich mich verstecken und meine restlichen Patronen optimal nutzen konnte. Außerdem wollte ich ihn von Rose weglocken. Im Kopf ging ich den Lageplan der Badeanstalt durch, die Spaziergänge, die ich gemacht hatte, die exakte Anordnung und Tiefe jedes Beckens. Ich würde ihn in ein unbekanntes Labyrinth führen, einen Bogen schlagen und machen, dass ich wegkam.

Vorsichtig schlich ich mich am Rand entlang. Ich wartete, bis der Radfahrer eine ziemlich kleine Gestalt war, dann rannte ich über die Straße. Er bemerkte mich sofort. Eine Kugel brach aus der Spitze einer Flamme und schlug in den Boden unter einem Schild, direkt hinter dem Bordstein. Das Klicken begann, kam näher. Ich kroch über die Kante der Klippe. Turnschuhe, die Steinschlag verursachten. Ich hielt die Balance. Gummisohlen, die auf lockerer Erde rutschten, Skilaufen ohne Schnee, runter, runter, in das gefährliche, kochende Wasser des Pazifischen Ozeans und die Betonlöcher der Sutro-Badeanstalt.

Das Geräusch der Kette, die aufs Zahrad glitt, langsam, gleichmäßig, selbstbewusst. Er überquerte die Hauptstraße, kurz hinter mir. Ich bewegte mich auf schmalen Karnickelpfaden nach Osten. Es gab mehrere Zickzackwege, die sich kreuzten und die steilen Hänge hoch- und runterliefen. Einen Weg konnte ich nur erreichen, wenn ich über die Hindernisbahn Sutro-Bad rannte. Ich wusste, wie tief die alten Becken waren. Es war Ebbe, und und auf beiden Seiten gab es Leitern. Er mochte stark sein, aber er war nicht wendig, und wahrscheinlich kannte er sich nicht aus.

Ich hockte hinter dem Schild, lauschte auf das näherkommende Klicketiklick. Die Ketten lockerten sich, sprangen auf ein größeres Rad. Ich sprang vorwärts und die Klippe runter. Genug Steine, um den Turnschuhen Halt zu bieten. Unten bleiben. Ich schob mich am ersten flachen Kamm einer Betonmauer entlang. Er musste mich gesehen haben. Ich duckte mich und wartete. Komm schon, komm zu mir, lass dein Fahrrad stehen.

Wunsch, der wahr wird. Ich hörte Schritte auf Geröll und begann mein eigenes affengleiches Krabbeln. Rostende Stahlstäbe bohrten sich aus den Betonwänden entlang des Labyrinths alter Becken wie Fragezeichen. Die Wände waren höher, ich rannte auf Sand. Ein frustriertes Brummen, Verwirrung hinter mir, meine Füße noch schneller. Ein Tier. Ich wusste, ich würde bald nicht mehr zu hören sein, die Wellen krachten, Schaum, der uns auf die Schultern klopfte, würde jedes Geräusch auslöschen.

Dunst schlug mir entgegen, mein grüner Mantel glänzte wie Gummi. Meine Füße schlugen dumpf auf den Weg ein, dann nach unten in etwas, das wie ein tiefer Brunnen aussah. Eins der früheren Bäder, bei Ebbe war der Boden nur zehn Zentimeter mit Salzbrühe bedeckt. Eine Reihe Metallbögen als Leiter. Vier Betonbecken zwischen mir und dem Weg. Ich musste durch, hoch und über die vierte Mauer, bevor er mich sah. Er folgte, kam viel langsamer voran. Die stämmigen, muskelbepackten Beine hatten Probleme, Fußstützen zu finden. Die gigantischen Arme zogen ihn hoch, aber nur um das nächste Becken zu sehen, dessen Grund so schwarz war wie die Nacht.

Schaum blubberte zu meinen Füßen. Ich hörte das Knurren des Meeres, drehte mich um und duckte mich automatisch, als der Schaum einer Welle irgendwo draußen auf See brach. Dreh dem Meer nie den Rücken zu, erinnerte ich mich und blickte in die Reihe dunkler Löcher vor mir. Es war Zeit. Ich bestimmte mein Tempo.

Eine Leiter hoch, runterspringen, swisch. Der Matsch war nicht so schlimm. Meine Hand fand einen Ring, und ich huschte rauf, sah nicht zurück, als ich oben drüber sprang ins nächste Bad. Er musste jetzt an der Mauer sein, mir ins Labyrinth folgen.

Das dritte Bad war fast leer. Inzwischen kannten meine Füße die Abstände, den Rhythmus aus Ausschreiten, an den Stahlträgern ziehen und meine Beine über die Mauer schwingen, wie über ein Turnpferd. Nur noch eine Leiter, kriech raus, das hier könnte dein Sarg sein.

Das Licht über dem letzten Tunnel. Ich kam langsamer hoch, sparte das letzte Restchen Energie. Ich duckte mich an der Kante und sprang los, nur für eine Nanosekunde sichtbar, und die Waffe explodierte mit wütenden Schüssen. Er war genau da, wo ich ihn haben wollte. Er musste durch die Becken, um mich zu finden. Der blonde Bürstenschnitt neigte sich zur Seite, als er feststellte, dass es keine Möglichkeit gab, die Mauern entlang zu gehen, dass er durch jedes der Becken musste. Ein kurzes, wütendes Geräusch, seine Schultern und Brust schienen anzuschwellen, sein Kiefer wurde im Schatten des Mondlichts länger. Eine gemeine Gorillagestalt, etwas Wildes, weit unten in der Futterkette. Ich hob meine Waffe und zielte, aber er tauchte ins erste Betonloch.

Ich rannte durch einen tückischen Vorhang aus Zweigen. Kratzspuren auf meinen Wangen. Meine Füße flohen vor dem Verfolger. Wie lange würden die vier Kammern ihn aufhalten? Er würde wertvolle Sekunden verlieren bei der Entscheidung, ob er in die dunklen Betonbrunnen springen sollte, ohne zu wissen, was auf dem Grund war. Es würde ihm fünfunddreißigtausend Dollar wert sein, den Hindernisparcours zu schaffen. Mein Geld. Mein Leben. Wenn du eine Waffe benutzt, Emma, schieß um zu töten.

Ich blickte zurück und glaubte seine Hände auf den Leitersprossen zu sehen, und endlich erreichte ich ein Gehölz am Rand des Highways. Ich duckte mich hinter einen Baum, sah ihn aus dem ersten Loch kommen wie ein Ziesel. Auf den Hinterbeinen stehend, die Arme von Muskeln angewinkelt, eine bedrohliche Figur, bereit, über die nächste Hürde zu springen. Die fünfunddreißigtausend, die ich seiner Meinung nach hatte, hielten ihn im Rennen. Ich stürmte unter den schwarzen Schatten der Bäume auf den harten Asphalt. Mein Herz raste. Wie in einem Comic versuchte es angestrengt meiner Brust zu entkommen. Meine Knie wurden weich und tanzende, weiße Punkte belebten meine Sicht. Mein Arm fand eine Baumrinde, ich lehnte mich an, spürte die struppigen Raspeln unter meinen Fingern, gemustert wie eine Ananas. Meine Sehkraft kam zurück. Ich streckte meinen Blick durch die Dunkelheit zum Meer, dessen Knurren auf meinen ruhiger werdenden Atem traf.

Ich machte meine Waffe bereit und schickte ein kleines Gebet zu Diana. Er war in meinem Visier, einen Herzschlag entfernt vom Tod. Ich holte Luft und drückte den Abzug. Die Waffe explodierte, ich blinzelte, und er war weg. Da war nur die schäumende Zunge einer Welle, die über die Kante aus Beton schlug.

Ich wartete. Er war immer noch weg. Seine Gorillaarme konnten ihn blitzschnell aus dem Loch hieven. Aber das taten sie nicht. Nichts als graue Luft über dem brodelnden Meer, das gegen die Ruinen der Sutro-Bäder hämmerte. Musste ein Treffer gewesen sein. Ein feuchtes Grab. Er würde Tage oder Wochen, vielleicht Monate nicht gefunden werden.

Unschuldig wartete Roses Bus hundert Meter die Straße hoch. Ich öffnete die Tür mit zitternden Händen. Rose verbrachte die längsten Minuten meines Lebens damit, den Motor anzulassen. Niemand jagte uns auf die Straße. Niemand folgte uns zu Fuß oder mit Wagen.

»Lang her, dass ich in deinem Bus war, Rose.« Ich schwang im Schalensitz herum und betrachtete die verschiedenen Abhöranlagen, die hinter rosa Plastikperlen angebracht waren. »Allerdings könntest du die geschmacklosen Leoparden-Sitzbezüge mal loswerden.«

»Alle in Ordnung, Emma?«

»Jaa, klar.«

Ich sah zurück auf den grauen Horizont und dachte an die vielen Leute, die schon im Ozean verschwunden waren. Genau wie die Oldies sagten. Du kannst versuchen, auf den Wellen zu reiten, aber du drehst dem Meer besser nicht den Rücken zu.

Kapitel 14

Angeschissen

Das war der Moment, von dem an alles Gute schlecht aussah. Ein grauer Schleier wurde über das gesamte Unternehmen gezogen, und alles was dann kam, schien vom Unglück verfolgt zu werden. Das Sonnenlicht war matt, jedes Gesicht auf der Straße tief besorgt, jedes Lachen enthielt grausamen Spott. Während wir vom Meer wegfuhren, Rose neben mir, verschmolz das Dröhnen und Lärmen von Verkehr, Sirenen und Meer zu einer misstönenden Geräuschuntermalung, schuf ein feindseliges Gefühl, das mich überallhin verfolgte.

»Wir holen dein Auto morgen. Wenn's hier wimmelt von Touristenbussen.«

»Ich muss ihn kriegen, Rose! Was, wenn er nicht tot ist? Was wenn er tot ist?«

»Und was, wenn du es wärst? Lass uns nicht zu seinen Bedingungen spielen, Emma. Wir kriegen ihn durch die Hintertür. Denk dran, ich hab ihn gesehen. Er ist ein *Tier*, Emma.«

»Beleidige meine Freunde nicht.« Wir flohen unter dem Schirm der Bäume, weg vom Meer, von dem Moment, als nichts zu sehen war, wo ein Mann gestanden hatte. Während ich in die Lichtkegel vor mir starrte, bediente Rose das Handgas, trieb den Bus um dunkle Kurven nach Hause. Ich machte das Radio an. »*Es ist unsere Überzeugung, dass Gott zu unseren Gunsten eingeschritten ist.*« Ich griff nach dem Senderknopf, aber nicht schnell genug – »*und dass in Ihn investiert werden kann für einen Sieg von Calvin Smith –*«, sagte ein Prediger.

»Göttliches Recht, ganz recht«, schnaubte Rose. »Villanueva muss gewinnen, Emma. Die Rechte kann sogar Calvin Smith manipulieren. Alle verkaufen uns, Emma. Alle außer Villanueva.«

»Rose, ich hab einen neuen Fingerabdruck. Ich hab ihn von einem der Verdächtigen gezogen.«

»Wenn wir im Büro sind, vergiss nicht, die Hände zu waschen.«

»Blake da?«

»Er schläft im Hinterzimmer auf 'nem Feldbett. Für dich wacht er bestimmt auf. Bring deinen verdammten Abdruck mit und erzähl uns alles.«

»Halt mal an der Telefonzelle.« Ich blickte zu dem hellen Fastfood-Restaurant. Eine hiesige Latino-Halbstarkenbande drückte sich herum, frustriert über die kaum beleuchteten Telefonzellen, die nie klingelten. Ein Kabrio voll mit Lippenstift und heißen Frisuren kreuzte vorbei, ein kleiner Aufruhr entstand bei der Zellenversammlung.

Ich wählte den Notruf 911.

Ich lauschte auf die Endlosschleife vom Band, die mir riet, eine andere Nummer zu wählen, falls dies kein wirklicher Notfall war. Antonio Shays Auffassung von Recht und Ordnung war, mehr Gefängnisse zu bauen, vorzugsweise gab er seinen Freunden aus Texas die Verträge für Fertigelemente. In der Zwischenzeit vergaß er, dass niemand ans Telefon ging. Ich zählte siebzehn Paar Nikes, bevor ich einen lebenden Menschen in der Leitung hatte.

»Neun-eins-eins, bitte geben Sie mir Ihren Namen und den Ort, von dem Sie anrufen.«

»Sutro Heights.« Ich legte meine Hand über den Hörer, um meine Stimme zu dämpfen. Ich hörte das Klicken, das bedeutete, dass der Anruf aufgenommen wurde. Ich sprach schnell. »Toter Mann, weiß, mittleres Alter, liegt genau auf dem Weg. Aus nächster Nähe erschossen.« Ich legte auf und ging an den Latinos vorbei. Ihre Telefone klingelten nicht, es gab nicht viel zu tun, da das Kabrio um eine Ecke verschwunden war. Rose war an den Drive-in-Schalter gefahren, um ein Malzbier zu holen.

Ich hing an der Telefonzelle rum und dachte an die Leiche, die auf einem Bett duftender Fichtennadeln lag. Die ersten Bullen würden nur den Tatort sichern, dann auf die Leute von der Spurensicherung warten. Schreibtischhengste, die aus den Vororten angelatscht kamen mit ihren Kameras und den schicken Westen voller Filme.

Mehr Leute würden kommen, mit allem möglichem Kram. Sie würden seine Fingerabdrücke nehmen, dann hatten wir alle ein Exemplar davon, nur dass meins in Blut war. Unser Erpresser würde niemand Wichtiges sein. Er war bloß ein ehrgeiziger Botenjunge, ein kleiner Fisch, Mord der Woche in einer überarbeiteten Abteilung. Niemand würde bemerken, dass die Leiche ihren Daumen ins eigene Blut getaucht hatte.

Kapitel 15

Abdrücke im Schnee

Rose hatte ein Lagerhaus im Osten von Potrero Hill gemietet, nah genug am Freeway, dass die Gesamtheit ihres Gevierts für Eigentumsspekulanten nicht von Interesse war. Wir fuhren an den Autos vorbei, die sich die Ausfahrt hinabschlängelten, und bogen in Roses anonyme Zufahrt ein, vorbei an Einkaufswagen und den Pappbehausungen, in denen manchmal einige von Roses Sicherheitskräften steckten. Das Lagerhaus mit der hölzernen Ladenfront hätte Treffpunkt der Anonymen Alkoholiker sein können. Stattdessen mussten Eingeweihte die hinter einem Brombeergestrüpp versteckte Videokamera grüßen, um eingelassen zu werden.

Rose machte die drei Systeme aus, die das Gebäude schützten, und wir betraten ihre Auffassung von Sicherheits-Herausforderung. Noch drei Kameras, und wir mussten einen Code eingeben, bevor wir den Bürobereich betreten durften. Normalerweise ein wahrer Bienenstock, summte das Innere nur noch von schlafenden Computern. Zimmerpalmen reckten sich dem dunklen Oberlicht entgegen. Eichenmöbel aus zweiter Hand, hölzerne Schreibtische und Aktenschränke, schwer wie Anker, waren massige Spieler auf einem dunklen Footballfeld. Kein Verführen der Klienten mit einer Büroflucht und überteuerten Mittagessen in der Innenstadt, Brokattapeten und lederbezogenen Schreibtischen.

Rose brachte ihre Klienten zu wenig bekannten Gourmettempeln und sparte Geld an Standort und Mobiliar. Das große Geld gab sie für Computer und ein weit verzweigtes privates Alarmsystem aus, das einige der größten Kunstsammlungen San Franciscos bewachte.

»Kann ich mal telefonieren?«, fragte ich, als wir drinnen waren.

»Klar. Ich seh mal nach Blake.«

Ich rief Willies Auftragsdienst an.

»Kanzleiservice«, sagte eine Stimme, hörbar aus dem Bett gezerrt.

»Hier spricht Emma Victor, hat Willie Rossini irgendwelche Nachrichten für mich hinterlassen?«

Geraschel von Papier. »Nein.« Ich hörte das Klicken eines Lichtschalters.

»Sind Sie sicher?«

»Ja, bin ich.« Zwitschern im Hintergrund.

»Wann hat Willie das letzte Mal ihre Nachrichten abgefragt?«

»Heute Morgen«, gähnte er.

»Und sie hat keine für mich hinterlassen?«

»He, haben Sie Ihr Kurzzeitgedächtnis verloren, Lady?«

»Nein, aber ich wünschte, es wäre so. Danke jedenfalls.« Ich legte auf und versuchte Willies warme, sanfte Töne aus meinem Kopf zu verbannen. Hatte sie mich getäuscht? Niemals.

»Blake, du musst los, Emmas Auto abholen.« Rose sah müde aus, ein Orchester von Falten auf ihrer Stirn. Ich gab Blake meine Schlüssel.

»Klar.« Blake Fortier, Mund zu einer trotzigen Knospe zusammengekniffen, stand halb versteckt hinter einem Aktenschrank. Sein T-Shirt war hochgerollt, zeigte ein neues Gefängnis-Tatoo in glänzenden grellen Farben, trotz im Kraftraum aufgepumpter Bizepse hatte er ein Gewichtsproblem. Blake ließ die Schultern hängen, verschränkte die Füße übereinander und lehnte sich in der Haltung des geübten Herumhängers an einen Aktenschrank.

»Was ist mit deinem Gesicht passiert, Emma? Sieht aus, als hätte 'ne Katze dich erwischt«, fragte Blake.

»Ich bin vom Weg abgekommen.« Ich schloss die Tür, als Rose hinter ihren Schreibtisch rollte. »Und vielleicht habe ich mich ziemlich weit von meiner Gewichtsklasse entfernt. Seit wann bist du draußen, Blake?«, fragte ich.

»Fünf Wochen, und verdammt, Roses Dad musste einige Fäden dafür ziehen.«

»Großartig! Was kriegt man denn, wenn man ins Pentagon einbricht?«

»Aach, die wissen nicht, was sie mit Computer-Kriminellen machen sollen. Lompoc is'n Country-Club, Mann. Die Wärter haben mich wie so'n Geschäftsmann behandelt.«

»Du siehst gut aus, irgendwelche Pläne?«

»Die wollten mich ins Ghetto schicken, die Kids vom Autoknacken abhalten. Klar, hab ich gesagt, Gemeindearbeit, lasst sie alles lernen, was ich weiß. Die Welt wird uns gehör'n. Es gibt keine Chance, die Sicherheit schnell genug zu verstärken, um uns draußen zu halten.«

»Blake.« Rose schob sich mit Hilfe ihrer Arme höher aus dem Stuhl. »Ich hab gehört, vor den Fenstern in Lompoc sind immer noch Gitter. Das macht es zum Gefängnis. Und wenn du da nicht landen willst, schlage ich vor, du setzt dich in den Bus und holst Emmas Auto.«

»Der fährt erst in 'ner halben Stunde, Rose! Hör mal, Emma, in Lompoc hab ich 'ne verdammte Telefonzelle angezapft –«

»Ich will das nicht hören, Blake! Hörst du!«

Was ich nicht gebrauchen konnte war, zwischen die Fronten zu geraten, also zog ich mich zurück und starrte auf einen von Roses Bildschirmen, bis etwas weniger Spannung in der Luft lag. Blake rollte einen perfekten Joint. Rose rollte den Bleistift zwischen ihren Fingern. »Ich muss mit Emma reden, Blake, also, wenn's dir nichts ausmacht –«

»Jaa, klar. He, Emma, gut dich zu seh'n, Mann.«

Wir beobachteten Blakes pummeligen Körper, der sich durch das Eichenmobiliar in die Nacht schlängelte. Qualvolle Teenagerzeit, selbst für ein Genie. »Ich hoffe, er bringt mein Auto direkt hierher«, sagte ich.

»Blake ist der beste Hacker, den ich je hatte.«

»Rose, du willst doch gar nicht, dass er die Regeln befolgt, oder?«

»Ich will, dass er meine Regeln befolgt. Ich hatte gestern Besuch vom FBI. Jemand hat sich in die Angestelltenakten des Verteidigungsministeriums gehackt. Das muss Blake gewesen sein. Er war zu lange in der Leitung. Und er lügt mich an. Ein paar Jahre im Gefängnis, ohne Haftverschärfungen, aber er hat nichts gelernt. Ich könnte allerdings was draus lernen.«

»Willst du ihn enterben?«

»Ich will ihn nur im Zaum halten«, murmelte Rose. »Du könntest mir helfen, Emma.«

»Glaub nicht, dass ich als Mutter viel tauge, Rose. Lass uns an die Arbeit gehen. Ich hab das Gefühl, diese Sache ist ein Fass ohne Boden geworden. Mein Verkäufer ist tot. Irgendeine unbekannte Verstärkung ist nie aufgetaucht. Willie sollte auf einer Rechtskonferenz in New Orleans sein. Sie ist nicht in ihrem Hotel, eine Nummer, die sie mir persönlich gegeben hat, bevor sie gefahren ist. Bei ihrem Auftragsdienst sind keine Nachrichten für mich. Meine Arbeitgeberin scheint plötzlich nicht mehr zu existieren, als wäre dieser Job mein Fantasieprodukt. Das Geld ist weg, und eine sehr kitzlige Ware fliegt irgendwo im Universum rum. Alles, was ich habe, ist ein blutiger Fingerabdruck, Rose. Und das Gefühl, dass etwas an der Sache komisch ist.«

»So komisch wie ein Todeswunsch«, sagte Rose verächtlich. »Riecht für mich nach abgekartetem Spiel.«

»Ich wünschte, ich könnte Willie erreichen.«

»Wie ich gesagt hab, Emma. Willie hat viele Freunde in hohen Positionen, sie zahlen, aber sie spielen oft nicht nach den Regeln. Soll heißen, ein Senator kann dich härter aufs Kreuz legen als ein professioneller Einbrecher.«

»Okay, okay. Wir haben nicht die gleiche Meinung über Willie, haben wir nie gehabt.«

»Die Lady hat dich in 'ne gefährliche Lage gebracht und dann hängen lassen. Beweisführung abgeschlossen.«

»Das sieht ihr überhaupt nicht ähnlich«, sagte ich. »Aber jegliche Erklärung entzieht sich mir, außer einer. Es geht bis ganz nach oben, Rose.«

»Ganz nach oben! Wir reden über Lokalpolitik, Emma, richtig? Eine Erpressermasche in einer Siebenhunderttausend-Stadt ist nichts, was die CIA interessiert.«

»Ich weiß nicht, Rose. Da ist noch was anderes, ich weiß nur nicht was. Ich habe nicht genug Info. Ich muss Willie finden. Ich glaube, die Spur führt in den Osten, Rose, nach Washington.«

»Du hast zu viele Filme gesehen, Emma.«

»Nur weil *deine* Verschwörungstheorie letztes Mal falsch war –«

»Was gibt's an Fingerabdrücken, Emma?«

»Die Nummer Eins.« Ich holte die drei Fingerabdrücke raus und reicht sie Rose über den Tisch. »Beweisstück A.« Die Fingerabdrükke, perfekte, schwarze, winzige, komplizierte Linien.

»Nicht schlecht. Selbst gemacht?«

»Jaa, hat Penny mir gezeigt. Rose, denkst du, Blake könnte sich irgendwann mal in die Akten vom FBI einklinken?«

»Kann schon sein.« Rose schob eine Maus auf dem Tisch rum. »Aber ich will seine Bewährung nicht gefährden. Ich will nicht, dass sein Essen ihm die nächsten zwanzig Jahre durch einen Schlitz gereicht wird. Also, was steht auf dem Spiel? Genug, um das zu riskieren?«

»Margo Villanueva«, sagte ich. »Die Bürgermeisterwahl.«

Ich beobachtete, wie die Minuten auf der Uhr verstrichen.

»Ich bin zutiefst beeindruckt, Emma.«

»Diese Arschlöcher versuchen, Geld mit einer Schlafzimmergeschichte zu machen. Aber da ist noch mehr. Irgendwer versucht, Villanueva auf die harte Tour zu kippen, verdammt gründlich.«

»Es wird immer irgendwen geben.«

»Villanueva ist eine Progressive, Rose. Und ich habe ein mieses, wirklich mieses Gefühl, was den Feind angeht.«

»Okay, Freundin.« Rose willigte langsam ein. »Lass uns mit Blake reden. Aber ich werde seine Zeit stoppen. Ich will nicht, dass er sich hinreißen und einsperren lässt.«

»Rose, eine Sache noch.« Ich erinnerte mich an Roses hochmodische Kollektion. »Ich werd diese Sache auch von der anderen Seite angehen müssen.« Fred sandte Rose immer mal wieder ein Kleid, sie hatte einen ganzen Schrank voll, konnte sich aber nicht entschließen, sie wegzuwerfen, der Heilsarmee zu geben oder sie zu tragen. »Der Rollstuhl ruiniert irgendwie die Form«, hatte sie irgendwann nach einigen Martinis zu viel gesagt. Es war ein Thema, das ich nicht oft ansprach, aber es war Zeit, den Star des Negativs zu besuchen, die Frau, die ich nie hatte nackt sehen wollen. Es war Zeit, die Hoffentlich-Bürgermeisterin zu besuchen, das Erpressungsopfer, die Stadträtin Margo Villanueva.

»Rose, könnte ich eins deiner Pariser Kleider leihen, um zu einem VIP-Empfang zu gehen?«

»Klar, klar, ich geh eins aussuchen.«

»Sie muss sich keine Sorgen um ihr Auto machen.« Blake kam rein und warf mir die Schlüssel zu. »Steht draußen. Aber was macht Aschenputtel mit ihren Schuhen? Sie hat nichts als Turnschuhe.«

»Kein Problem.« Rose kam mit einem schwarzen Kleid einem schweren Plastik-Kleiderbeutel zurück. Ich machte den Reißverschluss auf und nahm es heraus.

Das Kostüm war schön, schwarzes Leinen, mit diesen langen Konturen, die mich sichtbar strecken würden. Weißer Samtschnurbesatz betonte die Bündchen an Kragen und Handgelenken, ein chinesischer Froschknoten auf beiden Aufschlägen. Winzige Perlmuttknöpfe schlossen das enge Oberteil. Es war schon eine wundervolle Kreation. Material, Stil und Verarbeitung waren hervorragend, ein Modemagazin-Outfit für eine, die in den letzten vierundzwanzig Stunden nichts Vernünftiges gegessen hatte. Ich hielt den Rock an meine Taille. Roses Vater wollte immer, dass sie den Stuhl versteckte. Ich würde ein Sahneschnittchen sein, wenn auch mit den falschen Schuhen.

»Hier.« Rose griff nach zwei Ordnern mit Zeitungsausschnitten, nach Jahren geordnet und eingeklebt. »Nimm die Lektüre mit nach Hause. Wenn du schon zu 'ner Party gehst, kannst du ebensogut schön und informiert sein.«

»Klar, gib her, Rose.«

»Wegen der Fingerabdrücke sagen wir dir Bescheid, Emma. Viel Glück.«

Kapitel 16

Enthaart

Ich fuhr nach Hause, erkannte mein Haus fast nicht wieder. Nie hatte die Adresse sich mehr wie eine mickrige Ansammlung von Räumen angefühlt, bedeckt mit Teer und mit einer Menge elektrischer Kabel, die in den Wänden herumliefen. Mink und Friend konnten draußen besser überleben als ich drinnen. Alles war ein einziges Flickwerk. Kein Geld. Willie war weg. Irgendein sadistischer Zahnarzt hatte meine Nummer nach einer Hundert-Dollar-Vorladungszustellung in einem anderen Staat, und niemand fragte mich, ob ich meine Zähne gereinigt haben müsste. Die Arbeit fühlte sich nicht sehr gewinnträchtig an.

Ich parkte Romea in der Garage, ließ die Scheinwerfer an, bis ich aussteigen und die Innenbeleuchtung anmachen konnte. Ich nahm die Taschenlampe und und ging die Hintertreppe hoch, prüfte die efeubewucherten Ecken des Gartens. Es brachte Unglück, wenn man zu einer Tür raus- und zur anderen reinging. Und ich tat das seit Jahren. Vielleicht war das das Problem. Die Stufen hoch und zur Hintertür rein. Mink wollte Futter und Streicheleinheiten, im Unklaren über die Reihenfolge ihrer Bedürfnisse.

Eine Nachricht, mürrisch aber wichtig, von Laura Deleuse. »Wahrscheinlich brauchen wir deine Stimme jetzt nicht mehr, Emma.« Sie konnte ein Kichern nicht unterdrücken. »Sie nennen Calvin Smith schon *Boss*. Direkt hinter dem Rücken des Chiefs!«

Nachdem ich den tiefen Eindruck, den die Nachricht machte, überwunden hatte, begann ich über meine Verwandlung nachzudenken. Das Striegeln, das meine Erscheinung brauchte, würde Zeit in Anspruch nehmen, die ich nicht hatte. Ich würde mich mit meinen Nägeln beschäftigen, eine nette Meditation, die mit rot lackierten Ovalen endete, die Enthaarung war jedoch eine Schinderei.

Ich griff mir eine Brezel und blickte in den Spiegel. Mein Gesicht war immer noch übersät mit Kratzern vom dichten Gebüsch am Meer. Ich machte Kamillentee und presste die Beutel gegen die

Schnitte, während ich mich durch den massigen Hefter mit Ausschnitten über Margo Villanueva arbeitete.

Die einzige Überraschung war Villanuevas energische Opposition zum rechten Flügel. Sie hatte eine Untersuchung des kalifornischen Ku Klux Klans und seiner Beziehung zur Nationalen Waffenvereinigung unterstützt.

Ich hängte das Kleid an einen Haken hinter der Badezimmertür, um die Falten auszudampfen. Ich stand einen Moment da, testete das Wasser und kippte Lavendelöl rein. Villanueva war eine engagierte Dienerin des Gemeinwohls. Ihre Geschichte gab nichts anderes her.

Ich zog meinen Morgenrock aus, setzte mich auf den Badewannenrand und stellte die Füße rein. Das Wasser war heiß. Ich sah an Brust und Bauch vorbei runter zu den schaumigen Wolken, die im Badewasser schwebten, ich glaubte, Formen zu sehen, die nicht da waren.

Villanuevas Mann, Joseph Villanueva, war ein gemäßigter Demokrat gewesen, ein Erbsenzähler, der Staatsrechnungsprüfer wurde. Er war viel älter als Margo und hatte sich einen Namen gemacht, indem er unauffällig eine Menge Regierungsmüll wegräumte. Bei einem Besuch in San Francisco traf er, und heiratete später, die Direktorin der Mission Highschool, Margo Villanueva. Als er die Wahl in den Staatsrechnungshof gewann, ließen sie sich sowohl in Sacramento als auch in San Francisco nieder. Ich schob eine neue Klinge, blauschwarz und scharf, in die gravierte Stahlhalterung.

Ich kramte einen kleinen Rasierpinsel aus Schweineborsten und ein Stück Seife hervor, stellte beides auf ein Bord an der Badezimmerwand.

Vier Jahre nach dem Tod ihres Mannes Joseph hatte Margo Villanueva sich für das Amt der Präsidentin der Schulbehörde beworben und die Wahl in einem Erdrutschsieg gewonnen. Sie unterstützte lesbische und schwule Lehrer, noch bevor sich herumsprach, dass wir auch Wählerstimmen waren. Sie hatte das Regenbogen-Kurrikulum und eine lesbischwule Jugendberatung für den Bezirk mit in die Wege geleitet.

San Francisco war nicht immer das Homodorado, wer noch bei seinen Eltern lebte, konnte es als Alptraum erfahren. Teen-Selbstmorde waren zahlreich. Prügeleien im Schulhof. Villanueva in ihrer grenzenlosen Weisheit hatte das begriffen. Ich hatte das Wort Lesbe nie gehört, bis ich achtzehn war. Vielleicht hatte ich Glück gehabt. Was für ein Gedanke! Meine Finger strichen zufrieden über meine glatten Marmorwaden.

Als Joseph Villanueva an einem plötzlichen Herzinfarkt starb, legte Margo Villanuevas Karriere einen höheren Gang ein: Stadträtin und jetzt vielleicht Bürgermeisterin. Nicht eben eine Karrierenwitwe, Villanueva stellte ihren persönlichen Enthusiasmus sattsam unter Beweis. Natürlich erbte sie mit Josephs Tod eine sofortige Wählerschaft und eine nett angelegte Machtbasis. Der staatliche Rechnungshof hatte so seine Vorteile.

Die Dichtung löste sich in langen Gummistreifen von der Kante der Wanne. Mann, brauchte ich dringend eine Woche frei, dachte ich. Die große Kohle konnte gleich um die Ecke sein. Bleib zwei Schritte voraus und das Geld gehört dir, dann wirst du wochenlang heiße Sandkörner zwischen den Zehen haben.

Kapitel 17

Keine Antwort

Sonntagmorgen in Mission. Keine verdächtigen Aktivitäten, überhaupt keine Aktivitäten. Die Bevölkerung von Mission teilte sich sonntagmorgens ziemlich ausgeglichen in Kirchen- und Müßiggänger. In Precita Park, am Fuß von Bernal Hill, waren einige Hundebesitzer mit Plastiktüten in der Hand unterwegs.

Ich schlug die Adresse von Willies Auftragsdienst nach: Rhode Island Street 1471. Das musste in Potrero Hill sein, nicht weit von Rose. Ich sah in den Spiegel. Die Kamille hatte ihren Zweck erfüllt, die Kratzer waren zu einem rosa Netz verblasst.

Bring dich in Stimmung, Emma, aber was war die Stimmung? Ich war nicht mehr sicher. Ich schloss einen Moment meine Augen. Liebe. Freundschaft. Schönheit. Lust.

Ich hörte etwas. Ein Scheppern. Ein falsch eingelegter Gang am Ende des Blocks? Näher? Ein Pfennig, ein Schuh, der runterfiel? Ich sah mich um. Stuck, alte viktorianische Fassaden, vom farblosen Sonnenschein San Franciscos gebleicht. Geschlossene Vorhänge, den Block runter das hysterische Kreischen von Kindern. Eine geschäftige Biene auf Besorgungstour.

Ich ging in die dunkle Garage, machte sofort Licht. Ging in den Wurzelkeller, festgetretene Erde, wo die Blumenzwiebeln lagerten. Da, in der Ecke, wo Schaufel und Hacke hinter dem alten Zementsack standen. Ich schlich näher, erschrak vor meinem eigenen Schatten. Nichts. Ich machte die Alarmanlage an und ging, froh, Romea auf die sonnige Straße zu fahren, wo nichts zu leben oder zu atmen schien. Wenig später schaltete ich am Steilhang von Potrero hoch.

Rhode Island 1471 war das letzte einer Reihe viktorianischer Häuser direkt an einer Ecke mit Blick über das Industriegebiet, das die Landschaft vor der Bucht verstopfte. Sahnetörtchen zum Bewohnen mit hinten angefügten Badezimmern und Wäscheverandas. 1471 war bougainvilleapink, die Holzarbeiten schwarz und grün abgesetzt. Von drinnen Babygeschrei.

Zwei verzinkte Rohre dienten als Geländer zur Vordertür, wo alles einigermaßen ordentlich war. Ein Terracottakasten beherbergte frohgesichtige Gänseblümchen, Cocktailtomaten waren sorgsam an einem Bambusstab gezogen worden.

Aber als ich klingelte, machten weder der Mann, der öffnete, noch das Baby an seiner Hüfte ein frohes Gesicht. Der Mann umklammerte eine fast leere Glasflasche. Das dickgesichtige, kahle Baby war vielleicht achtzehn Monate. Abgesehen von den strahlenden schwarzen Augen glich es Dwight D. Eisenhower aufs Haar. Es starrte auf den Sauger der Flasche, als wollte es die Milch zwingen, in seinen Mund zu fließen.

»Ja?«, fragte der Mann, seine schwarzen Augen stumpf und misstrauisch.

»Emma Victor, tut mir Leid, Sie zu stören.« Ich gab ihm meine Karte. Er stellte die Flasche runter auf die Veranda. Ein dünner kleiner Mann, das Baby schien zu viel für ihn zu sein.

Er streckte seine Hand aus. »Ich bin Jose Carquinez. Das hier ist Alexander. Was kann ich für Sie tun?«

»Könnte ich die Nachrichten durchsehen, die Willie in den letzten vierundzwanzig Stunden erhalten hat? Ich bin ihre Angestellte, und es handelt sich um einen Notfall. Ich kann sie nicht erreichen.«

»Ich weiß nicht, ob ich das –«

»Hier, wird das helfen?«, fragte ich und zeigte den Mann einen aus meiner Ben Franklin-Kollektion. »Es ist eine legitime Anfrage, aber das Sparbuch fürs College kann immer etwas Hilfe gebrauchen.« Ich nickte zu dem Kleinkind auf seinem Arm. Das Baby drehte sich um. Es fraß mich mit den Augen auf. Ich faltete den Schein und hielt ihn hin, der Mann nahm ihn, ohne zu zögern, stolz. Das Baby drehte sich um und sah wieder zur Tür. Der Mann, vermutlich der Vater, bat mich rein.

Das Haus war schlauchförmig angelegt. Der kleine Flur war mit Familienfotos dekoriert, ältere Verwandte und altmodische Porträtaufnahmen bedeckten die dünne Tapetenschicht. Ich konnte durchs Wohnzimmer in die Küche sehen, zwei geschlossene Türen rechts mussten winzige Schlafzimmer sein. Der Mann bat mich ins Wohnzimmer. Das Sofa war mit einem indianisch gemusterten Tuch bedeckt, der Raum von einem großen Tisch dominiert. Zeitungsstapel und Windeln, die darauf warteten, zusammengelegt zu werden, leisteten viel geliebten Stofftieren Gesellschaft. Ein Regal mit Taschenbüchern, Abenteuerromane, leicht verdauliches Zeug. Ein Kalender zeigte das Bild eines Engels, genau über dem Fernseher, von wo uns stumme Seifenoperngesichter angrinsten.

»Kommen Sie in mein Büro.« Er setzte Alexander runter in einen Laufstall. Das Baby setzte sich auf, sah aus wie ein erstaunter Buddha, verengte seine Augen und fing an zu heulen. Jose beugte sich runter und drehte ihn auf den Bauch, schüttelte ein paar Spielsachen vor seinem Gesicht und tätschelte das Baumwollshirt an seinem Rücken. Alexander beruhigte sich, und Jose führte mich zu einem kleinen Zimmer neben der Eingangstür. Es war drei mal vier Meter groß und wurde beherrscht von einem großen Tisch und einer PBX-Telefonanlage, Kopfhörern und einer Bedienungsverlängerung für den Fall, dass Alex eine neue Windel brauchte.

An der Wand über dem Tisch hing in gleichmäßigen Abständen eine Reihe Plastik-Klemmbretter in leuchtenden Farben, die Namen von Kunden waren mit Faserschreiber auf die silbernen Klemmer geschrieben. Die meisten Bretter hielten eine wahre Flut von Nachrichten.

Das Zimmer war erfüllt vom Plappern zweier Sittiche. Die kleinen blauen und gelben Wellensittiche pflegten sich gegenseitig, Jose beachteten sie nicht. Eine Reihe grauer Aktenschränke füllte eine Wand aus. Das Fenster ging hinaus auf ein Dach, dahinter die Spitze eines Avocadobaums und ein nettes Stück Himmel.

»Wendyl und Linda, sie lieben die Geräusche, wenn ich am Telefon spreche. Und irgendwie leisten sie mir Gesellschaft«, erklärte er. Eine Anzahl Klemmbretter war in einem Metallteiler organisiert, der Rest des Raums war mit Aktenschränken gefüllt. Eine Spur Vogelfutter bedeckte die Schränke und den Holzfußboden.

»Meine Frau starb, als Alexander zur Welt kam«, erklärte Jose. »Ihre Mutter hat den Auftragsdienst gegründet und ihn an sie weitergegeben.« Das erklärte die alten, angeschlagenen Schränke. »Ich habe manchmal ausgeholfen, es ist ein Vierundzwanzig-Stunden-Dienst, das haben Sie ja gemerkt.« Jose zog die Augenbrauen ein Stück hoch. »Es ist großartig und die einzige Möglichkeit, bei Alexander zu sein. Er hat einen Vollzeit-Papa. Die Lebensmittel werden geliefert, und eine Gourmetpizza, wenn wir einen neuen Kunden feiern. Wir kommen zurecht.«

»Willies Anrufe?«

»Ja, sicher. Entschuldigung.« Er nahm ein Klemmbrett runter. Die Sittiche flatterten in ihrem Käfig. »Sie sind chronologisch sortiert.«

Ich überflog die hastig gekritzelten aber leserlichen Notizen auf ausgerissenem Papier. Freitagabend, irgendein Grundstücksgeschäft, eine Einladung zu einem Symposium in Washington, dann Samstagmorgen, eine Nachricht von Willies Reinigung und ihrem Schwiegersohn in Idaho. Ich kontrollierte noch mal Freitagabend. Meine Nachricht über die Blumenlieferung war nicht auf dem Klemmbrett.

»Meine Nachricht ist nicht da.«

»Was?«

»Sie wissen schon, die, die ich Freitagabend hinterlassen habe.«

»Freitagabend, Freitagabend, ein Hinweis –«

»Ich habe eine Nachricht über eine Blumenlieferung hinterlassen.«

»Ja, jetzt weiß ich.« Jose nahm das Klemmbrett und blätterte. »Sie ist nicht da. Das verstehe ich nicht. Aber ich erinnere mich, eine Blumenlieferung, nicht? Irgendein Lokal, von dem ich nie gehört habe.«

»Die Nachricht ist nicht da, Jose.« Ich blinzelte auf die Kanten des Papiers, sie waren unregelmäßig wie bei Bütten, aber es war keins. Im Käfig putzten sich die Vögel, Federn schwebten in der Luft. Die Fensterbank war von ihrem schwarzweißen Kot gesprenkelt.

»Jose, lassen Sie die Vögel auch raus«, fragte ich.

»Oh, oh, nur ganz selten.«

»Und wahrscheinlich sitzen sie gern auf der Fensterbank, das obere Schiebefenster, richtig?«, fragte ich und ging rüber zum Fenster.

»Also, ja –«

»Sehen Sie, Jose.« Ich beugte mich runter zum Boden und hob ein fast gänzlich zerstörtes Stück Papier direkt unter dem Fensterbrett auf. Es waren nur die Worte ›*Blumen*‹ und ›*Sutro*‹ in Joses hastiger Handschrift übrig.

»Ogottogott, das tut mir Leid, ich –« Er sah mir ins Gesicht, seine Augen blickten ängstlich. Alexander im anderen Zimmer rührte sich, ein verwirrtes Glucksen. Die Sittiche überkrächzten ihn. »Das ist ja furchtbar. Das ist noch nie passiert, ich schwöre!« Joses Hand strich über seine Wangen, sein Kinn.

»Machen Sie sich keine Sorgen.« Es war viel, viel zu spät für Sorgen. »Hier sind die Nummern meines Piepers und meines Telefons, falls Willie anruft oder sonst etwas ist.«

»Es tut mir so Leid.«

Ich schrieb Willie eine Nachricht. *Die Blumen sind tot, ruf mich sofort an. Informiere die Klientin, die frühere Mrs. Harlan Knapp betreffs sehr negativem Empfangs der Vorladung und möglicher Gefahr.* »Werden Sie Willie diese Nachricht geben, wenn Sie sich meldet?« Ich gab Jose die Notiz. Er las sie ohne zu fragen, sein Gesicht drückte Besorgnis aus.

»Die Blumen«, hauchte er, »ich hoffe, das war kein großes Problem.«

»Ach, Jose«, seufzte ich und blickte zu den Sittichen, »so was passiert.«

Der gelb gefiederte Vogel pickte sein Abbild im Spiegel, suchte nach nicht vorhandener Gesellschaft. Es war eine zwanghafte, fehlgeleitete Routine, die niemals enden würde.

Kapitel 18

Eine klare Ansage

Russian Hill ist einer der vornehmsten Gipfel San Franciscos, jedes Haus ein Herrensitz und architektonischer Beweis von Macht und Einkommen des Besitzers, hier ein französisches Schloss und dort elisabethanischer Tudorstil. Stadträtin Villanuevas Haus war ein moderner Gussbetonbau, wahrscheinlich waren zwölf Meter lange Stützen in den Fels gerammt worden, um es am Hang festzuhalten. Zwei Diener standen an beiden Seiten des Eingangs bereit. Hinter ihnen bedeckte Jasmin, Geißblatt, Bougainvillea und Efeu die Betonbehausung der Hoffentlich-Bürgermeisterin.

»Parken gefällig?« Ein Gesicht grinste in mein Fenster, schielte auf die Notiz, die ich auf die Rückseite meiner Visitenkarte schrieb. Ich kurbelte das Glas hoch, schrieb die Notiz zu Ende, faltete sie und steckte sie in einen verschließbaren Umschlag. *Stadträtin Villanueva. Dringend. Persönlich*, schrieb ich vorne drauf. Ich steckte den Umschlag in meine schwarze Handtasche und kletterte aus Romea, die Tür öffnete ich selbst. Lange Beine passen nicht gut in Autos, also liebe ich es nicht, auszusteigen. Und ich liebe es erst recht nicht, dabei beobachtet zu werden.

Der gebeugte Körper in der weißen Leinenjacke streckte eine klauenförmige Hand aus. Ich gab ihm die Schlüssel und richtete meinen Blick auf Margo Villanuevas Haus.

»Ich weiß nicht, wie lange Beine in kleine Autos passen«, sagte er.

»Ich wusste nicht, dass Parkplatzwächter Meinungen über die Anatomie der Gäste abgeben sollen.« Ich zog das Kleid zurecht, machte mich bereit für ein zu frühes Erscheinen.

»Das is' alles was ich hab, Lady, das und fünf fünfzig die Stunde für das Parken Ihres Wagens. Vielleicht hab ich auch keine Meinung mehr. Wer weiß. Hört eh keiner zu. Aber eines sage ich Ihnen. Sie sehn nich' aus wie'n Gast.«

»Ich wusste es. Selbst Coco Chanel kann mich nicht auftakeln.«

»Ich werd trotzdem gut auf Ihr Auto aufpassen.«

»Das ist nett.« Ich gab ihm einen Fünfer und sah an seiner Leinenjacke vorbei den Weg zu Villanuevas Haus hoch. Der Säulengang, Drosseln auf weißen Fliesen auf der Innenseite, war fröhlich mexikanisch. Das Summen eines Staubsaugers drinnen ließ mich wissen, dass ich wirklich viel zu früh war.

Ich schlüpfte ins dunkle Vestibül, tapeziert mit olivgrüner Seide und bedeckt mit Dutzenden kleiner Ölgemälde, Miniaturen aus dem neunzehnten Jahrhundert und etwas jüngere Kopien im gleichen Stil. Erwachsene im grimmigen Schwarz spanischer Formalität blickten finster, Kinder in ernsthafter Spitze, besorgt wegen der Inquisition. Roses Chanelkleid passte genau rein. Als ich näher hinsah, bemerkte ich, dass einige der Kinder moderne Kleidung anhatten, Villanueva musste Porträts von Kindern und Enkeln in Auftrag gegeben haben, die zu den alten Familienporträts passten. Ich verharrte im Vestibül, sah mir von dort aus den Rest an. Stadträtin Villanuevas Haus vermittelte die Bequemlichkeit und Würde einer Hacienda, ihre Grundsteuer würde wahrscheinlich ein Jahr lang meine Hypothek bezahlen.

Ein großes Wohnzimmer erstreckte sich gut zehn Meter zu meiner Linken. Lange magentarote Seidensofas schlängelten sich um einen riesigen Panoramafensterblick auf die Bucht. Die Sonne schien auf das Wasser und die weißen gerefften Segel der Boote im Hafen. Ein großer halb runder und stuckverzierter Kamin nahm den größten Teil einer Wand ein. Frisches Holz war zu beiden Seiten gestapelt, und ein schmutziger Halbkreis deutete an, dass der Kamin oft benutzt wurde. Rauhe Balken spannten die fünf Meter hohe Decke, und eine Wendeltreppe führte zu einer Galerie voller Bücher, die den Raum krönte. Ihre Rücken schimmerten, Gold auf rotem Leder.

Unter der Galerie waren die Wände mit Masken dekoriert, naiv, grauenhaft, unerklärlich. Karnevalsmasken, die grinsten und die Nummer vier auf Wangen und Stirn aufgemalt trugen. Masken mit Köpfen, die aus ihren Mündern ragten, sich selbst reproduzierend und erbrechend, Skelette winkten ihr einziges Versprechen: *Du bist wie wir.*

Rechts von mir wurde der Esstisch für den Empfang vorbereitet. Frauen und Männer in weißen Uniformen verrenkten sich die Handgelenke unter marmornen Käseplatten und silbernen Meeresfrüchteplatten.

Ein schmiedeeiserner Kronleuchter, eineinhalb Meter im Durchmesser, goss fragezeichenförmige Prismen über den Tisch. Am einen Ende des Zimmers standen sieben antike Globen und viele handgemalte Teller in einem Regal, so groß wie ein Oldsmobile Cutlass. Rechts schwang die Tür zur Küche auf und zu, gestärkte Schürzen, dumpfe Blicke, und der feuchte Kuss einer Handfläche auf einer Messingverkleidung. Die Bridgeways-Bewohner schwebten ruhig und effizient dahin, sahen sich rechtzeitig, wenn die Tür hin- und herschwang, auf ihren Rücken grüne Ovale mit fließender weißer Schrift, *Bridgeways*, Tür öffnet sich, nächster Gang, keine Runde verpassen, jeder Gedanke an die glückliche Welt des Heroins weit, weit hinter ihnen.

Die Marmortabletts landeten auf einem riesigen alten Kieferntisch, nur fast so groß wie ein Fußballfeld, auf dem eine Küchenkraft kleine Kräuter- und Wildblumensträuße zwischen den Platten arrangierte. Eine Reihe Glastüren öffnete sich zu einem Terracotta-Innenhof, wo Hilfskräfte damit beschäftigt waren, ein Meer von erzeugerabgefüllten Flaschen Chardonnay zu öffnen. Weiße Lichter glänzten in kunstvoll beschnittenen Orangenbäumen, reflektiert auf den Flaschen mit Wein, Wodka, Whiskey, Cognac, Bourbon, Bier und Limonade.

Nischen im Garten waren besetzt von lateinamerikanischen Heiligen. Vier strahlende mehrfarbige Engel knieten sich in die Mitte des Hofs. Sie alle trugen Geschenke, genau wie die Leute, die durch den Eingang kommen würden. Und alle erwarteten etwas als Gegenleistung.

Ich wurde auf Lärm aus der Küche aufmerksam. Eine nervöse, weißseidene Säule mit Windhundhüften gab Befehle. Sie hielt sich zurück, wurde nicht zum Kugelblitz. Ich blickte auf ihr Kostüm. Die Oberfläche schimmerte von der Qualität des Garns, Krabben und Hummer bettelten förmlich, draufklcckern zu dürfen.

Das konnte nur Dee Dee Hammerman sein, die Palastwache, die Frau, an der Willie telefonisch nicht vorbeikam. Sie zog sich kühn an, ihre schmalen Züge, Augen und Mund, verloren sich in dem grobknochigen slavischen Gesicht. Die Venen an ihren Händen traten hervor, als sie sie in die Hüfte stemmte. Sie war vielleicht einszweiundsiebzig, mit großen, klobigen Ohrringen, die zu den ähnlich großen Kugeln und Klimpereien um Hals und Handgelenke passten.

Ihre Finger endeten in dunkelroten, vampirhaften Fingernägeln. Ich versuchte mich an ihre Geschichte zu erinnern, schaffte es aber nicht, sie war kein hiesiges Blaublut. Obwohl der progressive Wind für sie vielleicht ganz süß schmeckte, behandelte sie die Hilfskraft immer noch wie eine Hilfskraft. Eine junge Mexikanerin kaute nervös an ihrer Lippe, als sie ein Problem in der Küche erklärte.

»Komm nicht zu mir, wenn's keine Krise ist«, zischte Dee Dee sie an. Ihr Helmhaar, ein kurzer Pagenkopf, glänzte wie ein Penny. Drei Perlmuttknöpfe, so groß wie Mayonnaisenglasdeckel, waren vorn auf ihr Kostüm genäht.

»Aber Miss, die –«, eine junge Frau in einem nilgrünen Anzug schwankte auf hohen Absätzen.

»Ist Blut auf dem Fußboden?«

»Was? Nein, ich –«

»Hör zu, es ist keine Krise, wenn der Fußboden nicht blutig ist. Kapiert?« Dee Dee Hammermann wirbelte auf einem Pfennigabsatz herum und verließ den Raum. Ihre Lacklederpumps waren poliert wie Spiegel. Wer sich tief genug runterbeugte, konnte darin ihren Lippenstift nachziehen. Ich schätzte sie auf fünfundvierzig und etwas zu hart im Training. Die Sehnen an ihrem Hals streckten sich, als sie versuchte, ihre Wut zu beherrschen. Vielleicht war sie nicht an Bridgeways gewöhnt, die Demokratische Auffassung von Partyservice.

Dee Dee Hammermann ging zu einem korpulenten Mann, der ebenfalls zeitig eingetroffen war. Mit einem äußerst seltsamen Gesichtsausdruck konzentrierte er sich auf den Kaviar. Seine Armdekoration war eine junge Frau, die völlig gelangweilt aussah. Sie seufzte und blickte zum Essen. Er seufzte und blickte zu ihr.

»Dee Dee Hammermann.« Eine gänzlich anderer Ton, zuckersüß, aber das Glitzern in ihren Augen war so hart wie ihre Acrylnägel. Dee Dees Blicke strichen von oben bis unten über den Mann und seine Begleiterin, versuchten das Gesicht einzuordnen. »Tony Lenner von Kaiser Permanente«, verkündete sie.

»Ja!« Der Mann mit den fleischigen Wangen wickelte seine Finger um eine tropfende Hummerkrabbe. Mit einer Serviette wischte er sich heftig den Mund, bevor er eine Hand ausstreckte. Das weiße Kostüm brachte sich in Sicherheit, weg von ihm, vom Tisch.

Dee Dee Hammermanns Lächeln wurde etwas breiter. »Wie war das Mittagessen mit Margo letzte Woche? Mittwoch im Cyprus Club, richtig?«

»Die Nachspeisen!«

»Ja.« Sprödes Lächeln. »Dekadent.«

»Ich muss sagen, ich war sehr beeindruckt von Margo, Dee Dee. Natürlich hat Calvin alle Beziehungen, ein Karrierepolitiker – aber nach dem Mittagessen mit Margo muss ich zugeben, ich bin nicht sicher, dass Calvin Smith der richtige Bürgermeister für San Francisco ist. Hätte auch nicht gedacht, dass ich so was mal sage!« Sie nickten in freudiger Gemeinsamkeit. »Immerhin kann Calvin ziemlich viele Fäden ziehen, er könnte viel für San Francisco tun, aber Margo ist ein Mädchen aus der Stadt!«

»Stimmt, sie kennt jeden Gemeindeverein, und sie engagiert sich dafür, die Krankenhäuser der Stadt geöffnet und profitabel zu halten.«

Der Mann strich sich übers Kinn. »Margo ist eine Progressive, die den Markt und seine Rolle im Gesundheitswesen versteht«, nickte er. »Das Beschäftigungsproblem, das Beschäftigungsproblem und das Beschäftigungsproblem. Margo hat einige innovative Ideen. Bridgeways ist ein fabelhaftes Beispiel für die Zusammenarbeit von Gemeinde und Gesundheitssystem.«

»Nicht zu vergessen das Strafrechtssystem«, murmelte Dee Dee Hammermann.

»Was?«

»Bitte.« Dee Dee deutete zu den grünen Flaschen, die auf der Bar glitzerten. »Bitte bedienen Sie sich mit Erfrischungen. Entschuldigen Sie mich.« Die harten Kanten ihrer Schulterblätter zuckten, und das eiserne Lächeln fiel ihr vom Gesicht, als sie quer durch den Raum schoss. Dee Dee Hammermann war eine Frau, die eine Menge Bälle in der Luft hatte. Und, dachte ich, als ich sah, wie sie auf einen Blonden mit Sonnenbrille zuging, wie die beiden sich Doppelküsschen auf jede Wange gaben, sie hatte eine Menge Gesichter. Im Moment strahlte dieses neue Gesicht, allerdings verschwörerisch. Acrylnägel kratzten ein Muster in Blondies Hemd. Ich schlich näher ran, und er wurde deutlicher sichtbar. Einssiebundsechzig, schwer bis untersetzt gebaut, der Typ war ein wandelnder Schornstein. Er sah nicht aus wie irgendein Bonze von Gewerkschaft oder Industrie, dem Margo Villanueva den Hof machen wollte. Er umklammerte ein Schnapsglas, nahm kleine, gemessene Schlückchen Whiskey.

Sein chamoisfarbenes Hemd hatte das Rechenmuster von Dee Dees Nägeln auf der Vorderseite. Was machte so ein Designerschnösel auf einer Wichtigparty der Demokraten?

Dee Dee und der Blasse drängten sich zusammen, ich musste sie unterbrechen, um an Margo Villanueva ranzukommen. Ich dachte daran, was Willie mal zu ihrer Sekretärin gesagt hatte, während ich in ihrem Büro herumhing. »Kommst nicht durch zu Margo? Immer noch nicht! Diese verdammte Pressesekretärin«, hatte sie geseufzt. »Versuch's weiter.« Ein perplexes, wütendes Schütteln ihres weißen Schopfes.

Ich lauerte hinter einer Säule im mexikanischen Barockstil, die Profile der Engel verbargen mich, während ich ihrem Dialog lauschte.

»Wann kriege ich Margo zu sehen?« Seine Frage klang wie ein Befehl.

»Bald«, versprach sie. »Ich schieb dich direkt vor der Rede rein.«

»Ich hoffe, das stimmt.« Chamois rieb langsam seine Hände aneinander, irgendwie aggressiv, ein Teil seiner Wut übertrug sich in die Geste. »Meinst du, Margo ist ...«, er hielt kurz inne, »bereit?« Was er noch sagte, ging im Hintergrundgeräusch zahlloser anderer Gespräche unter.

»Ich brauche eine klare Ansage, Bert. Irgendwas tut sich, und ich blicke da nicht durch. Ich fürchte, uns sind alle Pferdchen durchgegangen. Dabei dachte ich, der Stall wäre so gut gesichert!«

»Manchmal fängt der Stall Feuer«, knurrte Bert. Dee Dee schob sich näher an ihn heran. Sie schluckte, leckte sich nervös die Lippen und erzählte Bert etwas, das er wirklich nicht hören wollte. Die einzige sichtbare Veränderung war ein Verschieben seines hohlwangigen, großen Kiefers. Er knirschte mit den Zähnen, während er zuhörte, seiner Finger hielten das Glas fester. Bert hielt mehr Trümpfe in der Hand als Dee Dee bei einem Spiel, in dem Villanueva eine mögliche Schachfigur darstellte, da war ich sicher.

»Lass uns jetzt nicht davon reden.«

»Es ist ein wundervolles Haus, nicht?«

»Kennst du den Architekten, Sam Fong?«

»Entschuldigen Sie.« Die zwei Gesichter sahen mich verdutzt an.

»War Sam Fong nicht der Architekt, der das Papparizi-Hotel in Genua entworfen hat«, fragte ich.

»Genua, Genua.« Dee Dee rollte mit den Augen. »Ich kenne das Papparizi nicht, ähm, kennen wir uns?«, sagte Dee Dee, sie ordnete mich nicht ganz als Aushilfe, aber auch nicht als Spenderin ein. Das Chanelkostüm brachte es nicht. Ihr Blick drohte in Richtung meiner Füße zu wandern, als ich ihre Aufmerksamkeit zurückgewann.

»Ich bin hier, um Stadträtin Villanueva zu sehen.«

Dee Dee ließ ein leichtes Hohngelächter hören. »Es tut mir Leid, aber die Stadträtin ist ein kleines bisschen beschäftigt.« Sie machte eine Handbewegung in Richtung der Leute. Bert stand im Schatten unter dem Überhang, sein Chamoishemd verschmolz mit dem Stuck, sein Glas war leer.

»Ich bin Emma Victor, aber mein Name wird Ihnen nichts sagen. Könnten wir eine Minute unter vier Augen sprechen, Miss Hammermann?«

Sie warf einen verstohlenen Blick auf Chamois. Sie sahen sich an wie alte Freunde, Blicke mit zu viel Inhalt für eine Party.

»Es ist wirklich sehr wichtig.«

»Margo ist beschäftigt.« Ihre Lippen setzten kaum einmal aus.

»Nicht zu beschäftigt für Ihren alten Freund, *Bert*. Er scheint problemlos eine Audienz zu kriegen. Ich würde Ihrem Freund gern die Sonnenbrille runterreißen und seine Pupillen überprüfen.«

Dee Dees Verhalten fiel in irgendeinen Abgrund, aus dem es nicht wieder rauskam. Das Gesicht unter dem glänzenden Pagenkopf schien sich in verschiedene Personen zu verwandeln. Kalte Wut zerhackte ihre Worte. »*Ich geb Ihnen ei-ei-ei-ei-ei-ei-ei-ne MINUTE um zu verschwinden!*«

Ein plötzlicher Krach aus der Küche schien ihre Worte zu unterstreichen.

»Womit sind Sie trainiert worden? Mit rohem Fleisch?« Meine Bemerkung ging unter, als etwas in der Küche zu Boden polterte und mehrere Bridgeways-Betreuer hinter der Schwingtür Schutz suchten.

»Was haben Sie gesagt?« Dee Dees Augen flogen eine Nanosekunde lang zu Berts. Bert stellte sein Glas am Ende des Tisches ab, und seine rechte Hand schlich über das Chamoishemd zu einem Schulterhalfter. Vielleicht juckte es ihn auch nur.

»Lassen Sie uns die Sache nicht falsch anpacken, die Stadträtin wird mich sehen *wollen*«, drängte ich. »Das verspreche ich.« Die Uhr tickte, die Gäste um uns her kicherten.

»Ich habe eine äußerst wichtige Nachricht von ihrer Anwältin, Willie Rossini. Geben Sie ihr das hier.« Ich gab ihr einen Umschlag. Oh ja, ich würde gerne deinen Freund Bert nach Schwermetall abklopfen, dachte ich.

»Ich gebe ihr die Nachricht.« Dee Dee nahm den Umschlag und steckte ihn in eine verdeckte Tasche in der Seitennaht ihres Rocks. Ein Tohuwabohu an der Tür, und sie drehte mir den Rücken zu. Die Geldkühe begannen ihren Massenansturm, und in Dee Dees Gesicht war nichts zu sehen außer dem Leuchten von verfügbarem Geld, das in ihre Richtung lief. Ich verschmolz wieder mit der Mege und hoffte das Beste. Chamois lehnte an seiner Säule und beobachtete das Gedränge im Vestibül.

Ich lungerte zwischen den Ölgemälden rum und beobachtete Bert, überwältigt von dem Geruch von Parfum, schmeichelnder Seide, Wasserfällen aus Gekicher und vorbeistreichenden Nerzmänteln. Die Gesichter von Villanuevas Enkelkindern sahen aus wie boshafte Möpse in schwarzem Samt. Sieben Uhr, und die Geldflanke attackierte genussvoll die monströs überladenen Platten. Die Gesichter waren vertraut, die Namen waren vertraut, benutzt nur unter Eingeweihten.

»Planet Hollywood, Jay Shaeffer, Jay Shaeffer, Planet Hollywood.« Dee Dee stellte den Haufen alten Geldes einen bezopften Geschäftsführer vor. Das Haus füllte sich bis zum Anschlag. Ein Zwei-Stunden-Empfang, und die Stadträtin würde bald ihren Auftritt haben. Fröhliche Erkennenslaute erfüllten die Luft. Die Klugschwätzer, die provokativ Schicken, die Finanzhaie, die profilierten Bonzen, sie alle kannten einander, und sie alle waren wegen Villanueva gekommen.

Die Menge berauschte sich schnell, Villanueva war in den Umfragen gestiegen, und der Champagner war gut. Wenn es nach ihr ginge, würde der Raum bald vollgepumpt sein mit Unterstützung und

Geld. Villanueva war stark, stärker als ich gedacht hatte. Enthusiasmus und Geld, alles da. Wie sollte Stadträtin Villanueva da verlieren?

Leicht. Ein Fetzen von einem Negativ, und Villanueva konnte laut Willie alles vergessen. Ich postierte mich neben der Küchentür, von wo ich Bert mit meinen Augen und dann mit meinen Füßen folgen konnte. Er duckte sich hinter einer anderen Säule, und ich war überzeugt, dass ich ihn nervös machte, aber ich hatte gerade erst angefangen zu arbeiten. Ich ging an den überladenen Platten vorbei, nahm ein Stück Broccoli mit und stellte ihn neben einem mehrfarbigen Jesus, der verschwenderisch aus seinen römischen Löchern blutete.

»Ich glaube, wir sind uns noch nicht vorgestellt worden.«

»Bert Lubbers.« Das angenehme Netz aus Fältchen um seine Augen war irreführend. Mit einer merkwürdigen Intensität starrte er mich durch seine Sonnenbrille an, seine Hand war rauh, feucht.

»Sie arbeiten für Stadträtin Villanueva?«

»Nein, ich bin im Restaurantgeschäft.«

»Ah, der Market Street-Sanierungsplan. Sie wollen in die Disneyland-Straße einsteigen.«

»Da sind 'ne Menge Steuern und Arbeitsplätze drin.«

»Das ist das Argument, dass Villanueva für das Hotelkonsortium gedreht hat. Für eine Progressive kriegt sie ihre Signale manchmal ganz schön durcheinander. Vor zwei Jahren wären fast zwei Hotels und ein Touristenverladepier im Küstenbereich aufgezogen worden. Stadträtin Villanueva hat für sie gekämpft.«

»Wenn Sie die Fakten kennen würden, wenn Sie sich überlegen, was die ökonomischen Wirkungen –«

»Jaa. Viele Dienstleistungsjobs, und niemand kann mehr den Himmel sehen. Ich würde lieber eine Fabrik sehen.«

»Sie wissen nicht, was Sie da sagen. Jemals in 'ner Fabrik gearbeitet?«

»Jaa, ich hab in 'ner Fabrik gearbeitet. Aber reden wir doch von *Ihnen*, Bert. Wo genau ist der Standort ihres Restaurants? In Kalifornien?«, fragte ich. Die rosa Haut hatte keine roten Flecken. Bert Lubbers verbrachte viel Zeit drinnen, vielleicht in vielen dunklen Restaurants. »Woher kommen Sie?«

»Osten«, sagte er, und etwas an der Art, wie er es sagte, ließ mich wissen, dass er log. Trotz der Designerklamotten waren seine Hände rauh, vernarbt.

»Haben Sie Familie?«

»Ja, eine Frau und zwei Kinder. Entschuldigen Sie, ich ...«, verschluckte Worte, aber nicht vom Alkohol, die kleinen blauen Augen brannten hinter der Brille, als wollten sie die Gläser schmelzen.

Mit meinen Zähnen köpfte ich den Broccoli. »Wo *genau* kommen Sie her?«

»Bethesda. Hab ich doch gesagt.«

»Nein, ich meine ursprünglich.«

»Bethesda, Washington.«

»Ach.« Ich starrte ihn an, direkt durch die dunkle Brille. Ich drehte ein Stück Blumenkohl in Käsedip und ließ den Moment andauern. »Wie lange kennen Sie Dee Dee?«, fragte ich dann.

»Erst seit letztem Jahr.« Sein Lächeln war oberflächlich, gedämpft. »Seit sie für Margo Villanueva arbeitet. Ich interessiere mich geschäftlich für San Francisco, der Market Street-Sanierungsplan hört sich großartig an. Erschließung, da liegen San Franciscos künftige Einkommensquellen«, versicherte Bert mir. »Und jetzt, wenn Sie nichts dagegen haben –«

Er war nervös. Ich lag richtig. Also hob ich die Stimme und rückte ein Stück vor, um zu sehen, was er tun würde. »Ich denke, Stadträtin Villanueva will die Market Street an Erschließungsunternehmen verscherbeln, das ist meine Meinung.« Ich trat noch näher an Bert heran, er zog sich an die Wand zurück. Seine rechte Hand juckte wieder, schlich quer über das Hemd. »Ist das der Grund, warum Sie hier sind?«

»Eigentlich eröffnet mein Unternehmen hier eine Zweigstelle.«

»Welches Unternehmen ist das?«

»Braemar Nahrungsmittel. Wir denken darüber nach, den Hauptsitz hier in die Region zu verlagern.«

»Braemar Nahrungsmittel? Nie davon gehört.«

»Die Gewinnbeteiligung hat sich im letzten Jahr verdoppelt, aber man will die Umsiedlung nicht publik machen, wissen Sie.«

»Viele Leute wollen Vieles nicht publik machen. Haben Sie's Ihrer Frau erzählt? Freuen sich die Kinder darauf, in Kalifornien zu leben?«

»Ja, natürlich. Sie werden das Wetter lieben. Zu schade, das mit dem Pazifik. Man kann da nicht mal drin waten. Und die Kinder lieben Schwimmen.«

»Tatsache? Vielleicht schwimmen sie den ganzen Weg bis Deutschland und zurück.«

Bert Lubbers brauchte nur eine Sekunde zu lang, um zu reagieren. Aber diese Sekunde sprach Bände. »Was meinen Sie?«

»Hören Sie, Mr. Lubbers, etwas an Ihnen ist nicht koscher. Sie sind kein Mann aus einem Vorort. Das kann ich Ihnen sagen. Übrigens, Bethesda ist in Maryland, nicht in Washington.«

»Sehr interessant.« Bert Lubbers lachte, aber die Luft kam schwächlich aus seinen Lungen. »Sie spielen irgend so ein psychologisches Spiel, hm?« Ich starrte auf seine rechte Hand. Kleine Narben waren über die Sehnen zwischen Zeigefinger und Daumen genäht worden. Sein kleiner Finger war krumm, und er verbarg seine Handfläche. Er war kein Mann, der sich mit einem Schraubenzieher verletzt hatte, ich hätte gewettet, dass Bert Lubbers irgendwann in ferner Vergangenheit fast seine Hand weggesprengt hatte. Und danach hatte er hart gearbeitet, hart genug, um wieder in der Lage zu sein, eine Waffe zu benutzen.

»Entschuldigen Sie«, Bert verdrückte sich. »War mir ein Vergnügen.«

»*Guadalajara*!« Die mexikanische Band erhob ihre bebenden, klaren Stimmen in die Nacht. Bert schlängelte sich durch die Menge, während der Klang von Trompeten und Saxophonen einsetzte. Das Berieseln mit Musik schien alles zu verändern. Die scharfen Kanten von Geschäftsmännern und -frauen rundeten sich, die Hüften der Machtmatronen zuckten im Takt der Melodie. Die Musik war voller Sentimentalität, strahlend und fröhlich, ich konnte fast daran glauben. Ich schlich rüber zum Ende des Tisches, auf dem Bert Lubbers sein Glas abgestellt hatte, und ließ es in meiner Handtasche verschwinden.

»Polly Parhmar, Warner Brothers, Warner Brothers, Polly Parhmar.« Dee Dee Hammermanns Stimme kletterte auf Töne, die über den Blechbläsern lagen. Der Pegel der Band baute sich auf zu einem plärrenden Crescendo, und alle Aushilfen fingen erwartungsvoll an zu klatschen und zu pfeifen. Geld und Erfolg und Macht hörten auf zu plauschen. Und dann kam die Frau, die das alles möglich machte.

Stadträtin Villanueva trat ein. Ihr Gesicht strahlte. Lächelndes Erkennen brachte Villanuevas kleine Knopfaugen zum Glitzern. Blickkontakt, Blickkontakt, Blickkontakt. Ihre Zähne leuchteten strahlend weiß, als sie lächelte, und in den Augen ihrer Wählerschaft schwammen Tränen des erwarteten Sieges. Kleine Hände funkelten mit Diamanten, ein starker Nacken beugte sich, um persönliche Begrüßungen zu hören, kräftige Beine trugen einen harten Kugelkörper. Mit Absätzen war sie einssiebzig. Ihr mohnrotes Kostüm passte ausgezeichnet zu ihr, die lange Jacke glitzerte mit einer Doppelreihe Militärknöpfe, das Blitzen ihres Lachens so hell wie die Goldborte, die sich um Ärmel- und Kragenaufschläge ihrer Jacke zogen. Sie hatte ihr schwarzes, lockiges Haar grau werden lassen. Der kleine, zufriedene Mund über einem hübschen kleinen Kinn lächelte, betonte ihre breiten Wangenknochen. Die geliebte Stadträtin, die Witwe, die Geschäftemacherin, die Madonna der Gemeinden.

Es gibt Momente, da ist die Präsenz von Macht mit Gewissheit zu fühlen. Bei Stadträtin Villanueva gab es kein einstudiertes Vertrauen. Sie schritt durch die Menge, erinnerte sich an Namen, sah Leuten in die Augen, neigte ihren Kopf, hörte zu und schritt dann gelassen und ohne zu zögern weiter zur nächsten Person. Ein breithüftiger Mann von fünfunddreißig, die erwachsene Version eines der mopsgesichtigen Porträts, musste Villanuevas Sohn sein. Thomas Joseph Villanueva hatte ebenfalls den hübschen kleinen Mund, ein Spitzbart verbarg ein schwaches Kinn. Seine Augen waren jedoch größer, traten fast vor, vielleicht eine Schilddrüsenüberfunktion. War er nicht gerade an ein Bundesgericht berufen worden? Er demonstrierte selbstbewussten Händedruck, gelernt auf dem Schoß seiner Eltern. Die blonde, männliche Aushilfe, die ich vorhin gesehen hatte, und einige andere folgten in Villanuevas Kielwasser.

Der Raum war erfüllt mit der freudigen Erwartung einer Rede. Ich wollte raus aus dem Hof. Ich wollte weg von den überladenen Platten mit Meeresfrüchten und Politik, Kompromissen und Versprechen. Ich wollte weg vom Rummel, denn bald würde ich mit der Stadträtin sprechen, und ich wollte keine Rückblenden zu ihren Schenkeln auf dem Bett eines Mark Hopkins-Hotels.

Unbemerkt watete ich durch den Wohnzimmerteppich. Jemand hatte Feuer im Kamin gemacht, echte Scheite, sie knisterten und brannten wie echte Scheite. Und es war nicht mal kalt. Während ich um das große Sofa herumging, streckten mir die Karnevalmasken ihre Zungen raus und das Feuer wärmte meine Beine mehr als nötig. Das Panoramafenster, kühl und schwarz, und die Welt dahinter. Siebenhunderttausend Leben und noch viele mehr in den Vororten, fuhren, aßen, spielten, vögelten, kämpften. Ihnen *wäre* am besten gedient mit Margo Villanueva als Bürgermeisterin. Aber würde sie es packen? Villanueva hatte heute abend beeindruckende Leute versammelt. Aber vielleicht waren sie nur hier, um zu essen.

Der Jachthafen dehnte sich vor mir aus, ein grüner Streifen. Links bohrten sich die Spitzen der Golden Gate Bridge in den einfallenden Nebel, ich konnte Autos sehen, die sich über die Brücke schlängelten. In Autos Wasserflächen überqueren war einer der beliebtesten Zeitvertreibe in der Gegend um San Francisco. Autos krochen so regelmäßig wie Wellen über die Brücke, so beständig wie der Keislauf der Sonne um die Erde. Das Cliff House, die Sutro-Gärten, die Windmühlen im Golden Gate Park und die Eigentumswohnungen auf dem früheren Vergnügungspark waren nicht mehr zu sehen.

Stadträtin Villanuevas Rede dauerte und dauerte. Ein Nebelhorn schlug Alarm, und die mexikanische Band setzte wieder ein. Das Wohnzimmer hinter mir wurde in der Spiegelung auf den Panoramafenstern sichtbar. Über meiner Schulter konnte ich die Wand mit den Masken sehen, und Dee Dee Hammermann kam reinstolziert. Sie hatte Bert Lubbers am Arm, und sie stellte ihn im Zimmer ab. Sie bemerkte nicht, dass ich mich auf dem Sofa ausgestreckt hatte. Als dann die Stadträtin an mir vorbeiging, ein roter Streifen auf dem Weg zu einer Besprechung, fühlte ich mich regelrecht unsichtbar.

Kapitel 19

Köpft den Boten

Gezwitscher der Begrüßung und die hohen Töne der Stimme von Bert Lubbers. »Das ist eine hervorragende Gelegenheit, die Rehabilitationsanstrengungen weiter zu treiben«, sagte er.

»Bridgeways, Sie sprechen von Bridgeways?« Margo Villanueva hörte sich skeptisch an.

»Ja! Eine Kette von Bridgeways. Ein riesiger Pool von Arbeitskraft, äh, eine Gelegenheit für Rehabilitation, die noch von keiner Gesellschaft in der Geschichte wahrgenommen wurde. Das ist jetzt in Reichweite. Durchbrüche in der chemischen Gehirnforschung –«

»Ich habe Sie schon verstanden.« Die Stimme der Stadträtin war gepresst.

»Bedenken Sie, was Gefängnisse uns kosten. Besonders die Langzeitinsassen. Wir reden nicht über Gewaltverbrecher, Mörder, sondern über die Legionen von Analphabeten, Armen, Drogenabhängigen. Die First Lady hört doch auf Sie?«

»Sie verbinden das mit dem Sanierungsplan für die Market Street, nicht?«

»Aber ja. Ja, natürlich! Das und andere Wiederbelebungsversuche der Stadtzentren. Sehen Sie sich an, was in Georgia passiert, in Südkalifornien! Trupps angeketteter Häftlinge arbeiten an Highways, Männer zerschlagen Steine, zerschlagen Rücken, die besser –«

»Nicht zu vergessen die Vorzüge chemischer Kontrollen, wollen Sie mir das sagen?«

»In Bridgeways haben Sie eine perfekt kontrollierte Umgebung. Schon heute sind eine Reihe Produkte auf dem Markt, die die wahren Möglichkeiten von Verhaltenskontrolle ohne Nebeneffekte deutlich –«

»Danke, aber nein danke.«

»Bitte, lassen Sie sich Zeit und denken Sie darüber nach. Frau Stadträtin, konkrete Leben könnten gerettet werden, sehen Sie sich nur an, was in der Jugendhaft Ihrer eigenen Gemeinde passiert.«

»Ich habe schon darüber nachgedacht. Und ich bin schon einige Male angesprochen worden. Man könnte meinen, es gibt eine EG-Verschwörung, San Francisco zu übernehmen. Diese Stadt scheint die Europäer sehr zu interessieren, Mr. Lubbers. Wir haben französische öffentliche Toiletten, die nicht richtig spülen, deutsche Busse mit defekten Getrieben, holländische Elektroweichen, die zerstörerische Auswirkungen auf die BART-Wagen haben, und seit geraumer Zeit stehen die Schweizer Schlange, um Inhaftierte unter Drogen zu setzen. Ich bin eine *gewählte Beamtin*, Mr. Lubbers. Ihr Plan wird in San Francisco nicht ziehen, Mr. Lubbers. Sie können Ihre Systeme zur Bewusstseinskontrolle nach Orange County verkaufen, wenn Sie wollen. Nicht hier in San Francisco.«

»Es tut mir wirklich Leid, dass Sie die Möglichkeiten nicht erkennen können.«

»Ich erkenne die Möglichkeit von Faschismus. Das erkenne ich, Mr. Lubbers. Und jetzt verlassen Sie bitte mein Büro. Dee Dee!«

»Ist besser als die Hassliebe der Armen, Frau Stadträtin«, zischte Lubbers.

»*Dee Dee*«, bellte die Stadträtin. Ich zog mich auf meinen Platz zurück, eingehüllt vom Sofa.

Aufregung und Unruhe, Bert Lubbers schoss wie eine Kugel aus Villanuevas Tür. Er schüttelte Dee Dee Hammermanns Arm ab, schritt durch die Party, verursachte einen Tumult, als er in eine der Bridgewaysaushilfen rannte, bleib kurz stehen, nahm ein Canapé und verschwand in Richtung Vestibül.

»Mein Gott, Dee Dee, halte mir solche Aasgeier vom Leib, ja? Ich weiß das Kleingeld, das du organisiert hast, zu schätzen, aber ich muss diese Sache richtig machen. Das hier ist San Francisco, verdammt noch mal!«

»Es tut mir Leid, Frau Stadträtin.«

»Ich habe Gäste, Dee Dee. Kommt Jodie?«

»Nein, ich wollte es Ihnen sagen, sie –«

»Entschuldigen Sie.« Ich kam aus den Polstern hervor, glitt auf die Füße, streckte eine Hand aus. »Frau Stadträtin, ich habe eine dringende Nachricht von Willie Rossini für Sie.«

»Natürlich«, sagte Villanueva, einfach so. Im nächsten Moment war ich in ihrem Büro. War es Willies Name? Wozu brauchte sie eine

Palastwache? Wollte da jemand, dass Dee Dee einen Keil zwischen Villanueva und ihre Anwältin trieb?

Der achteckige Raum war ganz in Weiß gehalten, an der Wand blühende Geranien. Es brauchte einige Brustschwimmzüge, um durch den Teppich zu einer weißseidenen Sitzbank zu kommen, auf die Hammermann zeigte. Dee Dee bewachte mich.

»Entschuldigen Sie mich, ich muss kurz mit jemandem sprechen, ich bin sofort zurück.« Villanueva sah mir in die Augen und verschwand.

»*Setzen Sie sich.*« Dee Dee Hammermann deutete auf die weiße Sitzbank. Ich setzte mich.

»Wenn ich meinen Willen kriege, bin ich sehr gehorsam«, lächelte ich.

»Bleiben Sie einfach, wo Sie sind, Miss Victor.« Dee Dee schloss sorgsam die Tür hinter sich. Ich stand auf. In der Mitte des Zimmers ein Rokkokotisch, geschwungene Beine, mit Gold ausgelegt, ein passender Stuhl daruntergeschoben. Eine weiße Lederkladde nahm den größten Teil der Tischplatte ein, sah nicht aus, als hätte jemals jemand ein Wort reingeschrieben. Weiße Raffrollos hingen über den Schiebefenstern. Ich kämpfte gegen Schneeblindheit an und sah einige wenige Bücher in einem eingebauten Bücherregal und eine kleine Gruppe Fotos an der Wand. Vor den Fenstern waren schmiedeeiserne halbrunde Pflanzkästen. Rote Geranien hingen über die Kanten der Tonkästen, eine Wand voll Blumen, wie es sonst nur in Mexiko zu sehen war.

Zwei chinesische Seidentrennwände versteckten einen zweiten Tisch mit überquellenden Eingangs- und Ausgangs-Ablagen, drei Telefonen und vielen numerierten Aktenordnern. Drei goldmetallene Drehkarteien waren zugeklappt und abgesperrt.

Ich überprüfte die Vorhänge und das Telefon, guckte in der Lampe nach, unter dem Lampenfuß, unter dem Telefon, im Telefonhörer. Auf die Schnelle waren keine Wanzen zu finden.

Ich ging rüber zu den Porträts. Joseph Villanueva, die Hände auf dem Tisch gefaltet, vor einer Flagge. Thomas Joseph Villanueva, der Bundesrichter, war ebenfalls eingekleidet, mit Schreibtisch und Flagge. Ein offizielles Porträt von Präsident Collin und der First Lady, zusammen mit den First Hunden und den First Kindern, alle inzwischen erwachsen. Ein kleineres, ovales Bild von einer viel jüngeren First Lady, in der Collegezeit berühmt für ihre Streiche. Ich erinnerte mich an die Faxen, die die Hausmutter ihrer Studentinnenverbindung an die Presse hatte durchsickern lassen. Ein Campus, weiß von Toilettenpapier in den Bäumen. Das waren Zeiten.

Auf einem anderen Foto schüttelte Barbara Streisand die Hand der Stadträtin Margo Villanueva. Jerry Brown genoss ebenfalls ein Händeschütteln. Da waren noch andere Politiker, Filmstars, eine Gallerie des Stimmenfangs. In der Ferne jaulte die Band, während ich mich Villanuevas Schreibtisch zuwandte und die Schublade aufzog. Drei Kulis und ein Scheckbuch. Ich schlug den Deckel auf, jeder Scheck hatte den Aufdruck *Margo Villanueva als Bürgermeisterin-Wahlkampffond*. Es gab Schecks an den Partyservice und Einzahlungen von Anhängern, sowohl Firmen als auch Privatleute. Die Bank von Amerika, San Francisco und Washington DC. Bechtel. Warner Brothers.

Eine Bewegung, ein Schattenstreifen bewegte sich vor der Ritze unter der Tür. Ich schloss das Scheckbuch. Ich sank gerade in die elfenbeinfarbene Sitzbank, als die Tür sich öffnete und Margo Villanueva reinkam, ihr Gesicht voller Zorn. Sie sah mich an wie einen unwillkommenen Fleck auf ihren Polstern. Die Haut auf ihrer Stirn hatte sich über den Augenbrauen zu einem großen Knoten zusammengezogen. Ein Knoten, der sich bewegte. Dee Dee Hammermann hatte sich neben ihr aufgepflanzt wie ein Bodyguard. Ich stand auf. Dee Dee Hammermann schritt hinter die chinesische Trennwand und fing an, die Telefone zu bearbeiten. Die verschlossenen Drehkarteien sprangen auf, und ich hörte, wie die Räder voller Adresskärtchen herumwirbelten.

»*Wir haben hier ein kleines Missverständnis, George. Wir dachten, die Unterstützung würde morgen bekannt gegeben. He, George, hat Brown eine direkte Durchwahl? Gib sie mir.*«

»Emma Victor.« Ich streckte meine Hand hin, Villanueva schüttelte sie mechanisch. »Es tut mir Leid, dass ich Sie stören muss, Frau Stadträtin.« Ich beugte mein vorderes Knie etwas und blickte auf den Teppich, als müsste ich zugeben, dass ich die Familienkuh für sechs Bohnen verkauft hatte. Pause, das Elfenbeinzimmer schien etwas gedämpft, und die mexikanische Band hatte aufgehört zu spielen.

»*Er ist ein Verbündeter, George. Wir wollen Willie Brown. Willie Brown! Krieg ihn einfach ran, hörst du?*« Dee Dees Stimme schnitt durch das Zimmer wie ein Messer. Villanueva zuckte. Sie wollte Willie Browns Unterstützung unbedingt.

»Ich werd versuchen, mich kurz zu fassen«, versprach ich.

Villanuevas Stirn entknotete sich, aber nur kurz.

»*George, das schuldest du mir. Also hör mal, die im Hauptquartier sind völlig zu mit Arbeit. Was? Klar. Ich warte.*«

»Was kann ich für Sie tun?«, hauchte Villanueva, und ich stellte fest, dass sie die elfenbeinfarbenen Samtpaspeln an meinem Kostüm betrachtete, während sie Dee Dees Unterhaltung folgte.

»*Ohmeingott. Ja. Das ist wunderbar!*« Fingerspitzen bewegten sich um die Trennwand und eine Seite wurde zurückgeklappt. »Wir haben's Margo! Wir haben ihn!«

Villanueva faltete ihre Hände zum Gebet, genau wie eine Madonna, und unter den halb geschlossenen Lidern sah ich ihre Augen gen Himmel rollen.

»*Die beleuchteten Bäume passen da nicht rein, die Decke ist zu tief. Willie hasst schlechte Beleuchtung. Der Einfallswinkel am Morgen würde ihn umbringen. Wie wär's am Nachmittag?*« Dee Dees Stimme kam hinter dem Paravent hervor.

»Stadträtin Villanueva, könnte ich Sie bitte unter vier Augen sprechen?«

»Oh, ja.« Villanueva hörte mir kaum zu. Sie steckte ihren Kopf hinter den Paravent und sprach leise mit Dee Dee. Ich konnte das Protestgequengel hören.

»Wirklich Margo, wir sollten das mit einem vernetzten Telefon machen. Du weißt, dass es nicht gut ist, ein Handy zu benutzen, jeder könnte das Signal auffangen und uns zuvorkommen ...«

Mehr Gemurmel. Mehr Gequengel. Ein härterer Ton, Villanueva kam zurück, und das Telefon hinter dem Paravent lag auf der Gabel.

Ich blickte auf Dee Dees Fußabdrücke im tiefen Teppich, bis ich sicher war, dass die Tür geschlossen und ihr Schatten davongeschmolzen war. Villanueva saß an ihrem Tisch, seitwärts, um mich anzusehen. Sie hatte gerade die Unterstützung von Willie Brown bekommen. Margo Villanueva war fast am Ziel. Sie konnte es fühlen und schmecken. Bürgermeisterin von San Francisco. Willie

Browns Überschreibung. Margo Villanueva war eine gemachte Frau. Ihre Hände falteten sich über der elfenbeinweißen Kladde, keine herumspielenden Finger, und ich fragte mich, wie ich ihr die Nachricht beibringen sollte.

»Wie Sie vielleicht oder auch nicht wissen, Frau Stadträtin, wurde ich von Willie Rossini beauftragt, in Ihrem Namen eine Videokassette zu kaufen.« Ich hielt meinen Blick gesenkt, tiefer als meine Stimme, die die Worte auf den weichen Teppich zwischen uns richtete.

»Nein, das wusste ich nicht.« Die Augen wurden ausdruckslos, distanziert, die kleine rote Brust ihres Kostüms füllte sich mit Luft. »Das heißt, ich wusste nicht, dass Sie es sind. Wo liegt das Problem?« Das Kostüm entleerte sich, ein unsichtbares Seufzen, ansonsten war Villanuevas Gesicht eine Maske.

»Das Problem ist, Frau Stadträtin ...« Ich guckte rüber zu den Porträts an der Wand. Der Ehemann, der sie verwitwet zurückgelassen hatte, er sah vornehm und verstorben aus. Mir schwirrte der Kopf von der Macht des Raums und seiner Bewohnerin. Und von meinem Auftrag, vielleicht der Fehler, der die Karriere einer Bürgermeisterkandidatin, Willies Klientin, versenkte. »Das Problem, Frau Stadträtin«, die Worte kreischten in der angespannten Atmosphäre zwischen uns, »ist, dass einer der Erpresser ...«, ich richtete die Worte an den elfenbeinfarbenen Teppich, »ermordet wurde.«

»Ermordet?« Sie biss die Zähne zusammen, die Hände flogen wie Vögel auseinander und kehrten gefaltet vor ihre Brust zurück, wie um ihren aufwallenden Körper in dem roten Kostüm zurückzuhalten. Sie überkreuzte ihre kleinen schwarzbepumpsten Füße, entkreuzte sie, bis sie auf dem Boden landeten und die Stadträtin aus ihrem Stuhl trieben, sie stand mir gegenüber. So nah, dass ich die Sommersprossen auf ihrer Nase zählen konnte, die Falten auf ihrer Stirn, Stimmen, die sie für immer verloren hatte.

»Warum kommen Sie mit diesem Mist zu mir?«, zischte sie. »Ich beauftrage Wille, um mir diese Art Probleme vom Leib zu halten. Weit weg. Um diesen – diesen – Müll nicht auf meiner Türschwelle zu haben.«

»Frau Stadträtin, verstehen Sie. Das hier geht nicht weg. Ihr Erpresser ist jetzt eine Leiche.«

»Sie müssen verrückt sein! Hierher zu kommen –«

»Ich bin nicht diejenige, die Bürgermeisterin werden will.«

»Was soll das heißen?«

»Irgendjemand will, dass Sie die Wahl verlieren, Frau Stadträtin.«

»Jaa, mindestens einige hunderttausend Leute. Die meisten davon sind Republikaner.«

»Frau Stadträtin, um Mücken loszuwerden, sollte der Sumpf trockengelegt werden.«

»Ich bin bereits gestochen worden.« Sie setzte sich, ihre Finger begannen auf der elfenbeinfarbenen Kladde zu trommeln. »Mutter Gottes.« Ihre Augen konzentrierten sich auf etwas weit Entferntes, einen Moment der Extase mit einem hohen Preis.

»Sie haben irgendwo einen Maulwurf, Frau Stadträtin. Sehen Sie sich Ihre eigene Organisation an. Wer ist das Mitglied Ihrer Mannschaft, das als letztes angeheuert wurde? Wer kannte zur Zeit des Fotos Ihren Terminplan? Wer sind Ihre Wahlhelfer?«

»Meine Helfer?« Villanuevas Augen glitzerten an die Decke, liefen über die Holzverkleidung, überlegten, dachten nach. »Ich hatte meine Kandidatur noch nicht bekannt gegeben ...«

»Überprüfen Sie die Hintergründe. Das gleiche könnte noch mal passieren.«

»Dann wird die Wahl vorüber sein.« Villanuevas Stimme war so kalkig und stumpf wie die Decke, an die sie starrte. Was fand sie da?

»Frau Stadträtin, ich versuche, einen Mörder zu finden. Ich brauche Ihre Hilfe. Geben Sie mir die Namen Ihrer Mitarbeiter, etwas, womit ich anfangen kann.« Die Ernsthaftigkeit meiner Stimme wurde übertönt vom Blechgeheul der Party. Die sentimentale Melodie ließ sie ihre Augen etwas weiter öffnen, die Decke war nicht mehr interessant.

»Entschuldigen Sie.« Das Gesicht der Stadträtin war weiß geworden, ihr Mund stand auf Autopilot. »Ich muss mich um einen Wahlkampf kümmern.« Sie stand auf und drehte mir den Rücken zu, versuchte, das Mark Hopkins hinter sich zu lassen, aber das Mark Hopkins war zum Mord geworden. Es musste damals, musste immer noch, eine ziemlich heiße Liebe sein. Aber würde ein Liebesabenteuer, egal wie unzulässig, die Wahl versauen? San Francisco war die Stadt der Liebe.

»Frau Stadträtin«, sagte ich zu dem steifen roten Rücken. »Vor Ihrer Haustür wurde ein Mord begangen. Keine wird dafür in den Knast gehen, weder Willie noch ich.« Ich schickte ein stilles Gebet um meinen Job an Diana. »Bei allem Respekt, Frau Stadträtin, es tut mir Leid, dass ich Ihnen unter den Rock geguckt habe, aber es geht um Mord.«

»Miss Victor.« Villanueva drehte sich um, und ich sah, dass die Maske abgerissen worden war. Darunter schien Villanuevas Gesicht zerknittert, besiegt, das gesamte Vor-der-Wahl-Hoch rausgesaugt. »Ich habe vier Kinder, fünfzehn Enkel und einundzwanzig Großenkel.«

»*Mazel tov.*«

»Es-gibt-nichts-was-ich-noch-tun-kann –« Die Worte kamen hinter zusammengebissenen Zähnen hervor.

»Frau Stadträtin.« Ich sprach so leise wie möglich, gerade noch hörbar. »Ich würde es Ihren Freund wissen lassen, wer immer mit Ihnen auf diesem Bett gewesen ist.«

»Niemals.« Schwarze Adleraugen sprühten Feuerräder aus Wut in meine Richtung. Villanuevas Unterkiefer schob sich nach vorne, Entscheidung getroffen. Sie ging zur Tür, drehte am goldenen Knauf. Die Tür öffnete sich einen Spalt, ein schwarzer Schattenstreifen bewegte sich vorbei und davon. »Und jetzt raus.«

Das Wohnzimmer war leer, die große schwarze Glasscheibe schien dicht, undurchlässig. Ich konnte die leuchtenden Farben der Partygäste im Garten sehen. Und dann saß mir von hinten, schnell wie eine Katze und fast ebenso leise, Dee Dee Hammermann im Nacken, sie drehte meinen Arm um, nicht eben höflich, und zeigte mir die Tür.

»Dee Dee, Sie halten sich wirklich ran mit den hohen Absätzen im Teppich«, sagte ich und spürte die überraschende Stärke ihres Griffs.

»Lassen Sie mich wissen, wenn es weh tut.« Dee Dee drehte fester. Ich schnappte gerade einen Satz aus »*Guadalajara*« auf, als Dee Dee mich durch die Küche führte, vorbei an den restlichen Aushilfen. Köche und Küchenhilfen wischten Pfannen aus, Servierleute knöpften die engen Westen ihrer Uniformen auf.

Sie schafften es, unseren seltsamen Tanz zu ignorieren, als Dee Dee mich zu einer kleinen Hinterveranda bugsierte. Eine massive Tür drängte sich gegen meine Nase, Dee Dees Knie war in meinem Kreuz, ungefähr da, wo meine Nieren sitzen.

»Schlimm, was sie Pressesekretärinnen heutzutage alles beibringen.«

»Halt's Maul.« Der Kragen von Roses Chanelkostüm schnürte mir den Hals ein.

»Ich will gar nicht dran denken, was ich mache, wenn die Nähte aufgehen. Das ist ein Leihgaben-Chanel.«

»Ich glaube kaum, dass Sie in Ihrem Beruf viel Verwendung für so eine Garderobe haben.«

»Ja, und nerzgefütterte Rinnsteine mag ich auch nicht.«

»Sie sind eine sehr unangenehme Frau, Miss Victor.«

»Warum finden Sie mich dann so interessant? Ich denke, Sie sind wirklich interessant. Von Ihrem Kumpel Bert gar nicht zu reden. Er hat etwas Probleme, seinen Akzent zu kontrollieren, vielleicht sollten Sie ihm Selbstbräunungscreme empfehlen, während er in seinem Sarg ein Schläfchen hält?«

»Ich arbeite für Stadträtin Villanueva. Und sie mag Sie nicht. Sie mag Sie überhaupt nicht.«

»Und ich dachte, wir wären Freundinnen. Immerhin mache ich die Drecksarbeit. Immer leicht, die Botin zu töten.«

»Solange Sie's kapieren, Kleine.«

»Na ja, da Villanueva immer schon gegen Wahlkampfreformen war, müssen Sie sich vielleicht keine Sorgen machen.«

Dee Dee Hammermanns Hand drehte meinen Kragen immer fester, und mir wurde schwindelig. Zwischen meinen und ihren Füßen waren nur wenige Zentimeter, ich hätte ihr leicht auf die Zehen stampfen können, aber eine höhere Kraft hielt mich auf.

»Da ist die Straße, Miss Victor. Falls Sie das nicht erkennen können.« Die Sonne schlug mir ins Gesicht, als Dee Dee mich die Hintertreppe runterschleuderte. Ich landete auf dem Rasen, stolperte, stand auf und zog die Kostümjacke zurecht. »Wissen Sie was, Dee Dee?« Ich rang nach Luft. »Sie bringen die Demokratie in Verruf.«

»Ach ja?« Dee Dee Hammermann lachte, ein kreischendes, unangenehmes Geräusch. »Dann wählen Sie doch Republikaner!«

Die Tür wurde zugeschlagen, und ich sah mich um in Villanuevas sorgsam gepflegtem Garten. Das strahlende Sonnenlicht beleuchtete lodernde Bougainvilleas. Es geht doch nichts darüber, am hellichten Tag aus einem Haus geworfen zu werden.

»Brauchen Sie Hilfe, Lady?« Der Parkplatzwächter kam zu mir rüber. »Soll ich vielleicht Ihr Auto holen?«

»Jaa.« Ich schob seine helfende Hand beiseite, humpelte vom Rasen, eine unbeholfene Ansammlung langer, wunder Knochen. Ich konnte nicht umhin, die Vorbereitungen zu bereuen, die mich vorzeigbar gemacht hatten. »Und für diese verdammte Scheißparty hab ich mir die Beine rasiert«, seufzte ich.

»Und Sie haben sich den Fuß gestoßen. Ich wusste, Sie sind 'ne Aushilfe.«

»Das Chanelkleid hat's nicht gebracht.«

»Nein, das Kleid is' okay.« Er blinzelte runter zu meinen Füßen, starrte auf meine bunt karierten Turnschuhe. »Es sind die Schuhe.«

Kapitel 20

Tränenspuren

»Wir haben die Fingerabdrücke!« Rose führte mich zu einer langen Konsole aus wiederverwerteten Türen. Sieben Farbbildschirme zeigten schwarzweiße Muster, grobkörnige Muster aus Wirbeln. Riesige Fingerabdrücke. Als sie die Tür öffnete, strömten uns Gitarrenklänge und ein Refrain entgegen. »Blake, mach die Musik leiser!«

»Das ist die beste Stelle!« Das Protestgequengel kam aus dem Computerraum.

»Blake lädt gerade die Info runter.« Rose legte ihre Hände auf die Lehne des alten Bürostuhls, den Blake rittlings bestiegen hatte. »Wir müssen an deinen Präsentationsfähigkeiten arbeiten, Blake.« Die Luft war zum Schneiden vollgekifft, der grüne Computerbildschirm beleuchtete Blakes Gesicht, seine Züge schelmisch in grünem Licht. Auf einem Flügel des Flugzeug-Aschenbechers lag ein Grasjoint, bläulich, eklig, halb geraucht. Aus einem schmalen Päckchen Zigarettenpapier quollen hauchdünne Blättchen in die Gegend.

Die Zeitung von heute lag auf der Konsole. Ein Bild von Calvin Smith nahm den Großteil der oberen Hälfte ein. Er lächelte, ein Grinsen, das Freude vermittelte, gemeinsame Freude, geteilt mit dem Leser. Calvin Smith trug immer dieses verschlagene, glatte Grinsen. Ich hatte ihn nie ohne gesehen. Sein Diener hatte gute Arbeit geleistet. An der Bügelfalte seiner Hose konnte man Brot schneiden. Es wurde erzählt, dass mit Calvin Smith gut Geschäfte machen war. Die Luft war plötzlich erfüllt vom stechenden Duft des Joints.

»*Muss* das sein, Blake?«, seufzte Rose.

»Gehirn-Naschwerk für den Faun unserer technisierten Zeit«, sagte ich zu Rose. »Blake zaubert uns Fingerabdrücke vom FBI her.«

»Und außerdem, Rose, ich bin kein Cyberdieb«, protestierte er, »nur ein Ausleiher, der in der großen Cyberspace-Bücherei Info überprüft. Ich hole mir Informationen, kein Geld.«

»Du bist ein echter Moralapostel«, sagte Rose. »Zu schade, dass der Bundessicherheitsrat das anders gesehen hat.«

»Mann, einige der Typen, die ich in Lompoc kennengelernt hab –«

»Die Fingerabdrücke, Blake.« Rose versuchte immer, den jungen Cyberdieb unter Kontrolle zu halten. Sie hatte Blake kennen gelernt, als er sechzehn war, sie hatte das Wunderkind auf Tip eines Sozialarbeiters aus der Jugendhaft gerettet. Er war beim Hacken erwischt worden, und abgesehen vom Cyberspace hatte er seit fünf Jahren kein Zuhause mehr gehabt.

In der Jugendhaft, ohne eine Tastatur, benahm er sich gut, war aber extrem deprimiert. Ein Sozialarbeiter, der Rose kannte, brachte sie auf den Jungen. Bei ihrem ersten Treffen war er dünn, mit stumpfen Augen, fleckiger Haut und der dumpfen Stimme der Verzweiflung. Aber Blake hatte auch keine Ahnung, was ihn erwartete.

Nach seiner Entlassung aus der Jugendhaft nahm Rose ihn mit nach Hause und schrieb ihn in ein Förderprogramm für Leistungsschwache ein. Sie gab ihm ein Jugendzimmer, und er konnte damit machen, was er wollte. Sie stellte ihm einen Computer mit Modem und Tausenden von Sicherheitssperren hin, und das Leben kehrte in seine Stimme zurück. Während Blake lernte, jede der Sicherheitssperren zu knacken, beriet Rose die Firmen, die die Sicherheitssysteme entwickelt hatten, letzten Endes verkaufte sie ihnen die Informationen, so dass sie ihre Produkte verbessern konnten. Rose nahm Blake unter Vertrag, aber das Geld, das reinkam, ging direkt auf ein Sparbuch für sein College. Die ansehnliche Summe bedeutete, dass Blake auf ein Elite-College, auf jedes College gehen konnte.

Und dann brach Blake in Colorado ins NORAD-Verteidigungssystem des Militärs ein. Es gab einen Medienrummel und einen Artikel über Blake in der *New York Times*, der seiner Großspurigkeit nicht eben Abhilfe schuf. Blake wurde nach Lompoc geschickt, weil er im Cyberspace des Pentagons geschnüffelt hatte. Es war klar, dass seine Zeit in Lompoc ihn nicht rehabilitiert hatte. Blakes Frechheit war immer noch größer als sein Sinn für Sicherheit. Und er brauchte den Schutz von Roses Liebe viel mehr, als er jemals zugeben würde.

»In wenigen Minuten werden wir alle Möglichkeiten für eure Klientin haben, Ladies.« Blake hämmerte einen Code ein, bückte sich und fing an, die Blättchen vom Fußboden aufzusammeln. Er rollte den Rest seiner Jointkippe in eins der Blättchen und steckte alles in seine Tasche. »So funktioniert's. Das System tastet alle Fingerabdrücke ab, die da sind, und schickt fünf bis zwanzig Möglichkeiten zurück. Wir bleiben nicht lange in der Leitung, der Computer braucht ewig für die Analyse der endgültigen Bestimmung, so viel zur wunderbaren Spezifität von Fingerabdrücken, aber«, er durchwühlte einen Papierhaufen, »ich kann zwanzig Möglichkeiten in weniger als zwei Minuten runterladen. Die endgültige Identifikation könnt ihr ziemlich leicht mit bloßem Auge machen.« Er zeigte auf den Monitor, wo hübsch organisierte Kästen, Fingerabdrücke, Namen und Daten über den Bildschirm schnellten.

»Verdammte Scheiße«, wisperte ich. »Menschenjagd, leicht gemacht.«

»Fütter sein Ego nicht noch, Emma.«

»Das ist CLETS, Kalifornien, lokale Daten. Wir machen erstmal die neun Landkreise um die Bucht. Nö, nö –«

»Zwei Minuten, Blake.« Roses Ton war die Stimme des Schicksals.

»He, ich bin über Melbourne gegangen, das gibt mir drei Extrasekunden, Rose.«

»Neunzehn, achtzehn – ich lass mich nicht ein auf die drei Extrasekunden, Blake.«

Fingerabdrücke schwirrten über den Bildschirm, Blakes Füße tanzten über den Boden, während er sich in seinem Stuhl hin- und herdrehte.

»Sind im Kreis San Mateo«, sagte er.

»Zehn, neun –«

»San Francisco – fast durch – nur noch ein paar Sek –«

»Drei, zwei –« Auf Roses Oberlippe bildeten sich Schweißtropfen.

»Bang!« Blake legte auf. »So gerade durch die Stadt gekommen. Deine Jungs sind nicht von hier, Emma. Siehst du, kein Problem, Rose. Als nächstes geh ich in die Infodatei für Kalifornien, CII, NCIC, das nationale System. Du hast nette, klare Abdrücke, Emma. Wir kommen wirklich *schnell* durch die Dateien. Gut gemacht.«

»Das ist es, was ich an Computer-Freaks liebe, sie haben so viel Teamgeist.« Ich guckte über seine Schulter auf den Bildschirm, der graue, verdrehte Fingerabdruck hing so groß wie eine Reklametafel in dem dunklen Raum.

»Absolut Klasse, was?« Blake wiegte sich in seinem Stuhl, machte die Musik leiser. »Hier ist ein Beispiel für die Info, die wir kriegen.«

Blake drückte einige graue Knöpfe, und ein Fingerabdruck mit einer Akte tauchte auf dem Bildschirm auf. »Fred Bruggemann. Er is' noch im Knast. Mord, einer glaub ich. Hat 'n kleinen Supermarkt ausgeraubt. Also, der kann's nicht sein.«

Rechts waren Informationen über ihn: Familienname, Vorname, Sozialversicherungsnummer, Fallnummer, Aktennummer. Darüber stand in einer Reihe Kästen: Suche, Weiter, Stop, Speichern.

»Das ist so benutzerfreundlich, ich kann's nicht glauben!« Blake drückte auf Suche, und die Festplatte fing an zu summen. »Bald werden wir in der staatlichen Sozialfürsorge von New York landen, aber von da wollen wir niemanden kriegen«, sagte er.

»Emma, Blake, wollt ihr 'ne Tasse Kaffee?«, rief Rose.

»Ja!«

»Französische Melange, das gute Zeug«, zischte Blake. »Sonst kauft sie nur Billigkram.«

»Blake, kannst du jemand per Namen aufrufen?«

»Jaa, ich muss nur die Telefonleitung wechseln.« Seine Finger spielten mit einer großen Modemschaltung.

»Guck mal nach Dr. Harlan Knapp.« Ich buchstabierte den Namen. »Lebt in San Diego.«

Blake tippte den Namen ein.

»*Quank! Quank!*«

»Tut mir Leid, Emma, da is' nichts über Harlan Knapp.«

»Wer is' das«, fragte Rose, die mit den Getränken zurückkam.

»Ein zahlungsunwilliger Zahnarzt.« Ich nahm die Tasse und guckte rein. Rose war nicht berühmt für ihren Kaffee.

»Schwer angeschlagen?« Sie reichte Blake eine Tasse.

»Der Gegner einer Klientin.«

»Wie wär's mit –« Ich holte das Whiskeyglas mit Bert Lubbers Fingerabdrücken aus meiner Jacke. Ich hielt es ins Licht. Der Zeigefinger war deutlich sichtbar.

»Was ist das?«

»Hab ich auf 'ner Wohltätigkeitsveranstaltung mitgehen lassen.«

»Kann dich nirgends hingehen lassen, Emma, du rennst immer gleich mit der Einrichtung weg.«

»Wie wär's mit einer Prüfung dieses Abdrucks für mich, Rose? Ein letzter kleiner Gefallen.«

»Jaa, Rose, ich bin sicher, in ‘ner halben Stunde ...« Blake fuhr den Computer neu hoch, fliegende Toaster sprangen auf den Bildschirm. »Wer is’ der Macker, Emma?«

»Nur so ein Freak, den ich auf einer Party kennen gelernt habe.«

»Nein, Emma. Nein, Blake.« Rose meinte es ernst. »Für eine Nacht hacken wir schon genug. Ich will dich nicht wieder im Knast sehen, Blake.«

»Ach Rose, das war nich’ so schlimm.«

»Das nächste Mal, Blake, wird nicht so leicht.«

»He, hab ich dir erzählt, wie ich die Schwester von meinem Freund Daniel davor bewahrt hab, sich mit ‘nem Serienkiller zu treffen?«, fragte Blake stolz und schaufelte drei Löffel Zucker in seinen Kaffee.

»Was?«

»Echt. Ich war im Bau, und Daniels Schwester, Geraldine, ging mit so ‘nem Freak. Ich hab bloß den Namen eingetippt. Tauchte auf mit Querverweis auf Decknamen. Geraldine dachte, dass er nich’ ganz echt war, aber sie war nich’ sicher. War eigentlich nur ‘n Witz. Also, ich geb den Namen ein, Frederico Tallmann, und Scheiße, ‘n ganzes Telefonbuch taucht da auf. Fünfundfünfzig Decknamen: Fred Talis, Frank Tallmann, Teddy Francis. Der Typ hatte ‘ne Akte, so lang wie mein Arm, und unheimliches Zeug, sag ich dir. Hat sie gern zerstückelt und aufgegessen. Aber nur bestimmte Teile –«

»*Blake* ...« Rose klang warnend.

»Ich erinnere mich an den Fall. Der Thanksgiving-Mörder«, unterbrach ich. »Irgendwas an den Feiertagen war sein Auslöser.«

»Irgendwas an den Feiertagen löst ‘ne Menge bei vielen Leuten aus.«

»Blake, das war das Ding, das mit ‘ner Verfolgungsjagd irgendwo in Wyoming endete, nicht?«

»So isses, Schwester. Ich kann dir sagen, mein Freund Danny war voll fertig, als wir das herausgefunden hatten. Hat seine Schwester sofort angerufen. Geraldine hat dem Freak gesagt, sie hat ‘ne Grippe und is’ zu ihrer Mutter nach Texas. Die Verabredung war geplatzt. Wir ham das Scheiß-FBI von ‘ner Telefonzelle aus’m Gefängnis angerufen.«

»Wie habt ihr eine Verbindung aus dem Gefängnis raus bekommen?« Sogar Rose sah beeindruckt aus.

»Schon mal von Funktelefonen gehört?«, schnaubte Blake. »Das war so Klasse, wir ham die ganze Verfolgungsjagd gesehen, die Verhaftung, alles, im Freizeitraum, im Fernsehen, ham gekreischt als wär's 'n Spiel von den Lakers. Das FBI, die wussten nich', was sie sagen sollen, ham erzählt, es war 'n anonymer Hinweis. Ob die wohl gern wüssten, dass wir ihren Job gemacht haben? Und besser.«

»Ich werde nie seine Augen vergessen«, sagte ich und erinnerte mich an das merkwürdig leere, blaue Starren, das der Mörder in die Kamera gerichtet hatte.

»Jedenfalls, ich hab verhindert, dass der Kopf seiner Schwester für jemanden das Thanksgiving-Essen wird. Der Typ is' echt tief in meiner Schuld. Er is' ganz groß in Wertpapieren mit hohem Risiko, Rose.«

»Blake, ich bin wirklich froh, dass du einen Serienmörder von der Straße geschafft hast. Wir alle sind froh. Es hat dein Karma enorm nach oben gebracht. Und jetzt zurück zu Emmas Fingerabdrücken.«

»Okay, lasst uns national suchen. Ich gehe über, mal seh'n, wie wär's mit Toronto und Hongkong.« Er legte den Hörer hin, und die Musik von Krieg der Sterne war zu hören. »Ja! Wir sind *drin!*« Seine Faust schoss in die Luft. »Okay, lasst sie laufen.« Wir lehnten uns zurück und sahen zu, während Rose sich über eine Stoppuhr beugte.

»Drei Minuten minus zwei«, sagte sie.

»Wir müssen wieder rein, wenn – he, warte – da ist ein, zwei, verdammte Scheiße, da sind vier Möglichkeiten.«

Wir beobachteten, wie die Info auf dem Bildschirm auftauchte. »Okay! Alles klar!«

»Fünfundvierzig, vierundvierzig –« zählte Rose.

»Wird jetzt runtergeladen –«

»Vierzig –«

»Bäng!« Das Grinsen zerteilte Blakes Gesicht fast in zwei Hälften. »Runtergeladen. Alles gesichert!« Blake holte meine Vergrößerungen raus. Darunter legte er die zwanzig mal dreißig großen Drucke in eine Reihe, alle zeigten das bekannte schwarzweiße Muster.

»He, seht euch den an. Nummer vier. Könnte dein Macker sein, sieh dir den Wirbel an, die Spirale oder wie immer du's nennst, da.«

»Bogen«, flüsterte ich, rückte näher. »Jaa, Blake.« Ich prüfte meine Bilder und die Ausdrucke. »Das ist er.«

»Er ist es.« Rose hatte bessere Augen als wir alle.

»Also, wer ist der Saftsack? Soll'n wir's rausfinden, Ladies?« Blake suchte die dazugehörige Strafakte.

»Philip A. Harmstead, Einbruch, Diebstahl, Erpressung, Urkundenfälschung –« las Rose vor. »Zuhälterei. Na, toll.«

»Keine Gewalttaten. Gut. Erpressung, das mögen wir«, sagte ich.

»Dreiundvierzig Jahre.«

»Das kommt hin. Wie groß ist er?«

»Einsachtundsiebzig.« Blake las von der Strafakte ab.

»Mit erhöhten Absätzen ist er einszweiundachtzig. Der Tote ist – war – Philip A. Harmstead. Wir haben ihn gefunden«, sagte ich.

»Lass uns in mein Büro gehen.« Rose dreht sich um. »Danke, Blake.« Rose rollte rüber und unarmte ihn. Blake zog sie ein Stück aus ihrem Stuhl, so fest drückte er sie.

»Danke, Blake«, sagte ich. »Komm Rose.« Blake schloss die Akte, reckte seine kurzen Beine, streckte die Zehen aus.

»Mach hinten ein Schläfchen, Blake. Nimm dir den Tag frei. Und schaff deine gottverdammten Drogen hier weg«, sagte Rose.

Philip A. Harmstead, geboren in Algonquin, Illinois, hatte einige kurze Besuche im Joliet Gefängnis gemacht. Joliet, so ein schöner Name, wie ein mythischer Vogel, ein Höllenloch mitten in der Prärie. Einzelhaft. Schlafentzug. Wo harte Kriminelle entweder zu Beton oder zu Gummi wurden.

Und Philip A. Harmstead hatte mehr als ein paar Semester eingelegt. Seine erste Verurteilung, mit achtzehn, bekam er für Hehlerei. Ein paar ungedeckte Schecks, ein bisschen Postbetrug und Erpressung brachten ihm San Quentin ein. Und jetzt war er tot. Eine echte amerikanische Tragödie. Aus und vorbei. Und ein Unbekannter lief frei herum. Ich erzählte Rose von der Leuchtkraft von Philip A. Harmsteads Leiche.

»Philip Harmstead hatte das Geld bei sich? Denkst du, er wollte seine Partner aufs Kreuz legen?«

»Würde ich sagen, schon von der Menge phosphoreszierenden Pulvers an ihm. Und die kleine Kugel, die an meinem Ohr vorbeigezischt ist, deutet darauf hin, dass jemand nicht erfreut darüber war. Philip hat geleuchtet wie ein Glühwürmchen.«

»Aus der Perspektive des Partners sieht das Ganze nicht gut aus.« Rose blickte auf den blutigen Fingerabdruck auf der Karteikarte. Sie blinzelte, ihr sommersprossiges Gesicht tiefrot von dem Licht eines rosa Computerbildschirms.

»Ja, er denkt, ich hab Philip umgebracht und bin mit der Knete weg. Das würde ich jedenfalls denken. Was das Aufs-Kreuz-Legen angeht, vielleicht ist er deshalb da gewesen.«

»Was weiß er von dir«, murmelte Rose.

»Wahrscheinlich, was für ein Auto ich fahre.«

»Dich nach Hause verfolgt?«

»Selbst wenn ich ihn nicht erschossen habe oder er in den Pazifik gespült wurde, kann er mir nicht gefolgt sein. Es sei denn, er ist ein Vogel.«

»Sag niemals nie. Sei vorsichtig, Emma. Erpressung. Diese Typen aus Staatsgefängnissen haben 'ne schlechte Erziehung. Was weißt du über ihn?«

»Klein, vielleicht einsfünfundsechzig. Aufgepumpt. Ein Kraftraumgorilla. Steroide.«

»So ein fieser Job sollte gut bezahlt sein. Was *zahlt* Willie dir?«

»Lass mich dir vom Zahnarzt erzählen.«

»Ich hoffe, das ist kein Wohltätigkeitsfall für dich.«

»Mach dir keine Sorgen um mich.«

»Wenn ich mir dein Gesicht angucke, muss ich mir Sorgen machen. Die Kratzer sehen übel aus.«

»Großartig. Ich hab für die Matinee 'ne Verabredung mit Mona Lee.«

»Die Elektrizitätsinspektorin?«

»Du kennst sie?«

»Jaa. Sie hat das Gebäude überprüft. Harte Nuss. Hat dem Besitzer 'ne schlaflose Nacht bereitet, weil er die Wand verkleidet hat, bevor sie die Anschlüsse prüfen konnte.«

»Musstest du alles wieder abreißen?«

»Nee. Sie wollte nur sichergehen, dass er weiß, wer der Boss ist. Geh und tanz Tango auf ihrer Handfläche, Emma. Vergiss bloß nicht, dass sie immer alle verborgenen Kabel überprüfen will.«

»Um Mona mach ich mir keine Sorgen. Hinter mir ist ein Zahnarzt her. Vor einiger Zeit hat er Frau und Kinder sitzen lassen, aber das ist eine andere Geschichte. Die Leiche stört mich sehr, Rose. Ich war zu kurz nach dem Zeitpunkt des Todes da.«

»Du hast dich noch nie gut mit den Detectives von der Mordkommission verstanden. Handschuhe und profillose Turnschuhe, hoffe ich?«

»Mal sehen, ob die Leiche in die Zeitungen kommt.«

»Nachrichtensperre? Ich glaub nicht. Es scheint, als würde Calvin Smith den ganzen Platz brauchen. Er hat die Wahl in der Tasche. Es wird erzählt, dass er schon die Amtseinführung plant. Es soll ein dreitägiges Straßenfest geben. Er hat zwei der Piers gemietet. Bagel und Pizza, Gekröse und Bier. Er wird die Obdachlosen und das gesamte Hunters Point reinkarren. Sie nennen es eine *Krönung*, Emma. Das könnte Margo Villanuevas Beerdigung werden.«

»Es sei denn, *er* hat irgendeine Verbindung zu der Leiche in Sutro Heights.«

»Geh damit nicht an die Öffentlichkeit, meine Liebe. Und erst recht nicht zur Zeitung.«

Ich seufzte. Der große Auftrag. Zeit, ins Kino zu gehen.

Ich verließ Roses Lagerhaus und fühlte mich, als würden tausend Augen mich verfolgen. Die Detectives der San Franciscoer Mordkommission, die Obdachlosen, die unter dem Highway wohnten, Schnüffler von General Works auf den Dächern und einige Exknakkis, die mit dem Verkehrshubschrauber über unseren Köpfen kreisten. Ich wusste, dass das alles Angstfantasien waren, sie kamen mir in die Quere auf dem geraden Weg zu einem glücklosen Kriminellen.

Wer war er? Steroid-Raserei, Brust- und Bauchmuckis, jemand, der in Abstellkammern kroch, der die Drecksarbeit machte, der sekundenschnell in ein Loch sprang, der sich hinlegte und tot spielte. Er hatte sich am Boden des Beckens versteckt, und es gab nur einen Grund, aus dem er das tun würde. Er wollte das Video, er wollte das Geld, und ich wusste, er würde töten, um es zu kriegen.

Kapitel 21

Matinee

Über dem Castro drohte ein früher Nebel das Licht der Nachmittagssonne zu verdrängen. Eine graue Nebelbank hing schon hinter Twin Peaks und warf einen Schatten über das Kino. Ich fuhr mit Romea um den Block und suchte nach einem Parkplatz. *Vogelfrei* hatte überschwengliche Kritiken gekriegt, und die gute Presse bewirkte einen Menschenauflauf. Ich kreiste und kreiste, fast schien es, als wollten alle vierzehnhundertfünfzig Besucher in den zwei Blocks um das Kino parken. Alle Plätze an der Schule auf der Sanchez waren besetzt.

Ich entschied mich für den einzigen freien Platz, ein zwei-Stunden-Platz mit Parkuhr, auch am Sonntag, genau vor dem Café Flor. Ich würde in der Mitte des Films die Parkuhr füttern gehen müssen, aber die Alternative war endloses Kreisen und verspätet zur Verabredung mit Mona. Ich überprüfte mein Gesicht im Spiegel, trug Lippenstift auf und schob mir das Haar aus der Stirn zurück.

Der Nebel rückte näher, ich ging durch die Schlange von Hunderten zumeist weiblichen, meist fröstelnden Gästen, die darauf warteten, ins Café San Marcos gelassen zu werden. Ich kannte keine von ihnen. Ja, wir sind überall. Wir sind Fremde.

Ich ging um die Ecke und sah das Kino vor mir. Ohne die Magie der Nacht war das Castro ein blasser Abklatsch seines abendlichen Selbst. Das Rosa erbleichte zu einem kalkigen Beige, Farbkringel gaben den Verzierungen auf Schwertern und Schildern zusätzliche Formen. Die Türen öffneten sich, und eine Vorstellung strömte raus und verstopfte die Castro Street. Freiwillige Helfer dirigierten die Leute von der Markise weg, aber die Meute versperrte weiter den Weg, traf Essensverabredungen und tauschte Partyadressen aus.

Ich stand in der Schlange, wartete auf meine Verabredung und polierte die Schuhoberseiten an meinen Socken. Ich wurde auf ein hartnäckiges Summen über dem Lärm aufmerksam. Ein Auto mit einem kaputten Auspuff kreuzte vorbei, und jemand schrie.

»Jaa, das ist der Film. Vom Wohnwagenpack zum Regiegenie. Wolln wir uns den reinziehn?«, diskutierte ein Paar und sah auf das Poster, das für *Pale Refugee* warb. Ein großer ausgeschnittener Pappkoloss, Jason Jeeters, unrasiert mit einem grimmigen Lächeln, stand vor dem Kino. Seine Augen glitzerten böse, nicht unähnlich der Ziege, die zwischen seinen Beinen gefangen war. »Ich find schon, allein um den geilen Typ zu sehn«, sagte ein Mann. »Endlich«, sagte sein Partner, »ein schwuler Fabio.«

Alle rasten wild umher oder trafen gerade fünf ihrer allerbesten Freundinnen. Sie waren viel zu aufgekratzt für meinen Geschmack, wie eine Talkshow-Meute, ich fühlte mich schwindelig, befremdet. Plötzlich sah ich die Quelle des Hintergrundsummens, das O in der Castro-Markise flackerte wie ein verletztes Auge, nervöses Neongas.

»Emma!« Monas Gesicht war Frische in einer kaputten und verrotteten Welt. Sie war außer Atem, zog einen schweren, braunen Wollpulli über die Schultern und streckte die langen Arme durch die Ärmel. In ihren Augen war Schlaf, und wie eine Katze rieb sie sich das Gesicht mit dem Rücken ihrer Hand, rieb ihre Wangen rot.

»Du siehst aus, als hättest du ein Sonntagsschläfchen gemacht«, sagte ich. Monas Arm hakte sich unter meinen.

»Ja. Hab 'n Schrank ausgemistet und eine Woche Schlaf nachgeholt. War zu lange auf wegen dem Treffen für Villanueva. Gestern Abend hat sie so 'ne tolle Rede im Hauptquartier gehalten. Ich wünschte, sie hätte die gleiche Rede gestern Nachmittag im Golden Gate Park gehalten.«

»Der *Chronicle* sagt, sie war nicht gerade brilliant.«

»Es ist die Politik, die zählt. Sie *wird* gewinnen!« Ihre Hand drückte meine, während die Schlange sich voran bewegte. »Gut, dass wir uns früh angestellt haben. Sieht nach 'ner ausverkauften Vorstellung aus.« Mona nahm die Brille ab, wischte den Dunst weg und gab mir einen schnellen Kuss auf die Wange.

Das O über uns summte und summte. »Ziemlich abgefahren, die alten Röhren in diesen Neondingern.«

»Hey, *Pale Refugee!* Der hatte tolle Kritiken.«

»Willst du zum Champagner-Empfang gehen? Ich hab Einladungen.« Ich bereute meine Worte sofort. Ich wollte Mona nicht auf der schattigeren Seite meiner Arbeit.

Aber Mona fragte mir schon Löcher in den Bauch, woher hatte ich die Einladungen? Kannte ich Jason Jeeters? »Was genau *machst* du überhaupt? Du arbeitest für Willie Rossini, oder?«

Wir kamen unter die Markise, und ich schob meine Festspieltickets unter das Glas.

»Ich hab dein Auto gesehen«, sagte Mona, als wir uns auf den alten roten Samtsitzen niederließen. Sie half mir aus dem Mantel, und ihre Finger schafften es, an meinem Hals entlangzustreichen. »Steht auf einem dieser beschissenen Zwei-Stunden-Plätze. Ich kann es wegfahren, wenn der Film länger –«

»Ist schon okay«, sagte ich, nicht nur weil Romeas Kupplung empfindlich war, sondern auch, weil ich nicht wollte, dass sie sich bemühte. Aber Monas Hand tauchte in meine Tasche. Sie fand den emaillierten Schildring mit dem Romeaschlüssel dran und trennte ihn säuberlich ab.

»Original-Schlüsselring«, schnurrte sie. »*Cool.*« Der Schlüssel verschwand in ihrer Hose. »Mach dir keine Sorgen. Ich bin sicher, ich hab kein Problem mit Romeas Kupplung.« Ihre Finger wanderten über mein Knie. »Ich leih mir dein Auto, packe einen Ghettoblaster hinten rein und fische auf der Castro, im Café, in der Box und in der Roten Dora nach jeder Frau, die zu haben ist.«

In diesem Moment kam Kimilar Jones ins Kino, ihr Bruder Jason Jeeters neben ihr lachte wie eine nervöse Hyäne. Sie gingen an uns vorbei zum vorderen Teil des Kinos, Overall direkt hinter ihnen trug Kimilars Tasche wie ein Packesel. Jason winkte mit seiner großen Pranke nach einer Meute süßer Typen. Mit den Augen folgte ich ihnen, bis sie sich niedergelassen hatten. Ich konnte ihre Köpfe dicht beieinander sehen, sie lachten. Overall griff über die Armlehne, um Kimilars Hand zu nehmen. Kimilar packte ihre Koffertasche und stellte sie auf den Boden. Ihr neues, lesbisches Leben fing gerade erst an.

Mona lehnte sich rüber und gab mir einen flüchtigen Kuss auf den Nacken. Es hätte ein wundervoller Moment sein sollen, ein winziger, warmer Juwel des Vergnügens. Bloß war es mir nicht vergönnt, solche Momente zu genießen, oder auch nur das Westernmusical, *Vogelfrei.*

Plötzlich tauchte Philip Harmsteads Totenmaske vor meinen

Augen auf. Ich konnte nur noch sein kieferloses Gesicht sehen, die leeren Augen. Ich legte den Kopf in den Nacken und starrte an die Decke. Die Ananaslampe des Kinos schien mit Zacken überdeckt zu sein. Mona duftete genau wie Weihnachten. Zimt und Misteln. Irgendeine Aromatherapie? »Emma, hey! Alles in Ordnung?«, fragte sie. »Dein Puls rast, und du bist so weiß wie –«

»Ich brauche nichts als ein gutes Musical«, versicherte ich ihr, als die Orgel losging und wir uns für den Film zurechtrückten.

»Du brauchst mehr als das«, glaubte ich sie sagen zu hören, aber dann fing der Film an, und selbstbewusst nahm sie meine Hand in ihre. Der Film war nicht wie erwartet. Jedes Mal, wenn ich auf die Leinwand guckte, übernahm die Totenmaske vom Samstagabend das Technicolorbild. Ich stellte mir das Grunzen, die Wut des Gorillas vor, der im Ozean zu verschwinden schien.

Später gab es nicht viel vom Musical *Vogelfrei*, an das ich mich erinnerte. Die Leute redeten noch jahrelang darüber, die Choreographie, die Kostüme, der erzählerische Rahmen. Alles, was ich wusste, war, dass eine gezackte Ananas vor meinen Augen schwebte und die Gibson Girls zu beiden Seiten der Bühne weinten, während Mona auf meiner Handfläche einen Tango tanzte und ich mich fragte, ob sie etwas vom Film mitbekam. Ich jedenfalls erkannte keinen Sinn in irgendwas.

So bemerkte ich kaum, dass Mona aufstand, ihren Sitz verließ und im Halbdunkel auf ihre Uhr deutete. Ich begriff, dass sie mein Auto woanders hinstellen würde, als ich meinen Schlüssel in ihrer Hand blitzen sah. Ihr Gesicht schimmerte purpurn im reflektierenden Leuchten einer Tanzszene des Films. Ich sah wieder zurück zur Leinwand, aber es war mir unmöglich, mich zu konzentrieren. Das Musical verschwamm und leuchtete, zeigte einen Alptraum, den nur ich sehen konnte, einen Alptraum, der in Sichtweite des Pazifischen Ozeans aufgenommen worden war.

»Bravo! Bravo!«

»Brava! Brava!«

Der Film war vorbei, die Leute standen auf. Der Applaus des Publikums ließ nach, wurde übertönt vom Schmettern der Orgel. Ich bemerkte kaum, dass die Beleuchtung angeblitzt war, mich von einem Alptraum in den nächsten beförderte.

»Mona?« Ich sah mich um, guckte auf die Uhr. Mona war seit fünfundvierzig Minuten weg. In dem Moment schoss es mir durch den Kopf. Der Gorilla wusste, wie Romea aussah. Ich schubste mich durch den Gang nach draußen.

»Entschuldigung«, rief ich hinter mich, fand den Weg durch die Lobby und die Schwingtüren auf die Straße. Der Nebel wälzte sich heran, die Menge unter der Markise dampfte, Freiwillige versuchten, alle am Gehen zu halten. Ich hastete die Market Street runter, redete mir ein, dass Mona nur beschlossen hatte, im Café Flor auf mich zu warten, der Film war nicht ganz ihr Ding. Als ich an der Noe vorbei war, sah ich, dass Romea weg war. Verschwunden, ein Oldsmobile Cutlass an ihrem Platz.

Ich ging ins Café Flor und lief zwischen den Tischen rum, zwischen den Gästen, fragte, ob jemand einen alten Alfa Romeo hatte wegfahren sehen? Nein, sagte das kalte Starren von Männern, die mit coolen Gesprächen beschäftigt waren. Ich ging zum Plattenladen, fragte die Angestellten und arbeitete mich die Straße rauf und runter. Niemand hatte unter der grauen Nebeldecke irgendwas gesehen.

Ich rief bei Mona zu Hause an und hinterließ eine Nachricht. Ich wählte meine eigene Nummer, um zu hören, ob Mona eine Nachricht für mich hinterlassen hatte. Mein Piepser funktionierte. Was hatte sie gesagt? *Ich leih mir dein Auto, packe einen Ghettoblaster hinten rein und fische auf der Castro, im Café, in der Box, in der Roten Dora nach jeder Frau, die zu haben ist.*

Ihre Worte wurden verzerrt von meinen plötzlichen Zweifeln. Willie nicht da. Dee Dee Hammermann hatte mich in ihrem Hammerlock. Wessen Auftrag war das überhaupt? Die Botin töten war entschieden eine Möglichkeit. Das komplette Video würde sicher die Antwort enthalten, falls es noch in San Francisco war. Immerhin gehörte Mona zum Fußvolk in Margo Villanuevas Organisation. Ich blickte auf das Poster mit der Ziege. Mona wollte unbedingt, dass die Stadträtin gewann. Das wollten wir alle. Der Streifen im Gesicht der Ziege ließ es aussehen, als wäre es in der Mitte gespalten. Ich schüttelte den Kopf und das Bild verschwand.

Ich stiefelte wieder hoch zur Market und untersuchte den Platz, an dem Romea gestanden hatte. Das Oldsmobile Cutlass stand immer noch da, eine widerliche Konstruktion aus Gummi und Metall, die nichts mit Romea zu tun hatte. Ich bückte mich, sah tropfendes Öl, aber sonst nichts unter dem Wagen. Ich wanderte hoch zum Kino, suchte nach Monas energischem Schritt, nach der gelben Motorhaube von Romea, die herumfuhr auf der Suche nach mir oder jeder anderen Frau im Castro, die zu haben war. Ich tauchte in die Menge. Der Nebel hatte die großen Buchstaben in Dunst gehüllt. Immer noch keine Mona, keine Romea, kein Getriebe im Leerlauf am Straßenrand, das auf mich wartete. Ich wanderte durch die Menge, schließlich ging ich zurück zum Café Flor, um nachzudenken.

Vielleicht, ganz vielleicht, gab es eine harmlose Erklärung für Monas Verschwinden. Vielleicht, aber das konnte ich nicht glauben.

Kapitel 22

Kofferlos

Könnte Mona mein Auto für einen üblen Streich geborgt haben? Das passte nicht zu einer Karriere-Elektrizitätsinspektorin. Hatte der Handflächentango sich für sie nach einem Heiratsantrag angehört? Konfuse Zeichen können Leute verrückt machen. Und wie gut kannte ich Mona?

Sie hatte erzählt, dass sie in ihrer Freizeit Gedichte schrieb. Ein leises Hobby, das ihr Gelegenheit gab, ihr Telefon ungestraft auszustöpseln. Gab es etwas in der Stadtverwaltung, wovon nur Mona und ihre mächtige Tante wussten? Etwas, das es unbedingt notwendig machte, dass Margo Villanueva, und nicht Calvin Smith, gewählt wurde?

Vielleicht hatte Mona den alten Sportwagen abgewürgt. Sie war Elektrikerin. Sie hatte wahrscheinlich keine Ahnung von Autos. Sie würde den alten Wagen sicher abschleppen lassen, ein furchtbar zeitaufwendiges und kostspieliges Unterfangen.

Ein kleiner Unfall. Ein großer Unfall. Irgendein Unfall, solange alle in Ordnung waren, solange es nicht das war, was ich befürchtete. Der leere Horizont der See dehnte sich vor mir aus, angespannt, wie der Gorilla, der sich am Boden eines Betonbeckens zusammengekauert hatte und wartete, mich austrickste. Nur dass er stattdessen Mona erwischt hatte.

Ich konnte den Wagen unmöglich gestohlen melden. Nicht solange Mona meinen Autoschlüssel hatte. Außerdem, laut Lauras Erzählung nannten die Bullen Calvin Smith unten am Gericht schon *Boss*. Und ich hatte einen Margo-Villanueva-Aufkleber am Auto. Zu viele lose Fäden, und ich musste mit Willie reden.

Ich war fast so weit, bei der Polizei anzurufen, als Kimilar Jones das Flor betrat, ganz allein, nicht mal ihr Koffer leistete ihr Gesellschaft. Sie ging zwischen den Tischen rum, blickte in Gesichter und schnell wieder weg, war aufgekratzt, nervös. Kimilar würde mich ignorieren. Ich wusste es von der Art, wie sie nicht zur Seite blickte, wie sie befangen ihre Haare nach hinten warf, als sie an mir vorbeikam.

Sie hatte ihr hellblondes Haar für den Abend glänzend gebürstet, ein korallenroter Lippenstift, fast die Farbe ihrer Haut, war über die Lippen gezogen. Ihre Schultern zuckten, als sie vorbeiging, die Wildlederfransen ihrer Jacke streiften mich. Ich streckte den Arm aus, zwang sie stehen zu bleiben.

»Emma!« Ihr zu mir gedrehtes Gesicht zeigte Erstaunen, fast weiß unter der faltigen Sonnenbräune.

»Kimilar, hast du kurz Zeit?«

»Ich such Jason, ich muss ihn finden.« Ihre Augen warfen Blicke durchs Café, suchten nach Jason oder vielleicht Overall.

»Ich muss dir etwas berichten.«

»Hast du Jason Jeeters gesehen? Bist du im Castro gewesen?«

»Nein.«

»Oh, Gott.« Kimilar zitterte. »Er ist verschwunden.«

»Komisch, das scheint vielen Leuten zu passieren.«

»Was? Wovon redest du da?« Kimilar sah mich an und schien sich auf mich zu konzentrieren.

»John Osbourne? Ich bin die Frau, die dir deine Farm zurückgeben soll, erinnerst du dich? Die Abtretungsurkunde? Ich bin zu diesem Postfach gegangen und hab dem Typ da das Foto gezeigt. Hörte sich an, als würde sich jemand als dein Expartner ausgeben. Jemand, der ein Flugticket nach Brasilien hat.«

»Ach das, hahahahaha.« Große, blitzende Zähne. »Und ich dachte schon, du redst davon, dass mein Brudah verschwunden is'.« Sie holte tief Luft und wurde etwas ruhiger. »Das tut mir Leid, Emma. Sieht so aus, dass ich dich doch völlig umsonst losgeschickt hab. Ich hab's grad rausgefunden, ehrlich. Es ist so, ein Freund meines Exmanns –«

»Ich dachte, du hast gesagt, er war nur ein Exfreund ...«

»Na ja, die Ehe wurde nicht anulliert, aber das is' nicht der Punkt.« Ihre Augen schnellten immer wieder zum Fenster, zur Tür, wo Jason Jeeters reinkommen könnte, oder jemand anders?

»Das ist juristisch durchaus ein Punkt, was die Besitzverhältnisse angeht.«

»Der Punkt is'«, sie seufzte und fing neu an, »der Punkt ist, dass alles geregelt ist. Ein Freund von Jack hat für ihn die Post abgeholt. Mir is' seine Nummer eingefallen, wir haben geredet. Ich bin zu Woolworths und hab 'ne Abtretungsurkunde besorgt, wie du gesagt hast. Er hat unterschrieben. Und das war's. Ich wollte dich anrufen. Ehrlich.«

»Aber du warst zu beschäftigt damit, das Lesbische Luxusleben auszuprobieren.«

»Ich weiß wirklich zu schätzen, was du getan hast. Vergiss nicht, mir deine Adresse zu geben. Ich würd dir gern was Besonderes von der Farm schicken. Den Vorschuss behältst du natürlich, okay?«

»Das ist fair.«

»Also, jetzt wo mein juristisches Problem geklärt ist, kann ich dir'n Bier ausgeben?«

»Danke, aber nein danke. Ich suche meine Freundin, Mona.«

»Das chinesische Mädchen?«

»Ja. Gesehen?«

»Nein. Bin zu beschäftigt, nach meinem Bruder zu suchen, um irgendwas zu bemerken. Wenn ich sie sehe, soll ich ihr was sagen?«

»Dass ich nach ihr suche, bis ich sie finde. Und sie soll mir eine Nachricht auf dem Anrufbeantworter hinterlassen.«

»Hört sich ernst an.«

»Vielleicht, vielleicht auch nicht. Was ist mit dir?«

»Es is' nur, Jason Jeeters hat meine Tasche.« Die Arme flatterten hilflos an ihrer Seite. »Und die Abtretungsurkunde war drin. Du hast ihn nicht gesehen, oder?«

»Macht dein Bruder in Taschendiebstahl?«

»Nein. Jedenfalls nich' im Moment. Aber früher hat er ständig unsere Mutter beklaut.«

»Im Ernst? Verbrecherlaufbahn hat so früh angefangen?«

»Bei uns, und das is' 'ne großzügige Beschreibung, gab's nichts anderes als Sorgen ums Geld. Von Vermietern wegen der Miete rausgeschmissen werden, aus der Stadt verschwinden, bevor der Lebensmittelhändler uns verknacken lässt. Es war echt schlimm.

»Aber nicht jeder wird zum Gauner.«

»Nein, meist sind's die Männer, nich'? Mutter hat nie aufgegeben.«

»Und während Jason sich an der Tasche eurer Mutter bedient hat, was hast du getan?«

»Ich? Ich hab früher Geld *gegessen*. Fünfer und Zehner und den Hochzeitsring meiner Oma. Tja, war nett, dich zu treffen, Emma. Komm vorbei, wenn du mal in Texas bist.« Sie gab mir ihre Karte.

»Vielleicht mach ich das.«

»Wir könnten mit den Hunden rausgehn und den Sonnenaufgang beobachten, 'n kleines Feuer und echten Cowboy-Kaffee machen. Ich denk nich', dass ich fürs Luxusleben geschaffen bin, obwohl das Castro 'n interessantes Viertel ist.« Kimilar fegte ein paar seidige Haare von meinem Mantel. »Mach's gut, Emma! Alles Gute fürs Geschäft!« Kimilar ging zwischen den Tischen durch und hinaus, hielt einmal an und winkte. Ich beobachtete ihr Fade-out, wie ein zukünftiger Spielfilm in den Festspielen: *Sie kam ins Castro.*

Ich ging noch mal am Oldsmobile vorbei, als könnte es sich, wie eine Kürbiskutsche, als mein Auto mit Mona drin entpuppen. Aber kein Maß an Märchenträumerei würde alles wieder gut machen.

Ich ging die Market Street hoch durch die Menschenmengen, vorbei an Nutten und verstimmten Straßenmusikanten, an Frauen aus Vororten, die nach ihrem ersten Lesbenkick suchten, und den hübschen Jungs, für die Kicks das täglich Brot waren.

Das Castro Filmtheater hatte noch offen. Das Neon-O an der Schrift war immer noch am Summen, und es fiel schwer, die rautenförmig gemusterte Schlaghose von Jason Jeeters zu übersehen. Neben ihm stand ein kleiner, aufgeputzter Mann, Baumwollhemd, Bermudashorts, Slipper und Socken. Martel. Jason trug einen Rucksack, der zu klein war, um Kimilars Koffer zu enthalten.

Ich beobachtete, wie sie um die Ecke gingen, vorbei an Ben und Jerrys Eisladen auf den Parkplatz hinter dem Kino. Ich zählte bis dreißig, und als ich kein Auto starten hörte, schlich ich mich an der Wand lang und blieb stehen. Der Geruch gebackener Waffeln und Stille. Keine Autotüren, Anlassergeräusche, plötzliche Scheinwerferfluten. Ich duckte mich und schlich gebückt weiter, kroch an Autostoßstangen vorbei. Der Wind in den Bäumen überdeckte meine Geräusche, und bald konnte ich Jason Jeeters und Martel erkennen. Da zuckte die tanzende Flamme eines hochgestellten Feuerzeugs. Ich konnte die Utensilien vor ihnen ausgebreitet liegen sehen und das begierige, unruhige Lächeln auf ihren Gesichtern.

Ich hatte den richtigen Riecher gehabt. Auch ohne den Film zu sehen, wusste ich, was er tat. Es war vier Uhr nachts, und Jason Jeeters kochte sich ein frühes Mittagessen.

Kapitel 23

Das Hauptgericht

Jason hatte eine dunkle Tasche mit Reißverschluss aus dem Rucksack geholt und nahm einige Kosmetikflaschen und ein weißes Taschentuch raus. Er legte das Taschentuch auf den Rucksack und rollte es auf: eine Spritze, ein Löffel.

»Das is' geiler Stoff, Mann.« Jasons Feuerzeug lief auf großer Flamme, sie sprang in die Höhe und tanzte am Ende des grünen Plastikrechtecks. Er lachte. Martel sah nervös aus. »Tolles Feuerzeug. Fang endlich an.« Er nahm einen Ballon aus seiner Hüfttasche und knotete den Hals auf. Er klopfte mit den Fingern leicht auf den Boden, das Gewicht am Boden ließ ihn wie etwas Lebendiges baumeln.

»Liebling, vielleicht kannst du noch warten, nur bis nach dem Film heute abend.« Martel war besorgt, leckte seine Rosenknospen-Lippen, strich über das braune Leder seines Uhrenarmbands. Er sah aus, als sollte er lieber mit den Pfadfindern angeln gehen statt Drogen zu nehmen. Mit einer schnellen Handbewegung half er, den Schal um Jasons Armbeuge zu wickeln.

Inzwischen war das Pulver aus dem Ballon auf den Löffel gefallen, Jason nahm eine der Kosmetikflaschen und drückte einen Tropfen Wasser in den Löffel. Es kochte wütend über der Flamme auf. Der Schal hing noch ungeknotet von seinem Ellbogen. Ich drehte den Kopf weg. Ich hatte in meinem Kopf genug üble Bilder für eine ganze Woche, aber genau wie bei einem Autounfall wurde ich von meiner menschlichen Natur zum Hinstarren gezwungen.

»Das Zeug is' zu stark für dich, Kleiner.« Jason lachte, als er einen Laufknoten in das Ende der feinen Seide schlug. Er zog am Stoff, bis er an den Kanten spannte und eine Einbuchtung in seinem Arm hinterließ.

»Woher hast du das Geld für den Stoff, Jason? Was brichst du, Bundes- oder Landesgesetz? Sag schon.«

»Hundertfünfzig Wollpullover.«

»Was?«

»Ach, vergiss es.«

»Ich will's wissen! Stiehlste etwa von deiner eigenen Schwester?« Besorgte Töne von Martel. »Ich will wieder auf die Farm. Du musst clean werden, Liebling.«

»Die Flasche da is' Bleichmittel, gib mal, ja?« Er zeigte mit der Nadel, seine Venen wölbten sich, an der Schwelle zu einer besonderen Art Ekstase. Martel blickte auf Jasons Arm, als wäre er die Wegbeschreibung zu etwas Furchtbarem.

»Weißt du, Kleiner«, erklärte Jason geduldig, während er seine Medizin vorbereitete, »manchmal bin ich immer noch im Loch. Dieser Ort, wo's immer dunkel is'. Du kannst die Hände ausstrecken und die Wände fühl'n, ja. Und es is' 'ne dünne Decke auf'm Boden. Aber sonst siehst du nichts und fühlst du nichts außer nackter, kalter Angst. Und irgendwo in dir is' was, das die Angst besiegt. Weil, wenn du sie einmal fühlst, wirste sie nie wieder los. Irgendwo is' sie immer da, und sie kriegt dich, mitten in der Nacht oder am hellichten Tag, Martel. Teil von mir is' immer in 'nem Labyrinth aus Betonmauern. Und das hier is' das einzige, was hilft, Mann. Das is', wie wenn der große Schmerz, den ich immer habe, einfach wegschmilzt.« Die Spritze stach rein, und er drückte, Jason fand die Erleichterung, die er brauchte. Sein Kopf fiel auf die Schulter, und binnen einer Minute war der riesige Mann gefällt, lag auf der Seite, auf dem Parkplatz. Martel stand nur da und guckte ihn an. Ein Klappern und Klicken, da kam jemand.

Kimilar schritt über den Asphalt, ihre Absätze trommelten einen nervösen, scharfen Rhythmus, der zu ihrer Stimme passte. »Steh auf, Jason Jeeters!« Eine Schuhspitze stupste ihn versuchsweise, dann trat sie hart zu, Metallkappen blitzten. Der Mann zeigte kaum eine Reaktion. Da, wo Jason Urlaub machte, war alles rosa und sonnig, es gab keine rauhen Kanten oder metallbeschlagenen Schuhspitzen. Jason war ein gemachter Mann, zu Brei gemacht.

»He, du gottverdammter Sack, wach auf und hör mir zu!« Die Tritte wurden härter, als Kimilar merkte, wie weggetreten ihr Bruder war. Lizenz zum Foltern, die Metallzehen fanden ihren Weg in das harte Fleisch seines Hinterns.

»He!« Jason reagierte durch den Heroinschleier.

»Du wirst wie'n Schaf blöken, Bruder, wenn ich mit dir fertig bin!«

»Neeeäächch –« Jason kroch über das Pflaster, die Metallzehe ihres Stiefels hing vor seinem Gesicht. »Ich wollt sie nich' klaun!«

»*Was* klauen?« Das Trommeln von Kimilars Boots setzte aus.

»Wollpullover«, kam Martels Stimme aus den Schatten. Er lehnte sich schwer an einen Baum.

»Wovon redet er da, Jason?«

»Tschuldige, Schwesterchen, hab verkauft.« Jason lachte, hielt sich die Seiten, als würde er sonst glatt auseinanderbrechen. »Ich hab 'n ganz'n Hauf'n von deiner Wolle verkauft, Schätzchen!«

Als Antwort gab Kimilar ihm einen raschen Tritt in die Seite seines Gesichts, der den Mann aufs Pflaster schlagen ließ. Sie griff nach seinem Ohr und verdrehte es, zog ihn kraftvoll über das Pflaster in die Mitte des Parkplatzes.

»Wo is' meine Tasche?« Kimilar verstärkte den Druck auf sein Ohr. Eine Spur von Schmerz war in seinem Gesicht sichtbar. Er hob die Hand, aber ein Drogenflash unterbrach ihn. Lächelnd sank er wieder runter aufs Pflaster, zurück ins Land der glücklichen Träume.

»Wo zum Teufel is' meine Tasche, Jason?« Kimilar beugte sich runter und brüllte, als wäre er taub.

»Deine was?«

»Meine Tasche, meine Handtasche, du Idiot!«

»Frag deine Freundin Overall. He, Schwesterchen, du kannst echt Krach machen. Nich' mal Onkel Jimmy hat dich so zum Schreien gebracht.«

Kimilars Silberzehe fand Jasons Gesicht und landete einen direkten Treffer auf seine Nase, die Metallkappe musste das Nasenloch aufgerissen haben. Jason schrie, seine Hand flog ins Gesicht, Blut schoss zwischen den Fingern hervor, taumelnd stand er auf.

»Heute Nacht ist meine Premiere«, winselte er.

»Also, großer Bruder, wo is' *meine Tasche?*«

»Im Hotel«, keuchte Jason. »Sie haben sie am Tisch gefunden und in den Safe gepackt.«

»So, wach auf. Hier, mach dir das auf die Nase.« Sie gab ihm ein buntes Taschentuch.

»Er wollte so heiß aussehn bei der Premiere«, jammerte Martel mit schleppender Stimme.

»Alle gucken auf seinen Schwanz, Martel, wen interessiert das

Gesicht. Jason. Martel. Hört mir zu. Konzentriert euch, Jungs. Ich muss euch warn'n. Ich hab 'ne Art Privatdetektiv angeheuert –«

»Was?« Das weckte Jason etwas mehr auf, er öffnete die Augen.

»Na ja, ihr wart nich' gerade 'ne große Hilfe. Ich musste versuchen, ihn zu finden, alleiniges Besitzrecht zu kriegen –«

»Scheiße, hast du *meinen* Namen erwähnt?«

»Natürlich nich', Holzkopf. Also, habt 'n Auge auf unsern Schnüffelkäfer, ihr zwei. Sie is' 'ne große Braut, weiße Sprenkel im Haar, schneller Schritt. Sagt nich' viel, schleicht bloß im Schatten rum.«

»Willst du, dass ich mich um sie kümmere?«, fragte Jason.

»Krümm ihr ein Haar, und es wird dir *wirklich* Leid tun. Haltet euch nur von ihr fern. Sie is' so neugierig wie sie süß is'. Und von unsern Geschäften muss sie nichts wissen. Ich hab das alleinige Besitzrecht für die Farm, also isses jetzt egal, oder? Habt ihr gehört?«

Jason wischte sich das Gesicht mit einem Taschentuch. »Schwesterherz, du brauchst dir keine Sorgen zu machen, um das Mädel *oder* die Farm. Ich geh ihr aus'm Weg. Und die Farm gehört jetz' dir allein, oder? Und du wirst deinen Bruder immer zu Besuch kommen lassen, nich'?« Er schlang einen großen Arm um ihre winzigen Schultern. Sie stieß ihn weg. »Lass das! He! Ich hab dich hergebracht, ins Castro! Hab für dich bezahlt und alles! War auch gut für dein Geschäft, Schätzchen. Ich helf dir, bekannt zu werden.«

»Und hundertfünfzig Wollpullover loszuwerden. Kein Wunder, dass Blue so komisch drauf war, als ich sie wegen der Lieferung gefragt hab. Haste sie bearbeitet?«

»Nichts zu machen. Sieh's einfach als Leihgabe.«

»Komm nich' wieder an, solange du auf H bist, Brüderchen. Ich hab genug Böcke, um die ich mich kümmer. Du kümmerst dich besser um diese *Nase*.« Ihr Ton war plötzlich der einer sachlichen Krankenschwester. Wie viele Männer hatte Kimilar in ihrem Leben verprügelt und dann gesund gepflegt?

Gehorsam packte Jason sein Besteck ein. Er wickelte die Spritze in ein Stück Leder und machte die Flasche Bleichmittel wieder zu. »Mit mei'm Film ham wir alle ausgesorgt. Wir ham 'n Hit in der Tasche. Das ganze verdammte Amerika wird mein'n Film seh'n und wissen, wie's im Knast abgeht. Und genau wissen, wie's sich anfühlt.«

»Du bist echt high von dir selbst, großer Bruder. Ich schlage vor, du kümmerst dich um Martel. Der is' nich' so selbstverliebt drauf wie du.«

Jason Jeeters Freund, Martel, saß an einem Baumstamm, den Kopf auf der Brust. »Kommschon, Martel, wach auf.« Jason legte ihm eine Hand auf die Schulter. »Martel, Martel, komm, Schatz! Ich hab 'n schönes Hotelzimmer, Honey, mit 'ner gesteppten Tagesdecke. Martel! He, bist du da, Martel?«

Der junge Mann bewegte sich nicht.

»Was zum Teufel?« Jason beugte sich runter, Angst zog über sein Gesicht.

»Er hat dein Besteck benutzt, Jason Jeeters!«

»Oh, Scheiße!«

»Sieht nich' gut aus. Schnell, wir müssen ihn auf die Füße krieg'n!« Kimilars Stimme stieg an. »Jason! Jason!«

»He! Martel! Junge!« Jason ohrfeigte den jungen Mann. Kimilar hievte ihn in ihre Arme, sie schienen einen unbeholfenen Tanz aufzuführen. »Er muss geh'n. Kommschon, Jason, hilf mir! Jason, du verdammtes Stück Scheiße!«

Martel öffnete ein Auge. »Wah«, sagte er.

»Das is' *deine* Schuld, Jason Jeeters. Du wirst besser clean, ich räum nich' wieder deinen Müll auf. Sieh ihn dir an! Martel, Schatz! Du kannst diese Scheiße nich' machen! Du bist nich' dran gewöhnt! Jason, warum passt du nich' besser auf dein Besteck auf, Waffen sind nichts für Kinder«, schimpfte Kimilar. Ich sah zu, wie sie Martel den Parkplatz hoch- und runterführten. »Martel, Schätzchen, du musst geh'n. Das is' gut, Schritt, Schritt, Schritt, Schritt«, summte sie. Das Summen der der Castrobesucher wurde lauter. Sie fingen an, das Kino zu verlassen. »Die werden gleich ihre Autos holen«, zischte sie.

»Martel«, brüllte Jason, und Martel öffnete die Augen. Der junge Mann erwachte zum Leben. Sein rollender Kopf verankerte sich fester auf seinem Hals.

»Heilige Mutter.« Kimilar stieß ein langes Seufzen der Erleichterung aus.

»Hey, Jason! Hey, Kimilar!« Er nahm seine Arme von ihren Schultern und versuchte auf seinen Füßen zu stehen. Kimilars helfende Hand stützte ihn.

»Holn wir dir Kaffee«, sagte sie.

»Wohin geh'n wir?«

»Das Clinton Arms. Wir geh'n ins Clinton Arms, Schatz«, summte Jason.

»Arms«, murmelte Martel.

»Alles was ich weiß, Jason, is', dass die die gesamte Farm wegen deinem Film auf'm Spiel steht, und das bevor wir alleinige Besitzer waren. Also, heute Abend zeigst du's ihnen besser, bau keinen Scheiß, großer Bruder. Dieser Abend muss unsere Köpfe aus der Schlinge ziehen, also sei vorsichtig. Sonst endest du im Bridgeways-Institut. Ich hab darüber in 'nem Zeitungsartikel gelesen. Es wird erzählt, du kommst da raus wie'n wohlerzogener Labrador.«

»Das würd ich gern seh'n.« Martel war jetzt ganz wach.

»Und Martel, ich zähl drauf, dass du ihm Ärger vom Leib hältst. Mach ihm keinen, indem du dir 'ne Überdosis setzt.«

»Mann, ich hab Farben geseh'n wie noch nie. Und so Sachen schwebten auf mich zu.« Martels Stimme war voller Wunder. »Wirklich, echt coole Sachen.«

»Martel«, Kimilar drehte sich zu ihm. »Du warst fast *tot.*« Sie ging direkt an dem Busch vorbei, hinter dem ich gestanden hatte. Ich konnte sogar das feine Muster erkennen, das in die Silberspitzen ihrer Boots geprägt war. Ich fühlte mich warm und benommen bei dem Gedanken, dass ihr die Farm gehörte und sie nicht länger Geld essen musste. Sie würde sich an die Nächte mit Overall erinnern, während sie Schafe schor und auf den Frühling wartete. Vielleicht würde eine zweite Frau aus den Bergen in ihr Leben marschieren. Kimilars lesbische Zukunft wartete gleich hinter der nächsten Staatsgrenze.

Alle losen Fäden würden aufgenommen werden, dachte ich. Ich ging zur Telefonzelle, um zu Hause anzurufen. Bestimmt hatte Mona eine Nachricht auf dem Anrufbeantworter hinterlassen. Mona, süße Mona, die mit ihren Füßen für progressive Politik kämpfte. Ich beruhigte mich, als ich hörte, wie die Nachrichtenmaschine quietschend zurückspulte.

Die Reinigung hatte angerufen: mein Leinenkostüm war gebügelt, bereit fürs Winterlager. Jemand, der vielleicht oder auch nicht ein Zahnarzt war, atmete in mein Telefon. Niemand, von dem ich hören wollte, hatte angerufen, außer Rose.

»Emma. Blake denkt, er hat den Partner deines Erpressers gefunden. Du kommst besser her.«

Blakes Stimme kam durch die Leitung. Neuigkeiten, die wichtig genug waren, seiner Chefin das Telefon wegzureißen. »Stellt sich raus, dass er 'ne schlechte Nachricht is'«, sagte Blake. »Haam Harmstead, alias Howard Harms, Happy Henley, ist verurteilt worden für Überfall, Körperverletzung, Vergewaltigung und Totschlag. Hat in der Armee gedient, Granaten gelegt. Der Typ is'n Irrer, Emma. Er hat Kriegsgefangene geköpft, kam vors Kriegsgericht. Schwere Körperverletzung. Vor fünf Jahren is' er aus'm Staatskittchen raus, hat sich nie bei seinem Bewährungshelfer gemeldet. '79 'ne Mordanklage, '89 'ne Kneipenschlägerei, unzulässiges Beweismaterial hat ihn rausgepaukt. Er bricht gern in Gebäude mit Oberlichtern ein und lauert Frauen auf Parkplätzen auf. Er hat aus Wut Leute in Kneipen mit dem Messer bearbeitet und angeblich einmal ein Kind von 'ner Brücke geworfen. Verurteilt zu fünfzehn bis lebenslänglich in Joliet, is' rausgekommen, weil er nach 'nem Aufstand 'n anderen Häftling verpfiffen hat. Und schwere Körperverletzung. Jedes Mal hat's 'ne Klage wegen schwerer Körperverletzung gegeben.«

Schwere Körperverletzung. Ein Reptil, das aus dem zähflüssigen Teil der Erbmasse stammte. Ein letztes Mal lief ich hoch zum Café Flor, hoffte auf das Beste, aber erwartete das absolut Schlechteste, als ich mich der Stelle näherte, von der Romea verschwunden war. Die Schaufenster mit Aromatherapien, Kristallen, Vitaminen und positiven Beteuerungen waren mörderisch. Das große, ölleckende Oldsmobile war weg. Ein VW Golf stand jetzt auf dem Platz. Ich ging näher ran und hockte mich auf das Pflaster. Da, direkt unter der Stelle, wo Romeas Tür gewesen war, vorher verborgen vom riesigen Reifen des Oldsmobile Cutlass, lag ein Zahnstocher. Orange mit einer dreieckigen Spitze, die Art, die aus einer Packung rausgerissen wurde. Die Art, an der er kaut, aufgewühlt von Steroiden, kurz bevor er, ein Typ Marke schwere Körperverletzung, ein Auto entführt mit Mona drin.

Kapitel 24

Schwere Körperverletzung

Schwere Körperverletzung ist die vorsätzliche Entstellung oder Misshandlung eines anderen Menschen, die schlimmen Schaden an einem oder mehreren Körperteilen zur Folge hat. Es ist eine Anklage, die eindeutig mit Soziopathen einhergeht, Leuten, die unfähig sind, die Schmerzen eines anderen nachzufühlen, Leuten, die Zigaretten in deine Haut brennen, Leuten, die deine Schreie hören und lachen. Leuten, die dir die Kehle durchschneiden und dein Mittagessen verspeisen. Für sie sieht das alles aus wie irgendein Video, vorher, dabei und nachher. Du, falls du überlebst, wirst nie wieder der gleiche Mensch sein.

Haam Harmstead hatte die Falsche geschnappt. Er dachte nicht nur, dass ich die fünfunddreißigtausend Dollar hatte, er dachte auch, dass ich seinen Bruder ermordet hatte. Philip Harmstead war tot. Und er war bereit gewesen, seinen Bruder zu linken. Irgendwo war ein Schnittpunkt zwischen einem gewalttätigen Soziopathen und der Margo Villanueva-Kampagne.

Steroid-Raserei. Wurde er jetzt von jemand anders kontrolliert? Oder war er eine tickende Zeitbombe? Oder beides. Steroid-Raserei. Zurück unter der hell beleuchteten Markise des Castro war alles still, und ich sagte mir, dass ich einfach paranoid war. Viele Leute kauten auf Zahnstochern, Körnerfresser aus dem Café Hairdo, die die Blaubeeren aus Öko-Anbau zwischen ihren Zähnen rauspulten. Leute, die Oldsmobile Cutlasses oder kleine Golfs fuhren, und die sich beeilten, den letzten Film der Festspiele nicht zu verpassen.

Ich hämmerte die Nummer meiner Nachbarin ins Handy. Laura Deleuse nahm ab und sagte, ich könnte ihr Auto für den Abend ausleihen.

»Wofür brauchst du's?«, fragte sie.

»Eine Freundin musste sich meins borgen.«

Pause.

»Okay. Übrigens«, sagte sie. »Ich war gestern abend auf einer

Wahlparty von Calvin Smith! Ein rollschuhlaufender Portier namens Ronald hat uns begrüßt, und eine Glitzermeerjungfrau, eine echte im Kostüm, lag auf dem Tisch mit Meeresfrüchten. Wird alles morgen in der Zeitung stehen.«

»Was ist mit Margo Villanueva? Du bist lesbisch, Laura. Was ist mit der Eheverfügung? Calvin Smith hat sie unterschrieben.«

»Ich bin ein Bulle, Emma. Und Smith wird einen Bezirksstaatsanwalt ernennen, der Kriminelle verurteilt. Das ist mir im Moment wichtiger als zu heiraten.«

»Ich hoffe, ich kann dem Staatsanwalt demnächst einen zahlungsunwilligen Zahnarzt übergeben.«

»Schnapp ihn dir.« Ich konnte ihr Glucksen hören, ein nicht besonders schönes Geräusch. Und dann fiel mir etwas ein, dass jemand gesagt hatte. Jemand, der ein Chamoishemd und eine dunkle Brille trug. *Zu schade, das mit dem Pazifik. Man kann da nicht mal drin waten.*

Ich rief Blake an.

»Blake, kannst du in den Datenserver der Villanueva-Kampagne eindringen?«

»Kinderspiel, Emma.«

»Sieh nach, ob du Villanuevas Pressesekretärin überprüfen kannst, ihr Name ist Dee Dee Hammermann. Und überprüf, wer für den Bridgeways-Partyservice verantwortlich ist. Geht das?«

»Ich kann über die Netzwerkserver reinkommen. Ich werd versuchen, über das Wählerverzeichnis und die Genehmigungsbehörde an Villanuevas Dateien zu kommen. Die müssen alle möglichen Genehmigungen einholen. Über zwei verschiedene Quellen kann ich den Schnittpunkt finden, der mich zu der Quelle führt, die ich will, und vielleicht kriege ich dann freien Eintritt. Das is' wie Triangulation. Du kannst zwei Punkte nutzen, um einen dritten zu finden, wenn du die Verbindung feststellen kannst.«

»Triangulation«, murmelte ich und sah auf den gebogenen Schnittpunkt von Noe, Sechzehnter und Market Street. »Ich muss los, Blake.«

»Wohin gehste?«

»Einen fiesen kleinen Mann finden, der sich in Wänden versteckt.«

»He, Emma, Rose wird wollen, dass –«

Blakes Stimme hinter mir wurde leiser, als ich ein Taxi anhielt und nach Hause fuhr. Ich stellte mir die gelbe Romea an der Bordsteinkante vor, eine süße Zitrone im Licht einer einsamen Straßenlaterne. Aber mit jedem Licht in Mission wusste ich sicherer, dass meine schlimmsten Befürchtungen wahr wurden. Ein Soziopath würde keinen Grund haben, Mona Schmerzen zu ersparen, bloß weil sie die falsche Person war. Der Taxifahrer ließ mich zu Hause raus. Das Haus hatte nie schöner ausgesehen, viktorianische, durchbrochene Holzverzierungen, eine strahlend saubere Küche und Katzen, die ich vielleicht nie wieder sehen würde.

Ich flog aus dem Taxi, meine Finger drehten im Geiste an der Scheibe zum Safe, ich konnte nicht schnell genug zur Treppe kommen, ich hatte keine Zeit zu verlieren, bis mich die stumpfe Nase eines Revolvers in meinem Rücken innehalten ließ.

»Warum so eilig?«, knurrte eine Stimme. Es stellte sich heraus, dass ich viel Zeit zu verlieren hatte. So viel Zeit, wie die Stimme hinter dem Revolver mir ließ.

Kapitel 25

Triangulation

»Da rüber, runter von der Straße«, sagte die Stimme. Langsam bewegte ich mich in die Schatten zwischen zwei Häusern. Eine Frau stand direkt hinter mir, eine kleine Frau, ihre Stimme tief, gedämpft. Für jemanden meiner Größe wäre sie leicht zu überwältigen, aber die Waffe machte es kompliziert. Sie rückte dicht ran, drückte mich an die Seitenverschalung eines Nachbarhauses.

»So was wirkt sich ganz schlecht auf die Grundstückspreise aus«, sagte ich.

»Spiel nicht den Kasper. Wo ist das Video?« Ihre Stimme war dumpf von etwas um ihren Mund, vielleicht ein Schal, ihre Intonation eine Achterbahn der Nervosität.

»Welches Video?«

»Werd nicht komisch.« Eine Hand packte mein Handgelenk, drehte, die Mündung der Waffe bohrte sich in meinen Rücken.

»Ich mache keine Witze. Ich hab versucht, es zu kaufen, aber das Geschäft hat nicht geklappt.«

»Ja? Diese Waffe sagt, dass du mehr weißt, als du sagst.«

»Hör nicht auf deine Waffe. Hör auf mich. Ich weiß nicht, wo das Video ist oder die fünfunddreißigtausend, sie fliegen irgendwo rum. Ich weiß nur, dass der Verkäufer umgelegt wurde. Das meiste seines rechten Kiefers hat gefehlt. Vielleicht weißt du was davon?

»Wenn ja, wäre ich kaum hier, oder?«

»Also, ich hab die Ware nicht. Sie hat Beine gekriegt und ist weggerannt.«

»Wenn du das Video kriegst, könnte ich ein Kunde sein.«

»Was denn? Ganz ohne Schießeisen?«

»Hör zu, das hier ist nichts, was ich geplant hab.« Die Waffe drückte tiefer rein, in der Nähe meines achten Lendenwirbels. »Du sagst besser die Wahrheit.«

»Ich hoffe wirklich, du hast sie nicht entsichert. Ich lasse es dich wissen, falls ich aus irgendwelchen Gründen an das Video komme.

Aber im Moment habe ich keine Hinweise, keine Ahnungen, und jemand hat mein Auto geklaut. Wie komme ich an dich ran, wenn ich einen Anhaltspunkt finde?«, fragte ich.

»Denk dran, dein Geschäft ist unser Geschäft. Wir finden dich, keine Sorge.«

»Wer ist ›wir‹?« Ich drehte mich um. Der Kolben eines Revolvers krachte gegen meine Stirn, aber nicht schnell genug. Ich hatte einen Schatten gesehen, etwas Dünnes. Es verschwand unter einer Reihe Eisenholzbäume.

In dem Moment schmolz meine kleine Straße in der Mission vor meinen Augen davon, der Nachthimmel, einige Sternbilder, die es durch das Neonlicht schafften, viele hölzerne viktorianische Fassaden mit ihrem Schnickschnack und der harte Beton, den ich an der Seite meines Gesichts spürte. Alles verschmolz zu einem großen Ganzen, einem Regenbogen-Mischmasch aus harten Kanten und Neonlichtern. Einen Bruchteil einer Sekunde später bestand die gesamte Straße aus einer einzigen Farbe: Schwarz.

Du stehst in der Schlange. Keine Fahrt ohne Ticket! Jeder muss ein Ticket haben, das ist die Vorschrift.

Du bist folgsam, natürlich. Du befolgst alle Regeln, die sie im Nicht-so-lustig-Zentrum Bridgeways aufgestellt haben. Menschenmengen vor dir. Menschenmengen hinter dir. Kinder schreien, und Mütter haben Waffen. Nur Mütter sollten Waffen haben.

Und dann wird dir klar, wo du bist: der Vergnügungspark am Meer! Die größte und beste Attraktion von allen. Du hattest schon den ganzen Sommer davon gehört, es wurde erzählt, dass die Geschwindigkeit des Falls so groß war, dass die Sonne sich verdunkelte. Sie nannten es die Eklipse.

Während Leiber dich von hinten schubsen, guckst du rauf und siehst den unendlich hohen Turm, er verschwindet in den Wolken. Wie willst du es bloß die Leiter rauf schaffen? Die Menge drückt sich an dich. In Reih und Glied gehst du vorwärts, hoffst, dass es sich in letzter Minute als böser Traum entpuppt. Du hast eine Menge Bargeld dabei, und du hast Angst, es zu verlieren.

Wichtige Fragen füllen deinen Kopf. Gehen wir wirklich die Leiter hoch? Wie viele Sprossen hat sie? Wie lange wird es dauern? Wie hoch geht sie? Wie hoch ist der Himmel? Wie schnell ist der Fall? Du hast viele Fragen, aber da ist niemand mit einem Gesicht, von einem Mund ganz zu schweigen. Sie sind von einem Amateurfotografen wegretuschiert worden.

Es gibt nur einen Weg herauszufinden, wer dich hierher geschickt hat. Du fängst an zu klettern, nach oben, weiter, weiter.

Jetzt bist du oben. Die Welt breitet sich unter dir aus wie ein großes Picknick auf einer Decke. Du siehst die Spielzeugstadt und die zuckergussbedeckten Eigentumswohnungen am Baker Beach. Die Wellen des mächtigen Pazifiks sind Rüschen auf der Küste.

Direkt über dem Strand türmt sich etwas Riesiges auf. Eine gigantische Kamera, fünf Stockwerke hoch. Ihre Linse ist größer als die Sonne. Sie blinzelt dir zu. Sie macht Fotos von dir, beobachtet alles, was du tust, genau wie Gott!

Danach siehst du nur noch auf deine Fingerknöchel, weiße Haut über Knochen, die sich mit jeder Sprosse spannt. Und, wie es immer ist bei Träumen und Sprungbrettern, du musst weitergehen. Du musst das obere Ende erreichen.

Schließlich bist du da. Und als ob es nicht jeder wüsste! Die große Kamera hat sich gedreht und zielt mit ihrer schrecklichen Zyklopenlinse auf dich. Du kannst fühlen, wie sie denkt, die Kamera. Es sind keine fröhlichen Gedanken.

Du greifst das runde obere Geländer. Oben. Jetzt! Nicht ganz sicher beim Gedanken an deinen Schwalbensprung kriechst du aufs Brett, die rauhe, graue Oberfläche kratzt an deinen Knien, den zarten Handballen. Das Brett vibriert mit jedem Zentimeter, den du dich vorwärts bewegst, vorsichtig auf Händen und Knien.

Du kannst die Leute hinter dir auf der Leiter hören. Du kannst sie denken fühlen. Schneller! Schneller!

Die Linse der Kamera schwenkt herum und verfolgt deine Bewegungen. Das Ende des Bretts kommt näher. Du kriechst voran, in den Himmel hinein, Zentimeter für Zentimeter. Da ist es. Es ist da. Du schluckst und streckst die Arme aus. Deine Finger krümmen sich um die Kante des Sprungbretts. Die Leute auf der Leiter lachen höhnisch. Du ziehst dich weiter vor. Aber du guckst nicht runter. Noch nicht.

Erst lauscht du der gesichtslosen Menge. Die kleinen Pünktchen ermutigen dich: Keine Angst! Spring! Spring! schreien sie. Du willst ihnen glauben, aber du hast das Gefühl, das was all diese Kilometer unter dir liegt, unter den Wolken und der Luft und dem Wasser und dem Beton, ist der harte und endgültige Erdboden.

Jetzt denkst du, du bist bereit. Du siehst vorbei an deinen Handknöcheln durch die Wolken. Aber als du siehst, was da unten wartet, weißt du nicht, was du denken sollst.

Es ist schon Wasser da. Ein rechteckiges Becken, das aus der Höhe des Sprungbretts so groß aussieht wie eine Briefmarke. Es ist nichts Beruhigendes daran. Das Becken schimmert, aber nicht von erfrischendem Wasser.

Kimilar Jones, weiße Hufen an den Füßen, leuchtet in lavendelfarbener Phosphoreszenz. Sie sagt etwas. Triangulation. Klippen und unterschiedliche Sichtweisen auf die Dinge. Die Allgegenwart von Kameras, Fernrohren und Feldstechern. Es ist Zeit zu springen, Emma. Die Luft vor dir zu durchschneiden und endlich rauszufinden, was unten ist, zu fliegen.

Ich wachte auf dem Pflaster auf. Ich hielt meinen Kopf, das meiste davon schien noch da zu sein. Ich stellte mir den einen Erpresser in seinem Versteck vor. Er musste einen Aussichtspunkt haben, von dem er sowohl die Terasse in den Sutro-Gärten als auch die Camera Obscura sehen konnte. Und das würde ein ganz bestimmter Punkt sein.

Jetzt wusste ich, wie es ging, ein Mann musste aus dem Fenster gucken und mir vom Parkplatz zur Kamera folgen. Er musste sehen, wie die zwei Steinlöwen in ihrer wartenden Haltung am Eingang der Sutro-Gärten gefroren waren, wie der Nebel schwer auf der Lichtung lag. Diana würde im Dunst übellaunig erscheinen, die grüne Seite ihres Gesichts grimmig und finster.

Ich öffnete den Safe und lud meine Waffe. Lauras Autoschlüssel lagen in meinem Briefkasten. Ich riss die Autotür auf, warf den Motor an und schoss vom Bordstein weg. Es wird erzählt, dass du einen schnellen und schmerzlosen Tod stirbst, wenn Diana mit dir ist, also keine schwere Körperverletzung. Ich trat aufs Gaspedal.

Triangulation. Wie schnell konnte ich die Wohnung finden? Meine Ruhepause auf dem Bürgersteig hatte mir nicht geschadet und, ein

Blick auf die Uhr, ich hatte nur zehn Minuten verloren. Aber in zehn Minuten konnte viel passieren. Schwere Körperverletzung dauert nur Nanosekunden, sagte ich mir, aber man wurde sie ein Leben lang nicht mehr los.

Ich raste am Meer entlang. Der Sonnenuntergang hatte einen rötlichen Fleck am Horizont hinterlassen. Lauras Auto hatte Vorderradantrieb, war leicht aus der Spur und zog nach rechts, zu den Wellen, die auf die dunkle Küste krachten.

Die Minuten zogen sich hin, egal wie weit ich das Gaspedal durchtrat. Als das geschwungene, spitze Dach der begehbaren Kamera in Sicht kam, sah es aus wie ein Kinderspielzeug. Das Cliff House, neongrün umrahmt, sah mit seinem grauen und beigen Betonmantel so hässlich aus wie ein Touristen-T-Shirt. Möwen wanderten auf dem Teerdach, glänzend wie die Haut einer Robbe. Sie schnappten zwischen Abluftrohren und Ventilatoren von Gästetoiletten nach Krümeln. Selbst im Dunkeln konnte ich das schwarze Wasser um den Seal Rock tosen sehen.

Ich warf einen Blick die Küste runter, wo das, was vom Küstenstreifen übrig war, sich ins Meer krümmte. Das Universitätskrankenhaus sah aus wie ein schwarzer Schuhkarton unter den blinkenden Türmen von Twin Peaks.

Es konnte nur wenige Punkte geben, von denen aus sowohl die Sutro Heights-Terasse als auch die Camera Obscura sichtbar waren. Der Schnittpunkt musste bei den Wohnungen auf dem Vergnügungspark liegen. Der Vergnügungspark am Meer, anonyme Apartments, wie geschaffen für schwere Körperverletzung.

Der ideale Ort, um den Erpressungsplan zu überwachen, Wohnungen, die dem Meer blinde Fenster zeigten, wo früher eine Achterbahn die Leute zum Schreien gebracht hat. Der 38er Geary Bus kroch genau zwischen mir und Reihen pastellfarbener Behausungen die Straße rauf. Es gab viele Fenster an den Vergnügungspark-Wohnungen. Ich suchte sorgfältig die Straßen ab. Keine Romea. Immerhin, von all diesen Fenstern würden nur einige wenige von der Terasse und der Telefonzelle an der Camera Obscura sichtbar sein. Ich ging schnell über den Highway dahin, wo ich den ersten Anruf gemacht hatte.

Das kleine Gebäude sah so friedlich aus. Ich stopfte noch mal fünfundzwanzig Cents in das Fernrohr und richtete es auf den Hügel. Zwei Pastelltürme des Vergnügungsparks, sechs Wohnungen, die beiden oberen hatten sechs Fenster in Richtung Camera Obscura. Und, dachte ich, als ich das Rohr Richtung Sutro Heights drehte, sie würden wahrscheinlich die Aussicht auf die Sutro Heights-Terasse erlauben.

Kapitel 26

Vergnügungspark am Meer

Die Wohnungen auf dem alten Vergnügungspark, eine Reihe grauer Gebäude, hatten auf der Rückseite eine kleine Zuliefergasse. Ein Drahtzaun auf der anderen Straßenseite sperrte etwas ab, das wie eine Schottergrube aussah, dem Geruch nach war es eher eine Schlachterei.

Staubige Bauarbeiter machten Überstunden, wirkten genervt. Ein gelbroter Kran schwang träge seinen Dreißig-Meter-Arm über dem Hügel hin und her. Eine Pfeife ertönte. Der Kran stoppte, die Arbeiter nahmen ihr Werkzeug und verließen die Baustelle. Ein Mann öffnete und schloss ein Tor, um sie rauszulassen.

Am Eingang zu den Wohnungen stand eine kleine Bibliothek aus Schildern. Ein großes, handgemaltes Schild in Rot begann:

PRIVATGRUNDSTÜCK. UNBERECHTIGT PARKENDE
FAHRZEUGE WERDEN KOSTENPFLICHTIG
ABGESCHLEPPT. ABGESCHLEPPTE FAHRZEUGE
BEI BILL WRENS ABSCHLEPPDIENST, TEL.: 341-3542.

Dann, falls jemand es nicht begriffen hatte, folgte ein kleines Schild in Grotesk-Schrift:

Parken nur für Anwohner. Fahrzeuge ohne gültige Parkerlaubnis werden kostenpflichtig entfernt.

Von Zu-Fuß-Gehen war nicht die Rede. Von Zu-Fuß-Gehen war in Kalifornien nie die Rede. Unter den Warnschildern hing ein Schild *Wohnung zu vermieten*. Und noch eins: *Überwacht von Koenig Security*. Es waren keine Könige oder Männer des Königs in der Nähe, also ging ich näher ran. Zwei Mitternachtssurfer hielten mit ihrem Bus am Kantstein, holten Surfbretter und -anzüge raus. Ich parkte hinter ihnen und ging langsam den kleinen Weg hinter den zwei nordwestlichen Türmen runter. Ein Mann in Boxershorts kam raus und hob seine Nachmittagszeitung auf. Ich schlenderte rüber zu einer Reihe metallener Briefkästen, die in die Wand eingelassen waren. Namen waren mit Kugelschreiber eingetragen: Joseph P. Gunderson, Nisa Donnelly, Ho Tran.

Klonk! Ein Rattern und Poltern, das Straffen von losen Ketten, ein Garagentor wurde geöffnet und erlaubte mir den Blick in eine große Höhle voller Autos. Ein hellgrüner Jeep röhrte nach draußen und eine Fotozelle schloss das Tor direkt hinter ihm, aber nicht, bevor ich reingeguckt hatte. Zehn Sekunden, um Reihen von Autos zu überfliegen, jeder Stellplatz kam in Frage. Ich kauerte mich ins Gebüsch und lauschte den Geräuschen der Apartmentbewohner, die sich auf den Sonntagabend einrichteten. Irgendwer würde eine Nachtschicht arbeiten, irgendwer würde jeden Moment das Garagentor öffnen. Ich zählte die Stangen an den Eisengittern, die die Rückseiten der zwei Nordwesttürme sicherten. Ich war gerade bei vierzig angekommen, als ich das Rumpeln und Rasseln, das Heben des Garagentors hörte. Ein weißer Chevy Corsica tastete sich vorsichtig aus seinem Bau, die blau getönte Bewohnerin blinzelte und beugte sich ängstlich über das Steuer nach vorne. Ich stand auf, trat näher ran und lief direkt vor den Corsica, Angst vor der Haftpflicht lag in ihren Augen, und ich warf einen langen Blick in die Garage. Romea. Dritte Reihe von hinten. Ganz in der Ecke. Im Schatten eines VW-Bus. Das Garagentor schloss sich fünf Sekunden, nachdem der Kofferraum des Corsicas die Fotozelle passiert hatte. Er trieb an mir vorbei, die Bremslichter strahlten alle paar Meter nervös auf, als er aus der Ausfahrt und in die Balboa Street bog. Romea. Sie war da, oder sie war ein Fantasieprodukt. Ich ging zum Eingang des Gebäudes.

Ganz dicht am Eingang zum Vestibül stehend schob ich eine Kreditkarte in den Rahmen und öffnete die Tür. Fröhlich geflieste Flure und Gummibäume waren eine herbe Abweichung von den imitierten viktorianischen Fassaden, genau wie die Feuertür mit dem GARAGE-Aufkleber auf der metallenen Oberfläche. Die Kreditkarte bog fast durch, als ich das Plastik in die dicke Tür einklinkte, aber ein schneller Ruck im richtigen Winkel öffnete die Sperre und gab mir Zutritt zu der kühlen, unterirdischen Gruft.

Jeep Cherokees, Ford Broncos, Geos und Fiestas. Keine Limousinen oder Cadillacs, nur die alltäglichen Autos von Leuten, die alltägliche Jobs hatten und fanden, dass die erschwinglichste Belohnung war, am Meer zu leben. Die Art von Leuten, die sich Spielzeugautos in leuchtenden Farben kauften, wenn sie vierzig waren. Die Art von Leuten, die nie richtig viel Geld verdienen würden, die einfach gern aufs Meer sahen.

Klick-klack-klick-klack, das sachliche Geräusch hoher Absätze auf dem Weg zur Arbeit erklang hinter mir. Ich gab vor, zielstrebig durch die Reihen glänzender Motorhauben zu gehen. Schulterlange schwarze Haare, so glatt wie Bleistifte, und Hüften von ungefähr vergleichbarer Breite glitten in einen Honda Civic, starteten den Motor, prüften den Lippenstift und fuhren vorsichtig rückwärts raus. Die Scheinwerfer gingen automatisch an, kleine Kreise auf der Betonwand. Rücklichter beleuchteten einen Strom von Abgasen, und direkt hinter dem roten Leuchten sah ich die verblasste Zitronenfarbe von Romea, rückwärts auf einem Stellplatz direkt neben dem Civic.

Lippenstift glitt immer noch über Lippen, als der Civic genau vor mir rückwärts seinen Platz verließ und mich durch eine Wolke von Abgasen zum Auto rennen ließ. Romea. Es war Romea. Platz 1B. Eins. Treppenaufgang eins? B, die Wohnung im zweiten Stock?

Aber Romea war nicht allein. Da war noch ein Stellplatz für Nr. 1B, und neben Romea stand ein grauer Chrysler mit einem Nummernschild aus Illinois, passte nicht ganz hier rein.

Gedrängt zwischen Romea und ihrem neuen, ungleichen Freund stand ein Vehikel älterer Technik, das die Garage nie mit Abgasen füllen würde. Ein Zehngang-Fahrrad, das schwere Profil von Mountainbike-Reifen, wie gemacht, um Beute zu jagen, fünfunddreißigtausend Dollar abzuholen oder auch ein paar Hunderter, wenn nicht mehr zu holen war.

Harmlos und leise, abgesehen vom Klang der Kette, die auf ein neues Zahnrad gleitet, und dem Atmen des Fahrers, der mir an dem Abend aufgelauert hatte. Der Mann, der Mona hatte, lebend und gesund – hoffte ich – in Apartment 1B. Ich ging rüber zur Beifahrerseite und guckte rein.

Die Geschichte eines Kampfes, kurz, verstummt, verloren, aber nicht besiegt, in der dunklen Garage. Beweise für Monas Entschlossenheit waren über den ganzen Vordersitz verteilt. Meine Ersatzsonnenbrille lag zerbrochen auf dem Boden, die winzige Sonnenblende in einem spitzen Winkel über die Windschutzscheibe gerissen. Das Fenster auf der Fahrerseite zeigte einen durchscheinenden Streifen Blut, und das war kein Windschutzscheibeninsekt. Ganz oben war ein menschlicher Fingerabdruck, ein sauberer Strich in der Mitte des getrockneten Bluts, wo Monas Fingernagel sich ans Fenster gekrallt hatte. Und an etwas anderes.

Ein Stück Rosshaarfüllung klemmte zwischen Tür und Trittbrett. Und ein krauser Strang war unter meinem Schuh auf dem Asphalt. Und weiter weg auf dem schwarzen Asphalt glaubte ich noch ein oder zwei Fasern zu sehen, die Monas Namen schrieben, ihre Hoffnung, ihre Nachricht. Hänsel und Gretel, aber das hier war kein Märchen, und überhaupt, es *gab* Öfen und die Sorte Leute, die andere Leute da reinsteckte. Mit jeder Faser schlug mein Herz schneller, Füße wurden schneller, liefen Fäden hinterher, durch die Garage und zu einer anderen Feuertür. Dahinter schlängelte sich die Hintertreppe nach oben. Eine Reihe Mülleimer, groß genug, um menschliche Körper zu fassen. Die Köpfe einer Sprinkleranlage punkteten die Decke. Beton, Metallgeländer, auf jedem Stock würden Feuertüren sein. Ich schob ein Heft mit Streichhölzern in die Tür, als ich sie schloss, die Tür schaffte es nicht ganz zu, es gab nur Stille, kein Klicken der Sperre.

Die Rosshaarstränge führten die Treppe rauf wie ein Versprechen, wie die Glieder einer glücklichen Kette, die mich zu Mona bringen würde. Als ich raufging, bemerkte ich Kratz- und Rutschspuren. Am ersten Stock vorbei, die Rosshaare hörten im dem zweiten Stock auf. Ich stellte mir vor, wie er sie mit seiner Waffe bewusstlos geschlagen hatte, wie er sie, ein willenloses Leergewicht, in sein Apartment zog, mit den Fenstern, die hinausblickten auf die Camera Obscura und die Terasse in den Sutro-Gärten.

Ich legte meine Hand auf den Griff meiner Waffe im Schulterhalfter. Langsam öffnete ich die Tür zum Flur des zweiten Stocks. Blau gestreifte Tapeten mit den in Kalifornien vorschriftsmäßigen mohnroten Seidenverkleidungen. Drei Türen mit den Buchstaben A, B, C. Eine Vordertreppe mit einem Chromgeländer und einem Flügelfenster auf dem Absatz zwischen B und C.

Links von mir der Nordwestturm mit dunklen Fenstern, ein Fünfzig-Zentimeter-Sims mit drei Metallhalterungen gab vor, ein Balkon vor einem Schiebefenster zu sein. Ein motziges weißes Fernrohr stand hinter senkrechten Rollos in Apartment 1B. Ich kurbelte das Flügelfenster auf und genoss einen Zug satte Seeluft und die perfekte Sicht auf die Camera Obscura und die Terasse von Sutro Heights. Es gab auch was zu hören. Ich hörte eine langsame, tiefe, methodische Stimme, die immer wieder das gleiche Gebiet abschritt, mit beschränkter Geduld, sie verlangte Kooperation und deutete Bestrafung an. Sein Verhör ging weiter und weiter, wie eine Mutter, wie ein Bezirksstaatsanwalt, wie ein Mann, der alles unter Kontrolle hat, bis ich Glas splittern hörte und einen Schrei, der von einem dumpfen, unangenehmen Geräusch beendet wurde, vielleicht Fleisch, das auf Fleisch schlug.

Alles in 1B war jetzt leise. Der Himmel war dumpf marineblau, verschmolz mit dem Pazifik. Ich kletterte aus dem Fenster, kauerte auf einem vorstehenden Pressteil vom unteren Fensterbrett. Es gab nur das Tosen des Ozeans und die leichtsinnigen Surfer, die auf einer ihrer nächtlichen Wellen ritten.

Meine Zehen krümmten sich in einem unmöglichen Winkel. Nur meine Finger, die sich an das Fensterbrett klammerten, hielten mich an der Fassade des Gebäudes. Aus dem Nichts explodierte hinter meiner linken Schulter ein Geräusch. Ein zufälliges Husten. Einmal, dann war es vorbei. Wieder Stille und dann ein gedämpftes Geräusch, wie Reden, Erklären.

Der kleine Balkon war einen Meter links von mir. Meine Finger krochen über den Sims, und ich streckte meinen Fuß aus, bis ich eine der Halterungen fand. Ich steckte den Fuß zwischen zwei Streben und drängte ihn so weit rein, wie ich wagte. Ich würde es entweder schaffen oder mir den Fuß brechen. Zehen wuchsen in die Länge, und einige Rippen trennten sich wahrscheinlich, um mich länger zu machen. Meine Hände griffen das Geländer, und ich sah ins Fenster.

Zuerst sah ich nur Dunkelheit, so dunkel wie eine mondlose Nacht über dem Pazifischen Ozean. Tatsächlich *war* es eine mondlose Nacht über dem Pazifik. Oder zumindest ihr Spiegelbild in einem wandhohen Spiegel in der Wohnung. Ansonsten war der Raum leer.

Ich kroch rein. Das Wohnzimmer, großzügige vier mal sechs

Meter, hatte einen großartigen Blick auf die begehbare Kamera und die Terasse in Sutro Heights. Es gab Vorhänge, die zum Teppich passten, und einen Satz Mietmöbel der billigsten Kategorie.

Auf Zehenspitzen schlich ich über den Nylonteppich, drückte mich gegen die Wand und lauschte fünf Minuten. Ich hörte jedes Knarren und Abflussrohr im Komplex. Ich schlich mich langsam zur Schlafzimmertür und öffnete sie.

Es sah übel aus. Überall die Zeichen eines Kampfes. Kleider waren über ein Doppelbett verstreut. Ein schwerer Glasaschenbecher lag zerbrochen in der Ecke. Zahnstocher verteilten sich über einen Haufen Zeitschriften und Bücher: *Visier, Eigenbau-Waffen, Muni selbstgemacht, Das Hayduke-Buch der Schalldämpfer, Schnell und heiß, Selbstgemachte Schalldämpfer, Hustler, Playboy* und ein Katalog: *San Franciscoer Lesbisch-Schwule Filmfestspiele*. Eine umgekippte Lampe, der Schrank offen. Jemand hatte einige, aber nicht alle Kleider rausgerissen. Eine Menge Pappkartons auf dem Boden. Verschüttete Getränke, und ein kleiner, weißer Klumpen Eis lag in der Mitte dreier dunkler Flecken auf dem grünen Teppich, immer noch gefroren. Und ein Messer. Ein sauberes Jagdmesser mit einer gebogenen Klinge.

Es gab kein Blut und abgesehen von dem Messer keine Waffen. Die Klinge war sauber. Die Vorhänge waren zu. Ich schluckte hart. Mona war in diesem Zimmer gewesen. Vielleicht nur Sekunden, bevor ich reingekommen war.

Ich legte meine Hand auf die Vertiefung im Bett. Sie war warm. Ich hatte sie um Sekunden verpasst. Ich warf mich aufs Bett, genau auf die Stelle, hoffte, irgendwie einen Eindruck von Mona zu bekommen, davon, wohin sie gegangen waren. Nur der Schauer einer tiefen, dunklen Angst überkam mich. Ich öffnete die Augen und blickte über den Horizont der Chenille-Tagesdecke auf den Teppich mit den Zeitschriften.

Visier, Eigenbau-Waffen, Muni selbstgemacht, Das Hayduke-Buch der Schalldämpfer, Schnell und heiß, Selbstgemachte Schalldämpfer, Hustler und *Playboy*.

Ich hob den Katalog der Filmfestspiele auf und war mit einer verschobenen Logik irgendwie nicht überrascht, meine eigenen Notizen im Katalog zu finden. Da, *Vogelfrei*, 14.30 am Sonntag, eingekreist mit gelbem Textmarker, und dieser erste Film mit Mona, *Verrücktes Verlangen*, die Spätvorstellung, die ich doppelt angekreuzt hatte. Und heute Abend der Film, den alle sehen wollten, der Film, den ich nicht markiert hatte, der Film, für den ich Eintrittskarten hatte, einschließlich des Empfangs. Schokoladenüberzogene Erdbeeren und Sekt.

Erst da merkte ich, dass es tatsächlich *mein* Festspielkatalog war, der im Apartment von Haam Harmstead lag. Und es musste noch andere geben, die zur gleichen Schlussfolgerung gekommen waren wie Haam, wie ich. Die Leute, die ich wirklich sehen wollte, könnten sich beim Abschlussempfang im Castro Kino zusammenfinden.

Es war nur eine Ahnung, aber es war meine einzige Ahnung. Ich ließ den Motor an und schoss über Twin Peaks zum Castro. Ich schickte noch ein Gebet zu Diana. Wenn meine Ahnung stimmte, würde es drei Jäger im Castro geben, und eine sehr sichtbare Beute.

Kapitel 27

Die Quittung

Abschlussabend der Filmfestspiele, und das Castro Filmtheater war gestopft voll. Die Schlange ging den Block runter und um die Ecke. Ich stellte Lauras Auto ab, wo es sicher einen Strafzettel kriegen würde, und ging an der Schlange vorbei. Ich schob mich mit den Ellbogen an der Festspielsicherheit vorbei. Sie waren zu beschäftigt, die Menge in Schach zu halten, um hinter mir herzulaufen. Das lange Spiegelglas auf dem Treppenabsatz zeigte mir eine fremde Vogelscheuche. Zerkratztes Gesicht, aufgerissene Hände, blutende Fingernägel vom am Sims über dem Meer Hängen, aber die Merkmale waren noch vertraut, gehörten noch zu mir. Da war etwas Neues in ihren Augen, ein Entsetzen über das Undenkbare, inzwischen gedacht.

Ich sah hoch und ging im Kopf die Raumaufteilung durch. Das Castro hatte weniger Verstecke, als man annehmen könnte. Meine Augen glitten prüfend durch das Gebäude. Die Toiletten, das Büro des Theaterleiters und die Lagerräume direkt unter dem Balkon. Die Empfangshalle würde bis zum Rand gefüllt sein. Wenn du ins Kino gehst und dich irgendwo verstecken willst, von wo du alles beobachten kannst, wo du mit Leichtigkeit eine Geisel in Schach halten kannst, wohin würdest du gehen? Ich blickte hoch. Die Markise. Das wäre der ideale Platz, um sich zu verstecken und zu warten. Wenn der Film erst angelaufen war, konnten sie reinkommen. In der Zwischenzeit bot das Dach einen perfekten Aussichtspunkt auf alle, die ins Kino gingen. Sie waren über die Fenster im Zwischenstock auf das Dach der Markise geklettert, da war ich sicher.

Ich stemmte mir einen Weg durch die Menge und in die Lobby. Das Zwischengeschoss konnte über eine von zwei Treppen erreicht werden. Ich spurtete in die Partyzone des Castro. Der Raum war so voll gestopft, dass die Leute auch in den berampten Eingängen zum Saal standen, es waren vielleicht hundertfünfzig. Samt und Jeans, ein Dschungel fallen gelassener und vergessener Namen, Leute auf dem Weg nach oben, Leute auf dem Weg nach unten, und all die anderen

Leute, die sie auf diese Wege brachten. Sie drängten sich ums Buffet, während die grünrückigen Bridgeways-Kräfte mit Tabletts umherhuschten. Ich bewegte mich durch die Meute auf die Fenster zu, die mich auf die Markise bringen würden. Ich sah Leute, die ich kannte, ignorierte sie, glitt durch die gedrängten Körper.

Das Ende des Raums. Zwei Rundbögen, mit Rampen versehene Eingänge zum Balkon, waren von roten Vorhängen eingerahmt. Die Popcornmaschine unten hörte sich an wie ein Kinderschießstand. Ich zuckte zusammen. Der schwebende Geruch von geschmolzener Butter drehte mir den Magen um, und ich fühlte eine furchtbare Enttäuschung, die sich in meinen Knochen festsetzte. So fühlten sich Eltern, drei Tage nachdem ihre Kinder entführt worden waren. Eine Einwegfamilie in den Händen eines Soziopathen. Ich wusste jetzt, was er wollte, ich wusste, wie ich ihn kriegen konnte, aber es war unmöglich, über Monas toten Körper hinweg zu verhandeln.

»Emma!« Carla Ribera in einem flammenfarbenen Seiden-Bodysuit, der ihre üppige Figur umhüllte. »Du siehst ja aus –« Ich duckte mich hinter eine Servicekraft, die ein Silbertablett mit Champagnergläsern trug. »Champagner?« Carla gallopierte hinter mir her. »Wieso so eilig? Was ist los?«

»Tschuldige, Carla, keine Zeit ...« Ich tauchte in die Menge ein. »Später!«

Ein Champagnertablett schwebte vor mir, Hände streckten sich hastig danach aus. Der Film würde bald anfangen, und Mona war nirgends zu sehen. Es war leicht, Jason Jeeters auszumachen. Mit einsdreiundneunzig ragte er über die Menge hinaus, in seiner weißen Smokingjacke über zerrissenen Jeans und einem T-Shirt, dass irgendwann sauber gewesen sein musste. Ein Verband auf der Nase, wo Kimilar ihn getreten hatte. Martel hing an seinem Arm und an seinen Lippen.

Ich hatte es fast bis zum anderen Ende des Raums geschafft, vorbei an beladenen Platten, an denen Leute sich drängten. In Dreierreihen tauchten sie ihre Erdbeeren in die Schokoladensauce, die träge von Bridgewaysinsassen ausgeteilt wurde, sie blockierten das Fenster.

Die Lichter gingen an und aus, der Film würde bald beginnen. Es gab nur noch wenige kostbare Minuten, um nachzudenken, sich umzusehen, zu hoffen. Gleich würde ich das Dach der Markise überprüfen.

Ich konnte hören, wie die Eingangstüren sich öffneten, wie sich die langen Schlangen an den Ständen bildeten, das erwartungsvolle Murmeln klang nach Schicksal. Die Menge würde zum Balkon hochkommen, sobald unten alles voll war. Hinter mir bewegte sich die Empfangsmeute ins Kino, hinterließ Erdbeerstrunken, Schokoladenflecken und Champagnerkorken auf Tischtüchern.

Jason Jeeters schenkte einem erkahlenden weißen Mann, der ihn und Martel und Kimilar die Stufen zum Hauptsaal runterbegleitete, ein lautes Lachen. Eine große Frau in einer schwarzen Lederjacke, die definitiv nicht Overall war, folgte Kimilar auf dem Fuß. Dann verschwanden sie alle, und der Raum war leer. Das verworrene Linienmuster des Teppichs sah genauso aus wie kleine Messerspuren, kleine, runde Messerspuren auf einem gigantischen Feld aus Fleisch.

Alle vier Flügelfenster wirkten, als würden sie sich öffnen lassen. Ich nahm das ganz links, drehte den Griff und sah vorsichtig raus in den Nebel. Die riesigen Buchstaben, je einen Meter hoch, blinkten direkt über meinem Kopf und färbten den Nebel rosa und blau. Vor mir breitete sich das Dach der Markise aus, ungefähr zehn Meter breit mit einer ein Meter hohen Einfassung umgeben.

Das Licht änderte sich, und Scheinwerfer, die über den Hügel kamen, schossen mir ins Auge, machten mich zeitweise blind. Als meine Augen sich erholt hatten, sah ich einen kleinen Schatten, der sich am Rand der Markise entlangschob. Das waren sie.

Das erste, was ich sah, war sein Gesicht, ein böser, krummer Mond. Haam Harmstead hatte Monas Kopf in einem brutalen Griff. Ihr Körper war verdreht, zusammengekrümmt, als er sie näher an die Kante der Markise schleifte. Über ihnen blinkten rosa und blau die sechs Buchstaben. Monas Gesicht war weiß und schweißglänzend, der lange Kolben eines Schalldämpfers an ihrem Kinn. Sie blinzelte zwei Mal. Sie lebte. Der Verkehr unten bewegte sich langsam, ungeduldige Hupen tuteten und Fußgänger machten Autofahrer an.

»Bist du okay, Mona?« Ich sprach sie so ruhig wie möglich an.

»Ja ...«

»Halt die verdammte –« Ich zuckte zusammen, als Haam Harmstead Mona die Brille vom Gesicht riss und sie auf die geteerte Oberfläche des Dachs fallen ließ. Langsam und bewusst stellte er seinen Fuß auf die Gläser und zertrat sie.

»Komm hier raus«, kommandierte er. Ich erkannte seine tiefe Stimme, die Worte, die stockend und rauh kamen, die Stimme vom Telefon. »Beeil dich – oder deine Freundin ist Hackfleisch auf dem Bürgersteig.«

Ich kletterte aus dem Fenster. Lehnte mich an die Wand, fühlte den bleiernen Klumpen meiner Waffe unter dem Arm. Auf dem geteerten Boden neben Monas kaputter und verdrehter Brille lag ein orangener Zahnstocher, in der Mitte durchgebissen. Eine Geiselnahme in einem überfüllten Kino. Ich atmete tief ein. »Ich bin bereit, ins Geschäft zu kommen, Mr. Harmstead. Wir reden über fünfunddreißig Riesen, richtig?«

»Ja?« Der Mann auf dem Fahrrad, der Mann, der vorgegeben hatte, im Meer zu verschwinden, hing unter Mona. Ein dicker Arm, von Muskeln gebläht, wickelte sich um Monas Körper wie eine Boa Constrictor. Die Waffe drückte härter gegen das feine Fleisch unter ihrem Kinn. Mona schluckte, der Kolben des Schalldämpfers bewegte sich auf ihrem Hals. Ein schmales, kleines Lächeln in einem Gesicht, das jedem weißen Mann in der Menge gehören könnte. Kleine blaue Augen, dünne Lippen, fliehende Stirn und Beine, die zu kurz für seinen Rumpf waren. Sein schwarzer Rolli und die Hosen machten ihn vor dem Nachthimmel fast unsichtbar. Ein Aknegesprenkel punktete die Haut am Rollirand. Ein merkwürdiger Rosastich hing auf seinen Wangen, und die dünnen Lippen waren feucht. Er war so kurz und stark, wie ich ihn mir vorgestellt hatte. Er war ein wildes Tier. Steroidraserei.

»Sie – ängstlich – was?« Ein orangener Zahnstocher klebte an seiner Lippe, drehte sich und verschwand im Mund. »Aber du –« Das Geräusch von Luft, die durch chronisch entzündete oder geschrumpfte Bronchien kam, die Nebenwirkungen von Steroiden. »Du gibst mir, was ich will?«

»Ja«, sagte ich und beobachtete, wie sich der glänzende Kolben Monas Drosselvene näherte. »Warum lässt du sie nicht gehen und nimmst statt dessen mich? Sie hat nichts damit zu tun.«

»Em –« krächzte Mona.

»Duu, haltsmaul«, knurrte Haam und starrte mich plötzlich an. Das erste Mal trafen sich unsere Blicke, und sein kaltes Blau war so stumpf und endgültig, dass ich tief durchatmen musste, um stehen zu bleiben. Nichts zu verlieren und kein Ziel. Wir mussten handelseinig werden. »Ich will meine fünfunddreißig Riesen.«

»Sicher, sicher. Ich will nur, dass du kriegst, was du willst, damit wir alle hier raus kommen«, sagte ich.

»Jah, das will ich. So'n bisschen Service hier!« Ein ersticktes Geräusch fiel von seinen Lippen, und er drückte die Waffe fester. »Sie – ängstlich – was?«, fragte er mich noch einmal. Ohne ihre kleine rote Brille sah Mona blind um sich.

»Lass uns hingehen, wo wir reden können«, schlug ich vor. Es musste eine Position geben, von der aus ich gut verhandeln konnte, ich hatte meinen Spatz noch nicht in der Hand. Ich hatte nur das Wild im Kino, und ich musste ihn hinführen. »Ich kenne einen guten Platz.«

»Wo?«, bellte er.

Ich nickte mit dem Kopf zum Balkon. »Über dem Balkon, Vorführraum, wird ziemlich ruhig sein. Da können wir reden.«

»Jah, das is' –«, keuch, keuch, »gut.« Er bewegte seinen aufgepumpten Arm, und Monas Kopf bewegte sich mit. Ich sah den versteckten Kolben eines Schalldämpfers in einer tiefen Tasche seiner ausgebeulten Hosen. Sie traten aus dem Schatten. Er drückte Mona den Schalldämpfer in den Rücken und schubste sie vorwärts zu den völlig abgewetzten Stufen des Vorführraums. Mona würde nicht durchdrehen oder wegrennen, sie schritt voller Stolz, eine Johanna von Orléans, von der ich hoffte, er würde sie gegen fünfunddreißigtausend Dollar eintauschen.

»Du – du gehst vor.« Die kleinen Lippen spannten sich über seinen Zähnen, wurden wieder schlaff.

»Sicher«, sagte ich, drehte mich um und begann den steilen Aufstieg zum Balkon. Ich ging langsam, starrte auf das Glühen der Bodenlichter, auf schwarze Flecken zertrampelten Kaugummis im Teppich. Geh weiter, jeder Schritt findet eine Stufe, spiel auf Zeit, versuch, alle Möglichkeiten des Vorführraums und meine letzte Ahnung zu finden. Mit Haam hinter uns, Waffe in der Hand, kletterten wir durchs Fenster ins Zwischengeschoss.

»Der Balkon ist da oben.« Ich deutete auf die roten Vorhänge. Es muss einen Weg geben, dachte ich, einen Weg, die Sache zu beenden, einen Weg, den Soziopathen reich und glücklich zu machen und alle Patronen in seiner Waffe zu lassen.

Kapitel 28

Film ab

Der Vorführraum hing über uns, die kleinen Fenster düster, solange das Saallicht an war. Auf dem Treppenabsatz wurde es dunkler. Ich legte meine Hand auf das Eisengeländer an der engen Holztreppe, die uns zum Vorführraum brachte. Und dann machte ich den ersten Fehler. Ich drehte mich um und guckte, guckte in Monas Gesicht, auf unseren Gefangenenwärter, und ich guckte, um zu sehen, ob der Balkon sich füllte und ob es einen Weg gab, jemandem ein Zeichen zu geben, jemanden aufmerksam zu machen und uns aus dem Schlamassel zu holen.

»Dreh dich um, du Scheiß–« Sein Geschicht war verzerrt, und er schubste Mona in meinen Rücken, sie schrie auf, ihre Fingernägel auf meiner Schulter, als ich durchs Fenster kletterte. Ich stolperte über eine Stufe, eine Eisenstange schlug gegen meinen Knöchel. Ein übel harter Knall, ein Schlag und ein verwirrter Schmerzensschrei hinter mir.

Der schäbige kleine Raum wurde durch eine dicke, metallene Feuertür geschützt, in die ein kleines, doppelt verglastes Fenster eingelassen war. Drinnen konnte ich die zwei blaugrünen Metallboxen sehen, die Projektoren. Die Linsen zeigten durch rechteckige Löcher in der Wand über den Balkon und den Orchestergraben auf die Silberleinwand. Unzählige Filmdosen stapelten sich auf dem Boden neben den Papp-Transportkisten mit ihren dicken Halteriemen. Eine Reihe Regelwiderstandsschalter herrschte über das Saallicht, und einige tragbare Scheinwerfer standen auf dem Fensterbrett eines der Fenster zum Saal.

Ein Feuerlöscher war auffällig platziert, zusammen mit einer Rolle Seil. Ein Mann mittleren Alters, einsfünfundsiebzig, dünn und leserattig, blinzelte in das Innere eine Projektors, legte den Film ein, wahrscheinlich *Pale Refugee*. Hinter ihm, auf einer langen Kunststoffarbeitsplatte stand eine Spleißingmaschine, einige Rollen Klebeband und die Reste eines chinesischen Essens zum Mitnehmen. Er hatte keine Ahnung, dass er Besuch bekam. Er reinigte die Linse, als ich die Tür öffnete.

»He! Sie können nicht –« Er stand auf, erstaunt, dann erstarrte er, als er Monas zusammengekniffenes Gesicht und Haams Waffe mit dem langen, fiesen Schalldämpfer sah. Wir gingen rein. Mona stolperte an eine Wand und lehnte sich dagegen. Ihr Gesicht war grün, und ihr Arm baumelte unnatürlich an ihrer Seite. Ihr Blick war verschwommen, unkonzentriert. Ich merkte, wie ich den Atem anhielt, versuchte Augenkontakt herzustellen, aber Mona war schon am Abtreten. Ich blinzelte zwei Mal, langsam. Nicht ohnmächtig werden, Mona, werd verdammt noch mal nicht ohnmächtig. Ich sah, wie Monas Augen reagierten, die Lider antworteten, bewegten sich hoch und runter. Langsam ließ ich die Luft wieder raus. Ihre Farbe schien sich zu bessern. Mona würde sogar lernen, mit einem gebrochenen Arm eine Wand zu halten. Ich blickte hoch und sah, wie Haam die Tür hinter uns verschloss, wie er den Vorhängebolzen in das Holz der Tür schob. Sein Kiefer und die Muskeln in seinem Nacken spannten sich.

»Du – ihr – alle da rüber.« Die Waffe dirigierte den Vorführer und mich rüber an die Wand neben Mona. »Umdrehen«, bellte er.

»Aber – aber – der Fil –« Der Vorführer schien unwillig, bis Haam hinter ihm war und ihn mit einem kräftigen Tritt seiner kurzen Beine zu Boden brachte.

Der Vorführer lag ausgestreckt auf dem Boden, bei Bewusstsein, aber bewegungslos.

»Und jetzt – kriech – rüber – zur Wand.« Gehorsam kroch der Mann zur Wand rüber, während Haam hinter sich auf dem Spleißtisch nach einer Rolle Isolierband griff. »Jetzt steht auf, alle.«

Wir standen auf. Haam kam und fesselte unsere Hände mit Isolierband. Mona gab keinen Laut von sich, als er das Handgelenk ihres gebrochenen Arms ergriff, aber es musste irrsinnig wehtun. Er schubste mich gegen die Wand. Er machte seinen Standpunkt mit dem Fuß klar, der mir ins Kreuz trat, genau über den Nieren. Eine weiße Schmerzwelle flutete über mich. Ich hielt den Atem an, sah rüber zu Mona.

»Bist du in Ordnung?«

»Ja, ja. Nur schade, dass das kein Arbeitsunfall ist.«

»Gut zu wissen, dass du deinen Ich-bin-im-öffentlichen-Dienst-

Humor noch hast.« Ich fing wieder an zu atmen. Haam war damit beschäftigt, das Publikum zu studieren. »Was ist passiert, Mona?«

»Ich bin zu deinem Auto, und plötzlich war da dieser Typ. Sah aus wie einer der Bodybuilder aus dem Studio an der Market Street. Du kennst die Sorte. Er kam mir irgendwie bekannt vor, und er kam näher. Ich dachte, der fragt mich nach dem Weg, statt dessen hat er mir 'ne Waffe in die Seite gehalten. Die Fahrt ist irgendwie verschwommen. Ich hab drüber gegrübelt, wie ich in den Graben fahren könnte oder was immer. Einem Bullen ein Zeichen geben. Ich hab auf dem Weg nicht mal 'ne Politesse gesehen.« Sie schauderte. »Ich habe Angst vor Waffen.«

»Aber nicht vor ihm?«

»Ehrlich gesagt, nein. Es hört sich verrückt an, aber ich hab einfach die Mädchennummer durchgezogen. Ich hab so getan, als würde ich mitfühlen. Er wusste, er hatte die Falsche erwischt. Er wollte dich finden ...«

»Und du hattest die Eintrittskarten für den Empfang?«

»Klar, ich hab ihm gesagt, du wärst anwesend. Tut mir Leid.«

»Eine Hand wäscht die andere, Mona.«

»Wir sind einfach wie alle anderen reingegangen. Aber dann wurde er unangenehm. Als wir erst mal hier waren, hat er sich verändert. Plötzlich war ich seine Geisel, und er traute mir nicht. Er hat mir genug getraut, um zu glauben, dass wir mit fünfzehnhundert Leuten in 'nem überfüllten Kino auf 'ne Party gehen sollten. Als wir ankamen, war er überfordert. Außer Kontrolle, er musste mir Angst machen. Nachdem er mich auf die Markise gezogen hatte, fing er an, mich zu bedrohen, war besorgt, dass du nicht kommst. Ich musste mich echt anstrengen, um ihm nicht zuzuhören. Ich wollte nicht den Rest meines Lebens mit seinen Worten leben. Ich hab angefangen, in Gedanken ein Gedicht zu schreiben. Ich wusste, dass du mich finden würdest. Ich wusste es einfach.«

»Mona, weißt du irgendwas über die Verteilung der Schalter hier«, flüsterte ich und deutete auf eine Reihe von Schaltern entlang der Seitenwand.

»Mal seh'n. Ich hab letztes Jahr alle zwei Mal geprüft. Der Kippschalter für den Monitor ist da – bei deiner rechten Hand – ja – der blaue.«

»Schnauze! Gesicht anne Wand!« Der Vorführer drehte sich hastig um. »Bewegung!« Haams Stiefel fand meine Nieren, und meine Nase krachte gegen die Wand. Ein heißer Schmerz schien direkt in meine Füße zu fliegen und zu verschwinden. Dann waren seine Hände an meinem Körper, und er fand das Schulterhalfter. Ich fühlte, wie er meine Waffe rauszog, nur schwer glitt sie unter meinem Arm hervor, das Isolierband zog an den Handgelenken. »Du, du – du –« Ich hörte ihn hinter mir keuchen, ein wütender Singsang. Ich drehte meinen Kopf leicht und sah, wie er den Kolben der Waffe über meinem Kopf hob, der schwere Lauf, die Pachmeyergriffe reflektierten das Licht. Er öffnete die Kammer, hielt die Waffe horizontal, und fünf Patronen fielen raus und zu Boden. Sie rollten weg, zum vorderen Teil des Raums, der Boden war so uneben. »Du, du – du!« Seine Unterlippe wurde schlaff, ich sah eine Reihe winziger Zähne, die sich unter seiner Zunge drängten.

»Ich habe deinen Bruder nicht ermordet.« Meine Stimme klang fremd in den Raum hinein. »Aber ich weiß, wer es war.«

Die Waffe schwebte reglos. »Wo is' das Geld?«

»Jemand hat deinem Bruder das Geld abgenommen. Als ich ihn gefunden habe, war er schon tot. Jemand war kurz vor mir da. Und die fünfunddreißig Riesen waren weg.«

»Mein Bruder, mein eigener, verfluchter Bruder wollte mich linken.«

»Denk nach, du weißt nicht, was wirklich passiert ist, was Philip vorhatte. Ich glaub nich', dass er dich reinlegen wollte. Ich glaub nich', dass er mit dem Geld abhauen wollte. Echt nich'. Du weißt doch, Familien.«

Haam dachte darüber nach. Er holte ein Pappheftchen aus seiner Tasche und riss ein Holzstäbchen vom Ende ab. Er zeigte mit dem scharfen Ende auf seinen Mund und legte es auf seine Zunge. Momente später schlug es über seinen Lippen Purzelbäume. Wenn Haam glauben konnte, dass sein Bruder nicht vorgehabt hatte, ihn zu linken, würde er sich vielleicht beruhigen. Eine Zukunft für sich sehen, eine die nicht die Betonwände meines Plans hatte.

»Aber ich kann dir zeigen, wo das Geld ist.«

»*San Francisco, öffne deine Goldenen Tore* –« Die Orgel war aus ihrem Loch auferstanden. Haam starrte sie an.

»Mona?« Unter dem Schutz der Orgel lenkte ich ihre Aufmerksamkeit auf mich. »Gibt's hier Schwarzlicht?«

»Komisch, dass du – ja – der grüne.«

»He! Wass? Haltet verdammt noch mal die Fresse!« Aber Haam war von den Bewegungen im Kino abgelenkt. Ich konnte mir die Szene genau vorstellen, Leute liefen die rot ausgelegten Gänge hoch und runter, fanden ihre Freunde, balancierten Tüten mit Popcorn und ließen sich schließlich auf ihren Plätze nieder. Wie ich gehofft hatte, hatten wir ihn in die Enge getrieben. Es gibt zwei Wege, ein in die Enge getriebenes Tier zu handhaben. Der schlaue Weg war, ihm einen einfachen Fluchtweg zu geben. Und etwas, das ihn für seine Mühen belohnte. Etwas, das ein Schwarzlicht in einem Publikum von vierzehnhundertfünfzig Leuten finden konnte. »Wenn ich dir zeige, wer die fünfunddreißigtausend Dollar hat, könntest du entwischen. Die Fliege machen.«

»Okay, Lady-du-hast-alles«, keuch, keuch, »ausgeknobelt.« Er griff hinter sich, und meine Waffe war in seiner Tasche. »Du-beschaffst-mir-meine-fünfunddreißig-Riesen-und-vor-diesem-Kino-werden-wir-alle«, keuch, »Freunde-sein.« Der Mann stampfte rüber zu Mona, griff in ihr Haar und bog ihren Kopf zurück. Monas Gesicht wurde schlaff, der Ausdruck in ihren Augen war weg. »Du?«, schnauf, »beschaffst«, schnauf, »mir-mein-Scheiß-«, schnauf, »Geld-oder-deine-Freundin-endet-im-Sarg.«

»Keine Angst. Es ist hier im Kino. Aber zuerst mal lässt du den Vorführer besser den Film starten, sonst wir dieser kleine Raum für vierzehnhundertfünfzig Leute von großem Interesse sein«, sagte ich.

»Warum-sagst-du's-mir-nich'-einfach-jetzt?« Haam wurde nervös, es gab zu viele Variablen, zu viele Leute.

»*San Francisco, open your pearly gates …*« Das Publikum klatschte inzwischen, ein donnerndes Geräusch.

»Hörst du die Orgel? Das bedeutet, der Vorhang öffnet sich jeden Moment. Wenn der Film nicht anläuft, wird das Publikum toben, und der Theaterleiter wird blitzschnell hier oben sein, dann bist du deine fünfunddreißigtausend für immer los. Also lass die Show weitergeh'n. Sonst werden wir 'ne Menge wütender Gesellschaft haben. Der Film is' schon eingelegt. Du musst ihm nur erlauben, im richtigen Moment den Schalter umzulegen. Dann haben wir neunzig

Minuten, in denen ich dir alles übers Geld und wie du es kriegst erzählen kann.«

»Dauert-besser-nicht-so-lang. Du!« Er winkte mit der Waffe zum Vorführer, dessen Mund die ganze Zeit offen stand. »Rüber-zu-der-Maschine. Lass den Homofilm laufen, Bruder –«, keuch, »oder ich häng dich mit den Eiern an der Decke auf. Keine Tricks.« Er grinste uns an. »Und jetzt, seh'n wir uns 'nen verdammten Film an.«

Der Vorführer ging rüber zu der großen Maschine und nickte zum Hebel. »Das ist der Schalter«, erklärte er. »Der Film ist bereit. Alles, was ich tun muss, ist, den Kippschalter umlegen, sobald der Vorhang anfängt, sich zu teilen. Es gibt einen automatischen Zugriff von unten. Ist so eingerichtet, dass das Bild drauffällt, wenn die Vorhänge so anderthalb Meter auseinander sind.«

»Okay, Freundchen. Is' gut. Du mach dich bereit, den Schalter da zu kippen. Du bleibst einfach da steh'n und wartest auf den Vorhang.« Der dünne Mann drehte sich um, so dass ein freier Finger auf dem Schalter lag. »Und dass du keine Tricks versuchst. Ich red so lang mit meiner Freundin hier, die mir sagt, wo mein Geld is' –«

»Ich hab nich' gesagt, dass ich dein Geld beschaffen kann. Ich sagte, ich kann dir zeigen, wo es is'.«

»Wassolldasheißen-du-kannst-das-Geld-nich'-beschaffen?« Haam atmete schwer. Das Klicken der Projektorenzahnräder füllte den Raum mit einem angespannten Hintergrundgeräusch. »Is' das'n Trick? Ich hab auch Tricks drauf. Vielleicht warte ich auf 'ne gute Stelle im Film und brenn den ganzen Laden ab. Ich könnte deine Freundin hier aufschlitzen, sie direkt vor deinen Augen in Stücke schneiden.« Haams kleine Zähne standen in einer perfekt geraden Reihe.

Der kleine Vorhängebolzen an der Tür klapperte. Wir drehten uns um und sahen ihn an. Haam stand auf, die Waffe auf uns gerichtet, der Kopf flog zwischen der Tür und Mona, dem Vorführer und mir hin und her. Der Bolzen klapperte jetzt noch mehr, die Schrauben, die ihn festhielten, lösten sich.

Ich wollte die Person warnen, die in diese Todesfalle kam, schreien, sie solle sich umdrehen und Hilfe holen. Aber am Ende gab es keine Hilfe. Da war nur noch mehr Ärger hinter dieser Tür. Noch mehr Ärger und noch eine Waffe.

Kapitel 29

Der Tod des Boten

Noch eine Waffe, und Dee Dee Hammermann hielt sie fest gepackt. Sie kam schnell in den Raum und schloss die Tür hinter sich. Mit der Waffe in der Hand war sie eine andere Sorte Frau, noch geschäftsmäßiger als bei Villanuevas Buffet. Wenn sie da finster gewesen war, war sie jetzt fürchterlich. Hohe Lederstiefel schmiegten sich an ihre Beine, schwarze Glacéhandschuhe bedeckten ihre Hände. Ihre Waffe war eine kleine Halbautomatik, nichts, was ich je zuvor gesehen hatte. Ich sah einen kyrillischen Buchstaben an der Kante des Griffs. Russisches Fabrikat? Wer war sie? Eine Kamikaze-Missionarin im Trenchcoat mit einem finsteren Blick, den Villanueva nie zu sehen bekam?

Ihre Waffe bohrte sich in Haams Magen, bevor er Zeit hatte zu reagieren. Ein unsicheres Lächeln glitt über seine Lippen, als er die kurzen, dicken Arme hob. Träge schwang seine Waffe um seinen Finger und blieb am Abzugsbügel hängen. Er lächelte, als wäre er ausgewählt worden, die blinde Kuh zu spielen. Er nahm Dee Dee Hammermann nicht ernst, trotzdem huschte sein Blick über alle Oberflächen im Raum. Dann senkte Dee Dee Hammermann ihre Pistole, klopfte ihn nach weiteren Waffen ab und fand meine leere Knarre in seiner Tasche. Sein Ausdruck änderte sich.

»Fallen lassen!« Haam ließ los und seine Pistole, schwer vom Schalldämpfer, polterte auf den Boden. Dee Dee hob sie auf, steckte sie in die Tasche ihres Trenchcoats und hielt ihre Waffe weiter auf Haam gerichtet. »Was zum Teufel hast du dir dabei gedacht?« Sie stieß die Mündung hart in seinen Bauch. Haams Lippen pressten sich fest aneinander, und ich erkannte die Geschichte eines merkwürdigen Handels, der schief gelaufen war. »Umdrehen!« Dee Dee nahm das Isolierband und fesselte seine Hände, jetzt starrten wir zu viert auf die Wand. »Du falscher Bastard«, sagte sie, als wäre er ein kleiner Tagedieb. Etwas in der routinierten Stimmlage von Dee Dee Hammermann brachte die Glocken in meinem Kopf zum Läuten.

Die zukünftigen Hausfrauen von Amerika liefen Amok. Aber doch nicht ganz.

Dee Dee Hammermann handhabte ihre Waffe mit Leichtigkeit. Der lange Schalldämpfer war gut gearbeitet, nicht so wie Haams selbstgemachtes Modell. Leicht drehte sie ihre Hand, als würde das lange Stück Metall nicht an ihrem Handgelenk zerren, wenn sie damit auf uns zielte.

»Du hast uns gelinkt, oder? Antworte mir!« Wieder der neue, geschäftsmäßige Ton, die Waffe nistete sich in Haams Rücken ein, lief jeden einzelnen Wirbel seines Rückgrats auf und ab.

»He, he-ich-wusste-es-nicht.« Seine Stimme war ein Flüstern, sein Kiefer kaute hektisch auf dem Zahstocher.

»Was? Du hast das Video aufgenommen und zugesehen, wie dein Bruder es an den Meistbietenden verkauft. Und jetzt findest du raus, mit wem du dich eingelassen hast.«

»Ich sag doch, wie-wie-hätt-ich –« Er drehte den Kopf, und ich sah die Spitze des orangenem Zahnstochers in seinem Mund. Ich beobachtete die beiden und Dee Dee Hammermanns Tasche, aus der Haams Waffe mit dem langen Schalldämpfer rausguckte wie ein gebrochenes Bein. Sie klapperte neben meinem Revolver in den Falten des Trenchcoats. »Hören Sie, Lady, ich-hab-nur-für-meinen-Bruder-gearbeitet.«

»Dein Bruder hat eine dumme Entscheidung getroffen. Sehr dumm. Und du willst mir erzählen, du hast nichts davon gewusst?«

Haam brummte, in seinem Gesicht sah ich einen kleinen Jungen, und ich hörte den Anflug von Gegreine. »Heh, geh-geh-du-doch-mal-und-verbring-'n-Wochenende-in-'ner-Hotelwand«, sagte er.

»Ich habe schon Wochenenden an schlimmeren Orten verbracht.« Dee Dee Hammermanns Gesicht verzerrte sich zu etwas, das nicht nach Pressesekretärin aussah. »Ich habe viele, harte Stunden an Buffets verbracht, kilometerlange Telefonkabel haben meine Stimme getragen, im Dienst einer Politikerin, die unsere Welt in eine – eine *sozialistische Demokratie* verwandeln würde. Und ich saß an ihrem Tisch, habe mir die ganze Propanganda angehört und zugesehen, wie Geschäfte gemacht wurden. Alles für einen Moment. Der Moment, in dem du in eine Wand gekrochen bist und ein Foto gemacht hast. Ohne mich wärst du da nicht hingekommen.

Und jetzt werde ich sicherstellen, dass du einige Jahre in der Hölle verbringst, mein Junge.« Das Metall schien um eine Stelle in seinem Rücken zu kreisen. »Ich glaube, das ist der C-2-Wirbel. Wenn ich den raushole –«, ich sah die Waffe tiefer in das schwarze, gestrickte Material von Haams Pulli versinken, »wirst du nicht mehr in der Lage sein, auf deinem Zehngang-Rad rumzufahren.« Der Raum fing an, übel nach menschlicher Angst zu riechen. »Aber wenn ich die Waffe weiter hoch nehme«, ihre Hand bewegte sich aufwärts, wump, wump, wump strich der Schalldämpfer über Haams Wirbel, »wirst du nie wieder ein Foto machen können. Denn du wirst keine Hände zum Benutzen mehr haben. Oder Arme, was das angeht.« Ein ekelhafter Gestank breitete sich im Raum aus, als Dee Dees Stimme noch kälter wurde. »Her damit, Haam. Gib mir die Ware.«

»Ich hab sie nicht!« Haam hielt beide Hände hoch, massige, rosa Handflächen in der Luft. Unten im Theater konnt ich eine winzige Gestalt ausmachen, die auf die Bühne kletterte. Die Dankeschöns und der Applaus dauerten viel zu lange. Der Vorführer wartete noch immer neben dem Film, Mona hielt ihren gebrochenen Arm zusammen, lehnte an der Wand und biss sich fest auf die Unterlippe.

Traurig schüttelte Dee Dee den Kopf. »Du solltest es besser wissen. Wir bringen Menschen nicht um, es sei denn wir müssen. Aber wir können uns nicht linken lassen. Immerhin haben wir einen Ruf, ich schätze, man könnte sagen, eine *Tradition* zu wahren. Und jetzt zu dem Video.« Sie rückte näher, und ich sah, wie sie Haam Harmstead die Waffe an die Schläfe hielt, exekutionsmäßig. »Denkst du, ich bin zu sehr Dame, um das zu machen?«

»Nein! NEIN!« Haams Augen glitten zur Seite, und auf seinen Schläfen breitete sich Schweiß aus wie eine Perlenkette. Der Zahnstocher schwemmte wie ein Floß aus seinem Mund und landete auf seinem Kinn. Ein leises Klicken verriet, dass Dee Dee Hammermann mit einer schnellen, winzigen Bewegung einer Fingerspitze die Sicherung gelöst hatte.

»Nein. Ich –« er schluckte, ein dicker Klumpen bewegte sich den kräftigen Hals rauf und runter.

»Gib sie mir, Haam«, schnurrte sie.

»Ich hab sie nicht, ich schwöre, dass ich nicht –«

»Das ist zu schade«, seufzte Dee Dee, ein merkwürdiges Geräusch als müsste sie mit ansehen, wie eine Sauce Bernaise vor ihrer Zeit erstarrt. »Wenn jemand etwas in Auftrag gibt, rennt man nicht mit der Arbeit weg. Ist eine schlechte Geschäftspraxis. Sehr, sehr schlecht.«

Und einfach so krümmte sie den Zeigefinger ihrer linken Hand, drückte den Abzug und schickte eine Kugel durch den Lauf und in die linke Schläfe von Haam Harmstead.

Kapitel 30

Das Kino von einst

Eine Kugel im Kopf verursacht den sofortigen Tod, es ist die bevorzugte Exekutionsart von Auftragsmördern. Dee Dee Hammermann exekutierte den Mann mit alarmierender Leichtigkeit und ohne mit der Wimper zu zucken. Er schlug dumpf auf dem Boden auf, ein schwarzes Loch in der Seite seiner Schläfe und ein überraschter Blick, der seine Augen nie mehr verlassen würde.

Jemanden plötzlich sterben zu sehen ist eine Erfahrung, die den meisten Menschen glücklicherweise erpart bleibt. Haam Harmstead war jetzt eine leere Hülle, von perfekter, steroidgepumpter Gesundheit zu totem Fleisch, blind gewordene Augen, alle Körperfunktionen augenblicklich ausgeschaltet. Auf der Haut über seinem rechten Auge war eine schwarze Tätowierung, eine Brennspur aus Schießpulver rund um die Eintrittswunde zu Haam Harmsteads Kopf. Seine Augen waren unglücklicherweise offen, und der orangene Zahnstocher lag auf seinem Kinn wie ein Ausrufezeichen zu einem sehr schlechten Witz.

Wie wir es aufnahmen: Mona und der Vorführer starrten auf den toten Körper, unfähig, den Blick von der Stelle zu wenden, wo die Kugel Haams Kopf verlassen hatte.

Dee Dee Hammermann gab die vollendete Auftragsmörderin ab, ganz mit der Bestandsaufnahme dessen beschäftigt, was jetzt *ihre* Geiseln waren, unsere Hände immer noch kunstgerecht mit Isolierband gefesselt. Sie nahm den Ort unter Kontrolle, prüfte die Türen, Decken. Es gab Arbeit, und ich fand, ich sollte ihr dabei helfen.

»Ich glaube, ich kann Ihnen helfen zu finden, was Sie suchen«, sagte ich.

»Was?«, fragte Dee Dee, und ihre Waffe zeigte auf mich.

»Ich denke, wir lassen den Vorführer besser den Film anmachen.«

»Himmel noch mal«, sagte Dee Dee Hammermann, und ich hatte das Gefühl, dass es nicht als Fluch gemeint war.

»Das hilft, das Publikum bei Laune zu halten.«

»Du hast Recht«, seufzte Dee Dee und sah zum Vorführer, der ihrem Blick nicht begegnen konnte. »Bereit, den Film zu starten? Geht das mit verbundenen Händen?« Sie sah ihn sorgfältig prüfend an, schätzte seinen Zustand ein.

»Ja.« Die Stimme des Vorführers quiekste. Die silberne Schnalle seiner Bolokrawatte schimmerte an seinem Hals. Am Kragen und unter den Armen war sein Hemd schweißnass. Er drehte sich etwas und wackelte mit dem Finger zum Kipphebel.

Der Applaus im Saal schwoll an. Der Filmemacher und seine Schwester stiegen von der Bühne.

»Ich hab gerade das Zeichen vom Theaterleiter bekommen. Der Vorhang geht auf.«

»Mach einfach deinen Job, und niemand kommt zu Schaden«, sagte Dee Dee.

»Keine Sorge.« Der Vorführer schluckte, sah für einen kurzen Moment zu Haam Harmsteads Körper auf dem Boden. Er hatte den Kolben von Dee Dee Hammermanns Schalldämpfer im Kreuz, irgendwo bei seinen Nieren.

»Los jetzt.« Die zwei Worte hingen schwer im Raum.

»Ja, ja, ich drücke den Schalter.« Der Vorführer legte einen zögernden Finger an den Kipphebel. Er schob ihn hoch, und wir hörten das scharfe *Klick*. Der lose hängende Film zitterte, spannte sich durch die Maschine, die Rollen begannen sich gemeinsam zu drehen. Vor dem Fenster konnte ich die Schrift sehen: PALE REFUGEE.

Die Filmrolle rotierte, die Bilder blitzten über die Leinwand, weit, weit vor uns. Ziegen grasten quer über die Leinwand, und ein einsames Solo einer elektrischen Gitarre schien im Wind zu wehen. Hinter mich greifend drückte ich den Schalter, auf dem »Saallautsprecher« stand, und tosend füllte der Applaus die winzige Kabine. »Und jetzt präsentieren wir Ihnen *Pale Refugee!*«

Dee Dee wirbelte herum, sah rüber zu mir, zu Mona, zum Vorführer, dessen Blick immer wieder zum Surren des Films wanderte.

»Wie ist das passiert?« Wieder sah sie uns alle an.

Ich spürte das Gewicht des Raums, fühlte das Gewicht von Monas Leben, vom Leben des Vorführers, der Zukunft des Castro Filmtheaters in der Waagschale hängen.

»Ich glaube, das geht automatisch«, sagte ich, und der Vorführer nickte mit dem Kopf wie eine Puppe. Das Weinen eines Gitarrensolos, ein einsamer Melodiefaden mit wirbelnden Riffs dazwischen. Es war die Musik von Jason Jeeters Jones. Seine Schafhirte-des-zwanzigsten-Jahrhunderts-Töne verzauberten uns alle, und für einen Moment war da keine Leiche vor uns auf dem Boden, und das Klebeband an unseren Handgelenken engte uns nicht mehr ein. Etwas in unseren menschlichen Seelen ließ uns der aufsteigenden Musik für seltsame, kostbare Momente folgen, eine Magie, mit der wir nicht gerechnet hatten, während unsere Augen von der Leinwand angezogen wurden.

Der Bann wurde von Stille gebrochen. Ein unbewegtes, schwarzweißes Foto von etwas, das wie ein großes schwarzes Gummikreuz aussah.

»*Das ›Schutz und Beschränkung 24‹ ist ein Prügel von einem Meter Länge*«, sagte Jason Jeeters Stimme. »*Es wiegt siebenhundertfünfzig Gramm. Es wird hergestellt aus gegossenem Polykarbonat und hat einen rechtwinklig verlaufenden Griff, mit dem ein Mann an den Handgelenken festgeschlossen und in die Zelle zurück geschleift wird.*«

Ein grüner Hang breitete sich vor uns aus. Eine Nahaufnahme des weichen Grases zeigte zwei Gestalten, zwei junge Männer in exzellenter körperlicher Verfassung, einer beugte sich von hinten über den anderen. Über das Paar eingeblendet erschien ein großer, weißer dreieckiger Schatten. Die Form bedeckte fast die ganze Szene, war aber durchscheinend genug, um uns einen Blick auf die außergewöhnliche Länge von Jason Jeeters' Penis zu erlauben, der das weiche Hinterteil von Martel zerteilte. Der Schatten, der über dem Paar eingeblendet war, wurde klarer, und ein Paar Augen erschien. Geschlitzte Pupillen und kleine Hörner über der gewölbten Stirn deuteten auf einen Ziegenkopf hin. All das geschah in Sekunden, und es schien, dass wir uns wieder an die Waffe in Dee Dee Hammermanns Hand erinnerten, gerade als Jasons letztes Riff vorbei war. Sie starrte auf den riesigen Kopf des Tiers. Sie war gebannt.

»Der falsche Prophet«, murmelte sie.

Ich war eine Statue. Das Isoband biss mir in die Hände, der Vorführer war in Schweiß gebadet, Monas Arm baumelte immer noch schlaff an ihrer Seite wie ein zerbrochenes Spielzeug, und Haams

Körper auf dem Boden war so frisch verstorben, dass ich kaum glauben konnte, dass er nicht noch atmete. Während Jasons sehnsüchtig verharrende Musik uns umwehte, hörte ich die nächsten Worte von Dee Dee Hammermann.

»Werkzeug!« Ich sah und hörte die Worte zwischen ihren Lippen hervorquellen, der Kriegsschrei einer Todesfee aus dem ultrarechten Flügel: »*Werkzeug Satans!*«

Kapitel 31

Es werde Licht II

Dee Dee Hammermann fragte mich irgendwas, aber ich konnte mich nicht auf die Antwort konzentrieren. Sie hatte ihre Waffe wieder entsichert und zielte damit auf meinen Kopf. »Was?« Ihre Stimme war ein kaltes Zischen im Raum. »Was für eine Sorte Kino ist das eigentlich?« Die Frage hallte durch meinen Kopf, und es schien eine Ewigkeit zu dauern, bis ich mir eine Antwort ausgedacht hatte, die sie vielleicht zufriedenstellen könnte.

Ich sah den Film, hörte Mona Marie angestrengt atmen und versuchte zu denken. Die Mündung der Waffe war noch warm vom letzten Schuss, den Dee Dee abgefeuert hatte. Die wuscheligen weißen Ziegen und die Jungs in Calvin Klein-Unterwäsche tollten zu Jason Jeeters erstaunlichen Gitarrenriffs umher. Auf dem Schneidetisch hinter dem Projektor lag eine reichhaltige Sammlung von Klingen. »Sicher haben Sie schon vom Castro Filmtheater gehört«, sagte ich ruhig. »Das Castro ist das beste noch erhaltene Beispiel eines Programmkinos aus den 20er Jahren in ganz San Francisco.«

»Häh?«

»Dee Dee, ich denke, ich kann Ihnen helfen. Nehmen Sie die Waffe runter und lassen Sie uns ins Geschäft kommen.«

Das wehmütige Meckern einer Ziege kam durch die Lautsprecher. Ich blickte zu Mona und dem Vorführer. Sie sahen mich an. Wir alle sahen zu Dee Dee. Sie entschied sich und sicherte ihre Waffe wieder. »Rede«, sagte sie.

»Lassen Sie uns die fehlende Ware beschaffen. Haam hatte sie nicht. Und ich auch nicht. Die Person, hinter der Sie her sind, die Andere, die in Sutro Heights war, die einzige Person, die haben könnte, was wir alle suchen, ist hier im Castro.«

»Woher weißt du das?«, fragte Hammermann.

»Weil ich da war, direkt nach Ihnen. Ich war Haams und Philips letzte Kundin. Hey, ich hatte keine Ahnung, dass wir uns in die

Geschäfte anderer einmischen. Ich wollte einfach eine Geldübergabe machen. Wie hätte *ich* wissen sollen, dass der Auftrag schon bezahlt war?« Ich beobachtete, wie Hammermann zuhörte, und atmete tief durch. Wir alle entspannten uns. Ich ließ meine Stimme die Leere des Raums erfüllen. Sogar Mona hörte aufmerksam zu.

»Mit dem Bargeld in der Hand wartete ich auf das Signal. Aber da war nichts. Kein Licht. Niemand zu Hause. Ich bin runter, um nachzusehen. Ich fand Philip Harmstead, aber er war schon durchsucht worden. Erst von Ihnen. Dann von seiner Exfrau.«

»Seiner Exfrau! Ich hasse solche Jobs.« Hammermann stampfte mit dem Fuß auf. »Scheidung? Ich hab Gunter gesagt, dass das nicht funktioniert.« Sie schüttelte den Kopf. »Ich hab's ihm gesagt! Wir hätten uns nie mit diesen Bauern einlassen sollen.«

Ich fuhr fort: »Die fünfunddreißig Riesen, die ich beim ersten Mal über den Abhang geworfen hatte, waren mit phosphoreszierendem Pulver markiert. Als ich die Leiche mit der Taschenlampe angestrahlt habe, hat sie aufgeleuchtet wie eine Neonreklame, er hatte das Bargeld also vor kurzem bei sich gehabt. Unglücklicherweise war das Geld weg. Und die Ware wahrscheinlich auch.«

»Woher weißt du das?«

»Ich fand Philip Harmstead, und er war durchsucht worden – zwei Mal. Zuerst von Ihnen, dann von seiner Exfrau. Sie kannte sein Geheimversteck. Sie kannten es nicht.«

»Ich hab nichts genommen –«

»Sie haben die fünfunddreißig Riesen nicht genommen, das stimmt. Das war auch nicht, was Sie wollten. Sie suchten nach dem Video, Dee Dee, es war in einem ausgehöhlten Fach in seiner Schuhsohle. Als ich die Leiche fand, hatte schon jemand den Absatz geöffnet. Das Band war ein Miniaturformat. Leicht zu verstecken und schwer zu finden. Aber ich weiß, wo es ist. Und ich kann es Ihnen beweisen. Ich glaube, wir können unsere Diebin hier im Castro finden. Soll ich's versuchen?« Ich zeigte auf den Kipphebel.

»Okay, was soll's.« Dee Dee zuckte mit den Schultern, hielt aber ihre Waffe fest.

Ich drückte auf den Schalter, der das bewegliche Schwarzlicht anmachte. Ein blass purpurner Lichtkegel strich über das Publikum, gab Tausenden behaarter Köpfe eine lavendelfarbene Schattierung.

Der Lichtkegel war fast unsichtbar, bis er auf einen bestimmten Sitz traf, der plötzlich merkwürdig grün aufleuchtete.

Der Effekt war schockierend. Kimilar Jones war die Königin des Lichts auf einem Thron von Glühwürmchen, ein wundervoller Matinee-Effekt. Ihr hellblondes Haar war ein Silberhelm, und Funken schienen von den Fransen ihrer Lederjacke zu sprühen. Die leuchtende Kimilar Jones war im gesamten Theater deutlich sichtbar. Die Menge verstummte, Köpfe wandten sich ab von den Bildern herumtollender Ziegen und texanischer Landschaft, hin zu der seltsamen Vorstellung im Kino selbst.

Kimilar stand auf, sie sah aus wie eine blasse, schöne Ophelia, die aus ihrem Grab stieg. Sie drehte sich um, ihre Zähne eine Reihe Scheinwerfer. Sie blinzelte, folgte der Quelle des Lichts bis zum Vorführraum, wo Dee Dee Hammermann es kaum erwarten konnte, durchzustarten.

»*Der brennende Sitz*«, konnte ich jemand über den Lautsprecher schreien hören. Das Publikum fing an, sich gegenseitig zuzurufen.

»*Was?*«

»*Der Stuhl, der brennt!*«

»*Feuer!*«

»*Brennender Sitz! Brennender Sitz*«, hallte es durch den Saal.

Die Menge war auf den Beinen und raste zu den Ausgängen. »*Feuer! Feuer! Es brennt! Keine Panik!*« Die Furcht erregenden Geräusche einer Massenpanik wurden in den Vorführraum übertragen. Mona schaffte es, einen Schrei zu unterdrücken, der Vorführer war in Ohnmacht gefallen, Dee Dee Hammermann schritt über ihn hinweg. Kimilar schob sich raus aus dem Schwarzlicht, zum Ausgang an der rechten Seite der Bühne. Die Menge flüchtete panisch, machte das Fortkommen schwierig. Ich stand mit dem Rücken zum Schneidetisch und fuhr mit dem das Isolierband an meinen Handgelenken über die Klinge eines Schneidegeräts, hoch und runter.

»*Falscher Alarm! Falscher Alarm!*« Ein neuer Schrei fegte durchs Publikum, als eine neue Szene auf der Leinwand erschien. Jemand rief den Leuten zu, sich hinzusetzen und den Film zu sehen. Mein Blick folgte Kimilar Jones, die sich zum Ausgang drängelte. Eine Reihe Männer in Leder versperrten ihr den Weg, Jason Jeeters hatte Martel im Breitbildformat bis zum Anschlag geschluckt.

Die Menge begann zu den Sitzen zurückzukehren. Angezogen vom Versprechen noch heißerer Szenen und der Melodie von Jason Jeeters Gitarre drückten sie die kleine Frau weiter zurück, den Gang rauf. Endlich waren meine Hände frei, Dee Dee Hammermann würde wahrscheinlich schon im Zwischengeschoss sein.

Ich fuhr mit den Fingern um das Glasgehäuse des roten Metallkastens. Sekunden später erklang im gesamten Castro echter Feueralarm, Klingeln schrillten durch den Zuschauerraum, die Gänge hoch und runter, übertönten das Knallen des Popcorns im Vorraum. Das anhaltende metallische Scheppern entfachte die Panik der Menge neu, ertränkte alle Schreie von »falscher Alarm« und gab mir eine Chance, Kimilar Jones zu finden.

Ich nahm ein Messer auf und befreite Mona. »Bist du in Ordnung?« Die Klinge war scharf und glitt leicht durch ihre Fesseln. Ihre rechte Hand bewegte sich schnell, aber ihr linker Arm hing schlaff, und sie berührte ihn vorsichtig.

»Ja, mir geht's gut. Ich mach den Vorführer los – geh du und schnapp sie dir ...«

»Gut – aber zähl bis tausend, bevor du die Bullen rufst, okay?« Ich blickte zurück, als ich den Raum verließ. Mona hatte Schwierigkeiten, seine Fesseln mit ihrem heilen Arm zu lösen. Wahrscheinlich würde es tausend Schläge dauern, bis er befreit war.

Der Balkon hatte sich geleert, Dee Dee Hammermann musste unten in der Menge feststecken. Meine Füße flogen die steilen Stufen zur Stirnseite des Balkons runter, wo sich zwei sehr große Frauen über die Brüstung beugten. Wie Raubvögel, die Fische in einem flachen Teich fixieren, blickten sie in die Menge.

»Falscher Alarm«, rief mir eine über das Scheppern hinweg zu.

»Stimmt«, sagte ich zu leise, um gehört zu werden. Ich lehnte mich neben ihnen über das Geländer. Kimilar Jones steckte immer noch im Ausgang fest, kämpfte gegen eine Flanke Ledermänner, die unbedingt sehen wollten, wie der Film sich entwickelte. Einige hundert Leute drängten sich vor der Bühne, und am Rand der Meute sah ich einen schimmernden schwarzen Pagenkopf. Dee Dee Hammermann. Sie verschaffte sich und ihrer schallgedämpften Waffe mit mindestens drei verbleibenden Kugeln einen Weg durch eine Gruppe geiles Leder. Ich blickte durch den Raum. Der riesige

Ananasleuchter hing vor mir, schimmerte über der Menge. Dee Dee Hammermann schubste und drängte sich durch die Leute, näherte sich ihrer Beute. Zu meinen Füßen schlängelte sich ein orangenes Verlängerungskabel unter dem Geländer entlang. Es war nur leicht befestigt und unter den Teppich geschoben. Ein schneller Ruck, und es löste sich aus der Steckdose. Fünfzehn Meter für Außengebrauch isoliertes Verlängerungskabel am Stück, und es gehörte mir. Eine schwere Metallsteckdose für vier Stecker war ans Ende des Kabels geklemmt und festgeschraubt.

Ich wandte mich der Frau neben mir zu. Sie war einszweiundneunzig, wog mindestens neunzig Kilo und war nicht eben schwächlich. Die Riesin sah aus wie Seemann Popeye, eine dünne Narbe streifte ihren braunen Hals und einen Bizeps. Ich prüfte ihre Arme und ihre Haltung, kam zu meiner Einschätzung und stellte die Frage.

»Entschuldigen Sie, ich hab ein Problem. Ich muss da runter in den Orchestergraben. Schnell.«

»Häh?«

»Da ist dieser verrückte Typ, der hinter meiner Freundin her ist. Ich muss zuerst bei ihr sein, letztes Mal hat er ihr das Gesicht zerschnitten.«

»Wo ist sie?« Unverzügliches Strinrunzeln, beschützerischer Impuls.

»Siehst du sie? Da? Die Frau, die sich durch die Menge drängt. Sie versucht ihm zu entwischen.« Wir blickten runter zu Dee Dee, die gegen schwarzes Leder kämpfte.

»Mann, sie hat's echt eilig!« Die Riesin nickte besorgt.

»Ich hab keine Chance, durch diese Menge zu kommen, es sei denn ...« Ich blickte noch einmal auf ihren Bizeps. »Es sei denn, ich kann da runterspringen, ohne mich umzubringen. Also, diese Verlängerungskabel sind dreisträngig ...« Wir diskutierten die Situation.

»Der Leuchter sieht weiter weg aus, als er ist, glaube ich«, sie blinzelte. »Schätze, das krieg ich hin. Ich kann's versuchen.« Sie nahm mir das Kabel aus der Hand und sammelte neben sich auf dem Boden eine Rolle. Dann hob sie die Steckdose über ihren Kopf und begann sie im Kreis zu wirbeln, die schwere Dose wurde schneller. Schneller und schneller drehte sie das Gewicht, bis es ein schwarzer Streifen vor der goldenen Decke des Kinos war. Als sie losließ, flog die Dose wie ein Engel zum Ananasleuchter und zurück, schnellte um die Metallstange und landete mit einem Rumms in einer Mulde des Beleuchtungkörpers.

»Verdammte Scheiße!«, rief die Frau.

»Du hast es geschafft!«, schrie ich.

»Das wissen wir noch nich', Schätzchen. Wir müssen's testen.«

Ich nahm das Ende des Kabels und zog heftig. Der Leuchter bewegte sich nicht.

»Willste das Ding wirklich reiten, Schwester?«

Ich sah runter zu den Leuten unter mir, zu dem schwarzen Pagenkopf, der sich jetzt mitten in den Pulk gestürzt hatte und stämmige Körper zur Seite schubste. Kimilar Jones saß immer noch fest, dicht beim Ausgang. Ich riss noch einmal am Kabel, zog mit meinem ganzen Gewicht. Die Ananas schwankte, aber nur wenige Zentimeter. »Ich denke, ich werd's versuchen«, sagte ich.

»Das glaub ich dir«, sagte meine Kameradin, als ich aufs Geländer kletterte und mir das ganze lose Kabel nahm. Was ich an Fingernägeln hatte, grub sich in die Gummiisolierung. Als ich mich abstieß, sah ich die Riesin winken. Das Letzte, was ich sah, war der Rücken ihres Hemds und das wohlbekannte grünweiße Logo: *Bridgeways*.

Kapitel 32

Luftakrobatik

Der Teil in der Luft war einfach. Es gab keinen Widerstand, als ich mich durchs Leere schwang. Tausend Dank den Herstellern von Verlängerungskabeln und den Inspekteuren, die sie überprüfen. Ich flog schnell, mit Leichtigkeit. Mein Flug beschrieb einen Bogen von fünfzehn Metern, den niemand genau sah oder sich merken würde. Da waren einige Ledermänner, die nie vergessen würden, wie ich aus dem Nichts kam und auf ihnen landete, aber sie würden später eine rationelle Erklärung finden. Vielleicht war es die hypnotische Melodie von Jason Jeeters, würden sie meinen, wenn sie es Freunden erzählten. Es war ja so verwirrend, die Angst, die Menschenmenge, die Schwenks über die Landschaft auf der Leinwand. Sie würden sich immer an die heißen Sexszenen erinnern, die sich auf achtzehn Metern über die Silberleinwand ausbreiteten, aber sie würden nie wirklich wissen, was für ein sechzig Stundenkilometer schneller Gegenstand sie getroffen hatte. Eine mit hundertdreißig Pfund bewaffnete Frau, die vom Balkon fiel und in ihrer Mitte landete? Ich kam mit den Füßen voran, schlecht für einen besonders kahl rasierten Schädel, aber ich landete direkt hinter der hellblonden Farmerin, Kimilar Jones. Meine Hände passten perfekt um die Seiten ihrer Taille. Aber wohin sollte ich mit ihr tanzen? Der Saal war ein männliches Chaos, es roch nach Leder, Schweiß, Panik und Prä-Ejakulation. Die Orgel war wieder hochgefahren worden und fing an zu spielen, *San Francisco, open your golden gates!*

Das Meer von Männern drängte Richtung Ausgang. Der eine Fisch, der gegen den Strom schwamm, war Dee Dee Hammermann. Sie kam direkt auf uns zu.

Ich duckte mich und zog Kimilar runter und durch die Menge.

»Wohin gehn wir?«

»Wo's sicher ist«, log ich. Ich wollte einfach Abstand zwischen Dee Dee Hammermann und mich samt Kimilar Jones bringen. »Wir müssen verschwinden. Da ist eine Auftragsmörderin, ungefähr sechs

Meter und vierzig Köpfe hinter uns. Also beweg dich.« Ich schubste und zog uns durch die Menge. Leute schrien, als ich drängelte und auf Füße trat.

»Unverschämte Schnalle!«

»Verklag mich doch!« Ich floh hinter das Feld aus Leder.

»Das mach ich! Ich bin Anwältin!«

Ich drehte mich um und sah Dee Dees Helmhaar näherkommen. Der Menschenstrom wurde immer dünner. Wo konnten wir uns verstecken?

Ich konnte Dee Dees Hand in ihrer Tasche sehen, und das war keine Banane, was sie da gepackt hielt. Die Menge löste sich auf, sie und ihre russische Halbautomatik glitten durch die Menschen wie ein Messer durch warme Butter.

»Verdammte Schlampe!«

Dee Dee war mit einem Frauenhasser in schwarzem Leder zusammengestoßen, der sie wundervoll schikanierte. Ich zog Kimilar die hölzernen Stufen zur Bühne hoch. »Mch schon!«

»Ja doch – niemand hat *das* geseh'n«, sagte Kimilar. »Du brauchst Nachhilfe ...«

»Scht!« Sanft legte ich ihr die Hand über den Mund. Ich nahm Kimilars Ellbogen und wirbelte uns durch den dicken Samtvorhang.

»Wo sollen wir uns denn *hier* verstecken?«, fragte sie leise. Es gab keinen Ausgang von der Bühne auf die Straße. Es gab überhaupt keinen Ausgang. Die Bühne war eine große Sackgasse, und ich hatte uns hier hereingewirbelt.

Die große silberne Leinwand breitete sich vor uns aus. An einer Seite konnte ich dicht dahinter die Betonwand sehen. Das Castro war immer ein Kino gewesen, es gab keine Gaderoben oder Beleuchtungsgerüste. Nur eine Menge Sitze und eine Bühne, die groß genug war, um der silbernen Leinwand Platz zu bieten.

Dann erinnerte ich mich, was Mona mir über das ursprüngliche Castro Filmtheater erzählt hatte. Wie war das alte Kino konstruiert gewesen? Ich blickte zur Decke hoch, um zu sehen, wie die Leinwand aufgehängt war.«

»Was solln wir tun?« Kimilar.

»Sei bitte leise«, flüsterte ich und drückte ihre Hand.

Meine Finger liefen über den Rand der Leinwand, wo sie auf den einen Meter dicken Holzrahmen gespannt war. Ich untersuchte die Kanten der Leinwand, meine Fingernägel bohrten sich in den Holzrahmen. Die silberne Fläche erbebte. Meine Finger spürten Luft und dann die aufwendigen Schnörkel eines zweiten Rahmens. Ich schälte die Leinwand zur Seite. Da war es, das geheime Kastell des Castro Filmtheaters.

Goldene Minarette waren besetzt mit Sapphiren, Rubinen und Diamanten. Säulen schlangen und wanden sich, traten hervor aus Jahren der Dunkelheit. Und in der Mitte ein bescheidenes, fast quadratisches Stück Leinwand, die ursprüngliche Stummfilmleinwand des Castro.

»Was zum ...« Kimilars Augen leuchteten auf bei der Entdeckung des Schatzes.

»Vorsicht, das Ganze ist nur ungefähr einen Meter groß – wahrscheinlich aus Pappe ...«

Tapp, tapp, tapp. Ich hörte Schritte auf den Brettern, jemand war auf die Bühne getreten. Das Haus leerte sich rasch.

»Komm mit!« Ich zog Kimilar durch den engen Spalt. Wir schlichen an dem vergoldeten Rahmen entlang. Die schmiedeeiserne Miniaturbrüstung, mit Monden und Sternen verziert, hakte sich in unsere Kleidung. Vorbei an mehr goldenen Spitzen erreichten wir die Stummfilmleinwand. Ich hob die Hand, und wir standen still. Dann ging ich zurück an die Stelle, wo ich die große Leinwand abgelöst hatte. Der schwache Rest Kleber an der Kante war noch zäh.

Tapp, tapp. Ein zögernder Schritt, der näherkam.

Ich presste die Kante der großen Leinwand an den Rahmen. Abgesehen von einer augapfelgroßen Stelle lag die Leinwand wieder fest an. Ich schlich die Bühne entlang zurück, die große Leinwand war beweglich genug, mich durchzulassen. Ich hoffte nur, dass sie sich nicht allzu deutlich bauschte.

Tapp, tapp. Anhalten. Stille.

Hatte sie meine Silhouette gesehen, die sich hinter der Fläche der großen Leinwand bewegte? Das Kino war jetzt leer, leise und leer, bis das nächste Mal Publikum eingelassen wurde.

Ich konnte Kimilars hellblondes Haar in der Dunkelheit sehen, die falschen Steine glitzerten im Licht, das durch den verbleibenden Spalt in der Leinwand fiel. Kimilar nahm meine Hand und rückte näher. Ich drückte sie fest an mich. Der Berggeruch von Lagerfeuer, Tannennadeln und Wildblumen stieg aus ihrem Haar und der Wildlederjacke. Ich fühlte ihren Atem am Hals, die kleinen, starken Hände kreisten über meine Taille.

Tapp, tapp.

»Bist du da drin, Emma Victor?« Dee Dee Hammermanns Stimme klang zögerlich, ein gutes Zeichen. Sie ging an der Leinwand vorbei. Ich konnte Kimilars Herz klopfen hören, als Dee Dee die dem Publikum zugewandten fünfzehn Meter Leinwand abschritt.

Tapp, tapp. »Emma Victor, Emma Victor.« Ihre Singsangstimme nahm mich aufs Korn. »Du hast keine Chance, weißt du. Ich hab dich mit Blondie hier hochgeh'n sehen. Das ist so schade mit euch beiden. Unbewaffnet, gefangen hinter einem dieser Samtvorhänge. Ich kann euch beide mit Blei vollpumpen, bevor ihr wisst, wie euch geschieht. Ein bisschen wie das Augenverbinden vor der Exekution. Man sagt, das sei die beste Art, wisst ihr. Oder glaubt ihr, das ist nur 'ne Projektion? Entschuldigt den blöden Witz. Einfacher ist es so nur für den Vollstrecker. Aber ich schätze, das werden wir nie erfahren, *oder?*«

»*Koma! Koma! Koma! Ehe-Apartheid!*« Tumult von der Straße hallte durch das leere Kino.

»*Kippt das Ordnungsamtliche Martyrium Andersliebender!*«

»*Eheverfügung verabschiedet, Eheverfügung verabschiedet!*«

»Die Eheverfügung«, wisperte Dee Dee.

»*Präsident unterzeichnet Eheverfügung! Kommt und holt es euch! Der Nachmittagsbote, Sonderausgabe*«, schrie ein umherlaufender Zeitungsjunge.

»*Faschismus!*«

»*Stürmen! Stürmen!*«

Der Ruf zu den Waffen kam von der Straße. Irgendwo weiter weg zerbrach Glas, die Reaktion war eine heulende Sirene.

Jetzt war alles still vor der Leinwand.

Dann hörte ich ein Lachen. Ein so freudloses Geräusch, so angefüllt mit selbstgerechtem Hass, dass ich schauderte. Das Lachen brannte sich in meine Erinnerung, zusammen mit Dee Dees letzten Worten.

»Hahahaha!« Tapp, tapp, tapp. Dee Dee hätte einen kleinen Tanz auf der Bühne aufführen können. »Euer liberaler Präsident wird euch für eine zweite Amtszeit ohne Zögern verkaufen.« Ich glaubte zu hören, wie sie die Waffe ins Halfter steckte. »Schwule Ehe? Nicht zu deinen Lebzeiten, Emma Victor. Die hiermit, aufgrund des freudigen Anlasses, verlängert werden. So ein Glück, Emma Victor im Glück!«

»*Wir sind hier! Wir sind queer! Lebt damit!*« Der Chor gewann an Lautstärke, an Wut.

»Hahahahahaha!« Dee Dee Hammermanns Lachen. Die metallene Feuertür schloss sich mit einem *Bäng*, und ich glaubte das unheimliche Lachen draußen weitergehen zu hören. Kimilar und ich klammerten uns aneinander, vor Angst, vor Erleichterung, und schließlich zum Vergnügen. Kimilar machte Anstalten, sich zu rühren, aber ich bremste sie mit einem Kuss. Ihre Lippen erzählten mir die Geschichte einer Frau aus den Bergen, ihre Zunge jagte mein Verlangen und fand es. Was für ein Weg, sie ruhig zu halten und hinter der Leinwand zu bleiben.

Ich wollte nicht an die uns auflauernde Dee Dee Hammermann denken. Und ich wollte nicht aufhören, Kimilar zu küssen. Wir machten weiter, bis die nächste Menge eintraf, das Kino füllte. Unwillig verließen wir unser geheimes Kastell. Dee Dee Hammermann war nirgends zu sehen.

»*Präsident unterzeichnet Eheverfügung! Kommt und holt es euch! Nachmittagsbote, Sonderausgabe!*« Wütend und voller Erwartung füllten die Stimmen meiner Leute den riesigen Saal. Kimilar und ich kamen raus, nass und mit weichen Knien traten wir ins Castro Filmtheater und zwischen das wütende Publikum.

Kapitel 33

Pale Refugee

»Ich habe Philip nicht umgebracht«, sagte sie.

Kimilar und ich machten eine Verschnaufpause auf dem Parkplatz hinter dem Castro. Der Mob auf der Straße zog sich zusammen, die Leute debattierten, ob das Regierungsgebäude gestürmt werden sollte. Wir sahen zu, wie die Menge sich in Marsch setzte und die Market Street runterströmte. Bald war die Gegend ruhig. Ich blickte zu der Frau neben mir. Ihre hellblonden Haare hatten sich in den Lederfransen ihrer Jacke verheddert, und ihre Finger beschrieben kleine Kreise auf meinem Knie. Sie roch immer noch gut, und der Wert ihres Kusses für die Geschichte war beträchtlich. Aber es war Zeit, die Wahrheit zu sagen. Die ganze Wahrheit und nichts als ...

»Ich habe Philip nicht umgebracht«, sagte sie.

»Ich weiß. Hammermann war vor dir bei ihm. Aber wenn ich du wäre, würde ich nicht die Unschuldige spielen. Zeit, die ganze Geschichte zu erzählen, Kimilar.«

»Gibt kein' Richter oder Geschworenen, der mir glauben würd, Emma. Ich hab gesessen. Scheckfälschung. Lang bevor ich die Farm gekriegt hab. Aber ich hab keine Kohle, Emma. Ich kann mir kein' Anwalt nehmen. Und ich kann nich' wieder ins Gefängnis, Emma. Oh Gott, nee, das kannich nich' –«

»Keine Angst.« Sanft nahm ich ihre Hand von meinem Knie. »Ich arbeite für eine der besten Anwältinnen in San Francisco, Kimilar.«

»Glaubst du echt, dass die miah hilft?«

»Klar«, sagte ich. »Warum nicht?« Vielleicht weil ich nicht wusste, wo meine Chefin die letzten achtundvierzig Stunden verbracht hatte, ich war sicher, das war eine Kleinigkeit, die sich klären würde.

»Du hast 'n Recht drauf, die ganze Geschichte zu hören, Emma. Ich wollt dich wirklich nich' übers Ohr hauen. Das weißt du doch?«

»Lass die Entschuldigungen. Fang einfach vorne an«, sagte ich. »Das ist immer das Beste. Wie hast du Philip Harmstead kennen gelernt?«

»Genau wie ich erzählt hab. Philip war eingeschrieben im staatlichen College, aber er war nicht gerade der Elfenbeinturm-Typ. Er taugte nichts, aber was zur Hölle wusst ich schon mit dreiundzwanzig? Als meine Mutter starb, verkaufte ich das Motel und kaufte diese kleine Farm. Philip war Geschichte, außer er brauchte mal 'n Platz, um zwischen zwei von seinen Dingern abzuhängen.«

»Was für Dinger?«

»Hör mal, hübsche Lady, die könnten mich wegen Beihilfe drankriegen.«

»Anwältliche Schweigepflicht. Und wir sind ganz allein. Außerdem kenne ich Philips Akte. Ich wusste nur nicht, dass er seine Auszeiten bei dir auf der Farm verbracht hat.«

»Auszeiten! Ich war seine verdammte Gefangene, Mann. Ich musste kochen und die ganze Bügelwäsche machen. Der Bastard musste in«, sie knirschte mit den Zähnen, »musste in gebügelter Bettwäsche schlafen. Und er fand, dass er mit mir schlafen musste. Verdammter Hurensohn. Aber das war, bevor ich mir diese Boots mit den Silberspitzen besorgt hab. *Heute* versucht keiner mehr Dummheiten mit mir.«

»Und dann was?«

»Also, Jason Jeeters gab mir den Tipp, dass Philip was im Schilde führte. Knast-Stille-Post, du weißt schon. Solche Sachen geh'n rum. Jason hat Haam im Kraftraum in Joliet kennen gelernt. Die haben zusammen Steroide eingeschmissen.« Sie schauderte. »Du weißt schon, das Gafängnis. Eine einzige große Bruderschaft von Klugscheißern und Arschlöchern. Und wenn sie keine Klugscheißer und Arschlöcher sind, wenn sie reingeh'n, sind sie's, wenn sie rauskomm'.«

»Also hat Jason dir erzählt, was Haam vorhatte?«

»Das letzte Mal kam Jason aus'm Knast und mit Martel direkt zur Farm. Sie hatten die Idee, diesen Film zu machen, und verdammt, sie haben's getan. Jason war seit sechs Monaten clean und benahm sich wie 'n Konfirmand. Zumindest hab ich das damals gedacht.«

»Und Martel?«

»Martel ist 'n Schatz. Ich hätte es wahrscheinlich nich' gemacht, wenn Martel nich' gewesen wär. Aber er is' zu jung. Martel mit Jason zu beobachten is' wie jemand zugucken, wie er Tag für Tag in 'ne Betonwand läuft. Wie auch immer, Philip kam nie, wenn Jason da war. Und Haam, dieser Freak, darf nich' auf mein Land. Er weiß, dass ich dieser Tage gut mit Waffen augerüstet bin. Aber es gab nich' viel, was man gegen Philip tun konnte. – Na, Jason machte *Pale Refugee* und der Film ging in die Festspiele. Da hat er mir von Philip erzählt, und von 'nem superwichtigen Job, mit dem mein Ex für immer ausgesorgt haben würde. Irgend'ne Erpressungsnummer, große Kohle in San Francisco. Ich hatte keine Ahnung, und es war mir egal. Aber ich musste einfach die Farm auf meinen Namen kriegen, Emma, ich musste einfach.«

»Also hast du mich engagiert?«

»Jahh, ich dachte, es würd 'n sauberer Handel wer'n.«

»Und hast mich auf einen dreckigen Kunden angesetzt.«

»Du siehst aus wie eine, die auf sich aufpassen kann. Ich dachte, wenn echt was für ihn drin is', wär ihm die Farm sowieso egal. Jason hatte gesagt, dass Philip das Land verlassen würde. Sagte, er wollte weg aus den Staaten. Brasilien, das hat Jason gesagt. Also dachte ich, zum Teufel, ich werd versuchen, die Farmsache geregelt zu kriegen, bevor er weg is'. Woher sollte ich wissen, dass du in der ganzen Sache drinsteckst?«

»Du hast Haams Stimme über mein Handy gehört, im Café Flor, oder?«

»Schwer, sie nich' zu erkennen, sie kommt direkt ausser Gosse. Mann, das hat mich voll umgehau'n. Du hast mit Haam telefoniert! Da musste ich meine Geschichte ändern, und zwar schnell. Ich hatte keine Ahnung, was ich tun sollte. Schließlich, woher sollte ich wissen, dass du in Ordnung bist? Haam führt nie Gutes im Schilde, und du warst ein Teil von was immer da lief. Inzwischen hast du mit dem Bruder von dem Typen geredet, den ich suchte, und wo Haam is', is' Philip nich' weit. Ich konnte mich nur zurückziehen, dich auf 'ne aussichtslose Jagd schicken, mit 'nem Foto, das ich zufällig in der Tasche hatte. Ich dachte, ich folge dir, bis du mich zu einem der beiden führst. Ich hätte nie gedacht, dass du mich zu 'nem toten Philip mit fünfunddreißigtausend führst –«

»In markierten Scheinen.«

»Ja, in *sehr* markierten Scheinen, wie sich rausgestellt hat. Ich hab das Geld eingesackt und bin abgehauen. Aber ich schwöre, Emma, ich schwör dir, dass ich ihn nicht umgebracht hab. In dem Moment, als du an der Küste angekommen bist, hab ich die Scheinwerfer ausgemacht und geparkt. Ich brauchte nich' lang, um dich zur Telefonzelle geh'n zu seh'n. Ich wusste, sie würden dich woanders hin schicken. Ich hab gewartet. Hab die ganze Zeit da gehockt, und dann fuhrst du wieder ab. Es war vorbei, und Philip oder Haam hatte ich nich' mal geseh'n. Aber ich hatte Glück. Ich hab dich weiter beschattet, und schon bald bist du noch mal rausgefahren zum Park. Dieses Mal war ich schlauer. Während du dein Auto geparkt hast, war ich schon da und hab nach meinem Mann gesucht. Ich hatte meine Mokkassins an. Schätze, der Park war gut besucht in dieser Nacht. Aber ich war die Leiseste von euch allen.

Ich hörte 'n Geraschel, und als es vorbei war, bin ich rangekrochen und hab Philip gefunden. Jemand hat ihn sich vor mir geschnappt. Der Scheißer hatte kein Gesicht mehr. Hätt ich selbst nich' besser machen können. Wollte wahrscheinlich jemand verlassen. Er hatte seine Reiseschuhe an.«

»Du hast dich bedient, oder?«

»Er war schon tot.«

»Du hast die Mörderin verscheucht, Kimilar.«

»Mörderin?«

»Die Frau im Trenchcoat hat ihn umgebracht. Sie ist eine Auftragsmörderin.«

»*Die* Lady?«

»Die hat Philip umgebracht.«

»Ich sollt mich bei ihr bedanken.«

»Nur dass sie dich auch fast umgelegt hätte. Also weiter. Du hast Philip gefunden ...«

»Sah aus, als hätte jemand seine Taschen schon durchwühlt.«

»Aber der Jemand ist unterbrochen worden, oder?«

»Jah, kann man wohl sagen. Hat fünfunddreißigtausend Dollar dagelassen.«

»Die du dir genommen hast, oder?«

»Jah. Fünfunddreißigtausend Dollar, die mich mitten in Jasons Film zu 'nem verdammten Neonschild gemacht ham.«

»Niemand muss von dem Geld erfahren, vor allem, wenn du's zurückgibst. Also, zu den fünfunddreißigtausend Dollar ...«

»Klar geb ich sie zurück. Ich hab sie im Hotelrestaurant liegen lassen, ich Idiot. Schuldgefühle, schätze ich. Ich war nie gut bei Verbrechen. Nur bei Ziegen. Wenn ich was Unerlaubtes mache, verrate ich mich sofort. Gute, ehrliche, harte Arbeit, genau wie meine Mutter. Überlass es den Männern, kriminell zu sein. Aber ich bin zurückgegangen und hab das Geld aus'm Hotel geholt. Ist alles hier.«

»Gut, ich muss es meiner Klientin zurückgeben. Gib es mir bitte.«

»Hier.« Sie gab mir ein Bündel Scheine. Die fünfunddreißig Riesen verschwanden schnell in meiner Tasche. »Und noch eins, Kimilar. Ein letztes Detail über die Nacht in Sutro Heights.«

»Was?«

»Du sagtest, Philip trug seine Reiseschuhe?«

»Jah.«

»Her damit, Kimilar.«

»Das Stückchen schwarzes Plastik?« Ihr Grinsen war fast boshaft, und einen Moment lang machte mir der Gedanke an die Bilder Angst, die vielleicht auf die Welt losgelassen wurden.

»Ich hoffe sehr, du zierst dich jetzt nicht lange.«

»Okay, Emma.«

Wir wurden von Sirenengeheul unterbrochen. Das war weder die Feuerwehr noch der Notarztwagen, die wegen eines falschen Alarms in einem Großkino kamen. Das war auch nicht das Überfallkommando, das anrückte, um einen Aufruhr unter Kontrolle zu bringen. Ich beobachtete die Flotte von Wagen, die die Castro hochkamen, auf dem Parkplatz und vor dem Kino hielten. Wir waren umzingelt.

Kimilar zitterte und zog sich hoch auf die Füße. Als wir aufstanden, steckte sie schnell ihre Finger in meine Tasche, verharrte einen Moment und zog sie wieder raus. Als wir die Straße runtergingen, merkte ich, wie ich lächelte. Das kleine, harte Rechteck eines Miniaturvideos war in meiner Tasche, ein Streifen, der es nie in die Filmfestspiele schaffen würde.

Es war schwer, nicht zu lächeln. Mission erfüllt, und ich würde weiterleben, um davon zu erzählen. Mein Anteil an den fünfunddreißigtausend Riesen würde für ein Jahr Hypothek und einen Monat in Baja reichen. Ich würde Ferien brauchen. Als wir aus dem Gebüsch kamen, sahen wir genug neue Limousinenmodelle, um den gesamten FBI-Fuhrpark auszurüsten. Glücklicherweise war es nicht das FBI.

Es war der Secret Service. Die Verstärkung, die am Sonnabend hätte da sein sollen, kam nur einige wenige Tage zu spät.

Kapitel 34

Spuk im Castro

Offensichtlich war sie diejenige, die das Kommando führte. Sie lehnte sich über die Motorhaube ihres Autos und sprach in ein Funkgerät, dessen langes, gedrehtes Kabel in den Wagen reichte. Mit einer Seite ihres Munds gab sie Befehle, mit der anderen sprach sie ins Funkgerät. Ihre Augen suchten das Dach ab, den Bürgersteig und die weniger werdenden Leute, die aus dem Kino quollen.

Unter ihrer Leitung wurde das Kino geleert und gelbes Plastikband vor den Türen gespannt. Eine Gruppe näherte sich uns. Wir sahen aus wie zwei vom Film übriggebliebene Lesben, nur dass mir unter der Nase ein Schnurrbart aus getrocknetem Blut wuchs. Und Kimilar würde als Beleuchtung für ein kleines Restaurant ausreichen, wenn Schwarzlicht auf sie fiel.

Ich zog sie an mich, um sie zu beruhigen und sicherzugehen, dass sie nicht türmte. Wir beobachteten die Welle von Männern in Springerstiefeln und kugelsicheren Westen, die die Straße füllten. Sie sprangen über den Windschutz, der den Parkplatz vom Kino trennte. Im Handumdrehen konnten wir zusehen, wie Männer vom Secret Service das Dach des Castro Filmtheaters entlangkrochen.

Auf der Straße behielt ich die Verantwortliche im Auge und hörte, wie sie vor Wut schrie. »Wer zum Teufel hat den Krankenwagen gerufen?« Heulend kam ein Krankenwagen den Hügel von Divisidero runter, auf die Market und die Castro.

Wir schlängelten uns näher an das gelbe Plastikband, das das Kino umgab.

»Weitergeh'n, weitergeh'n«, sagte die Stimme der Autorität.

»Ich weiß, wer den Krankenwagen gerufen hat«, sagte ich zu dem Mann, der am Rand wachte.

»Weitergeh'n, hier gibt's nichts zu seh'n.«

»Da liegt eine Leiche im Vorführraum. Er wurde mit einer Schalldämpfer-Automatik exekutiert, linke Schläfe. Der Vorführer ist unverletzt, aber die Frau, die angerufen hat, könnte einen gebrochenen

Arm haben. Davon abgesehen gibt es im Castro nicht viel Interessantes. Aber vielleicht wollen Sie mich berichten lassen.«

»He, Agentin Pranzini!«, rief er der Frau zu, die an der Limousine lehnte.

»Was?«

»Wir haben hier jemand mit Informationen.«

Zwei stahlgraue Augen sahen in meine Richtung, die Frau, etwa vierzig, lange braune Haare, einssiebzig, legte das Mikrofon ins Auto und nickte einer Kollegin zu, die direkt hinter ihr stand. Die Frau hatte mich erkannt, da war ich sicher. Beide kamen auf uns zu.

»Kimilar.« Ich drehte mich zu angsterfüllten Augen um. Ich legte einen Finger unter ihr Kinn, hob es etwas an und schmeckte ihre salzigen Lippen. Sie zitterten. »Warum gehst du nicht vor und wartest auf mich? Ich glaub nicht, dass das hier lange dauert.«

»Aber – aber –«

»Geh einfach, Schatz. Du hast ja den Schlüssel.« Ich gab ihr einen Schlüssel mit einer geflüsterten Adresse und schob sie in die Menge. Winkend sah ich sie verschwinden und wartete darauf, dass das Gesetz mich fand. Es dauerte nicht lange. Special Agent Suzanna Pranzini trampelte auf schweren, hohen Absätzen heran und forderte: »Wo ist sie?«

»Dee Dee Hammermann?« Ich versuchte mein Glück und gewann.

»Ja. *Ja!*«

»Tut mir Leid.« Ich fühlte eine furchtbare Gewissheit, die Mission war erfüllt, aber ich hatte das böse Mädchen entwischen lassen. »Dee Dee Hammermann, oder wer immer sie ist …« Ich schwenkte eine Hand Richtung Twin Peaks. »Sie ist da lang.«

»Verdammt!« Special Agent Pranzini schmetterte die Tür ihrer Limousine hart genug zu, um das gesamte Federungssystem zu erschüttern. Ich sagte gar nichts. Damit schien ich genau richtig zu liegen. Ich sah zu, wie Pranzini die Arme auf den Wagen legte und den Kopf darin vergrub. Immerhin hatte ich Kimilar Jones aus dem Mist rausgehalten, ein loser Faden, den es nicht brauchte, um das Muster zu vervollständigen.

Pranzinis Schultern sackten runter, und sie atmete tief aus. »Okay, okay«, sagte sie zu sich selbst, nahm das Mikro und sagte etwas, das ihre Leute vom Castro-Dach runter beorderte. Bald war auch das Absperrband verschwunden, das die Straße geschmückt und die Leute in Schach gehalten hatte.

»Okay, kommen Sie.« Ihre Augen waren stumpfer als alte Pfennige, und sie sah müde aus. Sie eskortierte mich zu ihrem Auto und legte mir die Hand auf den Kopf, als ich auf den Sitz glitt. »Stoßen Sie sich nicht den Kopf«, sie kümmerte sich gut um mich, ganz als wäre ich eine Gefangene. Ihre Partnerin rutschte auf den Fahrersitz und startete den Wagen. Suzanna stieg ein.

»Emma Victor?«, fragte sie mich.

»Ja.«

»Willie hat sich gedacht, dass Sie vielleicht im Kino sind.«

»Ihr seid 'n bisschen spät dran. Den besten Teil der Story habt ihr irgendwie verpasst.«

»Keine Sorge, ich hab genug Geschichten gehört, um ein Leben lang damit auszukommen. Außerdem«, sagte sie, als wir die Market Street zum Regierungsgebäude runterfegten, »ich hab 'ne Menge Filme gesehen und Bücher gelesen. Das Leben gibt immer noch die besten Geschichten her.«

Das war in Ordnung. Solange ich nicht ins Gefängnis musste und niemand meine Taschen durchsuchte.

Die Limousine hielt und fuhr mit dem fließenden Verkehr, wurde schneller, als wir uns dem Regierungsgebäude näherten. Dann flogen wir die Betoneinfahrt zum Keller des Gebäudes runter. Pranzini gab mir einen Sicherheitsausweis, mit einem Blick schickte sie ihre Chauffeurin weg, und wir waren allein in einem Fahrstuhl mit einem unbeschrifteten Knopf. Siebzig Sekunden lang fielen wir langsam abwärts, bevor wir einen Ort weit in der Erde unter San Francisco erreichten.

Ein langer, linoleumbelegter Flur führte uns zu einem Raum mit einem Tisch und zwei Stühlen. Am Boden unter dem Tisch lag ein Teppich. Das Kissen auf dem Stuhl hatte ein braun und grün gekleckstes Rankenmuster. Ich setzte mich drauf. Pranzini setzte sich hinter den Tisch und machte eine Lampe an. Sie nahm einen Schreibblock und einen Bleistift aus dem Tisch. Dann durchsuchte sie die restlichen Schubladen, sie gab sich keine Mühe, es besonders auffällig zu machen.

»Ich werde Ihnen jetzt sagen, worum es geht, Emma. Und ich

muss mich darauf verlassen können, dass Sie nicht zur Presse gehen, dass Sie nichts davon weitererzählen.«

»Das gehört zu meinem Beruf«, beruhigte ich sie.

»Auch kein Bettgeflüster.« Pranzini demonstrierte die Beweglichkeit ihrer Augenbraue.

»Das gehört *überhaupt* nicht zu meinem Beruf.«

»Danach habe ich nicht gefragt.«

»Ich kann ein Geheimnis für mich behalten.«

Wir lauschten wieder der Stille. Es irritierte mich. Das ganze Drama irritierte mich.

»Gut.«

»Hören Sie, Special Agent Pranzini, ich verstehe, dass das Ihr Job ist und dass er schwer ist. Aber ich habe eine Freundin mit einem gebrochenen Arm im Castro. Und eine Arbeitgeberin, die verschwunden ist. Übrigens, wo waren Sie eigentlich, als jemand versucht hat, mich in Sutro Heights abzuknallen?«

»Es tut mir Leid, Emma. Willie Rossini hat Ihre Nachricht erst heute am Spätnachmittag erhalten. Wir waren bereit, Samstag nachzustoßen, als die letzte Übergabe gemacht wurde. Aber da sie uns nicht angerufen hat, konnten wir nicht helfen. Ich möchte, dass Sie wissen, dass der Service Ihnen herzlich für Ihren Beitrag zur nationalen Sicherheit dankt.«

»Worum geht's überhaupt bei dieser nationalen Sicherheitssache?«

»Hören Sie zu, Emma, hören Sie mir genau zu. Demokratie hat nie existiert, wenn es gleichzeitig große Klassenunterschiede gab.«

»Okay«, sagte ich. »Dann hat Demokratie eben nie existiert, wenn es gleichzeitig große Klassenunterschiede gab.

»Es gibt Pläne, Emma, *große* Pläne, um sicherzustellen, dass wir in diesem Land einen großen Klassenunterschied haben. Und diese Pläne sind in Kraft.«

»Einige nennen es zwölf Jahre Republikanische Regierung.«

»Emma, eine Koalition des äußersten rechten Flügels versucht, die Regierung zu destabilisieren. Und Sie haben geholfen, ihre Pläne zu vereiteln.«

»Ich helfe gern. Der Präsident hat gerade die Eheverfügung unterschrieben.«

»Das habe ich gehört.«

»Aber Sie haben nicht zugehört«, sagte ich. »Es macht mir nichts aus, Ihr Laufmädchen zu sein, das ist mein Job. Und es gibt viel schlimmere Sachen, um die ich gebeten werden könnte. Aber machen Sie mir nicht vor, ich sei ein Teil Ihres Systems. Ich habe keine Bürgerrechte in den Vereinigten Staaten von Amerika. Und in letzter Zeit finde ich das nicht so toll.«

»Wandel ist ein langsamer Prozess. Außerdem ist der Gesetzesvorschlag der Lesbisch-Schwulen Bürgerrechtsbewegung mit nur drei Stimmen abgelehnt worden. Er wird immer wieder auf die Tagesordnung kommen –«

»Es sind doch nur die Hochzeitstorten und die Küsse, die euch stören, oder?«

»Sparen Sie sich das Einschnappen, Emma, und konzentrieren Sie sich auf den Feind. Gegen diese Leute steht J. Edgar Hoover wie ein Pfadfinder da. Wir reden über *Fundamentalisten*, Emma. Weltweit vernetzte Fundamentalisten – und ihre Ausbildung und Finanzierung läuft ebenfalls weltweit.«

»So was wie ein böser Verein Christlicher Junger Männer?«

»Sie kapieren es nicht, oder Emma? Wir reden von deutschen Industriellen, die schiitische Moslems manipulieren. Japanischen Pharmagiganten, die mit Waffenschmugglern aus dem Nahen Osten handeln. Ein lateinamerikanischer Diktator, vor kurzem entthront, aber sehr einflussreich und wohlhabend, der drei Attentäter angeheuert hat, um den Präsidenten zu ermorden. Es gibt bestimmte Elemente, die sich im Vatikan festgesetzt haben. Das sind intellektuelle Geschäftsleute. Das sind die Truppen des Faschismus.«

»Faschismus«, murmelte ich. Das Wort schien von den Wänden und in den Straßen widerzuhallen.

Das Dritte Reich war sorgfältig, akribisch von oben inszeniert. Es passierte wieder. Aber mit einer neuen Art globaler Verflechtung.

»Wir müssen mehr über ihre Vorgehensweise erfahren, wie sie kommunizieren, ihre Rekruten ausbilden. Es wäre großartig, wenn wir einen von ihnen umdrehen oder zumindest zum Reden bringen könnten. Sie wissen, wie sie große Gruppen der Bevölkerung manipulieren müssen. Skinheads. Evangelisten. Jeden, der Angst hat, seinen Job zu verlieren, obdachlos zu werden. Sie wollen zurück zu einer Welt mit einer Überklasse und einer Unterklasse. Alle wirtschaftlichen Faktoren sind günstig. Sie müssen nur Politiker manipulieren, die Demokratie im Kopf haben. J. Edgar Hoover hatte recht. Du musst deine Feinde nicht in der Hand haben. Du musst etwas gegen sie in der Hand haben. Ich wusste, dass Ulrike Ariens im Land war. Ich konnte ihre Arbeit riechen, ich fand ihren Partner, Gunter, in Yale an der Juristischen Fakultät. Es scheint eine Verbindung zu Tim McVeigh zu geben, dem Jungen, der das Regierungsgebäude in Oklahoma in die Luft gejagt hat …« Sie wirbelte den Bleistift zwischen ihren Fingern.

»Das Regierungsgebäude? Ich dachte, das war –«

»Das wäre schön. Ich wünschte, es wäre ein Überlebenskünstler gewesen, der Country-Musik mag, aber die Melodie ist lauter, und eine Menge Leute tanzen danach. Ohne es überhaupt zu merken. Erinnern Sie sich an den dritten, nicht identifizierten Verdächtigen? Der Plan war, es nach schiitischen Moslems aussehen zu lassen, aber sie haben's verpfuscht. McVeigh ist ganz unten in der Hierarchie. Wir müssen weit rauf in der Futterkette. Dahin, wo Dee Dee Hammermann ist. Und die Leute, die sie machen, das ganze Kader von Agitatoren, Waffenspezialisten und Medienmogulen. Es wird lange, lange dauern, sie zu demaskieren.« Die Spitze ihres Bleistifts fand die Kante ihrer gespitzten Zunge und landete wieder auf dem Papier. »Es könnte viel zu spät sein. Dee Dee Hammermann war meine große Hoffnung. Ich war überzeugt, in ein paar Wochen, vielleicht in nur einer Woche –«

»Zweifellos mittels sanfter therapeutischer Maßnahmen.«

»Niemand sagt, dass ein verhör dritten Grades ein Vergnügen ist. Aber Massenmord ist auch kein Picknick für die, die dabei sind. Und Sie *hatten* sie schon!«

»Sie hat *mich* fast zum Abendbrot verspeist.«

»Eine Frau, *eine* Frau hätte uns Einblick in die Arbeitsweise –«, die Agentin brach den Bleistift durch.

»Da ist was Mechanisches, Unheimliches an ihr. Wie wenn meine Hauswirtschaftslehrerin Amok läuft«, sinnierte ich.

»Zu wissen, dass wir so nah dran waren«, murmelte Pranzini. »Dee Dee Hammermann, Ulrike Ariens, Hannah Moore. Eine Auftragsmörderin im Namen des Herrn.«

»Was hat sie früher gemacht?«

»Sie hat in Chile angefangen, reine Dekoration für General Pinochet, die zum Geräusch des Exekutionskommandos Champagner trinkt. Sie hatte nie ein Problem mit Gewalt. Sie hat in Frankreich gelebt, wo ihr beigebracht wurde, U-Bahn-Bomben zu legen und sie erfolgreich der linken Szene zuzuschreiben. Und jetzt hat sie in San Francisco an Buffettischen gejagt.« Pranzini seufzte.

»Ich kann Ihnen die Einzelheiten ihrer Erscheinung und ihres Sprechens geben.«

»Ja, na ja, schätze, wir machen uns besser dran.« Suzanna ergriff einen neuen Bleistift, befeuchtete die Spitze mit ihren Lippen.

»Was, kein Aufnahmegerät?«

»Ich stelle die Fragen«, sagte sie.

Viele Stunden später, gerade als der Montagmorgen anbrach, dankte sie mir für die Zusammenarbeit. Es war ein Licht, das ich vergessen wollte, ein Licht, das ich nie sehen würde. Ich würde diesen Montag in tiefem Schlaf verlieren. Und gerade rechtzeitig für die Wahl wieder hochkommen.

»Ich muss jetzt mit diesem Vorführer reden.« Pranzini gab ihrer Fahrerin ein Zeichen, die den Wagen holte. Sie sagte, ich sollte sie sofort benachrichtigen, wenn ich irgendwelche Informationen hatte. Sie gab mir ihre Karte.

»Wenn Sie nicht zu sprechen sind, an wen sollte ich mich wenden –«

»Wenn ich nicht zu sprechen bin, müssen Sie 's für sich behalten.«

»Und was, wenn –«

»Wenn ich nicht mehr beim Secret Service bin, würde ich – wenn ich Sie wäre – vergessen, dass wir uns je begegnet sind.«

»Wohin soll ich Sie bringen?«, fragte die Fahrerin. Ich blickte auf Agentin Pranzinis Rücken.

»Bringen Sie mich ins Castro«, sagte ich. »Achtzehnte, Ecke Market.« Wir fuhren die Market Street wieder hoch, alles sah so vertraut und gleichzeitig so fremd aus. Die Demonstranten waren gekommen und gegangen, und die Straße war voller Spuren der wütenden Kurzrevolte von letzter Nacht. Banner verwelkten auf der Straße. Schilder häuften sich am Eingang zu Harvey's, Leute auf dem Weg zur Arbeit stiegen darüber. Im Schaufenster des Maklers gab es neue viktorianische Gebäude zu verkaufen, und eine Frau auf einer Leiter wechselte einen Buchstaben an der Markise des Castro Filmtheaters aus.

Vor Walgreens ließ ich mich absetzen. Leute liefen in Scharen über die Kreuzung. Ich stieg über ein Schild, das im Rinnstein lag. EINE ARMEE VON LIEBENDEN KANN SICH NICHT IRREN! KOMA – KIPPT DAS ORDNUNGSAMTLICHE MARTYRIUM ANDERSLIEBENDER.

Eine lange Reihe Zeitungsautomaten stand mit den neuesten Ausgaben bereit. SCHUTZ-DER-EHE-VERFÜGUNG VOM VATIKAN UNTERSTÜTZT, lautete eine Überschrift. ARZT WEGEN ABTREIBUNG IM DRITTEN TRIMESTER VERURTEILT, eine andere.

Nie hatte sich das Castro mehr wie ein Ghetto angefühlt.

Ein Tisch vor der Bank of America war mit Wahlhelfern von Calvin Smith besetzt. »Wählen Sie morgen! Nicht vergessen!«, riefen sie.

Wildes Hupen, und Roses Bus hielt am Straßenrand. »He, Freundin, ich muss mich bei *dir* entschuldigen.« Summend bewegte sich das Seitenfenster runter. »Komm rein.« Sie zog den Knopf auf der Beifahrerseite hoch. »Ich hab gerade deine Chefin vom Flughafen abgeholt.«

»*Was?*«

»Ich hab Blake die Flüge überprüfen lassen. Er hat Willie an Flugsteig 37 gefunden, kam gerade aus Detroit.«

»Detroit?« Meine Stimmung sank. Willie hatte gesagt, sie würde in New Orleans sein. In einem bestimmten Hotel. Willie hatte so einiges gesagt. »Du hast Willie abgeholt«, stellte ich fest. »Warum?«

»Es schien mir richtig.«

»Es war wohl eher Neugier.«

»Willie ist nicht blöd. Sie sagte, sie hat deine Nachricht verpasst. Als sie die Info bekam, war es zu spät oder so. Wer war überhaupt für die Rückendeckung eingeplant?«

»Das willst du nicht wissen.«

»Ich gewöhne mich langsam an den Satz. Übrigens, du siehst scheiße aus.«

»Nichts, was ein Bad und zwanzig Stunden Schlaf nicht kurieren können. Was war mit Willie los, Rose?«

»Wie gesagt, Emma, sie hat sich Sorgen um dich gemacht. Scheint, als hätte ich mich in Willie getäuscht. Ich hab ihr gesagt, dass ich dich später treffe und dass ich dir die Einzelheiten erzähle.«

»Okay, warum ist sie verschwunden? Was kann ein Grund sein, mich hängen zu lassen, wenn ich Kopf und Kragen riskiere?«

»Scheint, als hätte Willie eine Nichte in Detroit –«

»Ja. Sie besucht sie jedes Jahr zu Weihnachten. Stella. Muss inzwischen ungefähr achtzehn sein.«

»Also, Stella, so scheint es, brauchte eine Abtreibung im dritten Trimester.«

»Abtreibung im dritten Trimester? Die Sorte, die der Kongress gerade verboten hat?«

»Genau. Ich glaube, sie war in Indien, hatte 'ne Beziehung, und sie wurde krank, und dann hat sie 'ne Absage gekriegt. Als sie nach Hause kam, war sie in Schwierigkeiten, wie es so heißt. War nicht leicht zu arrangieren. War nicht leicht durchzustehen. Kein Routinejob. Es gab Komplikationen.Willie musste ihren Besuch verlängern und einen Extratag bleiben. Der Arzt war ein alter Freund der Familie. Trotzdem konnten sie die OP nicht im Krankenhaus machen. Und der Arzt hatte Angst. Und das hat Willie Angst gemacht.«

Gelächter ließ mich hochblicken. Auf der anderen Seite der Scheibe ging Händchen haltend ein Paar vorbei. Zwei Frauen, versunken in Frischverliebtheit, ihre Augen warm und feucht, ihre Lederjacken schwer von Metall, ihre Gesichter wild mit Tätowierungen.

»Hier ist 'neAusgabe des *BAR*«, sagte Rose. »Ich dachte, das würde dich interessieren.

Bay Area Reporter, San Francisco
SPUK IM HOMOTEMPEL
von A. Sapphire Poore

Am Sonntag fand die seltsamste Abschlussveranstaltung der San Francisco Schwul-Lesbischen Filmfestspiele statt, die es je gegeben hat. *Pale Refugee*, der viel gerühmte Abschlussfilm, wurde unterbrochen, als ein seltsames Leuchten im Zuschauerraum erschien.

Es hat schon immer Gerüchte über Geister gegeben, die im Castro spuken, keins ist rätselhafter als der »brennende Sitz« in der dritten Reihe. Der Legende nach wird der heiße Sitz lebendig, wenn die Hitze auf der Leinwand unerträglich wird. Ein übernatürlicher Zensor? Oder ein Geisterwesen, das aufgrund der hohen sexuellen Energie des Stars aus *Refugee*, Jason Jeeters Jones, loslegt? Oder ein Beispiel für Massenhysterie, wenn ein so beunruhigender und heißer Film wie *Pale Refugee* gezeigt wird?

Das seltsame Licht, das Sonntagabend von Hunderten gesehen wurde – eine Erklärung dafür steht aus. Ebenso wie für den fliegenden Schatten, den manche vom Balkon über die Menge haben gleiten sehen. Während einige Gäste schwören, dass sie angegriffen wurden, und ein Mann eine Prellung auf der Stirn hatte, haben andere nichts gesehen und sind nicht bereit, Zeugen zu glauben.

»Ich weiß, was ich gesehen habe«, beharrt Joseph Capriani. »Ein junger Mann fiel vom Balkon und landete in der Menge. Ich hab geguckt, aber ich weiß nicht, wo er hin ist. Ich habe einen blauen Fleck auf meiner brandneuen Tätowierung, der das beweist.« Später, so wird sich erzählt, sei ein Verlängerungskabel vom Balkon gefallen, und jemand sagt, er habe einen Funkenregen gesehen. Eine Sprecherin der San Franciscoer Gebäudeinspektion sagte, im Castro habe es kürzlich eine Elektrizitätsinspektion gegeben, das Verlängerungskabel sei in einer Anhörung über Abänderungen gebilligt worden. Offensichtlich wird das Rätsel niemals gelöst werden. Es wird als ein weiteres, buntes Kapitel in die Überlieferung über San Franciscos einhundertstes historisches Denkmal eingehen, ungeachtet der vielen Dementis wie dem von Vorführer Dodd O' Malley.

»Es hat schon immer Gerüchte über Geister im Castro gegeben. Aber betrachten Sie es von dieser Warte. Da war eine Menge sexuelle Energie, gefolgt von Panik. Die Leute waren mehr als verwirrt«, sagt Vorführer Dodd O' Malley. »Ich konnte vom Vorführraum aus alles sehen. Der Feueralarm und die darauf folgende Unruhe in der Menge machten es schwer, zu erkennen, was los war. Es ist unter den Umständen leicht, sich alles mögliche vorzustellen. Und vergessen Sie nicht, das Castro wurde für Illusionen geschaffen.«

Inzwischen ist klar, dass Filmfreaks und Fans des zartharten Stils von Jason Jeeters Jones eine neue Chance bekommen, *Pale Refugee* – und Jason – in ganzer Länge zu sehen. Der bejubelte Film wird nächsten Samstag wiederholt, er wirft Judy Garlands *Osterspaziergang* aus dem Programm des Castro.

Die Leiche von Haam Harmstead war völlig aus der Geschichte verschwunden.

»Bring mich nach Hause, Rose«, sagte ich. »Und fahr vorsichtig, ja?«

Kapitel 35

Von Geburt an

Dienstag war Wahltag. Ich fuhr rüber zum Glen Park, um Mona zu besuchen, entschlossen, mit ihr zu reden, bevor sie ihre Stimme abgab. Monas Straße mit den winzigen Häusern sah aus wie die Penny Lane. Weißer Stuck, grüner Stuck, rosa Stuck, alle mit dem gleichen Panoramafenster Richtung Mount Davidson. In der Ferne Sirenen. Es schien als wären immer Sirenen in der Ferne.

»Mona, das mit deinem Arm tut mir wirklich Leid.« Ich traf sie, als sie das Haus verließ. Ihr Arm lag in einer improvisierten Schlinge.

»Ich weiß, Emma.« Sie bewegte den Arm vorsichtig. »Komm ein Stück mit, ich geh die Straße runter, zum Wählen.« Sie nickte zu einer kleinen Garage, wo ein Wahllokal seine Fahne aufgehängt hatte. »Ich habe nachgedacht«, sagte sie. »Ich kann nicht glauben, dass ich mich mit dir eingelassen habe.« Mona Marie Lee rückte etwas ab und sah an mir hoch und runter, als würde sie mich das erste Mal richtig sehen, sie schüttelte den Kopf, der Pony lag auf ihrer neuen Brille. Mona lachte in sich hinein. »Und ich schätze, wir würden eine Menge Spaß haben, wenn du mal gerade nicht unsere Leben aufs Spiel setzt. Es tut mir Leid, dir das zu sagen, aber das mit uns beiden endet hier, Emma. Du bist eine aufregende Frau, ein bisschen *zu* aufregend für mich.«

»Nicht böse sein!«

»Bin ich nicht«, beruhigte sie mich. Perlmuttrosa Lippen trafen meine zum Abschiedskuss. Mona seufzte, ein Geräusch, das in meinen schöneren Fantasien nach Bedauern duftete. Und dann schritt Mona Marie Lee aus meinem Leben. Bis zum nächsten Softballturnier, Grillfest oder den nächsten Schwul-Lesbischen Filmfestspielen.

Ich fuhr zurück in mein eigenes Viertel. An einer Garage die Straße runter baumelte schlaff eine Wahllokal-Fahne. Ich machte mein Kreuz für Stadträtin Villanueva, unabhängige Kandidatin für das Bürgermeisteramt, und ging nach Hause.

Die Küche war sauber und die Katzen gefüttert. Die Arbeitszimmertür war fest verschlossen. Die Schlafzimmertür war auf.

Drinnen auf meinem Bett schlief Kimilar Jones. Auf dem Bauch liegend schien sie in der Tagesdecke zu versinken, nur den Kopf zum Atmen zur Seite gedreht. Ihre Jeans war eng. Ein langer Streifen Rückgrat schlängelte sich zwischen ihren sanft geschwungenen Schulterblättern entlang. Sie hatte einen Arm über den Kopf geschlungen, beschattete ihre Augen. Ich sah ihren offenen Mund, ein vollkommenes O. Ihre weißen Zähne leuchtete gegen die braune Haut. Sie atmete ruhig. Ihr schwarzer Kaschmirpullover lag neben dem Bett, eine kleine Pfütze aus Wolle.

Ich ging zur Kommode, Kleingeld klimperte in meiner Tasche. Kimilars Rücken auf dem Bett wurde von dem großen, runden Spiegel schön eingerahmt. Schlafend sah sie aus wie ein Kind, das Gesicht von aller Vergangenheit befreit, rosige Frische auf den Wangen. Sie lächelte, träumend, eine Frau, deren Rechnung vom Geheimnis des Schlafs bezahlt wurde.

Ich leerte meine Tasche auf der Kommode. Ein Elektrikerclip. Ein Haufen Pfennige, lose Fäden in einem Leben mit vielen unordentlichen Webmustern. Eine gefaltete Broschüre von der Camera Obscura, die in einem Wochenende in meiner Tasche ein kompliziertes Origami geworden war. Kimilar bewegte sich im Schlaf. »*Licht, das durch eine Reihe von Linsen gefiltert wird*«, stand in der Broschüre.

Ich sah zu, wie Kimilar träumte. Ich fühlte mich irgendwie weniger voyeuristisch mit einem Spiegel zwischen uns. Meine Augen folgten den Riffeln aus Wirbeln, den kleinen, eisenharten Muskeln. Das Gesicht, das jedes Wetter zu allen Jahreszeiten kannte, Zäune reparierte und mit Hunden spazieren ging.

»Oh, Emma.« Sie lächelte, als sie erwachte. »Und das Castro.« Sie blickte zu dem Pulli, der auf den Boden gefallen war. Er war gerade außer Reichweite. Kimilars Hüften wanden sich auf der Tagesdecke, Finger, die sich nach dem Pulli ausstreckten, nicht rankamen. Sie würde sich nicht umbringen, um züchtig zu sein.

»Mir war heiß«, sagte Kimilar. Die Monde ihre Brüste erhoben sich von der Tagesdecke, als sie sich umdrehte und auf den Kissen streckte.

»Du bist eine wirklich schöne Frau, Kimilar Jones.«

»Hat nicht geklappt mit dem chinesischen Mädchen, was?«

»Hat nicht geklappt mit Overalls, was?«

»Komm hierher, Emma.« Sie klopfte neben sich aufs Bett. Ich setzte mich, ihre kleinen Hände fanden den Weg zu meinem Nacken, meinen Schultern. »Emma, du bist so verspannt. Lass mich dich massieren.« Kimilar drehte mich auf den Bauch und legte mir ihre Hände unter das Hemd. Während sie sich tief in meine Muskeln lehnte, fühlte ich, wie ihre Brüste mir sanft auf den Rücken fielen.

»Ich muss die Videokassette behalten«, sagte ich.

»Ich will nicht mal wissen, auf was für 'ne Scheiße Philip und Haam sich da eingelassen haben.« Ihre Zunge huschte über die Haut meines Rückens, ein winziger Kuss, der mir zwischen die Beine flog. Irgendwann zeichnete die Härte ihrer Brustwarzen eine Frage auf meine Haut. Ich drehte mich um.

Dann traf sich unser amerikanisches Erbe, texanischer Twostep, pennsylvanische Polka und der San Francisco-Sidestep. Kimilar Jones war heiß. Und sie war dankbar. Aber es war nicht Dankbarkeit, die ihre Haut so weich machte, die dafür sorgte, dass sie sich um meine Hand winden wollte. Kimilar Jones war ins Castro gekommen, auf mehr als eine Weise.

Danach saß sie quer über meiner Taille. Ihr Seidenhaar berührte mein Gesicht wie ein goldener Vorhang. Sie küsste mich, hielt inne, sah mir einen Moment in die Augen, und küsste mich dann noch mal. »Du bist echt 'n Feuerwerk«, glaubte ich sie sagen zu hören. »Ich hab das Gefühl, Emma, das dein Leben viel aufregender ist als du tust.«

»Im Moment schon.« Ich genoss die sanfte Haut an den Seiten ihrer Brüste, meine langen Finger wanderten vorne über ihre Brustwarzen, die hart wurden, sie biss sich auf die Lippen. Ich las die Wirkung meiner Hände in ihrem Gesicht, bis sie keuchte. Kim lehnte sich über mich und nahm die Taschenlampe neben meinem Bett.

»Ist das dieses abgefahrene Licht«, fragte sie, »das Dinge zum Leuchten bringt?«

»Das Schwarzlicht.«

»Geiles Zeug.« Sie beugte sich rüber und machte die Lampe aus. Sekunden später war die Taschenlampe an. »Das wird dir gefallen.« Kimilar streckte die Hand nach dem Oberlichtschalter aus. Während Dunkelheit den Raum durchflutete, hörte ich Kim aufstehen. Sie stellte sich in Positur, hob den Arm und richtete die Taschenlampe auf sich selbst, und der sehnige Körper der Freiluftfrau erglühte. Sie bewegte sich aufs Bett zu, die Augen fest auf mich gerichtet, sie wirbelte und drehte sich in der Dunkelheit. Kimilar, die zum Leben erweckte Statue der Diana, nur wenige Meter vor mir leuchtete sie. Was folgte, war ein fantastischer Tanz, der eine Luminiszenz entstehen ließ, die sich über unser beider Körper erstreckte, unterbrochen nur von Bändern aus Schweiß, die schließlich unser zitterndes Fleisch linierten.

Der Sonnenaufgang am nächsten Morgen sah aus wie nie zuvor. Ich hatte das seltene Gefühl, dass die Welt sich bedeutsam verändert hatte. Ich fragte mich, wer die Wahl gewonnen hatte und wie schwer es sein würde, mich von Kimilar zu verabschieden. Ausgestreckt neben mir, war ihr Körper jetzt in die goldenen Töne des Morgens eingehüllt. Das wettergegerbte, herzförmige Gesicht, das alle vier Jahreszeiten kannte, war wieder friedlich. Ich schlüpfte aus dem Bett, wühlte in einer Schublade der Kommode und fand einen Umschlag.

»Emma?« Eine Stimme, sahnig belegt von Schlaf, kam aus dem Bett. Ich blickte in den Spiegel. Kimilar rollte sich herum.

»Guten Morgen.«

»Jah. Komm her, du.«

Und dann wurde es sogar noch besser.

Danach machte ich Kaffee und fand den Umschlag wieder, der sich in der Bettwäsche verloren hatte. »Kimilar, ich glaube, die Zeit ist da.«

»Ich weiß.«

»Ich freue mich auch darauf, dich wiederzusehen.«

»Aber erst mal nicht, oder?«

»Es ist das Beste so.«

»Ich weiß.«

»Also, hier ist dein Flugticket.« Ich gab ihr den dicken Umschlag.

»Albuquerque – über Atlanta?« Sie blätterte durch die drei Exemplare Kohlepapier, die ich entsprechend des Pendlerflugplans ausgefüllt hatte.

»Wird helfen, deine Spur zu verwischen. Geht in drei Stunden.«

»*Sylvia Hernandez*«, las sie.

»Ich hab auch ein echt spießiges Kostüm für dich.« Ich sah zu, wie sie den Umschlag durchsuchte. Der Führerschein für Sylvia Hernandez und das Ticket für den Pendelflug waren vor langer Zeit vorbereitet worden. Ich hielt immer eine Reihe Fluchtbedarfsartikel und Sets mit Ausweispapieren in meinem Schreibtisch bereit. Eine Gewohnheit, die Roses Vater, Fred, mir beigebracht hatte.

»Emma! Hier sind zweitausend Dollar drin!«

»Verhalte dich den Winter über ruhig. Kauf Vorräte.«

»Das musst du nicht tun.«

»Mach dir ‘ne schöne Zeit. Verhalte dich ruhig. Im Moment ist es das Beste für dich und für alle anderen, wenn du einfach Geschichte wirst. Dass du ihn nicht ermordet hast, schließt weder eine Anklage vor der Grand Jury noch reichlich Kummer, Mühe und Ausgaben aus, und –«

»Zweitausend Dollar werden es zu ‘nem schönen, weichen Winter machen. Mit vielen Büchern. Vielleicht bestell ich sogar ein extra Klafter Holz, guten Tabak, Kräuter.«

»So war’s gedacht. Lass einfach alle vergessen, dass du je in San Francisco warst.«

»Der Winter ist Denkzeit, Traumzeit.«

»Und hier …« Ich gab ihr eine Flasche L’Oréal Haartönung, ebenholzschwarz.

»Diese Scheiße wird auf meinem Kopf wie Schuhcreme aussehen.«

»Warte, bis du die Klamotten siehst, die ich für dich habe.«

Eine von Frances’ Geschäftsuniformen hing lose auf Kimilars kleinem, sehnigen Körper.

»Hier ist eine Brille, nur Fenstergläser. Du musst lernen, absolut grau zu werden, Kimilar, mit dem Hintergrund zu verschmelzen. Und halt deine Lippen über diesen großartigen Zähnen fest zusammen.«

Ich vermittelte ihr den Plan. »Die Idee ist, dich schnell auf der Farm zu bunkern. Niemand im Flugzeug wird dich erkennen, wenn du still bist und den Kopf unten hältst.«

»Weißt du, irgendwie tut‘s mir Leid, dass diese Irre Philip umgebracht hat.« Kimilar grübelte, blickte auf die Flasche in ihrer Hand. »Es hätte mir nichts ausgemacht, ihn selbst zu erledigen, er war echt ein verdammtes Arschloch. Übrigens«, sie blickte von der Gebrauchsanweisung hoch. »Hast du schon mal jemanden umgebracht, Emma?«

»Ich hab noch niemanden erschossen«, sagte ich. »Aber ich hab’s versucht.«

»Ich hoffe, ich werde das *nie wieder* wollen. Ich werde sehr vorsichtig sein, wen ich in mein Leben lasse. Ich hab das Gefühl, jetzt wo ich diese Frauensache am Laufen hab, dass ich nie wieder jemandem den Tod wünschen will, nie mehr.«

»Verlass dich nicht darauf«, stellte ich ihr in Aussicht. Sie bedeckte meinen Mund mit der Hand und warf mich wieder aufs Bett.

Hinterher war ihre Stimme leise, ernst. »He, Emma. Kann ich dich was fragen?«

»Sicher.«

»Glaubst du, ich könnte 'ne gute Lesbe abgeben?«

»Kimilar, du bist doch längst eine fantastische Lesbe.«

»Vielleicht sollte ich den Winter über darüber nachdenken. Ich werde 'ne Lesbe sein, Emma.« Weiche, tiefe Küsse wanderten meinen Hals rauf zum Ohr. »Und wenn ich bedenke«, flüsterte sie, »man muss nicht mal *von Geburt an* so sein.«

Dieses Mal schliefen wir einen sanften, leichten Schlaf, ein Luxus vor Kimilars Verwandlung und Abreise. Träumend wanderte ich durch sanfte Hügel. Ein Wind blies über die Ebenen, und ich sah hoch ins Gesicht des Mondes. Er lächelte. Ich wachte plötzlich auf.

»Zeit, die Zäune zu reparieren, Kimilar.«

»Oh!« Kim schreckte aus dem Schlaf. »Ich war schon zu Hause. Die Zeit, die die Indianer Jagdmond nennen. Es hatte den ersten Frost gegeben, und ich konnte weit über die Ebenen sehen. Zeit zu gehen. Danke, Emma, dass du mich vor dem Gefängnis bewahrt hast.«

»Noch hab ich dich nicht aus allem raus.« Ich beobachtete ihre Beine, die in ihrer Jeans verschwanden.

»Ich werd versuchen, irgendwann zum Castro zurückzukommen, auf alle Fälle.«

»Ein Fall reicht mir.«

Kimilar versprach, mir jedes Jahr eine Gewinn- und Verlustaufstellung zu schicken und einen schwarzen Kaschmirbademantel für die Wintersonnwende. Ich nahm den Hörer ab und rief ein Taxi, während Kimilar sich im Badezimmer verkroch, um ihre Verwandlung vollständig zu machen. Sie ging rein als Saloon-Countrysängerin und kam raus als Mormonin, so wie ich es geplant hatte.

Dann kamen die leichten, luftigen Küsse, nichts zu Dramatisches, während wir auf die Ankunft des Taxis warteten. Vorsichtig setzte ich sie rein, als könnte sie zerbrechen, es war albern. Die Schlussleuchten des Taxis brachen sich in zwei seligen Tränen.

Wieder im Haus mauzte Mink mich an, und ich fütterte sie. Während ich der Katze beim Fressen zusah, dachte ich darüber nach, den Winter auf neue Weise zu verbringen, vor einem knisternden Feuer sitzend, nur mit dem Wind und den Wolken – und Kimilar Jones – zur Gesellschaft.

In den kommenden Monaten würde ich oft an Kimilar denken, und ich wusste, obwohl ihr Leben von San Francisco aus wundervoll aussah, ihr Leben war nichts für mich. Es war zu ruhig, mit zu ordentlichen Mustern. Ich war keine Farmerin. Irgendwo, irgendwie, dachte ich, hatte ich mich mit dem Chaos verheiratet.

Ich ging die Stufen wieder hoch. Sergeant Laura Deleuse war wach. Ich sah, wie der Vorhang an ihrem Fenster sich bewegte. Und ich fragte mich, wer die Wahl gewonnen hatte, und ob sie die nächsten vier Jahre in einem Büro ohne Fenster festsaß.

Mink trieb mich ins Schlafzimmer, wo ich auf meiner Kommode aufräumte. Ich hängte meine Kleidung auf und fühlte vorsichtig in die Tasche meines Ledermantels. Die winzige Videokassette, die Kimilar Jones reingetan hatte, als wir aus dem Gebüsch kamen, um den Secret Service zu begrüßen, war noch da. Mein persönlicher Abschlussfilm der Schwul-Lesbischen Filmfestspiele.

Wieder im Wohnzimmer warf ich mich auf die Couch. Mink landete auf mir, ein wundervolles, herzwärmendes, überfüttertes Päckchen Liebe. Ich blickte zu dem Band in meiner Hand. Was hatte die ganze Reihe von Ereignissen, von Privatsekretärinnen bis zu Hotelzimmern, von San Francisco bis Washington, in Gang gesetzt? Aber nach dem Treffen mit der Agentin des Secret Service hatte ich keine Zweifel an der Identität des Paares.

Was hatten sie geteilt außer ihrem gemeinsamen Zimmer, in einer nicht so weit entfernten Vergangenheit? Gefangen an der Universität von Iowa, weit, weit weg von allem Bekannten. In diesen langen Winternächten, wenn Eis die Telefonleitungen umschloss und die Landstraßen spiegelglatt waren, hatten sie sich in einem schmalen

Bett im Studentinnenwohnheim zusammengekuschelt, nur um sich Jahre später im Mark Hopkins wieder zu treffen?

Oder war es eine Beziehung, etwas, das sie nie aufgegeben hatten, etwas, das seinen Weg zum Feind gefunden hatte, etwas, das einen gewaltigen Plan ins Rollen gebracht hatte? Die Whirlpool-Suite hatte nie einen prominenteren Gast beherbergt.

Die Linse direkt hinter der Wand hatten den zwei unglücklichen Geliebten ihre Privatsphäre gestohlen. Und war ich nicht genauso? War ich nicht nur ein weiterer Voyeur?

Ja.

Ich legte die Kassette in den Rekorder und drückte auf Start.

Das Gesicht der First Lady sah unglaublich entspannt aus, und sie lächelte. Ihre Fingerspitzen strichen über den reifen Schenkel von Margo Villanueva, buchstabierten eine Nachricht, die in Villanuevas Bewegungen und Lachen manifest wurde. Die First Lady arbeitete sich weiter hoch, drehte sich von der Linse weg und fand die Lippen der Bürgermeisteramtskandidatin. Die zwei Frauen küssten sich, langsam und dann mit wachsendem Hunger, ihre Hände umklammerten sich, ließen los, fanden Lieblingsstellen.

Als das Band durchgelaufen war, machte ich ein Feuer im Kamin. Getrockneter Lavendel, Tannenzapfen und Eukalyptus waren eine duftende Totenbahre für Szenen, die niemand je sehen würde. Ich warf die Plastikbox in die Flammen, wo sie sich krümmte und schmolz. Ich würde Willie die Reste geben, um sie wissen zu lassen, dass der Job erledigt war. Die Sonne brach durch den Nebel, ein neuer Tag hatte begonnen. Ich blickte runter und sah die Morgenzeitung auf meiner Türschwelle. Sie mochte Neuigkeiten enthalten, die alles änderten. Aber einige Dinge waren schon unwiderruflich verändert.

Die Erinnerung an das Gesicht der First Lady würde mir bleiben. Das war mein ganz persönliches faszinierendes Geheimnis, eine Geschichte, die ich nach Belieben ausgestalten und entwickeln konnte.

Und so würde sie Jahre bei mir bleiben. Tatsächlich waren es die glücklichen Gesichter des First Lesbischen Paares, die mich trösteten in den schweren Nächten, wenn ich mich um die Demokratie sorgte und nicht schlafen konnte.